Alexandra Cordes, Jahrgang 1935, verbrachte in ihrer Geburtsstadt Bonn ihre Kindheit und Jugend, besuchte die Clara-Schumann-Schule und legte später ihr Dolmetscher-Examen in Englisch ab. Von 1954 bis 1955 war sie Mitarbeiterin der »Times« in Bonn. Seitdem ist sie als freie Journalistin und Schriftstellerin tätig. Alexandra Cordes ist mit dem Schriftsteller Michael Horbach verheiratet. Mit ihm lebt sie seit einigen Jahren in Südfrankreich.

Alexandra Cordes ist mit der Trilogie »Sag mir auf Wiedersehen«, »Geh vor dem letzten Tanz« und »Frag nie nach dem Ende« der Durchbruch zu einer der erfolgreichsten deutschen Autorinnen gelungen.

Diese große deutsche Familienchronik beginnt in den achtziger Jahren des vorigen Jahrhunderts und führt bis in die Gegenwart.

Vollständige Taschenbuchausgabe
Droemersche Verlagsanstalt Th. Knaur Nachf., München
Lizenzausgabe mit Genehmigung des Schneekluth Verlages

Umschlaggestaltung Grafik-Design Klaus Förster
Umschlagfoto Bildarchiv Karlheinz Schuster
Satz IBV Lichtsatz KG, Berlin
Druck und Bindung Mohndruck Graphische Betriebe GmbH, Gütersloh
Printed in Germany · 5 · 5 · 383
ISBN 3-426-00669-3

Gesamtauflage dieser Ausgabe: 66000

Alexandra Cordes:
Frag nie nach dem Ende

Roman

Knaur

In Liebe für E. H. und A. Sch.

1

Der Himmel wölbte sich hoch und klar über dem Tal, nur an seinen Rändern, über fernen Hügeln, segelten Wolken, als fürchteten sie, in dem Hitzeblau dieses Septembers zu verbrennen.
Still war es um die Mittagszeit im elsässischen Ingweiler, das Dorf duckte sich mit versperrten Türen und Läden um den trägen Bach. Geranien blühten üppig in den Vorgärten, violette Glockenblüten überwucherten dunkles Fachwerk und hellen Felsbruch.
Würde eine Windbö das Dorf aufwecken, der Zwölfstundenschlag der Glocke im spitzen Kirchturm?
Kein Hund schnüffelte über die Straße, nur auf schattigen Fensterbänken räkelten sich schläfrige Katzen.
»Nichts hat sich verändert«, flüsterte die alte Frau atemlos. »Gar nichts. Selbst das Storchennest auf dem Dach des Notars ist noch da.« Nur ihre Schritte und die ihrer Enkelin hallten durch die Rottengasse. Sie eilten zum letzten Haus.
»Da ist es«, sagte Christine Welsch-Schwarzenburg. »Das ist mein Geburtshaus.« Sie nahm ihren Hut ab, strich sich über das graue Haar. »Soll ich reingehen, Friedel, meinst du wirklich?«
»Deswegen sind wir hier, Oma.«
»Ja, deswegen – aber nach so vielen Jahren?« Christine zupfte am Rand ihres Florentiners. »Alles wirbelt durcheinander in meinem Kopf. All die lieben Gesichter, die hellen Stimmen, meine ganze Kindheit. Was für ein Jahr haben wir jetzt, Friedele?«
»Neunzehnhundertdreiundfünfzig.«
»Natürlich. Du wirst bald zwanzig, ich schon fünfundsiebzig. Und es ist genau dreiundsechzig Jahre her, daß ich zum letztenmal hier war.«
Sie wandten sich einander zu, die alte Frau und das Mädchen, beide gleich groß, beide mit hellen grauen Augen.
»Beim letzten Schlaganfall im März hast du mir versprochen, daß ich mein Elsaß noch mal seh', und mich wieder gesund gemacht.«
»Du hast mir beigebracht, daß man Versprechen halten muß.«
»Habe ich das?«
»Oma, schließ endlich auf, zeig mir, wo du geboren bist.«
»Ja. – Nur unsere Läden waren damals grün. Das Rot da, das hab' ich noch nie gemocht. Wie Ochsenblut. So war meiner Schwester Rachel Tür, die sie am liebsten verschlossen hielt. Aber das geschah viel später. Meinen

Eltern war jeder willkommen, ob's ein Bettler war oder der junge Albert Schweitzer. Schau nur, Friedel, der Schlüssel, der ist so alt wie das Haus. Was für große Poren das Gußeisen gekriegt hat, und doch ist es ganz glatt.«

Friedel nahm den Schlüssel, den ihnen der Bürgermeister überlassen hatte. Sie schloß das Haus auf, das einst Christines Vater gehörte, Jean Welsch.

Danach hatte dort eine Familie Höpfle gelebt, bis es deren Söhne in die Bergwerke Lothringens und 1939 in den Krieg zog. Die alten Höpfles waren gestorben, seit vier Jahren stand das Haus leer, der Gemeinde war es vermacht und wartete auf einen Käufer.

Christine trat zögernd über die Schwelle, unter dem Türrahmen, der die Jahreszahl 1853 trug, mußte sie den Kopf beugen.

»Daheim«, flüsterte sie, »ich bin daheim.« Und dann lief sie durch die Diele, warf Türen rechts und links auf. Lockige Strähnen lösten sich aus ihrem Haarknoten, ihre Wangen röteten sich.

»Sieh, Friedel, das war unsere Küche. Und da ist jetzt ein richtiges Spülbecken! Wir haben das Wasser noch im Hof gepumpt und zum Waschen aus der Regentonne geholt. Da, am Kunscht, das ist der Kachelofen, da hat im Februar 1890 die Hebamme Schnepp gesessen, das Gottliebchen gewiegt und unserem Mädchen, der Lisette, die Hölle heiß gemacht, daß sie ja nicht an einen Soldaten geraten soll wie meine Mama. Aber mein Vater hat wegen meiner Mutter die Uniform ausgezogen, dabei war die von den Zuaven so elegant. Und dein Großvater hat später das gleiche meinetwegen getan. Soldaten haben sich in unserer Familie nie lange gehalten.«

Alte Geschichten, so oft erzählt und plötzlich sehr nah; Jean Welsch hatte unter dem glücklosen Kaiser Maximilian in Mexiko gedient, Ernst Schwarzenburg unter Graf Waldersee im Boxeraufstand in China. Zu Haus, in Bonn, vergilbten ihre Ordensschnallen unter Glas. Nur wenn Christine das Silber putzte, rieb sie auch hin und wieder die Medaillen blank.

»Hier, das war die Schlafstube meiner Eltern. Da standen die schönen alten Kirschbaummöbel, und vor dem Bett im Alkoven hing ein Vorhang aus weißem Leinen mit einer roten Kreuzstichborde. Dahinter sind wir alle geboren worden, Robert, Rachel und ich. Papa war damals Bibelverkäufer, immer unterwegs. Und als er endlich eine feste Anstellung fand, als Diakon auf dem Neuhof in Straßburg, da ist die Mama nach der Geburt des Gottliebchens gestorben. Es war ein eiskalter Winter, und das Gottliebchen folgte Mama bald nach. Eine Bronchitis hatte der winzige Bub, und es gab noch kein Penicillin, um ihn zu retten.«

»Und wann kam Stella Briggs zu euch?«

»Oh, nicht hierher. Sie kam erst zu uns in die Elisabethstraße auf dem Neuhof. Das war 1892, zwei Jahre nach meiner Mutter Tod. Aber Robert und Rachel haben sie immer nur ›die Engländerin‹ geheißen. Als wäre das ein Schimpfwort! Und mir haben sie nie verziehen, daß ich sie Mama Stella nannte. Dabei hat sie unseren Vater doch wieder fröhlich gemacht.«
»Vielleicht genügte das deinen Geschwistern nicht?«
»Ach was, Robert und Rachel waren einfach engstirnig und eifersüchtig. – Aber sieh nur, der Tisch ist ja noch da!« rief Christine im nächsten Zimmer verblüfft. Er war oval, hatte schlanke, gerillte Beine.
»Napoleon trois«, sagte Christine stolz. »Den nehmen wir mit nach Bonn. Daran wollen wir wieder essen und Rommé spielen und Puzzles legen. Und ich werd' euch daran vorlesen, wie meine Mutter es tat, die alten Märchen von den Riesen im Elsaß!«
»Oma, jetzt flunkerst du!«
»Warte es nur ab, Friedel, in den Vogesen wirst du sie sehen, die Riesen, da sind sie versteinert.«
Christine lachte und zog ihren dünnen Seidenschal aus der Handtasche, wischte Staub und Spinnweben vom Tisch. »Die Beine kann man abdrehen, das weiß ich genau. – Komm, hilf mir.«
»Aber Oma, du kannst doch nicht einfach –«
»Das ist und bleibt unser Tisch«, sagte Christine mit blitzendem Blick.
Sie schraubten die Beine ab, trugen die Platte in den Garten.
»Lauf in die Küche, Friedel, da ist ein Spind, da findest du Bindfaden und Papier.«
In dem Spind waren Papier und Bindfaden.
»Siehst du, ich flunkere nie, und ich bin auch noch richtig im Kopf!« Christine klopfte sich an die Stirn. »Du bleibst hier und paßt auf, bis ich einen Karren beschafft habe.«
»Oma, laß mich gehen, wenn es schon sein muß.«
»Du kennst dich in Ingweiler nicht aus. Setz dich ins Gras, iß Birnen.« Christine pflückte eine von den niedrigen Spalierbäumen, biß hinein.
»Du bist unmöglich!« Friedel lachte.
»Ach was! Mein Vater hat die Bäume gepflanzt, und meine Mutter hat sie gepflegt. Dabei trug sie Handschuhe mit Stulpen bis zu den Ellenbogen, und die Schere mit den breiten Blättern blitzte in der Sonne. Von der ersten Blüte brachte Mama immer einen Zweig ins Haus und stellte ihn in einen Kupferkrug auf unseren Tisch. Du gleichst ihr, Friedel. Ihr Haar war auch so dunkel und glänzend wie deines, und ihre Augen waren genauso hell.«
»Sonst sagst du immer, ich hätte Michaels Augen!«
»Natürlich hast du die Augen von deinem Vater, aber auch von meiner

Mama. Ja, ihre langen Wimpern hast du geerbt. – So, jetzt muß ich aber machen, daß ich wegkomme.« Christine wusch ihre Hände in der Regentonne, trocknete sie an ihrem Unterrock.
»Oma, du bist wirklich unmöglich.«
»Nein, nur erfinderisch. Und zielbewußt, hat mein Vater immer gesagt.«
»Setz wenigstens deinen Hut auf, Oma, du kriegst noch einen Sonnenstich.«
»Ich doch nicht.« Christine lachte, aber sie setzte den Florentiner auf, den sie als erstes in Straßburg erstanden hatte; nichts zierte ihn, kein Seiden- und kein Samtband.
»Halt mir den Spiegel.«
Friedel hielt den Taschenspiegel in ihren birnensaftklebrigen Händen, bis Christine zufrieden war.
»Der Hut ist wirklich elegant, findest du nicht?«
»Ja, Oma.«
»Also, bis gleich!« Christine verschwand eilig ums Haus.
Friedel lag im Gras und schloß die Augen, lauschte Grillen und Bienen, schreckte auf, als zwei Spatzen sich auf dem Rand der Regentonne federfliegend zankten. Und da kam Christine schon zurück.
Ein alter Mann war bei ihr, der Essensdüfte um sich rülpste und ein bißchen Weindunst dazu, einen zweirädrigen Karren hinter sich herzog und fragte: »Wohin soll der Tisch, M'selle Welsch?«
»Zum Gasthof. Unser Bus nach Straßburg fährt erst um halb sechs. – Denk nur, Friedel, Monsieur Bébé hat mich gleich erkannt.«
»Und ob«, grunzte der alte Mann. »Sie haben mir mal eine Zaunlatte über den Schädel gehauen.«
»Und Sie mich immer an den Zöpfen gezogen! – Einen Sack Birnen nehmen Sie sicher mit, Bébé?«
»Wenn es sein muß?« Er beäugte schmatzend die prallen gelben Früchte. »Daraus zieh' ich einen guten Schnaps.«
Christine schritt dem ratternden Leiterwagen stolz voraus, unter der Tischplatte verbarg sich der Sack Birnen für Monsieur Bébé.
Noch immer war es siestastill im Dorf, die Sonne stand noch zu steil. Gegenüber der Busstation befand sich der Gasthof, er hatte eine geißblattüberwachsene Terrasse. Das junge Wirtspaar hieß die ›Mesdames‹ herzlich willkommen und pries den schlauen Bébé, der auch im trägen Bach noch Fische fing. Heute gab es frische Forellen und Wasserkressensalat.
»Bébé, Sie trinken einen Digestif«, sagte Christine, »was soll's denn sein?«
»Nein, M'selle Welsch, ich lad' Sie ein! Drei Framboise!« Er blieb neben

dem Tisch stehen, die Mütze in der Hand. »Un bringe Sie drei güete Doppelte, merci!«
Der Wirt brachte die hochstieligen Gläser. Bébé hob seines und sagte: »Mir sin allemol Elsässer.«
Christine tat's ihm nach und rief: »Mir sin allemol Elsässer! Un das bleibe mir!«
Sie leerten ihre Gläser in einem Zug.
»Du darfst auch trinken, Friedele, du bist doch meine Enkelin!«
Bébé und Christine küßten sich auf die Wangen, links und rechts und noch einmal links.
Bébé stellte ihnen an der Terrassenmauer den zusammengeschnürten Napoleon-III-Tisch handlich zurecht.
»Bis zum nächstemol, M'selle Welsch!«
»Bis zum nächstemol. Auf Wiedersehen, Monsieur Bébé.«
Christine schaute ihm nicht nach, als er ging.
Ihren dritten Schlaganfall hatte sie im März nur mit Willen und Trotz überwunden, und mit einemmal sah sie sehr zerbrechlich und sehr klein aus.
»Oma, möchtest du wieder hier leben?« fragte Friedel.
»O nein.« Sie richtete sich auf, nahm ihren Florentiner ab. »Ich bin ja kein Kind mehr.«
»Wir könnten das Haus kaufen und ausbauen, wir alle –«
»Nein, Friedele, du meinst es gut, aber ich gehöre jetzt nach Bonn. Anna hat ihre Strumpfstube, Boris und Achim gehen zur Schule, haben ihre Freunde dort. Und du bist doch auch zufrieden, bei Mandt?«
»Ja, natürlich.«
Anwalt Mandt war ein Freund ihres Vaters gewesen, er ließ Friedel selbständig arbeiten. Aber manchmal, ganz selten und nur vage, war da der Wunsch nach einer anderen Arbeit, einem anderen Beruf, ja einer Berufung, aber den unterdrückte sie immer schnell.
Und noch etwas hielt Friedel in Bonn, die Hoffnung, Martin Hildesheim wiederzusehen.

Es regnete und der Wind riß das Laub von den Bäumen, es war im vergangenen August.
Friedel stand nach Büroschluß um sieben an der Haltestelle Reuterbrücke und wartete auf die Straßenbahn.
Da hielt der Wagen, die Tür sprang auf, und jemand sagte: »Schnell, steigen Sie ein!«
Sie gehorchte und hatte den jungen Mann doch nie zuvor gesehen. Saß auf der Kante des Sitzes, der Regen tropfte von ihrem Mantel auf den Boden, rann in ihre Schuhe.

»Ziehen Sie beides aus«, sagte er, »sonst erkälten Sie sich. Wo kann ich Sie hinbringen?«
»Nach Hause, bitte –«
»Zu mir oder zu Ihnen?«
Sie zuckte zusammen.
Da lachte er leise und fragte: »Wo wohnen Sie denn?«
Sie sah ihn zum erstenmal richtig an.
Das Haar war dunkel, und die Schläfen waren wie ihres Vaters Schläfen, durchscheinend, empfindsam. Aber der Mund war anders, energischer, voller, und die grauen Augen heller.
»Ich wohne in der Schumannstraße«, sagte sie.
Er fuhr sie in die Schumannstraße.
Sie lief zu Christine und jubelte: »Oma, Oma, jetzt hab' ich ihn kennengelernt, und wenn ich ihn wiedertreffe, weiß ich nicht, was ich tu!«
Friedel lag acht Tage mit einer Grippe im Bett und dachte nur daran, daß sie nicht einmal wußte, wie er hieß.
Dann ging sie wieder ins Büro. Bisher hatte es ihr nichts ausgemacht, für Mandt Schriftsätze aufzunehmen und abzuschreiben bis tief in die Nacht – auch wenn Anna kam und im Dunkeln wartete, heimlich, denn Friedel sollte sie gar nicht sehen, aber mit der Angst der Mütter, die ihre Töchter nie ganz verstehen. – Jetzt versuchte Friedel abends pünktlich um sieben an der Haltestelle Reuterbrücke zu sein. Aber auf den jungen Mann, der ihrem Vater glich, wartete sie vergeblich.
Im Büro rief er sie an: »Martin Hildesheim hier, ich muß zum RIAS nach Berlin. Ich melde mich wieder. Bleiben Sie brav.«

»Friedel, du träumst ja!«
Sie schaute auf. »Zur Zeit ist eine internationale Journalistendelegation in Straßburg, und vielleicht ist Martin Hildesheim dabei.«
»Du bist verliebt«, sagte Christine verwundert.
»Ich habe von der Delegation in der Zeitung gelesen, Namen waren nicht erwähnt. Sie ist wegen des Europaparlamentes hier.«
»Bin nur gespannt, ob wir auch eine Europaarmee kriegen«, sagte der junge Wirt.
Er stellte frisches schneeweißes Brot auf den Tisch, Butter auf grünen Weinblättern angerichtet, ließ Christine den Riesling probieren.
»Am besten, wir bekommen überhaupt keine Armee«, sagte sie. »Nie mehr!«
»Sie sind Elsässerin, Madame, aber denken die Deutschen auch so?« Er sah Friedel an, sie sprach kein Elsässerditsch.
»Ja, das tun sie.« Friedel hielt seinem Blick stand. »Abgesehen von meinem Vetter Achim denkt unsere ganze Familie so wie fünfundsiebzig

Prozent aller Deutschen. Wir wollen keine Soldaten mehr. Das können Sie in allen unseren Zeitungen lesen.«

Seine Lippen wurden schmal, aber dann neigte er den Kopf. »Verzeihen Sie. Das habe ich nicht gewußt.«

»Nehmen Sie es ihm bitte nicht übel«, sagte wenig später seine Frau, »Daniel hat nicht Sie persönlich gemeint. Es ist nur, er hat seine Eltern als Zwölfjähriger im Bombenkrieg verloren und seinen Bruder an der Ostfront. – Und was die Delegation angeht, von der das Fräulein sprach, sie kommt zum Mittagessen hierher. Man zeigt den Herren die Weinorte, und wir sind für unser gutes Choucroute bekannt. Solche Herren machen meinen Mann nervös, wir haben selten Ausländer hier. Nur manchmal Engländer –«

»Ach bitte«, unterbrach Christine sie, »reservieren Sie mir eine Portion Sauerkraut.«

»Aber Oma, jeden Tag?«

»Bin ich zu dick? Nein! Also laß mich mein Sauerkraut essen, sooft ich will.«

Friedel lachte, und endlich lachte auch die junge Frau.

»Sie kriegen die schönsten Forellen, Madame, und Sauerkraut, soviel Sie wollen, und Himbeeren zum Nachtisch!« Sie lief glucksend ins Haus.

»Gut gemacht«, sagte Christine.

»Ich habe doch nichts getan.«

»Doch.«

»Ganz so friedlich und idyllisch ist dein Elsaß auch nicht?«

»Nein. Ganz so friedlich und idyllisch, wie ich es dir gemalt habe, war es nie, Friedel. Weil wir Grenzler sind, hin und her gebeutelt zwischen Französisch- und Deutschsein. Einmal mußten wir den einen Soldaten stellen, dann wieder den anderen, dabei wollten wir nie etwas anderes als Bauern und Winzer und halt Elsässer sein. – Aber schön ist das Elsaß, gib es zu.«

»Ja, Oma, deine Heimat ist schön.«

Wie jede Heimat?

War Bonn ihre Heimat? Nicht ganz mehr. Etwas fehlte seit dem Tod ihres Vaters, und bisher hatte niemand Michael ersetzt.

Die Forellen waren köstlich, in geklärter brauner Butter gedünstet, Nußbutter genannt, wie Christine erklärte. Sie aß auch ihr Choucroute, verzichtete allerdings auf das Geselchte und die Würste.

Die Himbeeren wurden mit Himbeergeist flambiert, und einen starken süßen Kaffee gab es hinterher. Christine zündete sich genüßlich ihre Pfeife an.

Dann kam die Delegation; vier Wagen, elf junge Männer in sportlicher

Kleidung, ein Herr im dunkelgrauen Zweireiher, ihr gestenreicher Betreuer.
Christine betrachtete sie ganz ungeniert, und dann sagte sie: »Der letzte ist es, der allein daherkommt.«
Da erst wagte Friedel den Blick zu heben und sah Martin.
Sie flüsterte seinen Namen, ihre Hände zitterten, sie verbarg sie unter dem Tisch; das würde sie nie verlieren, immer würden ihre Hände zittern, wenn sie glücklich, traurig oder sehr, sehr zornig war.
»Friedel Gugenheimer«, sagte Martin, »nicht in Bonn, sondern im Elsaß. Und diesmal regnet es auch nicht.«
Er wandte sich Christine zu. »Frau Schwarzenburg.«
»Herr Hildesheim.«
Sie lächelten einander an.
»Von Herrn Mandt erfuhr ich, daß Friedel ihren ersten Urlaub bekommen habe und mit ihrer Großmutter im Elsaß verbringe. Aber in Straßburg waren Sie in keinem Hotel zu finden.«
»Sie haben uns gesucht?«
»Ja, Friedel«, sagte er und sah sie jetzt lächelnd an. »Da Ihre Großmutter Elsässerin ist, wird sie mir gewiß raten, was ich mir in ihrer Heimat anschauen soll.«
»Aber Sie sind beruflich hier.«
»Es bleibt genug freie Zeit.«
»Dann setzen Sie sich doch zu uns«, sagte Christine.
Friedel trat ihr auf den Fuß.
»Aua!«
Martins Augen weiteten sich verblüfft. Dann lachte er. Und Christine lachte natürlich auch.

Sie verbrachten den Nachmittag auf der geißblattüberschatteten Terrasse. Um halb sechs kam der Bus und fuhr ohne Christine und Friedel nach Straßburg. Die Delegation war längst in ihren Limousinen weitergebraust, nur Martins Wagen stand noch vor dem Gasthof.
»Ich lasse mich nicht gern fahren. Ich bin lieber unabhängig«, sagte er.
Martin war dreißig Jahre alt, er stammte aus Berlin, seine Mutter lebte dort. Er war während der beiden letzten Kriegsjahre an der Ostfront gewesen, dann in russischer Gefangenschaft. Aber er hatte Glück gehabt, der Iwan hatte ihn schon 1948 entlassen.
Journalist war er geworden, weil es das einzige war, was er konnte, schreiben. Er hob in einer spöttischen Geste seine Hände, die Friedel an ihren Vater erinnerten. »Beide links.« Und er konnte tatsächlich so verschmitzt grinsen wie ihr kleiner Bruder Boris. »Ich krieg' nicht mal einen Nagel in die Wand.«

Aber als sie schließlich doch aufbrachen, um nach Straßburg zurückzukehren, band Martin geschickt den Napoleon-III-Tisch auf dem Dach seines Wagens fest.
Die Wirtsleute gaben Christine einen Korb voll reifer Birnen und junger Trauben, Martin bekam eine Flasche vom selbstgebrannten Himbeergeist. Und Friedel schenkte der Wirt ein dünnes kleines Buch. »Ein paar Gedichte nur, für unsere Generation.«
»Danke. Vielen Dank.«
Martin legte seinen Arm um Friedels Schultern, als sie zum Wagen gingen, worin Christine schon saß.
Sie kurbelte das Fenster herunter, winkte und rief: »Auf Wiedersehen, auf Wiedersehen.«

Was läßt sich über die Tage, die folgten, Besseres sagen, als daß sie glücklich waren?
Vier Tage mit Martin und Christine in Straßburg, in den großen Museen und den kleinen Weinstuben; hoch oben im Turm des Münsters inmitten eines Taubenschwarms, und stille Zeugen einer Taufe nahe dem Engelspfeiler – das bringt Glück, wünscht euch was, flüsterte Christine, und Martin hielt fest Friedels Hand: »Du gleichst den klugen Jungfrauen am Portal«, sagte er und küßte ihre Schläfe. Bei Lisette auf dem Neuhof saßen sie in der Küche mit den rußgeschwärzten Balken, an dem Tisch mit der sandgescheuerten weißen Platte, wo auf heißen Schmalzkringeln Puderzucker schmolz; das alte Schlössel besuchten sie, das um die friedliche Jahrhundertwende und bis in die stürmischen Jahre nach dem Ersten Weltkrieg von Großonkel Jeremias Welsch bewirtschaftet wurde, bis die Franzosen ihn enteigneten, weil sie ihn einen Deutschen schimpften. Tut, was ihr wollt, sagte Jeremias und verließ hocherhobenen Hauptes das Gutshaus, ich bin weder Franzose noch Deutscher, ich bin Elsässer. Sie stiegen hinauf zur Hünenburg und dem St.-Odilien-Berg, der auch der Heilige Berg des Elsaß genannt wird. Sie blieben lange stumm in der Kapelle, in der Franc Danis den vier Engeln seines Mosaiks die Merkmale der vier großen Menschenrassen gegeben hatte. Martin hielt Christines Arm, hielt Friedels Hand.
Am letzten Nachmittag gerieten sie auf dem kleinen Raddampfer auf der grünen Ill in eine Verlobungsgesellschaft und sangen mit:
»Rosmarin un Thymian
wachst in unserm Garte,
liewer Vadder, käuf' m'r e Mann,
ich ka' nim' länger warte –«
Martin sang ebenso vergnügt laut und falsch wie früher Friedels Vater und heute Boris.

Am Abend saßen sie in einer Weinstube am Spanferkelmarkt, und Christine bekam nach dem letzten Choucroute dieser Ferien endlich Bauchgrimmen. Sie mußte einfach nach Hause, zur alten Lisette, dem Kindermädchen ihrer Jugend, heute die einzige, die sich noch an alle Welschs erinnerte und in ihrem Haus stets ein Chambre d'amis bereithielt für die M'selle Christine.
»Natürlich fahre ich Sie zum Neuhof«, sagte Martin.
»Kommt überhaupt nicht in Frage! Laßt euch nicht stören. Ich nehme ein Taxi.«
Christine sprach's und tat's.
»Ach, Friedel«, sagte Martin, »deine Großmutter ist einfach wunderbar.«
»Christine ist das Liebste, was ich habe.«

Es klang, als hagelte es, aber das Gewittergrollen fehlte.
Christine hob den Kopf und sah, daß Kiesel gegen die Fensterscheibe prasselten.
Sie stand rasch aus dem Bett auf, warf das Umschlagtuch über, dessen Zipfel bis in ihre Kniekehlen reichten.
Sie öffnete das Fenster. Im Garten standen Blumen und Sträucher wächsern im Mondlicht. Aus dem Schatten des Hauses trat eine schlanke Gestalt.
»M'selle Welsch?« Die Stimme war tonlos.
»Oui?«
»Darf ich, bitte, mit Ihnen sprechen?« Das Französisch klang pariserisch.
»Wer sind Sie, Monsieur?«
»Ich warte in der Laube auf Sie. Bitte, kommen Sie.«
»Ich alte Frau?« Er mußte Friedel meinen, wer immer das war.
Die Gestalt war schon im Garten verschwunden.
Christine zog das Umschlagtuch fester um sich, steckte schnell die Zöpfe am Hinterkopf fest.
Auch alten Füßen tat's noch gut, über taunasses Gras zu laufen.
»Wo sind Sie, Monsieur?«
Die Gestalt löste sich aus dem Schatten der Laube. Nur das Gesicht blieb dunkel.
»Erinnern Sie sich meiner nicht, M'selle Welsch?«
»Sudi«, sagte sie. – Aber nein, das Gesicht vor ihr war zu jung. Und auch wieder zu alt.
Als Sebastian Welsch, der Missionar, den indischen Prinzen mitbrachte, war Sudi sechzehn, und das war 1893.
»Das war mein Vater«, sagte der schlanke Mann. »Ihr Onkel hat ihn in Straßburg erzogen. Sudi hat meine Mutter geschwängert.«

»Und François hat Lisette geheiratet. War er Ihnen kein guter Stiefvater?«
»Doch.«
»Aber Sie – Sie kommen heimlich in der Nacht hierher? Aus Paris? Dort sind Sie Arzt, nicht wahr?«
»Ich war schon den ganzen Tag über hier und hatte nicht den Mut, meine Eltern zu sehen. Sie müssen mir helfen, Madame.«
»Ich – wie könnte ich?«
»Meine Eltern wollen mich nicht fortlassen.«
»Wohin?«
»Nach Indien.«
»Was wollen Sie dort?«
»Da gehöre ich hin«
Er packte Christines Hand. Seine Finger waren fiebrig heiß. »Im Safe von François liegt meine Geburtsurkunde. Und auch die Adresse meiner Angehörigen in Indien.«
»Die soll ich für Sie stehlen?«
»Nennen wir es, sie besorgen.«
»Kommen Sie mit, Ihre Mutter ist noch auf.«
»Nein.« Er wich in den Laubenschatten zurück.
»Wollen Sie Ihren Eltern nicht weh tun, oder fürchten Sie die Auseinandersetzung?«
»Beides.«
»Ihre Mutter wird Sie verstehen.«
»Sie ist nur eine einfache Frau.«
»Gerade deswegen. Kommen Sie endlich.«
Christine nahm seinen Arm, schob ihn zwei Schritte vor sich her.
Sie lachte plötzlich leise auf, konnte nicht anders.
Er wandte rasch den Kopf.
»Was ist?«
»Sie werden François morgen den schönsten bunten Hahn schenken, den Sie auf dem Neuhof auftreiben können.«
»Warum?«
»Seine Vorliebe für Geflügel teilt er mit seiner Schwiegermutter.«
»Ich verstehe nicht, Madame.«
»Es ist ja auch ein halbes Jahrhundert her.«

»Mon petit!« Er war ihr Ältester, aber für Lisette blieb er ›der Kleine‹, das erste Bébé.
Sie umarmte ihren Sohn, ohne Fragen zu stellen. »Hunger hast du, das seh' ich doch!« Sie tischte rasch Kaffee auf, schnitt frischen Schinken in der Speisekammer ab, putzte Radieschen dazu.

Aber ihren François weckte sie nicht, als begriffe sie schon, worum es ging.
Sie lauschte erst Christine, dann ihrem Sohn.
Lisettes Blick kehrte sich nach innen, sie faltete ihre Hände übereinander auf dem Tisch.
»Und deine Frau?« fragte sie nur. »Und deine Kinder, mon fils?«
»Eliette hat mich verlassen, Mama.«
»Und die Kinder?«
»Mit den Kindern.«
»Werde ich sie nicht mehr sehen?«
»Das weiß ich nicht, Mama.«
»Also gut.« Lisette stand auf und strich sich den vielgefältelten langen Rock glatt. »Ich lasse dich nach Indien gehen. François braucht es vorläufig nicht zu wissen. Soll er ruhig denken, du schneidest immer noch Gallensteine aus Pariser Bäuchen.«
Sie zog neben einem kleinen goldenen Kreuz, das sie an einer dünnen Kette um den Hals trug, einen kleinen Schlüssel aus ihrem Mieder. Sie nestelte beides ab, gab es ihrem Sohn.

»War's richtig so, M'selle Welsch?« fragte Lisette, als sie allein waren.
»Ich weiß es nicht.«
»Aber Sie haben ihm geholfen?«
»Du wolltest ihn doch noch einmal sehen?«
»Ja, das wollte ich.«
Lisette trat ans Fenster. »Jetzt bin ich um einen Sohn ärmer und um zwei Enkel. Und morgen muß ich dem François den schönsten bunten Hahn schenken, den ich auf dem Hühnermarkt finden kann. – Aber Ihre Friedel ist auch noch nicht wieder da, M'selle Welsch. Wo die wohl bleibt?«
Sein Hotel war nah, und Martin wußte, daß er es nur zu wollen brauchte. Er sah es in Friedels Augen. Sie waren nicht mehr hell und grau, sie waren wie dunkles Silber und voller Erwartung.
Sie hielt die Hände unter dem Tisch, und er hob das Glas an ihre Lippen. Sie trank den Wein, kindhaft und doch mit dem weichen Mund einer Frau.
»Du bist zwanzig, Friedel. Ist da kein Freund? Kein Mann?«
Sie schüttelte stumm den Kopf.
Es schnürte ihm die Kehle zu.
Da war nur Aufrichtigkeit, kein Versteckspiel, nicht einmal Koketterie. Hatte er das je bei einer Frau gekannt?
Und das ließ ihn zögern, das entschied gegen sein Verlangen, sie mitzunehmen, sie zu besitzen, jetzt, in dieser Nacht.
»Ich liebe dich.«

Ihre Augen weiteten sich, und sie wurde sehr blaß.
»Ich möchte dich haben. Aber vorher mußt du mir zuhören. Und nicht einfach fortgehen. Versprichst du mir das?«
Ihr dunkles Haar flog, als sie den Kopf schüttelte.
»Ich bin verheiratet. Seit meiner Rückkehr aus der Gefangenschaft. Eva hat noch bis Ende Juni dieses Jahres in Berlin gelebt, dann habe ich sie nach Bonn geholt. Ich habe geglaubt, wir könnten noch einmal neu anfangen. Ich habe nicht gewußt, wie krank sie ist. Nervenkrank. Seit Juli ist sie in einer Klinik in Mehlem. Vorher hätte ich mich scheiden lassen können. Heute kann ich es nicht mehr. Und ich kann dir keinen Beweis geben, daß meine Ehe mit Eva nie eine war. Wenn du mich willst, hast du ein Verhältnis mit einem verheirateten Mann. Ich weiß nicht, ob du das willst und ob du das durchhältst. Du mußt es entscheiden.«
Sie hielt ihre Hände unter dem Tisch, er hob sanft ihre Ellenbogen, streichelte ihre Fingerkuppen.
»Wenn du willst, besprich es mit deiner Großmutter.«
Friedel nickte, aber genau das würde sie nicht tun können.
»Bitte, bring mich jetzt nach Hause.«
»Ich rufe dich in Bonn an. Darf ich?«
»Ja.«
Sie tranken ihre Gläser nicht leer, sie liefen lange durch die nächtlich stille Stadt. Er hielt ihre Hand und schob sie in seine Jackentasche. »Auf deinem Haar glitzert schon Tau.«
Sie kehrten zu seinem Wagen zurück, Martin fuhr sie zum Neuhof.
In dem alten Fachwerkhaus schimmerte in der Küche noch Licht, Lisette ging erst zu Bett, wenn alle daheim waren.
»Gute Nacht, Friedel.«
»Gute Nacht, Martin.«
»Und danke, für diese Tage.«
Sie stieg schnell aus, lief zum Haus.
Lisette gab nicht eher Ruhe, bis Friedel noch ein Glas heiße Honigmilch trank.
»Du bist ja ganz verfroren, Kind«, schalt sie.
Und eine dickbauchige Wärmflasche kriegte Friedel auch ins Bett.
»Das ist mehr wert als manches Mannsbild, hält wenigstens warm, sogar im Alter noch. Das tut kein Mann und kein Sohn. Die nehmen immer nur, und nichts kriegst du zurück.«
Am Morgen begleitete François die M'sellen Christine und Friedel zum Bahnhof.
François war Droschkenkutscher gewesen und einer der ersten stolzen Taxibesitzer in Straßburg; heute fuhr er nicht mehr selbst, schließlich näherte er sich dem neunzigsten Geburtstag, er ließ Gilbert kommen.

»Der ist dumm, aber zuverlässig«, brummte Fançois, »und bis zum Bahnhof schafft er's immer.«
Wieder wurde der Ingweiler Tisch auf einem Wagendach festgezurrt und dann im Bahnhof als Stückgut aufgegeben.
»War's denn auch für dich schön?« fragte Christine im Zug und schaute sich nicht nach Straßburg um.
»Ja, Oma. Sehr schön.«
»Dann ist es gut, Friedele, setz dich zu mir, in die Fahrtrichtung. Man soll immer nach vorne schauen, daß weißt du doch.«

2

Wenn man vom Wohnzimmer des alten Bonner Hauses in den Garten schaute, sah man Rosen, wo nach dem Krieg einmal Kartoffeln wuchsen, man sah Blumenbeete, wo einmal Lauch und Zwiebeln und Möhren reiften, und man sah den Birnbaum. Der stand ganz nah, hatte sich nicht verändert.
Man sah dies alles, im gleichen Licht, zur gleichen Jahreszeit, im gleichen Sonnenuntergang, und doch war alles ganz anders. Wenn man es so sah, wie Friedel jetzt. Denn dieser Tag war schon anders gewesen, und die Nacht würde anders sein.
Warum ist es, daß diese Nacht so anders ist? fragten die Kinder beim Seder, dem Abendmahl vor Pesach, so stand es in dem kleinen Buch, der Haggada, das ihrem Vater gehört hatte. Friedel hütete es als Kostbarstes seiner kargen Hinterlassenschaft, weil so viele Seiten seine Randnotizen trugen.
Er hatte stets zwischen zwei Religionen, zwei Kulturen, zwei Ansichten und Aussichten wählen müssen, weil er zwischen sie geboren wurde. Eine endgültige Entscheidung gab es für Michael Gugenheimer nie, und das hatte ihn gequält.
Aber ich habe mich entscheiden dürfen, dachte Friedel, und ich habe es getan. Ich habe mich für Martin entschieden und zum erstenmal gegen Oma, denn sie wird es nicht verstehen.

In der Wintersonne leuchtete Friedels schulterlanges Haar rötlich, nur das Kleid blieb schwarz, und es war, als wolle es alle Rundungen verbergen; aber es war ihr bestes Kleid, und das war Christine sehr bewußt, die sich schon seit einer Weile still im Hintergrund hielt.
Friedels Hände lagen flach auf dem Fensterbrett. Es waren noch weiche, unerfahrene Hände, und die blaßrot lackierten Nägel sahen wie winzige Narrenkappen aus.

»Friedele«, sagte Christine, als könnte sie so die Jahre überbrücken, das Kind zurückholen. »Friedele, wo bist du?«
»Hier, Oma.« Sie wandte sich um. »Ich bin in deinem alten Haus in Bonn in der Schumannstraße. Ich stehe im Wintergarten und schaue hinaus, wie ich es so oft getan habe.«
»Du hast dich verändert, Kind, seit wir zurück sind.«
»Ja, das habe ich.« Die grauen Augen waren weit geöffnet unter den hohen Lidern. »Weißt du denn nicht, daß in meinem Leben alle vier Jahre etwas Besonderes geschieht?«
Christine trat zu Friedel in den Wintergarten. Blacky, der Spitz, knurrte aus seiner Ecke neben dem Schreibtisch. Christine rührte Friedel nicht an.
»Ich wurde vier, da gingen meine Eltern nach New York. Ich wurde acht, da war auch Amerika mit im Krieg, und ich hörte auf, nach ihnen zu fragen. Ich war zwölf, da war Frieden, und mein Vater kam zu mir. Ich war sechzehn, als er starb. Jetzt bin ich zwanzig. – Ich bin kein Kind mehr, Oma.«
»Nein, das bist du wohl nicht. Und ich sollte nicht mehr so neugierig sein.«
»Doch, Oma, doch. Frag mich.«
»Was soll denn heute noch passieren?«
»Martin holt mich ab.«
Die grauen Augen sahen Christine unverwandt an und füllten sich mit einem tiefen Leuchten.
Aber Christine konnte es sich einfach nicht verkneifen, fragte: »Jetzt erst? Nach zwei Monaten?«
Das junge Gesicht verschloß sich, das Leuchten erlosch.
»Er war beruflich in Algerien. Da waren Unruhen. Martin wurde verwundet. Deswegen hat er mich erst jetzt angerufen.«
Aber da war noch etwas anderes, Christine spürte es ganz genau. Eine Lüge, ein Verschweigen?
»Oma, willst du mir nicht Glück wünschen?«
Warum klang das so flehentlich?
»Ich wünsche dir Glück, Kind.«
Und Friedel schlang ihr die Arme um den Hals und drückte sich ganz fest an sie. »Du kennst Martin doch. Alles wird gut, glaub mir, Oma. Alles.«
Christine spürte das Herzklopfen und die Wärme des jungen Körpers, und sie dachte mit jäher Furcht, sie ist wie ich. Sie vertraut, wie ich Georg vertraut habe, und wird enttäuscht.
Paß auf dich auf, Friedel, sagte sie stumm, paß auf dich auf.
Und dann ließ sie die Enkelin allein.

Christines Zimmer im ersten Stock hatte erst kürzlich neue gelbe Vorhänge erhalten, und Friedel hatte die Stuckdecke in zartem Gelb und gebrochenem Weiß ausmalen lassen. Die Sessel trugen neue Überzüge in einem weichen Moosgrün, und Friedel hatte den Schreibtisch mit Bienenwachs poliert, bis die Maserung des Holzes wieder leuchtete.
Christine zog die mittlere Schublade auf. Da lagen die Fotos, Momentaufnahmen, Szenen ihres Lebens, das bald vorbei sein würde.
Christine hatte Angst vor dem Tod, sie sprach mit niemandem darüber, aber sie fürchtete sich vor dem Dunkel, dem sie mit jedem Jahr näher kam, vielleicht mit jedem Tag.
Georg Bonet, als Kadett in Potsdam vor der Jahrhundertwende, lachte sie an, braunvergilbt, aber stolz und sicher und glücklich. Nächtelang hatte sie nur schlafen können, wenn dieses Foto unter ihrem Kopfkissen lag, im Lehrerinnenseminar an der Zitadelle in Straßburg, bis die Aufseherin es entdeckte und zu ihren Eltern trug.
Georg, die nie erfüllte Liebe, und später Ernst, ihr Mann, den sie anfangs nur achtete und respektierte und fast verlor, weil sie diese Liebe beinahe verkannte. Zeugen, Begleiter eines langen Lebens, das jetzt für Friedel erst begann.
Eine Schublade voller Fotos, Briefe von all den Menschen meiner bald fünfundsiebzig Jahre, dachte Christine, und die meisten von ihnen sind tot.
Ihr Vater, Jean Welsch, Diakon in Straßburg-Neuhof; ihre Mutter, die lebenslustige leidenschaftliche Anna, die nach der Geburt des vierten Kindes starb. Nach ihrer Mutter hatte Christine die eigene erste Tochter benannt; aber Lebenslust hatte die zweite Anna kaum erfahren, wenn, dann nur eine hektische, krampfhafte Fröhlichkeit. Armes Kind, dachte Christine, armes Annele.
Lange sah sie Mama Stellas Bild an; die kühle Engländerin, die sich im sonnigen Elsaß, in diesem Landzipfel des grünen Weins, des Gewürztraminers und des Sylvaners, der Weinbergschnecken in Kräuterbutter und des Guglhupfs, so sehr verwandelte, bis sie es ablehnte, etwas anderes als Elsässerditsch zu babbelen. Ihr verdankte Christine noch heute die klare, beinahe faltenlose Haut, weil Stella die Welsch-Kinder zu Vitaminen, frischer Luft und abendlicher Honigmilch vorm Schlafengehen angehalten hatte.
Und dann die unergründliche Rachel, die es einem so schwermachte, sie zu lieben. Meine eigene Schwester hat mich um Georg betrogen in der Silvesternacht von 1900. Sie hat den armen Baptiste Praet zugrunde gerichtet, als hätte sie's gewollt, daß sie dann so bitter und einsam hinter ihrer ochsenblutroten Tür im Petite France starb.
Aber Robert lebte noch, ihr Bruder, der leidenschaftliche Revolutionär,

der es nie verstand, daß Revolutionen mit Haß und Blut gemacht werden. Er war in einem Heim, im Maison Maul bei Colmar, in dem sich der Jahreszeitenwandel nur im Park bemerkbar machte.
Und wieder Georg, im Tropenhelm, das Gesicht vom Fieber ausgezehrt, vor seinem Hospital in Afrika, und noch einmal Georg auf ihrem Ausflug von Straßburg nach Bonn, im Jahre 1934, als sie beinahe doch noch zueinanderfanden, und das war nun auch schon neunzehn Jahre her.
Ein Foto vom indischen Prinzen Sudi fiel in Christines Hand, dem Mündel des Missionars, Onkel Sebastian; Christine lachte, denn sie dachte an das grüne Seidenhemd, das Sudi Rachel gestohlen, Lisette geschenkt, die er geschwängert und die François geheiratet hatte. Was mochte aus Sudi geworden sein, seit es in Indien keine Prinzen mehr gab? Vielleicht war aus ihm ein Jünger Gandhis geworden? Und was wurde nun aus seinem Sohn?
Da noch ein Schnappschuß von Ernst, diesmal in New York 1908. Wie glücklich sah er da aus. Er hatte Anatol Gugenheimers Bank in Manhattan eingerichtet und Laura Craw kennengelernt, die nun mit Yochanan, Michaels väterlichem Freund, in der Toscana lebte. War sie Ernsts Geliebte gewesen? Hoffentlich, dachte Christine aus dem Abstand der Jahrzehnte, hoffentlich, denn ich weiß, daß er dann glücklich war.
Ein Bild von Michael Gugenheimer. Ihr Gaumen wurde trocken. Warum hatte er so früh sterben müssen, mit nicht einmal fünfzig Jahren? Annas Mann und ihr Schwiegersohn, er war ihr so lieb gewesen, als hätte sie ihn selbst geboren. Christine legte sein Foto vornean in die Schublade, damit sie es stets sofort fand.
Ja, das blieb am Ende, eine Lade voller Fotos und Briefe.
Sei nicht undankbar, schalt sich Christine, du hast Anna und deine Enkel. Und sogar noch Lilli, auch wenn du diese Tochter nie verstanden hast und sie nur einmal im Jahr siehst, falls sie zu Achims Geburtstag aus Brüssel kommt.
Denk daran, was Ernst immer gesagt hat, du hast kein Gesicht, um traurig zu sein, und weinen kannst du schon gar nicht!
Christine lächelte vor sich hin, als sie zum Schrank trat. Sie wählte einen Hut, die passenden Handschuhe, beides perlgrau mit blaßviolettem Rips paspeliert.
Ihren Huttick hatte sie nie abgelegt, ebensowenig wie ihre Neugierde. Vor dem Spiegel, der blinde Tupfer hatte wie gealterte Haut Leberflecke, nahm sie die Schultern zurück und hob das Kinn. Ein graues Ripsband hielt ihren Hals straff.
»Du bist schon eine eitle alte Frau«, sagte Christine und zwinkerte sich zu.

Zeitlebens war sie gern zu Fuß gegangen und kräftig ausgeschritten, den Kopf hoch erhoben. Und doch, wer sie so sah, entdeckte nichts Überhebliches an ihr, keinerlei Hochmut.
Zum Hochmut wurde man im Elsaß nicht erzogen, vor allem nicht, wenn man Eltern wie sie gehabt hatte.
Fröhlichkeit hatte man sie gelehrt, von klein auf, Liebe zu allen natürlichen Dingen, zu Menschen, Tieren, Pflanzen, Meer und Himmel.
Manchmal wanderte sie heute noch den Rhein entlang, von Bonn nach Bad Godesberg und zurück. Oder sie nahm die Fähre nach Königswinter und stieg den Drachenfels hinauf oder den Ölberg; erst im letzten Sommer hatte Adenauer ihr sein Taschentuch gegeben, auf der Fähre bei der Rückfahrt, als sie so verschwitzt war von ihrem langen Marsch. Und ein Herr in seiner Begleitung hatte gesagt: »Sie sin doch e Meiselokkerle?«
Natürlich war sie das, war ja in Straßburg aufgewachsen. Sie sprach deutsch, dachte französisch, sang am liebsten Volkslieder im Elsässerditsch.
Sie schritt aus und sah die Stadt, die sie beinahe so liebte wie ihr Straßburg: Bonn.
Da war die Schranke an der Weberstraße, und der alte Bonner Spruch fiel ihr ein: ›Entweder et ränt, oder die Schranke sind erav.‹
Auf der Kaiserstraße war rechts die neue Mensa, und Christine genoß den Anblick der jungen Menschen, die ihr zustrebten. Manchmal war auch Friedel unter ihnen, obwohl das Einjährige sie nicht zum Studium berechtigte. Aber als Gasthörerin saß sie bei Professor Lützeler und besuchte die Mensa, wenn Mandt ihr Zeit dazu ließ.
Die meisten Bombenlücken zwischen den Häusern waren wieder gefüllt, und Christine verglich die Straßenzeile mit einem Gebiß, das ein guter Dentist gerichtet hat.
Ich hab' noch alle Zähne im Mund, dachte sie, und fügte amüsiert hinzu – fast.
Sie schritt rascher aus, das tat gut, bewegte das Blut, und erreichte bald den Kaiserplatz.
Da standen die Kastanien wie eh und je. Unter ihnen hatten Anna und Lilli beim jährlichen Sommerfest der Universität getanzt. Lange vor dem Krieg. Und Friedel danach.
Linden dufteten hier süß im Frühjahr, denn der Hofgarten war nah und der Alte Zoll mit dem Blick auf den Rhein und die neue Brücke.
1934 hatte Christine dort gestanden, wie alle Verliebten in Bonn irgendwann einmal, im Schutz einer Weißdornhecke in Georgs Armen. Und da war sie schon alt.
Nein, dachte Christine, während sie den Kaiserplatz überquerte, auf Vol-

mar zuging, wo wieder kostbares Porzellan und extravaganter Schmuck die Vitrinen schmückten; man braucht nie alt zu sein.
Das Münster und der Münsterplatz, die Post dahinter, Beethoven auf seinem Podest und das Milchhäuschen davor. Hier trank Christine eine Honigmilch in Mama Stellas Angedenken.
»Frau Schwarzenburg, wenn ich nicht irre?« fragte ein alter Herr.
»Ja, das bin ich.«
Er küßte ihre Hand. »Welch eine Freude. Aber Sie erinnern sich meiner nicht?«
Sie sah ihn lächelnd an.
»Ihr Mann und ich pflegten unseren Sonntagmorgenspaziergang über die Brücke nach Beuel zu machen.«
»Dann müssen Sie Geoffry sein!«
In die alten Augen stieg feuchter Glanz.
»Ernst hat Ihnen von mir berichtet?«
»Nur Gutes.«
»Wir politisierten«, sagte der alte Herr. »Es war Ende der zwanziger Jahre, Anfang der dreißiger. Wir glaubten –«
»Daß alles eines Tages besser würde.«
»Ja, das glaubten wir. Bis Hitler kam. Wissen Sie, wie Ihr Mann ihn nannte?« Geoffry beugte sich zu ihr, als gäbe es versteckte Lauscher.
»Den Pinselinski«, sagte Christine laut.
»Und heute?« fragte der alte Herr. »Was soll man heute tun?«
»Mut haben, lachen.«
Christine bezahlte ihre Honigmilch, man sah ihr nach. Aber das war ihr ebensowenig bewußt wie das, was sie ausstrahlte. Das ganz einfache Ja zum Leben. Denn ihre Angst, die Angst vor dem Tod, behielt sie für sich.

In der Bonngasse lag Anna Gugenheimers Strumpfstube. Zwei Stopferinnen ließen elektrische Nadeln über hauchdünne Nylons fliegen, pro Masche fünf Pfennig. Anna numerierte Strumpftüten, schrieb Namen darauf.
»Ach, du bist's, Mama«, sagte sie, als Christine eintrat. »Wie nett.«
Anna wirkte schlank und schick in einem dunkelgrünen Wollkleid, aber das Rot ihres Lippenstiftes war zu dunkel, und ihre Wimpern waren zu stark getuscht. Erst so sah man doch, wie leer ihre Augen waren, wie krampfhaft um Mut bemüht der Mund.
»Störe ich?« fragte Christine.
»Nie«, sagte Anna, »das weißt du doch.«
»Wenn du Zeit hättest, könnten wir einen Kaffee trinken?«
»Gern, Mama. Betty, machen Sie die Theke?«
»Ja, sicher«, sagte die blonde der beiden Stopferinnen.

Anna schlüpfte in ihren Mantel.
Zwei Kundinnen betraten den Laden, Anna begrüßte sie noch, dann nahm sie Christines Arm.
Draußen sog sie tief die Luft ein. »Es wird bald schneien. Dieses Jahr kriegen wir bestimmt eine weiße Weihnacht, Mama. Schön, nicht?«
»Sehr schön. Friedel hat elektrische Kerzen für die Tanne im Garten gekauft.«
»Woran denkt Friedel nicht? Sie weiß doch immer, was sie tut.«
»Sei froh, Annele, daß du so prächtige Kinder hast.«
»Ich bin ja froh.«
Aber Annas Augen waren unstet. Ihr Blick flog, heftete sich auf die Schultern eines hochgewachsenen Mannes, sie schaute schnell zurück, das Gesicht zu erhaschen; ein grobes Profil, keine Ähnlichkeit mit Michael. Sie hatte ihn zu jung verloren, zu jäh.
»Warum sterben immer die Besten zuerst, Mama?«
»Schau, was für hübsche Schuhe«, sagte Christine und blieb vor einer Vitrine in der Wenzelgasse stehen. »Die passen genau zu deinem Kleid. Ich schenke sie dir.«
»Ach, Mutter, laß doch. Weißt du denn nicht mehr, wie Michael mir fünf Paar auf einmal gekauft hat? Auf dem Ku'damm war's, echte Bally waren es, und ein Paar schöner als das andere.«
Anna wollte keine neuen Schuhe, und sie wollte kein neues Kleid. Sie trank einen Cognac im Café Pesch und rauchte zuviel.
»Heute abend geht Friedel aus«, sagte Christine.
»So«, sagte Anna nur.
»Hat sie dir von Martin erzählt?«
»Warum sollte sie? Wer ist das?«
»Vielleicht hast du ihr nur nicht zugehört?«
»Ach, Mutter, laß doch.«
»Du müßtest raus aus Bonn, einmal vier Wochen aus allem raus, Anna.«
»Und wer soll den Laden machen?«
»Ich.«
»Das traust du dir zu?« Da war ein winziger Schimmer Hoffnung in den Augen.
»Sicher. Ich brauche höchstens eine Brille, damit ich die Maschen genau zählen kann.«
»Aber wohin soll ich denn?«
»In ein schickes Bad. Damit du unter Menschen kommst.«
»Unter Menschen? Das bin ich den ganzen Tag.«
»Anna, du mußt dir selbst helfen.«
»Soll ich Michael vergessen? Willst du das?«
»Nein, Anna.«

»Was willst du dann?«
»Daß du auch an dich selbst denkst. Und vielleicht solltest du zu Hause sein, wenn er kommt, Friedels Martin.«
»Ach, Mutter, es täte mir nur weh. Ich würde immer nur daran denken müssen, wie es war, mit Michael. Und Friedel weiß ja, was sie tut.«
»Anna, du läßt dir das Kind entgleiten.«
»Friedel hat mir nie gehört.«
Christine senkte den Blick.
»Wenn wir in Amerika geblieben wären, lebte Michael noch. Wenn wir zu Hause geblieben wären, in New York, hätte er sich nicht für all die anderen Menschen kaputtgemacht. Aber wegen Friedel mußten wir ja nach dem Krieg zurückkommen. Und sie wollte uns gar nicht mehr, Mutter. Hast du das vergessen?«
»Wir haben schon so oft darüber gesprochen«, sagte Christine. »Und ich kann dich nicht vom Gegenteil überzeugen. Leider.«
»Weil es stimmt, was ich sage.«
»Warum fährst du nicht einmal nach Straßburg?«
»Was soll ich da?«
»Früher bist du so gern im Elsaß gewesen.«
»Ach, Mutter. Ich muß jetzt ins Geschäft zurück.«
Christine zahlte. Anna hing sich an ihren Arm.
»Das Kaffeestündchen war nett, Mama.« Sie lächelte, aber ihre Augen blieben leer.
Anna stolperte, Christine hielt sie, sonst wäre sie auf die Straße gestürzt.
»Früher fuhr hier die Bahn über den Markt«, sagte Anna. »Ich hab' mal gesehen, wie eine Frau daruntergekommen ist.«
Und auch das machte Christine angst, die sie nicht zeigen durfte.

3

Friedel sah, wie es dunkel wurde, wie Schatten in die Räume fielen, an den Wänden zu den Decken hochstiegen.
Sie war in das Zimmer gegangen, das sie seit Michaels Tod mit ihrer Mutter teilte, weil Anna nicht allein schlafen konnte.
Friedel saß am Fenster und sah zu, wie die Laternen aufleuchteten, erster Schnee fiel. Still war die Schumannstraße, man konnte jeden Wagen schon von weitem hören und dann sehen, wie er näher kam, mit hellem Scheinwerferlicht, das vorbeiglitt und sich wieder entfernte.
Um halb acht würde es Martins Wagen sein.
Friedel verschränkte fest ihre Hände ineinander, denn sie waren sehr kalt und zitterten. Sie saß und wartete, lauschte.

Aber zuerst kamen die beiden Jungen. Der lange Achim mit dem Geigenkasten unter dem Arm, der dicke Boris, die Flöte im ledernen Futteral geschultert wie ein Gewehr; Vetter Achim war sechzehn, Boris neun, ein seltsames Duo, voller Dissonanzen und leidenschaftlicher Harmonie. Sie stritten sich oft, daß die Fetzen flogen, aber ertrugen es kaum, länger als einen Tag voneinander getrennt zu sein.
Die Jungen klingelten Sturm, obwohl beide einen Wohnungsschlüssel besaßen.
»Hast du dich fein gemacht!« Boris stürzte sich in Friedels Arme. Schneeflocken lagen auf seinem Haar, als könnten sie auf dem borstigen Schwarz nicht schmelzen.
»Du riechst gut!« Er schnupperte ihren Hals entlang, drückte seine Nase an ihrem Ohr platt. »Tolles Parfüm. Weißt du, was ich gemacht hab'? Die alte Fischbach ist fast zersprungen – gefurzt hab' ich!«
Achim schnüffelte und rieb seine Brillengläser blank. »Du kannst es mir glauben, Friedel, er ist eine Pest.«
»Ich bin eine Pest, du bist eine Pest! Die alte Fischbach ist eine Pest!« sang Boris, rannte in die Küche und fiel über den Brotkasten her.
»Wirklich, du kannst es mir glauben, Friedel«, wiederholte Achim, »ich kann ihn einfach nicht mehr mitnehmen! Fräulein Fischbach hat fast einen Schlag bekommen, und der Affe hat bloß schallend gelacht.«
»Ein Furz ist etwas ganz Natürliches«, sagte Boris. »Lies es doch nach. Wenn man ihn zurückhält, kriegt man einen Blähbauch, und dann besteht die Gefahr –«
»Hört auf!« Friedel lachte. »Und tut mir einen Gefallen, beide, verschwindet!«
»Warum denn?« fragten Boris und Achim.
»Ich werde abgeholt«, sagte Friedel.
Achim schob seine Brille auf die Nasenwurzel.
»Von wem?« fragte Boris.
»Von einem jungen Mann.«
»Und warum darf der uns nicht sehen?«
»Geht bitte beide nach oben und nehmt Blacky mit. Wenn es klingelt, mach' ich auf, verstanden?«
Boris stopfte sich zwei Brötchen in die Hosentaschen und nahm das Marmeladenglas aus dem Schrank.
»Du bist wohl verrückt«, sagte Friedel. »Das ganze Glas!«
»Ich hab' Hunger.« Boris grinste seinen Vetter genüßlich an. »Einen Pestaffenhunger. Glaub nur nicht, du kriegst was ab!«
Sie polterten aus der Küche, die Treppe hinauf, Blacky folgte japsend. Friedel lief lachend in ihr Zimmer zurück.

»Kannste was sehen?« wollte Boris in der Mansarde wissen, die ihr Spielreich war. Blacky erschnupperte die Ecken und Winkel.
»Noch nicht«, sagte Achim. »Man müßte ein Nachtglas haben.«
»Was ist das? Laß mich doch mal dran.« Boris entwand seinem Vetter das Fernglas, preßte es an die Augen.
»Wie sieht er denn aus?« fragte Achim.
»Wie'n Mann.«
»Ist er jung?«
»Meinst du, die Friedel gibt sich mit einem Opa ab?«
»Laß mich wieder ran.«
»Nee, warte...« Boris drehte an dem Fernglas, das sie Christine abgebettelt hatten. Normalerweise ruhte es in einem braunen ledernen Etui mit dunkelgrüner Samtpolsterung; es hatte ihren Großvater während des Boxeraufstandes nach China begleitet.
»Weißte, wie der aussieht?«
»Na, wie denn?« fragte Achim.
»Wie mein Vater«, sagte Boris.
Sie legten das Fernglas zur Seite, hockten sich auf die Fensterbank.
»Was hat der für'n Wagen?«
»Einen Opel«, sagte Achim. »Müßtest du eigentlich wissen. Ich hab' dir doch alle Marken erklärt.«
»Ist der Kerl reich?«
»Warum?«
»Möchtest du, daß meine Schwester einen armen Schlucker heiratet?«
»Wer redet denn vom Heiraten?«
»Oma sagt, wenn die Friedel an den Richtigen gerät, dann heiratet sie ihn auch. Und ein reicher Mann ist besser als ein armer.«
»Mensch, hör schon auf!«
Boris langte mit zwei Fingern in die Johannisbeermarmelade.
»Ekelhaft«, sagte Achim. »Wirklich, du bist ein widerlicher kleiner Kerl.«
»Ich bin ein widerlicher kleiner Pestaffe.« Boris schmatzte, Blacky leckte sich die Lefzen.

Friedel wartete, bis Martin das Vorgartentor öffnete, dann lief sie zur Haustür.
»Friedel!« Er nahm sie in die Arme und hielt sie ganz fest. »Du hast ja den Mantel schon an.«
Im Wagen sagte er: »Mach die Augen zu.« Er legte etwas Kühles, Glattes um ihr Handgelenk und küßte sie.
»Alles Gute zum Geburtstag.« Um ihr Handgelenk lag ein flaches silbernes Band.

Ihre Augen wurden naß, denn niemand hatte an ihren Geburtstag gedacht, nicht einmal Christine.
Er hielt Friedels Hand, während sie in die Stadt fuhren, er führte sie ins Weinhaus Streng. Kerzen brannten auf den Tischen, Blumen waren in kleine Messingschalen geordnet.
Friedel strich heimlich über das feine weiße Tischtuch, lauschte, während Martin das Menü und den Wein aussuchte, sie konnte nicht aufhören, ihn anzuschauen.
»Du bist so ernst«, sagte er.
»Ich bin so froh.«
»Das macht mich froh. Auf deinen Geburtstag.«
Der Wein war kühl und frisch. Ein Elsässer Riesling.
»Magst du ihn?«
»Ja, danke.«
»Hast du schon oft Wein getrunken?«
»Nein. Nicht mehr seit Michaels Tod. Nur wieder im Elsaß.«
»Du hast sehr an deinem Vater gehangen?«
»Ja.«
»Erzähl mir von ihm.«
»Er war – ein bißchen wie du. Er war – das Schönste war, wenn er mit mir spazierenging. Jeden Sonntag. Auch wenn's regnete. Dann redeten wir. Richtig. Und er war fröhlich. Ja, dann war er fröhlich. Er sah so vieles. Und er konnte es erklären. Es war nie langweilig. Tiere mochte er und Bäume. Einmal sagte er, wenn es nach ihm gegangen wäre, dann wäre er Bauer geworden. Aber er hatte gar keine Hände wie ein Bauer. Er hatte Hände wie ein Maler, wie ein Künstler, glaube ich. Manchmal spielte er mit Christine oder Anna Klavier. Nur singen konnte er nicht. Das klang schauerlich. Boris sagte immer, das klingt wie eine Rotzsäge, womit er natürlich eine Rostsäge meinte.«
»Trink noch einen Schluck«, sagte Martin. »Und lach mich an.«
Er hob ihre Hände auf den Tisch und strich über ihre Fingerkuppen. »Ich liebe dich, weil du so lachen kannst.«

»Ich hab' ihn gesehen, Oma, ich hab' ihn gesehen!« Boris hüpfte von einem dicken Bein aufs andere über die schwarzweißen Marmorfliesen des Flurs. Blacky bellte.
»Und wen, bitte?« fragte Christine.
Achim half ihr aus dem Mantel, sie zog vorsichtig die Hutnadeln aus ihrem Haar, denn ihre Hände zitterten.
»Friedels Freund. Er fährt einen weißen Opel.«
»Er hatte einen Kamelhaarmantel an«, sagte Boris.
»Und Budapester«, sagte Achim.

»Klackklack«, machte Boris.
»Oma, dein Teewasser steht auf.«
Die Jungen folgten ihr zum Buffet im Wohnzimmer, aus dem sie die Kristallflasche mit dem Armagnac nahm.
»Oma«, sagte Boris, »du säufst ja.«
»Es ist kalt geworden. Es schneit. Ich bin aus der Stadt zu Fuß zurückgekommen.«
»Warum hast du Mama nicht gleich mitgebracht?«
»Wie meinst du?«
»Oma, du hörst mir ja überhaupt nicht zu!«
»Laß Oma doch«, sagte Achim. »Du siehst doch, sie fühlt sich nicht wohl.«
»Jetzt ist mir schon besser.« Christine stellte den Armagnac zurück.
»Ich gieße dir schon deinen Tee ein, Oma.«
»Danke, Achim.«
Sie folgte den Jungen; nach Michaels Tod hatten sie die Küche ins Parterre verlegt – ein Zimmer hätte dort sonst leer gestanden.
Achim goß ihr den Tee ein, die Kristalle des Kandis klirrten merkwürdig laut.
»Du bist wirklich ganz verfroren, Oma.« Boris rieb ihre Hände. »Wann heiratet die Friedel?«
»Nicht so bald, glaub' ich.«
»Schade, dann wäre doch wieder ein Mann im Haus. Er sieht aus wie Vati.«
»Ja, das wird's wohl sein.«
»Bist du nicht froh darüber, Oma?«
»Doch, natürlich.«
Aber Christine war nicht froh, und sie dachte, ich hab' das getan, was meine Schwester Rachel so gern tat, ich hab' geschnüffelt. Und es stimmt schon, was dabei herauskommt, kann nie was Rechtes sein. Aber das Postamt am Münsterplatz war so nah, und ich konnte nicht widerstehen. Hab' ins Telefonbuch geschaut und seinen Namen gefunden. Aber nicht nur seinen. Martin und Eva Hildesheim steht da. Und Friedel kann nichts davon wissen. Nicht dieses Mädchen. Gewartet hat sie, und brav war sie, und nicht einmal im Karneval ist sie spät nach Hause gekommen. Ich weiß wirklich nicht, Oma, hat sie so oft gesagt, warum alle bis zuletzt bleiben? Wenn es am schönsten ist, soll man gehen. Vor dem letzten Tanz. Und am Morgen ihrer Konfirmation hat sie doch gesagt, Gott macht es uns wirklich leicht, an seine zehn Gebote kann man sich sein ganzes Leben halten.
»Die Ehe brechen –«
»Ist das ein neuer Film, Oma?«

Christine zuckte zusammen, blickte in Boris' neugierig blitzende Augen. Sie schüttelte den Kopf.
»Laß Oma doch«, sagte Achim, »du siehst doch, wie blaß sie ist.«
»Ja, ich glaube, ich lege mich ein Stündchen hin.«
Christine stieg die Treppe hinauf, Achim öffnete ihr die Tür, Boris lief voraus und schaltete die Wandleuchten in ihrem Zimmer ein. »Schlaf gut, Oma«, sagten sie beide.
Und sie hielt die Jungen im Arm, den sechzehnjährigen Achim, der größer war als sie, und den neunjährigen runden Boris. Aber ich kann sie nicht immer halten, dachte sie, die Jungen nicht und Friedel nicht. Was würd's auch nützen? Sie löschte das Licht, als sie allein war, und saß lange, lange in der Dunkelheit.

Die Kerzen flackerten, und es waren nicht mehr die selbstgedrehten und nicht mehr die Hindenburglichter des Bunkers, wenn die Elektrizität versagte.
Es waren honigfarbene Kerzen, sie brannten in einem silbernen Leuchter, und ihr Wachs roch süß.
Schön ist das, dachte Friedel, bei solchem Licht braucht man keine Angst zu haben.
»Weißt du«, sagte Martin, »ich hatte Angst. Vor heute abend und überhaupt. Und dann war alles so einfach. Wenn du lachst, ist alles so einfach.«
Sie bewegte den Kopf, damit sie die Kerzen besser sehen konnte.
»Bleib bei mir.«
»Ich bin ja bei dir«, sagte Friedel, »und ich will so sein, wie Eva war.«

Aber Eva war ganz anders, sie war klein, zierlich, sie war blond. Sie war wie ein flaumiges Küken, sie war wie ein blonder Spatz. Sie war ein Vogel, den man in keinem Käfig halten konnte, denn selbst dem Käfig ihres zarten Körpers war sie entflohen.
Aber er fuhr zu ihr, jeden Sonntag um elf. Und blieb bis nachmittags um sechs, wenn sie das Tor schlossen. Er blieb, bis die Schwester kam und sagte: »Herr Hildesheim, es wird Zeit, zu gehen.«
Eva spielte wieder mit Puppen, sie hatte sich immer ein Kind gewünscht, jetzt hatte sie ein Dutzend, aus Zelluloid und Porzellan und Pappmaché – immer ein Kind gewünscht und ihn in einer ihrer wilden verzweifelten Nächte angeschrien: »Es ist deine Schuld. Du liebst mich nicht. Du hast mich nie geliebt.« Aber nicht er hatte sie betrogen, in den letzten Kriegsmonaten. »Als alles drunter und drüber ging«, wie sie später sagte, »ich wußte doch gar nicht, ob du zurückkommst. Und ich kann nicht allein sein. Ich brauche einen Mann, der bei mir ist.«

Er heiratete sie trotzdem, und sie gaben sich beide Mühe, zu vergessen, neu anzufangen, aber es wollte einfach nicht gelingen. Ihm nicht und ihr nicht, und sie ging immer weiter fort von ihm, belog ihn, versuchte bei anderen zu finden, was ihnen gemeinsam versagt blieb. Sie floh vor ihm und vor sich selbst, zuerst auf wilde Parties. Ja, die gab's selbst im zerstörten Berlin, im Berlin der Viermächte und der Rosinenbomber, weil man nicht vergessen durfte und sollte, wer am Krieg schuld war. Sie wohnten bei seiner Mutter, aber sie hatten ihr eigenes Zimmer. Es gab Kartoffelschnaps, den sie Blindgänger nannten. Manchmal gab es auch echten Gin oder Whisky, wenn Engländer oder Amerikaner unter den Freunden waren. Sie hockten bis tief in die Nacht und lauschten und tanzten zu unverfälschtem Jazz, der endlich nicht mehr verboten war. Die Moonlight-Serenade war Evas Lieblingslied, und sie war wie Mondlicht, das in ein dunkles Zimmer fällt, wenn man sie so sah wie er und wie die anderen auch. Zum Beispiel Horst Pfeil. Mit ihm hatte er die Schulbank gedrückt, mit ihm teilten Eva und er monatelang ihr Zimmer, bis Horst 1951 als Fotoreporter nach Bonn ging.
Seine anderen Freunde kamen, um zu reden, endlich frei und offen zu reden, über das, was sie erlebt hatten und nun zu erleben hofften; einen Studienplatz zu kriegen, eine Lehrstelle: Schreiner, Maurer waren aussichtsreiche Berufe, es gab ja so viel aufzubauen. Und sie verfolgten jede politische Debatte des westdeutschen Bundestages. Sie erwogen das Für und Wider und schrien wie ein Mann in wildem Zorn auf, als Adenauer zum erstenmal von einer Wiederaufrüstung sprach. Nie mehr, schworen sie alle, nie mehr!
Eva lächelte und bat: »Komm, tanz mit mir!« – »Ich muß arbeiten«, sagte Martin und schrieb erste Artikel, erste zaghafte Reportagen, über einen französischen Colonel zum Beispiel, der sagte: »Wir werden nie vergessen, was unter Hitler passiert ist, aber wir dürfen auch nicht vergessen, wie Napoleon in Europa gewütet hat, denn die Gewalt hat viele Gesichter.« Pierre brachte Eva Soir de Paris und Chanel Nr. 5. Sie sagte, sie wünschte, Kleider wären wie Parfüm, man sollte sie nur ahnen. Und die Parties wurden wild, wenn Eva es wollte; die anderen Mädchen und jungen Frauen wollten kühner sein, als selbst Eva es war. Sie aber lachte und ging einfach fort, mit Pierre oder Jim oder good old Bill, der aussah wie ein Bernhardiner.
Martin suchte Eva und fand sie nie. Sie kam nach Hause, lächelte und sagte: »Martin, wenn du mir nicht vertraust, warum leben wir dann überhaupt zusammen?« Und manchmal sah er, daß seine Mutter geweint hatte, aber er fragte nie, warum. Er gewöhnte sich alle Fragen ab. Denn dann kamen die Nächte, in denen Eva einfach verschwand, ohne Begleitung, und er schuftete trotzdem, machte Redaktionsdienst bei RIAS,

machte schließlich nur noch Nachtdienst, um möglichst nicht zu Hause zu sein. Und dann kam good old Bill und sagte: »Hör zu, Martin, die Transworld Press sucht einen guten Mann für Bonn, ich hab' da einen Draht. Es würde auch Eva guttun, wenn ihr hier rauskämt.«
Martin flog im März 1953 nach Bonn und bekam den Posten bei TWP, arbeitete zusätzlich noch frei für den RIAS. Eva sagte: »Gewöhn dich erst ein, find eine Wohnung in Bonn, ich bleibe noch in Berlin.« Sie blieb bis zum Juni, dann hielt er es nicht mehr ohne Eva aus, flog nach Berlin, um sie zu holen. »Es ist höchste Zeit«, sagte seine Mutter, »ich bete, alles wird doch noch gut.«
Aber nichts wurde mehr gut, denn auch in Bonn floh Eva in die Nacht. Sie wurde erst still und leise, als die letzte Phase der Krankheit begann, die er anfangs noch als Heilung erkennen wollte. Eva blieb in der Wohnung und fing an, mit Puppen zu spielen. Doch dann versuchte sie immer wieder, sich umzubringen. Nun, in Mehlem, spielte Eva nur noch mit Puppen, und es gab nichts mehr in ihrer Umgebung, mit dem sie sich selbst nach dem Leben trachten konnte.

»Wie Eva willst du sein«, wiederholte Martin in dieser Novembernacht. »Wie Eva einmal war, vor langer, langer Zeit. Das kannst du meinen, Friedel. Aber auch das sollst du nicht denken. Du bist kein Ersatz. Du bist du. Und ich will nie mehr etwas anderes.«
Er vergrub seine Hände in ihrem Haar. Es war rötlichschwarz, nicht blond. Sie hatte graue Augen, nicht schillernd blaue. Ihre Hände lagen leicht auf seinem Rücken, krallten sich nicht fest.
»Ich will mit dir zusammen leben. Ich will dich haben.«
»Du hast mich.«
»Aber ganz? Ganz allein für mich?«
»Ganz allein für dich.«
»Schwörst du es?«
»Ja.«
»Und ich hatte solche Angst. Aber du machst alles so einfach.«
»Ist das falsch?«
»Es ist wunderbar. Bleib bei mir. Immer.«
»Ja«, sagte sie, »ja.«
Er schlief in ihren Armen ein.
Er erwachte und lachte, weil sie im Traum lächelte.
»Muß ich schon gehen?« flüsterte sie, als er sich bewegte.
»Nie. Ich hole nur den Geburtstagschampagner.«
Sie öffnete die Augen weit wie ein verwundertes Kind. »Den hatte ich ganz vergessen.«
»Aber wir haben beide Geburtstag, denn heute fängt unser Leben an.«

Sie nickte lächelnd und glitt ganz tief unter die Decke, während er aufstand und hinaus in die Küche ging.
Er mußte Friedel das Glas halten, während sie trank.
»Frierst du?«
»Ich zittere immer, wenn ich glücklich bin.«
»Bist du es wirklich?«
»Siehst du's mir nicht an?«
»Doch. Deinen Augen sieht man es an.«
Aber mit einemmal war auch Furcht in dem tiefen und doch wieder so hellen Grau.
»Was hast du?«
»Meinst du, man sieht es mir wirklich an?«
»Dummkopf.«
Und sie lächelte schon wieder.
»Aber, wenn es so wäre?«
»Nun ja, Oma und Mutter. Doch das braucht dich nicht zu kümmern.«
Und später sagte sie: »Nein, bitte, bring mich nicht nach Hause. Ich möchte erst gehen, wenn du eingeschlafen bist.«

Friedel war nie allein gewesen in ihrem Leben und doch immer allein, wie in dieser Nacht.
Auf dem Heimweg hielt sie den Strauß Alpenveilchen fest in beiden Händen, den Martin ihr geschenkt hatte.
Anna erwachte nicht, Friedel stellte den Strauß auf die Kommode und sah die Blumen noch im Dunkeln. Dreizehn waren es.
Aber am Morgen wachte sie auf, und von den zartroten Blüten waren nur noch die Stiele übrig. Blacky hatte eifersüchtig daran geschnuppert, fremden Geruch wahrgenommen und sie vertilgt.
Anna schlief noch.

4

Viel Schnee fiel am ersten Adventssonntag dieses Jahres, und Boris schmückte den Vorgarten mit einem halben Dutzend kleiner Schneemänner, denen er bunte Papphüte aufsetzte.
»Du bist geradezu infantil«, sagte Achim.
»Ich bin eben noch ein Kind. Was hast du gegen meine Schneezwerge? In Omas neuem Blumenkatalog sind Gartenzwerge der letzte Schrei.«
Achim zuckte die Schultern, rümpfte die lange Nase, die er von Großvater Belheim geerbt hatte wie sein Interesse an allem Militärischen. »Habt ihr schon Kaffee getrunken?«

»Nee«, sagte Boris. »Friedel hat Oma und Mama ins Kino eingeladen.«
»Und du hast den ganzen Stuten aufgefressen?«
»Nee, ein Knüppchen ist noch da.«
Boris rollte seinen siebten Schneemann und steckte ihm die Mohrrübe statt ins Gesicht in den Bauch.
»Was soll denn das?« fragte Achim.
»Das ist der Pinkler.«
Achim wurde rot und verschwand eilends im Haus.
Boris lachte glucksend, setzte sich auf die Stufen zur Haustür und betrachtete sein Werk.
Er gab den Schneezwergen die Namen seiner Mitschüler, die er am wenigsten ausstehen konnte: da war der lange Eugen, der immer auf der Toilette rauchte, aber in der Religionsstunde die Augen verdrehte wie ein abgestochenes Kalb, wenn er Pastor Frenchs nur ansichtig wurde; dann der schmächtige Erwin, der jede Rechenarbeit ohne Fehler schrieb und Boris bis zur Weißglut ärgerte, weil er ihn nie abgucken ließ; den Pinkler nannte Boris schließlich Gustav, das war der Beste in der Klasse, und wenn er doch einmal etwas nicht wußte, lief er aufs Klo und heulte.
Boris ging ins Haus, in Friedels Zimmer. Er nahm ihre Kameratasche aus dem Schrank, obwohl ihm das strikt verboten war.
Er packte die Kamera aus, überzeugte sich, daß ein Film eingelegt war, neun Aufnahmen waren noch darauf, und fotografierte seine Schneezwerge.
»Hallo, Boo-ris«, sagte jemand, und beinahe wäre ihm die Kamera auf die Steinstufen gefallen.
»Idiot«, rief Boris, »kannste nicht –«, und dann fehlten sogar ihm einmal die Worte.
Der Besucher trat in den Vorgarten. Zur Vorsicht wich Boris eine Stufe hinauf. Das war ja ein Neger.
»Ich mach' ins Hemd!«
Der hochgewachsene dunkelhäutige Mann mit dem grauen Kräuselhaar lachte. »Ich bin doch Sam. Ich bin früher immer zu euch gekommen mit Onkel Bill. Vom Straßburger Weg, in der Besatzungszeit. Aber du warst noch sehr klein. Vielleicht weißt du das gar nicht mehr?«
»Doooch.«
»Ist deine Großmutter da?«
»Nee, die ist im Kino.«
»Darf ich trotzdem hereinkommen und auf sie warten? Denn ich bin nicht allein.«
Boris schielte an Sam vorbei. Da saßen Kinder in einem Taxi, zwei Mädchen mit Hüten und ein Junge.
»Aber das sind doch nicht Ihre Kinder?« Denn die waren weiß.

»Das sind Onkel Bills Kinder.«
»Na ja, kommen Sie rein«, sagte Boris, »meine Oma läßt nie jemanden vor der Tür stehen.«
Die Kinder sahen aus wie Drillinge; beinahe gleich groß mit rotblondem Haar, die Mädchen trugen runde dunkelblaue Hüte mit hellblauem Band, der Junge eine runde dunkelblaue Mütze mit einer hellblauen Kordel.
»Das sind Karen, Betsy und Mike«, sagte Sam und schob sie vor sich her.
»Guten Tag«, sagten die drei wie aus einem Mund.
»Kommt rein – bitte«, fügte Boris hinzu, denn die drei guckten so schüchtern.
»Es ist zwar lange her, seit ich hier war«, sagte Sam im Flur, »aber gleich rechts geht's ins Wohnzimmer, nicht wahr?«
Boris nickte und hielt ihnen die Tür auf.
»Und der Wintergarten ist auch noch da«, sagte Sam.
»Na klar«, sagte Boris. »Setzen Sie sich doch, bitte.«
Mike fragte: »Was ist das für eine Kamera?«
»Von meiner Schwester.«
»Ich habe eine Box gehabt. Jetzt ist sie kaputt.«
»Das ist eine Robot.« Zögernd hielt Boris sie Mike hin.
»Toll! Made in Germany, was?«
»Weiß ich doch nicht.«
»Meine Mutter hat mir erzählt, daß die besten Fotoapparate aus Deutschland kommen. Meine Box war von Agfa.«
»Setzen Sie sich doch, Herr Sam«, sagte Boris. »Ich muß mal gerade raus!«
Er raste die Treppe hinauf, suchte Achim in seinem Zimmer. Fand ihn im Bad, die Tür war verschlossen. »Mensch, mach sofort auf! Mensch, Achim, mach auf!« Wahrscheinlich rasierte der Fatzke sich wieder, tat's zweimal am Tag, weil das angeblich den Bartwuchs förderte und gut gegen Pickel war.
Achim ließ ihn ein, Boris knallte die Tür zu. »Was wollen wir wetten? Um 'ne halbe Mark?«
Achim tupfte sich den Rasierschaum von den Wangen, zog die Klinge noch mal über die lange Oberlippe. Er sah wie ein Hase aus. »Nicht mal um zehn Pfennig.«
»Feigling. Unten ist ein schwarzer Weihnachtsmann.«
Achim setzte seine Brille auf.
»Herr Sam und drei Kinder von 'nem Onkel Bill sind dabei. Die sind aber weiß.«
»Sam, sagst du? Und Kinder von Bill Earth? Aus Kenia? Mensch!«
Achim rannte aufgeregt die Treppe hinunter, Boris benutzte das Geländer.

Nun dämmerte es ihm auch: ein Winzling war er noch gewesen, da war dieser hochgewachsene dunkle Mann tatsächlich hierhergekommen. Schokolade hatte er immer mitgebracht, die Boris in seinen Taschen suchen mußte. Na klar, Boris schlug sich gegen die Stirn. Oma schrieb ja regelmäßig zu den Feiertagen Briefe nach Kenia an Onkel Bills Witwe, die Ella hieß.

»Ich mach' was zu essen und zu trinken«, rief Boris und sauste in die Küche.

Er setzte Wasser auf, entschied sich für Tee, denn Oma sagte, alle Engländer sind Teetrinker; Onkel Bill war Engländer, auch wenn seine Kinder so ein drolliges Deutsch sprachen.

Boris häufte den Zucker gleich in die Kanne, stellte Tassen und Teller aufs Tablett und vergaß auch die Löffel nicht.

Die Mädchen schnupperten, als sie den Tee rochen, und sahen gar nicht mehr verschüchtert aus.

»Laß mich dir helfen.« Karen verteilte die Gedecke auf dem Ingweiler Tisch.

Boris fragte die etwas kleinere Betsy: »Haste Hunger?« Die nickte stumm und wurde tiefrot.

Boris nahm die große bunte Blechschachtel aus dem Buffet, in der Oma das Weihnachtsgebäck hortete.

Achim und Sam redeten wie um die Wette miteinander.

»Mensch, Sam, so eine Überraschung. Woher kommt ihr denn? Direkt aus Afrika?«

»Aus England. Die Kinder haben Ferien, und ich dachte, eine deutsche Weihnacht macht ihnen Spaß.«

»Da wird sich Oma freuen. Du weißt doch, wie gern sie das Haus voller Gäste hat.«

Sam erzählte von der Fahrt mit der Fähre über den stürmischen Kanal, und Betsy prahlte: »In Paris haben wir den Eiffelturm besichtigt.«

»Ich habe eine Ansichtskarte vom Schiefen Turm zu Pisa«, sagte Boris, »ganz in der Nähe wohnt Tante Laura. Soll ich sie mal holen?«

»Wen?« fragte Karen.

»Die Karte natürlich!« Mädchen waren wirklich blöd.

»Ach, laß nur«, sagte Karen, »Sam will uns ja Europa zeigen, und da kommt der Schiefe Turm bestimmt auch dran.«

»Gar keine schlechte Idee.« Sam grinste, als ziehe jemand anderes ihm die Lippen auseinander.

»Und wie ist das nun in Kenia mit Mau?« fragte Achim.

»Später«, sagte Sam schnell.

»Das ist Mau Mau«, sagte Boris genüßlich.

Sam wurde grau im Gesicht. Komisch.

Achim sagte: »Achte nicht auf ihn, Sam, Boris ist immer albern.«
Die Mädchen kicherten, und Boris schwor sich, Achim bei der erstbesten Gelegenheit in den Hintern zu treten.
Mike schraubte Friedels Kamera mit einem Taschenmesser auseinander. Die Mädchen mampften die Plätzchen, schneller als Blacky Hundekuchen. Und Achim nahm Omas Armagnac-Flasche aus dem Schrank, goß Sam und sich großzügig ein.
Na, Oma würde Augen machen, und Friedel erst!
Die Mädchen sagten: »Die Schneeleute im Garten sind schön. Aber der Garten ist so klein.«
»Das ist doch der Vorgarten«, sagte Boris.
»Und das sind keine Schneeleute, das sind Schneezwerge.«
»Was sind Zwerge?« fragte Karen.
»Menschen, die an Zwergwuchs leiden.«
»Was ist Zwergwuchs?«
»Wenn man klein bleibt.«
»Gibt es viele Zwergleute hier?« fragte Betsy.
»Nur im Zirkus!«
»Habt ihr ein Schwimmbad in eurem richtigen Garten?« fragte Karen.
»Nee!«
»Aber wir haben eines in unserem.«
Boris grunzte. »Angeber! Kein Mensch hat ein Schwimmbad im eigenen Garten!«
»Bei uns zu Hause, doch«, sagte Karen.
»Und in unserem Viktoriabad am Hofgarten sind sogar zwei Becken, eins für Frauen und eins für Männer!«
»Baden die nackt?«
»Natürlich nicht!«
»Warum schwimmen dann Männer und Frauen in zwei verschiedenen Becken?«
»Weil das so Mode ist!« sagte Boris.
Sam und Achim lachten über ihn, und er wäre am liebsten unter den Tisch gekrochen.
»Du kannst uns dein komisches Schwimmbad ja mal zeigen«, sagte Betsy versöhnlich.
»Fällt mir nicht im Traum ein!« Boris grapschte Friedels Kamera und zog sich vorerst zurück.
Nur Blacky tappte ihm nach.

Es gab ein Freudengeheul, als Friedel, Oma und Mama aus dem Kino kamen.
Friedel zündete den Adventskranz an, Mama holte Wein aus dem Keller,

Oma schnitt den Christstollen auf, der sonst angeblich vor Heiligabend viel zu frisch war.
Die Mädels nahmen ihre ulkigen Hüte ab und zogen ihre dunkelblauen Mäntel aus, die wie Uniformen aussahen. Der Junge spielte ganz allein in der Mansarde mit Achims Bleisoldaten, die Boris nicht einmal anfassen durfte.
Sam legte sein Jackett ab, als der Kachelofen bullerte, und öffnete unter seiner grün-blau gestreiften Krawatte den Kragenknopf; das hatte seit Vatis Tod kein Mann mehr hier gedurft.
Boris leerte zwei Gläser Wein. Danach war es ihm, als flögen ihm Wort- und Satzfetzen wie Hagelkörner um die Ohren; komisch, aber nicht unangenehm. Boris trank noch ein Glas Wein.
»Bobo, du bist gleich besoffen«, flüsterte Friedel.
Er grinste sie an; seine Lippen fühlten sich an wie aus Gummiband.
Und plötzlich drehte sich alles um ihn, immer schneller. Er flüchtete in den Flur.
Friedel nahm ihn huckepack.
Die Treppe war so unheimlich steil, als führe sie direkt in die Glaskuppel des Dachs.
»Schneitze«, sagte Boris, denn das richtige Wort war ihm ja verboten.
Er spürte, wie Friedel lachte, hören konnte er es nicht. Er schlang die Arme ganz fest um ihren Hals und murmelte zufrieden: »Du bist die Allerbeste.«

Sam Nkumbula hatte gehofft, daß sie ihn so willkommen heißen würden in diesem Haus. Die Kinder und ihn.
Es war ihm als letzter Ausweg erschienen, seit er die Kinder von der Schule in Harrowgate abgeholt hatte, denn nach Hause, nach Kenia, durfte er sie nicht bringen. Der Kinder ältester Bruder, Patrick Earth, hatte es verboten.
Aber natürlich fragten die Mädchen und Mike nach ihrer Mutter und ihren Brüdern – außer Patrick waren da noch Andrew und Paul – und warum sie nicht zu Weihnachten nach Hause flögen?
Sam wich aus, hieß sie, sich zu amüsieren.
Er ging mit ihnen in London in den Zirkus und ins Weihnachtsballett.
Er überhäufte sie mit Geschenken.
Sie fragten mit verwunderten Augen, woher hast du so viel Geld, Sam?
Er antwortete: »Die Kaffee-Ernte war gut.«
Und sie lachten, da wird Mama aber glücklich sein! Denn wie alle Kinder, die auf einer Farm in Kenia aufwuchsen, wußten sie, wieviel von guten und schlechten Ernten abhing. Sie wußten auch, warum Ella ein besonders fröhliches Gesicht aufsetzte, wenn sie zur Barclay's Bank in Nairobi

fuhr; denn, so sagte sie, einem mutlosen Schuldner gibt niemand einen Penny.
Die Kinder ließen sich in London verwöhnen, auch von ihrem Onkel Brunn, bei dem sie wohnten. Aber Brunn war sehr alt, und die Kinder waren zu lebhaft. Nach einer Woche erklärte er Sam unumwunden, nun müsse der Trubel ein Ende haben.
Wohin jetzt?
Sam fiel nur Christine Schwarzenburg ein und das alte gemütliche Haus in der Schumannstraße in Bonn. Er schwärmte den Kindern von deutscher Weihnacht vor und der lustigen Oma Christine.
»Ist die so alt wie Onkel Brunn?« fragten die Kinder. »Ja, aber ganz anders«, beruhigte er sie und erzählte von Friedel, Achim und Boris.
Er sagte auch: »Ist doch klar, daß ihr eure Mutter nicht enttäuschen dürft. Sie hat noch eine zweite Farm übernommen und könnte sich gar nicht richtig um euch kümmern. Daß ihr Weihnachten in Deutschland erleben dürft, damit will sie euch eine besondere Freude machen.«
Mike, Karen und Betsy wollten ihre Mutter nicht enttäuschen, und so fuhr Sam mit ihnen nach Bonn.
Nun saß er Christine Schwarzenburg gegenüber. Ihre Augen waren lebendig wie eh und je, da war keine Enttäuschung in diesem Gesicht, keine Bitternis und keine Vorsicht, da waren nur viele, viele Fragen.
»Sprich endlich, Sam. Du bist doch nicht ohne Grund hier, mit den Kindern?«
»Nein, Madam.«
»Fang das nicht an. Du bist Sam, und ich bin Christine. Schenk ihm Kaffee nach, Friedel. Oder magst du lieber noch ein Glas Wein?«
»Nein, danke. Wein soll man nur mit Freude trinken.«
»Was ist passiert, Sam?« fragte Anna. »Mit Ella? Auf der Farm?«
»So viel«, sagte er, »so vieles, was ich nicht begreifen kann.«
Sie saßen um den ovalen Tisch im Wohnzimmer. Die Kinder waren zu Bett gebracht. Nach frischen Laken duftete es noch, die die Frauen hin und her getragen, und nach der Honigmilch, die Christine den Mädchen gebracht hatte.
»Es hat doch mit Mau Mau zu tun, oder?« fragte Achim.
Sam senkte den Kopf, er legte die Hände flach auf den Tisch.
»Wir haben davon in den Zeitungen gelesen«, sagte Christine. »Und im Radio war eine Reportage. Ist das Schreckliche wahr?«
»Ja, es ist wahr, obwohl Gott unser Land und unser Volk gewiß nicht für Mord und Brandschatzung und Plünderei erschuf. Wenn ihr es nur sehen könntet, unser Land, es ist so schön. Als Junge sah ich die Sonne aufgehen über dem Berg Kenia, und ich sah die Wolke, die seinen Gipfel einhüllte, als zögere sie, den Sitz Gott Ngais meinem Blick freizugeben. Ich sah die

Antilopen mit ihren wachsam zuckenden Ohren, die Vögel auf dem Flug, bunter als der Regenbogen, ich sah den Leoparden auf der Jagd, und seine Flanken blieben trocken, so vorsichtig teilte er das taufeuchte Morgengras. Ich hörte das Knistern und Klirren, mit dem der Bambus brach, und wußte, daß Elefanten ihn durchbrachen, auf dem Weg zu einem Wasserloch. Ich weidete meine Herden im goldenen Gras und verlor nicht das kleinste Kalb. Abends lehrte mein Vater mich die Geschichte unseres Volkes und vor allem, meine Älteren zu achten.
Und dann kam Bill Earths Vater und rodete Bambuswald und Busch, schuf Äcker auf unserer Erde, die wie Purpur ist und manchmal schwarz wie der Himmel ohne Mond.
Seine Farm grenzte an das Land, das wir besaßen, und er bat meinen Vater um junge Leute, seine Felder vom Busch freizuhalten, der schneller wächst als einem neugeborenen Kind das Haar.
Mein Vater ließ auch mich zu Bills Vater gehen und sagte, lausche, schaue und verbinde, was du erfährst, mit dem, was du weißt, zum Besten unseres Volkes.«
»Sprich weiter«, sagte Christine.
»Bills Vater, William Earth, lehrte mich lesen und schreiben, als wäre ich sein Sohn, und ich bekam die gleichen Ohrfeigen wie Bill, als wir eine Falle für Löwenjunge gegraben hatten.
Es war eine gute Zeit, eine fruchtbare Zeit, weil einer auf den anderen angewiesen war, die Siedler, die von außen kamen, und wir, die schon in unserem Land waren.
Aber es kamen nicht nur William Earths nach Kenia, mit einem offenen Herzen. Es kamen die, die mich heute noch Boy rufen, und es wuchsen die in meinem Stamm heran, die mich eines weißen Mannes Arschlecker nennen. Aber ich frage, was habe ich falsch gemacht?«
Sie waren alle still um den ovalen Tisch. Sie sahen ihn an, und Sam konnte in ihren Augen das lesen, was so viele Menschen nur für Tiere empfinden, so selten für den schwächeren oder den hilfsbedürftigen Mitmenschen.
»Nein«, sagte er, »nein, das will ich nicht.«
Und er dachte, sie alle haben genug gelitten; Friedel, die ihren Vater so spät fand, Anna, die ihren Mann so früh verlor, Achim, der seine Mutter nur als einen fernen Schatten kennt – und Christine; sie hat mit und um alle gelitten, die jemals um sie waren.
»Sprich, Sam, sprich weiter.« Sie berührte seine rechte Hand, er hielt ihre einen Augenblick lang fest.
»Ich wurde Christ, weil ich glaubte, alle Menschen sind gleich, denn so hat Jesus es verkündet. Bill und ich waren wie Brüder.«
»Ich sehe euch noch«, sagte Friedel. »Es war Pfingsten neunzehnhundertsiebenundvierzig, Oma hatte Spargel gekocht, den Bauer Domscheid aus

dem Aggertal gebracht hatte. Du gabst Bill alle Spargelköpfe, und er gab dir sein Stückchen Hühnerbrust.«
»Das war unser Abschiedsessen«, sagte Sam. »Das war, bevor ich nach Kenia zurück und Bill nach Palästina ging.«
»Heute heißt es Israel«, sagte Achim.
»Ja, heute heißt es Israel. Aber ich höre Bill noch fragen, warum muß ausgerechnet ich dorthin, der vorher gesehen hat, was mit den Menschen geschehen ist, die dort endlich Zuflucht finden wollen? Entschuldigt, ich weiß, heute ist hier alles anders.«
»Wir haben es nicht vergessen«, sagte Anna. »Ich denke noch oft an die Menschen, die zu meinem Mann kamen und Rat suchten. Arm, krank, zerschlagen aus Lagern. Sie konnten Unterstützung beantragen, Wiedergutmachung, Renten. Aber sie konnten oft keine Zeugen beibringen, die sie brauchten, als Beweis dafür, daß sie überhaupt im KZ gewesen waren. Denn die Zeugen waren ja tot!« Sie weinte.
»Komm, Tante Annele«, sagte Achim besorgt, »ich bringe dich in dein Zimmer.«
»Nein«, sagte sie, »nein, laß Sam weitersprechen. Ich will alles bis zu Ende hören.«

Als Bill Earth im Jahre 1948 – fünfzehn Monate zuvor von Bonn nach Jerusalem versetzt – seinen Abschied von der Royal Air Force nahm und in Haifa auf seine Ausschiffung wartete, endlich auf die Heimkehr auf seine Farm am Fuß der Ngonghügel in Kenia, wurde er im Hotel Imperial bei einem Bombenanschlag getötet. Er galt niemandem im besonderen, war ein Akt von Terroristen, die nie gefaßt wurden.
Ella, Bills Witwe, bat Sam, seine Familie auf die Farm zu holen, und sie ließ aus Nairobi Maurer und Zimmerleute kommen, die für Sam ein Haus errichteten, das bald wie das der Earths von Bougainvillea und weißen Rosen überwuchert war.
Drei Jahre folgten, die Sam die glücklichsten seines Lebens hätte nennen können, hätte nicht Bill ihnen allen gefehlt.
Dann kehrten Patrick, Bills ältester Sohn, und Samuel, sein eigener, aus England nach bestandenem Abitur zurück.
Sie hatten die gleiche Erziehung genossen im selben Internat; Bill Earth hatte darauf bestanden, er wollte das, was ihn mit Sam verband, in ihren Söhnen wiederholt sehen.
Patrick und Samuel kleideten sich beide in schottischen Tweed, sie betrieben dieselben Sportarten, man hatte ihnen die gleichen Manieren und den gleichen Akzent beigebracht. Und sie hatten in Chelsea dasselbe Mädchen vergeblich umworben.
Hatten sie in England dieselben Freunde gehabt, Clubs und Restaurants

gemeinsam besucht, nun, in Kenia, in Nairobi, war ihnen das plötzlich verwehrt; auf dieselben Parties wurden sie ohnehin nicht eingeladen. Samuel verzichtete bald darauf, neben Patrick zu gehen, er folgte ihm jedoch wie sein Schatten. Er weigerte sich, korrektes Englisch zu sprechen, verfiel in Kitchenpidgin, wie es plötzlich auftauchende neue Freunde, Kikuyu wie er, sprachen.

Patrick versuchte Samuel klarzumachen, daß es gar nicht mehr lange dauern könnte, und sie würden auch in Kenia gleichwertige Partner sein; das sei nur eine Frage der natürlichen Entwicklung. Schließlich hatte der letzte schreckliche Krieg doch jedem die Augen geöffnet, daß alle Menschen die gleichen Rechte haben müßten, ohne Rücksicht auf Rasse oder Religion. Samuel quittierte das mit bitterem Spott, er nannte Patrick einen Heuchler, der zu retten versuche, was noch zu retten sei.

»Was meinst du damit?« fragte Patrick.

»Du hältst dir einen Kikuyu-Hausfreund, wie angeblich die Nazis ihre Hausjuden hatten.«

Old uncle Tom nannte Samuel seinen Vater, Knecht der Weißen, Liebediener der Europäer, Verräter an seinem Volk, den Kikuyu. Die Weißen hatten ihr Land gestohlen, sie saßen auf den fetten Weiden und züchteten ihre fetten Rinder. Sie wetzten ihre fetten Ärsche auf den Barhockern von Nairobi.

»Schau dir mal Ellas Hände an«, sagte Sam, »wer ist morgens als erste an der Arbeit und abends als letzte im Bett?«

»Wenn sie noch 'nen Kerl hätte, der sie richtig bediente, käme die aus dem Bett nicht raus«, höhnte Samuel.

Sam zog seinen Gürtel und schlug seinen Sohn, bis ihm das weiße Hemd in Fetzen hing.

Dann schlug Samuel zurück.

Als Sam wieder zu sich kam, war Samuel auf und davon. Das war im vergangenen Jahr geschehen, im September 1952.

Im Dezember, zu Weihnachten, kehrte Samuel auf die Farm zurück.

Er entschuldigte sich bei Patrick für sein Benehmen und auch bei Ella Earth.

Seinen Vater bat er um Verzeihung, seiner Mutter und seinen Geschwistern brachte er Geschenke mit.

Zuvor, am 21. Oktober, hatte der neue Gouverneur von Kenia, Sir Evelyn Baring, über den Rundfunksender der Kolonie verkündet, daß sich Kenia im Ausnahmezustand befinde.

Zum erstenmal wurde damit offiziell zugegeben, daß es unter den Kikuyu eine Gruppe von Verschwörern und Rebellen gegen die weißen Siedler und die britische Kolonialherrschaft gab; sie nannte sich Mau Mau. Sie wollten das Land von den Weißen befreien und beanspruchten es nur

für sich, die Kikuyu. An die Massai dachten sie nicht; mit diesem kriegerischen Nomadenstamm, Urfeind seit Urzeiten, würden sie später schon fertig werden.
Der Haß der Mau Mau galt vorerst nur den Weißen.
Ihre Siedler hatten den Kikuyu ihr Land gestohlen, die Weideflächen für ihre Rinder. Erwähnt wurde nie, daß um die Jahrhundertwende weite Landstriche Kenias brachlagen, von den Kikuyu verlassen, nach dem Ausbruch einer epidemischen Rinderpest.
Die Missionare der Weißen hatten den Stamm der Kikuyu vollends entwurzelt, ihn seiner alten Stammesriten und -bräuche beraubt, dem Volk einen unverständlichen Gott beschert, der aus drei Personen bestand.
Die Siedler hatten das Land ausgebeutet, die Missionare die Seele der Kikuyu; so sagten die Führer der Mau Mau.
Wie jede Wahrheit hatte auch diese zwei Seiten.
Es gab Ausbeutung, aber es gab auch Aufopferung unter den weißen Siedlern für dieses Land.
Es gab die Zerstörung der Stammesordnung, aber es gab auch eine neue Ordnung, der sich die Kikuyu neugierig annäherten, denn, so sagten ihre Führer selbst, wir waren wie Kinder, die an ihre Lehrer glauben.
Der Fortschritt aber hatte – wie eben diese Führer es nun auch verkündeten – die Männer des Stammes in die Kriege der Weißen gezogen, die Jugend in die Armut und das Elend der Slums. Aus den Krals strömten sie zu Tausenden in die Städte der Weißen, aber wer konnte schon Arbeit finden? Aus stolzen jungen Kikuyus wurden rat- und hilflose Garten- und Hausboys, abhängig von den weißen Bwanas. Und feige Hunde waren alle, die das noch länger ertragen wollten!

»Über all das sprach mein Sohn Samuel seit seiner Rückkehr nicht mehr«, fuhr Sam fort. »Er blieb auf der Farm, er entwarf ein neues Melksystem für die Kühe, er ging mit Patrick auf die Jagd, und er brachte Ellas beiden jüngeren Söhnen, Andrew und Paul, bei, wie man einen Geparden zähmt. Wenn wir nicht nach Nairobi mußten, merkten wir nichts von den Mau Mau. Wenn wir auf der Farm blieben, kein Radio hörten und keine Zeitung lasen, war es, als lebten wir in einem Paradies. Aber ich hätte meinen eigenen Sohn besser kennen sollen.«
Sam sah sie alle an und dann nur noch Christine.
»Sie schrieben in einem Brief an Ella, was immer auch passiert, bei uns seid ihr jederzeit willkommen.«
»Das war zu Weihnachten vor einem Jahr, ja.«
»Am Neujahrstag wurden Freunde von Ella ermordet, die Helds. Und später noch viele mehr. Schwarze und Weiße.«
Sam senkte den Kopf. Sie konnten nur noch seine Stirn sehen und wie

sich darauf winzige Tropfen bildeten, in seine Brauen und über seine Schläfen rannen.
»Ella übernahm die Kaffeefarm der Helds in den Highlands, für deren vier Kinder, die auch in England zur Schule gehen, und setzte einen Verwalter ein. Einmal im Monat fuhr Ella regelmäßig hin, zur Inspektion und Abrechnung. So auch am fünfzehnten August dieses Jahres. Sie kam nie auf der Farm an.«
»Aber sie fuhr doch nicht allein?« fragte Christine.
»Nein. Sie nahm Samuel mit. Meinen eigenen erstgeborenen Sohn.«
Sam sah Christine an.
»Samuel muß den Eid gegessen haben. Oder die Mau Mau haben Ella und ihn getötet.«
Sie waren alle stumm, blieben stumm, um den ovalen Tisch.
Und Sam konnte ihnen den Eid nicht schildern, nicht die Greuel, die wie Rauch von einem giftigen Holzfeuer waren, an dem er zu ersticken drohte.
Er zwang sich zu atmen, tief Luft zu holen.
»Komm, Sam«, sagte Achim.
Er stand auf wie ein Blinder. Der Junge nahm seine Hand.
Sie gingen in den Wintergarten, die Tür knarrte, und dann standen sie draußen auf dem Balkon.
»Paß auf«, sagte Achim, »die Treppenstufen sind ein bißchen locker.«
Sam sah den Birnbaum und die steinerne Balustrade, die den Hof zum Garten begrenzte. Er sah Anna, wie sie damals Wäsche wusch im Hof, die geröteten Wangen, das sich schweißfeucht kräuselnde Haar.
Er sah Michael, der sich die entzündeten Augen rieb, zu lange gearbeitet, zu lange über einer Bittschrift und Anklage – denn beides war's zur gleichen Zeit – geschuftet hatte.
Und Sam sah Bill und hörte ihn sagen: »Look, isn't it beautiful! That's courage« – und er meinte die Gemüsebeete und das Kartoffelfeld, die Rasen und Blumenrabatten ersetzt hatten.
Sam und Achim gingen zu dem steinernen Rund des Springbrunnens beim Ahorn, das Eis im Becken knisterte leise, schimmerte dunkelgrün und weiß.
»Im Sommer sechsundvierzig und siebenundvierzig war da Erde drin«, sagte Sam.
Achim hockte sich neben ihn. »Sogar noch bis nach der Währungsreform. Oma zog Lauch.«
»Ja, deine Großmutter sagte, es sieht fast wie Iris aus. Aber am Rand, da wuchsen noch Veilchen. Einmal gab sie Bill einen Strauß, und er schickte ihn Ella. In Ellas Fotoalbum liegen die Veilchen heute noch.«
»Sam, mußt du es nicht den Kindern sagen?«

»Ich darf nicht. Patrick ist jetzt der Älteste. Es liegt bei ihm.«
»Aber ihre Mutter ist seit fast einem halben Jahr tot.«
»Sie haben Weihnachtsferien«, sagte Sam. »Wenn sie vorüber sind, werde ich die Kinder in ihre Schule zurückbringen. Nach England. Und dann, in den Sommerferien, wird Patrick es ihnen sagen.«
»Komm jetzt«, sagte Achim. »Laß uns wieder nach oben gehen. Du kriegst sonst noch 'ne Lungenentzündung.« Sam trug nur das dünne weiße Hemd, durch das seine Schultern dunkel schimmerten.
Im Wohnzimmer brannte noch die Stehlampe. Eine Thermoskanne und zwei frische Tassen standen auf dem Tisch.
»Tee«, sagte Achim, »magst du?«
»Ja, danke.«
»Es wird trotz allem eine fröhliche Weihnacht werden.«
»Ja, das glaube ich jetzt auch«, sagte Sam leise.

Aber nur die Kinder schliefen in dieser Nacht.
Christine lag und dachte, wenn ich noch jung genug wäre, ginge ich mit den Kindern nach Kenia, wo sie geboren sind, und würde es durchhalten. Irgendwie.
Anna drehte sich hin und her, von Unruhe geplagt, die sie nicht mit Tabletten bekämpfen wollte. Wenn Michael noch lebte, er wüßte einen Ausweg. Michael, Michael, Michael –
Friedel preßte die Hände auf ihren Magen. Sie hatte wütende Schmerzen, wie so oft in den nun fernen Jahren, als sie an ihrem Vater zweifelte, und nur, wenn sie ganz steif und ruhig lag, würden sie vergehen.
Ich muß es Martin erzählen, dachte sie, alles, er ist Journalist. Er muß die Wahrheit schreiben, und es ist die Wahrheit, was Sam berichtet hat.
Die Schmerzen in ihrem Bauch verebbten, ließen sie erschöpft zurück. Friedel drehte sich ebenso ruhelos wie Anna in dem Doppelbett.
Achim lauschte, wie Boris schlief, grunzend und murmelnd im Traum, so unbekümmert, und er beneidete das Kind.
Er setzte die Brille auf, in der Dunkelheit, verschränkte die Hände im Nacken.
Er sah Sams starke dunkle Schultern unter dem dünnen weißen Hemd und wünschte, er hätte einen Vater wie ihn.
Ich würde ihn nicht enttäuschen, dachte Achim. Vielleicht kann ich mit ihm nach Kenia gehen. Da kann ich ja auch Soldat werden und kämpfen.

5

Die Schumannstraße tuschelte, die Schumannstraße klatschte; bei Schwarzenburgs wohnte ein Neger.

Man traf sich im Kolonialwarenladen Jost und tauschte über Wirsing und Grünkohl das Neueste aus.

»Das ist kein einfacher Neger«, sagte Frau Professor Strick. »Das ist ein Negerprinz. Die Stammesnarben auf seinen Wangen beweisen, daß er der Sohn eines Häuptlings ist.«

Sam hatte zwar Narben, aber die stammten aus dem Krieg, und seine Wangen waren glatt.

»Die Kinder sind mit Müh und Not einem schrecklichen Greuelmassaker entronnen«, sagte eine der Schwestern Winzig.

Keines dieser Kinder von Ella hatte je mehr Greuel erfahren als angedrohte und nicht ausgeführte Ohrfeigen.

»Er ißt mit ihnen am selben Tisch. Nun ja, man hat ja keine Vorurteile, aber wegen der Kinder muß man doch an Hygiene denken«, sagte die Frau des Arztes.

Jost ließ sie kakeln und tratschen, machte sein Geschäft und sagte abends zu seiner Frau: »Also, eines muß man der Frau Schwarzenburg lassen, die sorgt immer für Abwechslung in ihrem Haus.«

»Wie meinst du das?« fragte Wilma Jost.

»Na, langweilig ist der bestimmt nie.«

»Aber warum hat sie sich ausgerechnet einen Schwarzen ins Haus geholt?«

»Was weiß ich?« Jost setzte sich auf die Bettkante, schlüpfte aus den Schuhen und bewegte die Zehen in den Nylonsocken. Wilma behauptete zwar, die seien das Allerneueste, aber warme Füße kriegte man darin nicht. Im Sommer brannten einem die Fußsohlen, im Winter blieben sie eiskalt.

»Könntest mir mal wieder ein Paar anständige Wollsocken kaufen«, knurrte er.

»Geh lieber zum Arzt. Mit deiner Durchblutung stimmt was nicht.«

Als Jost schon fast schlief, das Licht war längst aus, sagte Wilma: »Vielleicht machen die Russen doch bald Krieg, und dann kommen die Amis wieder als Besatzung? Vielleicht ist deswegen der Neger schon da?«

»Blödsinn«, sagte Jost. »Das ist ein afrikanischer Neger.«

»Meinst du, die Russen mögen Neger?«

»Schlaf endlich.«

»Gut aussehen tut er ja«, sagte Wilma. »Wenn er eine weiße Haut hätte, also ich finde, dann sähe der richtig vornehm aus.«

Jost zog sich die Decke über den Kopf, und Wilma blieb endlich still.

Mit einem hatte Kaufmann Jost absolut recht, Christine langweilte sich nie, und nun, in diesen letzten Wochen vor Weihnachten schon gar nicht.
Sie verfiel in eine wahre Einkaufsorgie in der Stoffabteilung des Kaufhofs, ohne Rücksicht auf ihre Pension, und ihre Nähmaschine ratterte bis tief in die Nacht; Schottenröcke entstanden und passende Blusen in Rot und Blau. Sie fand einen weichen Filz, seidig-schimmernd, schnitt daraus Westen und bestickte sie mit Frühlingsblumen; Betsy und Karen standen mit glühenden Wangen stocksteif zur Anprobe. Boris schimpfte sie eitle Hühner; niemand spielte mit ihm im ›Urwald‹.
Immer noch war dieses Grundstück zwischen Schumann- und Clausiusstraße unbebaut, da standen Eichen und Ahorn, Birken und Lärchen. Efeu umrankte geheimnisumwitterte Mauerreste, Salbei und Sauerampfer wucherten ungehemmt, und es gab immer noch ein Baumhaus, dessen hölzerne Planken vom Alter und vom Frost silbern schimmerten.
Da hockte Boris ganz allein, den Strubbelkopf in die Hände gestützt, und beklagte das Schicksal eines neunjährigen Jungen, um den sich niemand mehr kümmerte.
Mike teilte Achims Vorliebe für Soldaten, und sie lieferten sich in der Mansarde endlose Schlachten zwischen preußischen Husaren und irgendwelchen Tataren, an die man bloß eine brennende Kerze zu halten brauchte, um sie zu Bleiklumpen zu schmelzen.
Die Mädchen wühlten in Omas Stoffetzen und stichelten krumme Nähte, die Friedel oder Oma heimlich wieder aufzogen.
Die Friedel! Boris schnaubte wütend. Mit der kannte er sich überhaupt nicht mehr aus, seit die ihren Martin hatte.
Jeden zweiten Abend rief sie aus dem Büro an, ich komme heute abend später, und dann saßen Oma und Mama bei Rommé oder Dame, bis ihnen die Augen zufielen, aber die Friedel erwischten sie nie.
Die kam, wenn es von der Elisabethkirche schon nicht mehr läutete und noch nicht wieder, schlich mit den Schuhen in der Hand durch den Flur. Selbst Blacky bellte nicht, schnupperte nur an ihren bloßen Füßen und kroch zu ihr ins Bett.
»Schneitze«, sagte Boris. Denn er wußte, die Oma und die Mama machten sich Sorgen um Friedel, aber keine wollte es zugeben, und sie gingen mit ihr um, als sei sie ein rohes Ei.
»He«, sagte Sam, obwohl sie sich schon eine ganze Weile angestarrt hatten.
»Was willst du hier?« fragte Boris verdrossen.
Sam war über die Mauer gestiegen, lehnte dagegen, brach einen kleinen Zweig ab und kaute darauf herum.
»Ein schönes Haus hast du.«

Boris guckte hinter sich, da lag welkes modriges Laub in den Ecken, über ihm waren Spinnweben, viel dicker als Omas Hutschleier.
»Es ist mein Haus.«
»Eben.«
»Komm rauf, wenn du willst.«
»Danke.«
Sam stieg die Leiter hinauf, sie knarrte und sackte ein bißchen weg.
»Du bist schwerer als du aussiehst.«
»Stimmt.« Sam lachte. »Hab' schwere Knochen.« Vorsichtig ließ er sich Boris gegenüber nieder.
Sie beäugten sich, lange, wie zuvor.
»Wirst du nie blaß?« fragte Boris.
»Nein, nie.«
»Ich wünschte, ich wäre wie du.«
»Warum?«
»Weil ich dann anders wär' als alle anderen Leute.«
»Manchmal ist das gar nicht lustig.«
»Warum nicht?«
»Wenn man anders ist als alle anderen Leute, ist man oft allein.«
»Hast du keine Frau?«
»Doch. Und Kinder.«
»Na also, was willst du dann?«
»Magst du?« Sam hielt ihm einen Riegel Schokolade hin.
»Na klar.« Boris brach den Riegel und gab Sam die Hälfte zurück.
»Hast du meinen Vater gekannt?«
»Ja.«
»Warst du sein Freund?«
»Ja, das hoffe ich.«
»Wenn ich sein Bild anschaue, kann ich ihn mir vorstellen. Aber wenn wir auf den Friedhof gehen, sehe ich bloß den Felsstein und die Blumen. Kannst du mir was von ihm erzählen, was ich noch nicht weiß?«
»Ich glaube schon«, sagte Sam. »Eines Tages kam er zu mir, denn Bill war nicht da, und sagte: ›Sam, ich brauche deine Hilfe.‹ Ein junges Mädchen war bei ihm, dem fehlte der rechte Arm. Inge war aus einem Lager entlassen worden und lange Zeit allein und ohne Hilfe umhergeirrt, bis jemand sie zu deinem Vater schickte. Ihre Eltern lebten in Holland, in Rotterdam, aber sie hatte keine Papiere und keinen Ausweis. Dein Vater und ich brachten Inge damals schwarz über die Grenze.«
»Haben die beiden sich das Gesicht angemalt, so schwarz wie du?«
Sam schüttelte den Kopf. »Schwarz über die Grenze, das heißt nur, ohne Ausweise, verstehst du?«
»Ist das schlimm?«

»Nun, es hätte schlimm sein können für deinen Vater und für mich. Wenn uns die Grenzpolizei geschnappt hätte, wären wir im Gefängnis gelandet.«
»Klasse«, sagte Boris, »Vati Rechtsanwalt im Kittchen. Schade, daß das nicht geklappt hat, die Oma hätte sich halb krank gelacht.«
»Da bin ich nicht so sicher«, sagte Sam.
»Los, erzähl mir noch mehr, dir fällt bestimmt noch was ein.«
»Einmal haben wir Kohlen geklaut.«
»Warum?«
»Weil's sonst keine gab.«
»Versteh' ich nicht?«
»Von einem Zug. Der hielt an der Weberstraße, und alle Leute sind über die Schranke und rauf auf die Waggons und haben geklaut, dein Vater und ich auch.«
»Muß ja ein toller Hecht gewesen sein, mein Vater. Und was habt ihr sonst noch gemacht?«
»Geangelt. Im Rhein. Einmal haben wir sogar einen Aal gefangen.«
»Klasse«, sagte Boris, »gehst du mal mit mir angeln?«

Das Fernglas war genau auf das Baumhaus gerichtet. Aus dem Eingang hatten eine Weile noch die Beine des Negers gehangen, aber nun waren sie in der Hütte verschwunden.
Die Schwestern Winzig saßen hinter dem Fernglas, das sie auf einen Dreifuß montiert hatten.
»Seit dreiundvierzig Minuten haben sie sich nicht mehr gerührt«, sagte Netta. Erna nahm ihr die silberne Taschenuhr aus der Hand.
»Siebenundvierzig«, korrigierte sie ihre um anderthalb Jahre jüngere Schwester.
»Nein, Ernchen, ich bin ganz sicher, es sind genau dreiundvierzig Minuten.«
»Wir wollen uns nicht streiten.« Erna schrieb auf das vor ihr liegende Blatt groß siebenundvierzig.
»Was meinst du, was er mit dem Kind tut, Ernchen?«
»Was solche Leute eben mit Kindern tun.«
Netta schluckte, sie nestelte an der Halskordel ihrer grauen Häkelpelerine.
»Du meinst?«
»Ein Neger bleibt ein Neger. Selbst wenn die Frau Schwarzenburg ihn in ihrem Haus wohnen läßt.«
Erna zog die Vorhänge zu, erhob sich von ihrem Drehsessel, von dem aus sie das Fernglas, die Wohnküche und auch ihre Schwester Netta befehligte.

»Leg Briketts nach, und mach eine ordentliche Kanne Pfefferminztee, das kann ein langer Abend werden. Ich gehe jetzt.«
»Wo willst du denn hin, Ernchen?«
»Wohin wohl? Stell dich nicht dümmer als du bist.«
Netta blinzelte und schluckte Tränen zurück. Sie zog die Ringe vom Herd, legte Briketts nach, setzte den Wasserkessel auf.
Sie hob vorsichtig den Vorhang, aber das Baumhaus war mit dem bloßen Auge nicht mehr zu erkennen. Im Winter wurde es viel zu rasch dunkel.

Friedel fand Boris im Wintergarten hockend. Er saß zwischen dem Schreibtisch und der Fensterwand auf dem Boden, seine Arme um Blackys Hals geschlungen.
»Boris?«
Sein Kopf fuhr hoch, und sie hatte sein Gesicht noch nie so gesehen. »Wo warst du so lange?«
»Im Büro. Was tust du hier? Wo sind alle anderen?«
»Weiß ich nicht. Die Polizei hat Sam mitgenommen. Aus dem Baumhaus. Mich haben die nach Hause geschickt.«
Friedel packte Boris, als er zu weinen anfing. Sie hielt ihn ganz fest. Dann sagte sie: »Komm mit.«
Die Polizeiwache war an der Ecke Weberstraße.
Sam stand zwei Beamten gegenüber.
»Ihr Schneitzkerle!« rief Boris und riß sich von Friedels Hand los. Aber Sam hielt ihn zurück.
Die Beamten hatten verschreckte Augen. »Fräulein Gugenheimer, es tut uns sehr leid, aber sehen Sie, da war ein Anruf, und wir hielten es für unsere Pflicht, der Meldung nachzugehen. Wir haben uns schon bei dem Herrn entschuldigt.«
»Ja, das haben sie«, sagte Sam.
»Wir haben dem Herrn auch erklärt, daß wir gehalten sind, solchen Meldungen nachzugehen. Es war nichts Persönliches dabei, schließlich kennen wir den Herrn ja überhaupt nicht.«
»Friedel, bleib still. Laß uns gehen«, sagte Sam.
Sie nahm seine Hand, Boris die andere. So gingen sie hinaus.
»Die Winzigs waren es«, sagte Friedel, »da bin ich ganz sicher. Sie wohnen nebenan, sie haben nichts Besseres zu tun, als anderen Leuten das Leben schwerzumachen.«
»Ich verprügele sie«, rief Boris, »ich schütte ihnen Wasser in den Vorgarten, damit es tüchtig Glatteis gibt. Die alten Schachteln, die vermaledeiten alten Schneitzschachteln sollen sich ihre Gehstempel brechen!«
Und niemand hinderte Boris daran, seinen phantasievollen Flüchen freien Lauf zu lassen.

Sam lachte über den Vorfall, Friedel konnte es nicht. Sie sprach darüber mit Martin später am Abend, in der ›Kerze‹.
Wie in Paris und in London, in New York und Berlin gab es nun auch Kellerlokale im kleinen Bonn.
Zwar sang Juliette Greco hier nur von Platten, aber ein Hauch von Sartres Existentialismus schwang um die Kerzen, die in wachsbeperlten Flaschen steckten, und um die Mädchen, die am liebsten Schwarz trugen.
Es waren die gleichen Mädchen und jungen Männer, Studenten meist, die man im ›Contra-Kreis‹ treffen konnte oder im ›Tabu‹, wo sie einzelne Markstücke zusammenzählten, um sich eine Flasche Liebfrauenmilch leisten zu können und Boogie-Woogie zu tanzen.
Martin und seine Freunde, Journalisten, Reporter wie er, trafen sich manchmal in der ›Kerze‹ zum Skat, wenn sie nicht in der ›Rheinlust‹ kegelten.
Friedel sah gern zu, wie die jungen Männer Skat spielten und sich in die Haare gerieten, weil sie verloren, oder auch vor Freude brüllten, wenn sie gewannen; vor allem, weil Martin dann so ausgelassen sein konnte wie Boris.
Aber als Friedel nun erzählte, was sich im ›Urwald‹ und durch die Geschwister Winzig zugetragen hatte, legten sie die Skatkarten zur Seite.
Vier Kollegen von Martin waren zugegen, darunter Horst Pfeil, sein Jugendfreund aus Berlin, nun als Pressefotograf bei UP in Bonn.
»Da sieht man's wieder«, sagte Horst, »nichts hat sich geändert. Hab bloß 'ne andere Haut, und schon bist du verdächtig. Wär' dein Bruder mit einem weißen Strolch im ›Urwald‹ verschwunden, hätte bestimmt kein Hahn danach gekräht.«
»Sam ist kein Strolch.«
»Natürlich nicht. Er ist bloß ein Neger.«
»Aber ich verstehe es nicht«, sagte Friedel. »Während der Besatzungszeit haben die Leute die amerikanischen Neger in den Himmel gehoben, weil sie so freigebig waren. Wie oft konnte man hören, ein Ami-Neger ist das beste, was man ergattern kann. Ja, waren die Leuten denn farbenblind?«
»Nein. Die hatten Hunger. Oder nichts zu rauchen.«
»Das ist sehr zynisch.«
»Aber wahr.« Horst Pfeil sah Friedel an. »Würdest du einen Schwarzen heiraten?«
»Darüber habe ich noch nie nachgedacht.«
»Dann tu's jetzt.«
»Das ist unfair«, sagte Martin.
»Laß ihn bitte«, sagte Friedel. »Ja, Horst, ich glaube, ich würde es tun, wenn er ein Mann wäre wie Sam. Und wenn ich mit ihm leben wollte.«
»Du würdest es nicht tun.« Horst grinste. »Ich wette, im letzten Moment

wärst du zu feige. Schau dich doch an, weiße Handschuhe, züchtig hochgeschlossenes Kleid, Madonnenscheitel. Und was erst die Leute sagen würden, das Fräulein Gugenheimer –«
»Hör auf«, sagte Martin, »du hast zuviel getrunken.«
»Schlafen würde sie wahrscheinlich mit 'nem Neger. Warum auch nicht, soll ja was Besonderes sein.«
Martin schlug Horst mit der flachen, offenen Hand ins Gesicht, ein Schlag der Verachtung. Dann stand er auf, nahm Friedels Hand, hing ihr den Mantel um die Schultern, zahlte an der Theke. Keiner seiner Freunde rührte sich.

»Das durftest du nicht tun«, sagte Friedel draußen.
»Doch.«
»Nein. Nicht meinetwegen!«
»Doch.«
»Horst hatte ja recht!«
Martin packte ihre Schultern. »Horst weiß, wie ich zu dir stehe. Er wollte dich verletzen. Wegen Eva.«
Sie gingen zu seinem Wagen. Sie fuhren zu seiner Wohnung, in der es Evas Zimmer gab, das sie nie betraten.
»Möchtest du einen Kaffee, einen Tee?«
»Nein, danke. Ein Glas Wasser.«
Friedel trank es in der Küche, am Ausguß. Auch hier gab es einen Garten, hinter den spiegelschwarzen Scheiben, aber sie hatte ihn noch nie gesehen.
»Ich mach' Kaffee«, sagte Martin. Sie hörte ihn am Gasherd hantieren.
»Horst hat recht«, sagte sie.
»Er hat Unsinn geredet. Ich hab' dir erklärt, warum. Es tut mir leid. Bitte, vergiß es jetzt.«
»Er wollte auch dir wehtun.«
»Ja, auch mir, Friedel, denn ich will jetzt niemanden anders mehr. Nur dich.«
»Und ich nur dich.«
Sie sahen sich an.
»Ich nehme dich mit nach Berlin, zu meiner Mutter. Ich spreche mit einem Freund. Er ist Anwalt.«
»Und du würdest jeden Sonntag nach Mehlem fahren.«
»Nein, das ist nicht wahr.«
»Du würdest jeden Sonntag zu Eva wollen!«
»Wir brauchen nicht in Bonn zu bleiben. Wir können irgendwo anders hingehen, arbeiten, leben.«
»Und immer daran denken. Du und ich auch.«

Friedel knöpfte ihren Mantel zu. Sie zog die weißen Handschuhe aus der Manteltasche.
»Bleib hier«, sagte Martin, »bitte.«
»Ich kann nicht.«
Und Friedel ging, wie in der ersten Nacht, allein nach Hause.

Christine saß im Wintergarten, schrieb einen ihrer langen Weihnachtsbriefe.
»Du kommst früh, Friedel?«
Sie zog ihren Mantel aus, die Handschuhe.
»Willst du eine Tasse Tee? Er ist noch heiß.«
»Ja, gern.«
Friedel setzte sich in den niedrigen Dreieckstuhl, hinter dem Boris mit Blacky gehockt hatte.
»Ich schreibe an Lilli«, sagte Christine. »Wir haben so lange nichts von ihr gehört.«
»Sie kommt ja auch nur zu Achims Geburtstag, und der nächste ist erst in einem halben Jahr.«
»Lauras Weihnachtspaket aus der Toscana ist heute eingetroffen. Möchtest du ein Salamibrot?«
»Nein, Oma, aber eine Zigarette möchte ich rauchen und einen Armagnac trinken, wenn es stimmt, was du ihm nachsagst.«
»Was sage ich denn?«
»Daß er deinen Magen beruhigt.«
»Soll ich dir was verraten, Friedele? Ich bin halt auf seinen Geschmack gekommen. Aber schaden kann er auch dir nichts.«
Christine lachte, und Friedel sagte: »Zünd dir doch die Pfeife an, Oma.«
Christine beschwerte den angefangenen Brief an ihre zweite Tochter mit dem fast weißen Jadebuddha, dem ewig lächelnden.
Sie zündete ihre Pfeife an und goß für Friedel und sich vom Armagnac ein.
»Ich möchte fort aus Bonn, Oma.«
»Ja«, sagte Christine, »das ist eine gute Idee.«
»Ich weiß nur nicht, wie ich es Mama beibringen soll?«
»Denk jetzt nicht an Anna, denk an dich selbst.«
»Das fällt mir schwer.«
»Aber Martin ist verheiratet.«
»Das weißt du?«
»Ja, Kind.«
»Ich hätte es dir sagen sollen, Oma, aber ich hatte nicht den Mut. Es ist keine richtige Ehe mehr, Eva ist in einem Heim wie dein Bruder Robert.«
»Armer Martin – Weiß er, daß du fort willst?«

»Nein.«
»Wohin willst du, Friedel?«
»Weit fort, Oma, so weit fort wie möglich. Denn ich hab' Angst, daß ich es sonst nicht durchhalte, von Martin weg zu sein.«
»Ich schreibe Laura, daß du kommst.«
»Nein, Oma, die Toscana ist zu nah. Da kann einer mit dem Auto hinfahren, wenn er es will.«
»Dann flieg nach Amerika. Schließlich hat dein Vater Schwestern da, auch wenn's nur Halbschwestern sind.«
»Amerika«, sagte Friedel, dann lachte sie, »Amerika!« Und sie spürte, wie der Krampf kam, in ihrem Magen, wie die Schmerzen kreuz und quer hindurchschnitten.
In New York hatte Michael gelebt, neun Jahre lang. Von 1936 bis 1945, zu lange für ein Kind, bis es glaubte, daß er nie zurückkommen würde. Ihr Vater war vor den Nazis geflohen, sie floh vor Martin. Sie wollte nicht, daß er seine Freunde ihretwegen verlor, sie wollte nicht, daß er sich ihretwegen Vorwürfe machte wegen Eva, sie vernachlässigte.
Es war besser, jetzt zu gehen, noch früh genug.
»Du hast recht, Oma, wie so oft«, sagte Friedel. »Nach Amerika, da will ich endlich hin.«

6

Aber zuerst kam Weihnachten, und sie schmückten den Baum, Friedel und Christine. Hingen goldene Kugeln in die grünen Zweige, steckten gelbe Kerzen in die Halter.
»Wie gut das riecht«, sagte Christine, »echtes Bienenwachs.«
Die Geschenke lagen auf dem Ingweiler Tisch, jedes in buntes Papier verpackt, mit einer goldenen oder silbernen Schleife verziert und einem Namenskärtchen versehen.
In der Küche probten Achim und Boris auf Geige und Flöte Weihnachtslieder, Blacky jaulte. Hin und wieder konnten sie Ellas Kinder wispern hören. Sam war in die Stadt gegangen, um Anna abzuholen.
»Weißt du, was man redet, Oma, über Mama und Sam?«
»Sicher. Wenn's den Leuten wieder einigermaßen gutgeht, haben sie Zeit für Klatsch und Tratsch. Mach dir nichts draus.«
»Ich mache mir nichts draus. Sam tut Mama gut. Er war Vaters Freund. Sie redet doch nur mit ihm über Michael.«
Die Tanne war geschmückt, sie gingen in den Wintergarten, zogen die Portieren zurück. Schnee wehte vorbei, wob eine Pelerine um den Birnbaum.

»Jetzt haben wir noch ein Viertelstündchen für uns«, sagte Christine. Sie setzte sich an den Schreibtisch, der einst ihrem Mann gehört hatte, und als sein Bruder Franz ihn an sich brachte, hatte sie ihm den Stuhl unterm Hintern weggezogen und ihn hinausgeworfen.
»Hol uns den Armagnac, Kind.«
»Oma, das wird ja schon zur Gewohnheit.«
Sie lachten beide und waren sich so ähnlich, wie nur eine sehr alte und eine sehr junge Frau es sein können.
»Was trinkst du eigentlich, wenn du ausgehst? Was trinken und essen die jungen Leute heute überhaupt?«
»Früher, im Karneval oder bei Parties, hab' ich immer Cola getrunken oder Apfelsaft, aber mit Martin trinke ich Wein. Die jungen Männer trinken sonst meist Bier, auch die Mädchen, aber daran könnte ich mich nie gewöhnen. Und essen? In der ›Kerze‹ gibt es nur Kleinigkeiten, Schinkentoast, Ragout fin oder Gulaschsuppe auf ungarische Art.«
»Richtig mit roten Pfefferschoten?«
»Ach, Oma, natürlich nicht.«
»Die ›Kerze‹, das ist doch ein Kellerlokal. Wie das ›Tabu‹?«
»Nein, in der ›Kerze‹ treffen sich Studenten und Journalisten, junge Leute halt, die miteinander reden wollen, getanzt wird nicht. Aber es gibt Musik, tolle Platten, von Louis Armstrong und Ella Fitzgerald.«
»Richtigen Jatz?«
»Ja, Oma, fabelhaften Jazz.«
»Weißt du, daß ich über den ganzen Krieg eine Platte von den Inkspots gerettet habe? Und wie oft hab' ich die abends leise gespielt. Das tat so gut nach all den Märschen im Radio. Als Bill dann nach Israel ging, hab' ich sie ihm geschenkt.«
»Denkst du noch oft an den Krieg, Oma?«
»Natürlich, Friedel.«
»Seit fast neun Jahren ist er jetzt vorbei.«
»Man vergißt das Böse und Schlechte meist zu schnell. Aber ich will's nicht vergessen, damit ich mich an jedem Tag freuen kann, an all dem Guten, das wir wieder haben. Schau dich doch um, die große Tanne, Kerzen aus echtem Bienenwachs. Die Teller sind voller Nüsse und Schokolade und Printen. Wir haben es warm, alle Scheiben in den Fenstern sind ganz. Und wenn man in die Stadt geht, sieht man lauter fröhliche Kinder mit dicken Backen und so viel Licht. Manchmal denke ich fast, ich träume. Rück ein bißchen näher, Friedel.«
Christine nahm ihre Hand, und sie lauschten, als es von der Elisabethkirche zu läuten begann.
»Wie friedlich das klingt. Als könnte es nie mehr Böses auf dieser Erde geben.«

»Du bist eine Träumerin, Oma. Hast du vergessen, was erst in diesem Sommer in der Ostzone passiert ist? Am siebzehnten Juni? Martin war in Berlin. Er hat es erlebt. Seither ist Eva in dem Heim. Oder denk an Kenia, daran, was Sam uns erzählt hat. Es gibt keinen Frieden, Oma, und immer das Böse. Aber du hast recht, den Zipfel Glück, den wir haben, sollten wir festhalten.«

»Mach's Licht an, Kind«, sagte Christine. Sie zog ihre Schreibmappe heran. »Ich habe nach Amerika geschrieben, an die Halbschwestern deines Vaters, du kannst den Durchschlag lesen. Bald wird Antwort kommen. Aber fahr vorher noch einmal ins Elsaß und zu Laura in die Toscana, damit du dich an die Fremde gewöhnst. Und dann nach Paris.«

»Oma, das wird zu teuer.«

»Ach was«, sagte Christine. »Laß das meine Sorge sein. Ich war nie bei Laura und nie in Paris. In Petersburg bin ich gewesen und in Berlin, aber nie in Paris.«

»Ich kenne niemanden in Paris.«

»Doch.«

»Spann mich nicht auf die Folter, Oma.«

»Dein Georg studiert da.«

»Mein – ach, du meinst, den Georg?« Friedel lachte. »Stimmt ja, den hatte ich ganz vergessen. Sag bloß, hast du auch mit ihm noch korrespondiert?«

»Das viele Briefeschreiben ist ein Familienfehler oder eine Tugend, ich weiß nicht, was. Aber mein Vater hat es schon getan, und als er selbst keine Briefe mehr schreiben konnte, wegen der Gicht, hat er Mama Stella oder Rachel diktiert. Nun ja, und ich denke immer, Menschen, die man einmal gekannt und lieb gehabt hat, die darf man nicht einfach aus dem Sinn verlieren. Weißt du noch, wie er zu uns kam, der Georg? Im Sommer vierundvierzig war es, er hatte gerade sein Abitur bestanden. Als Sechzehnjähriger. Ihr beide wart doch unzertrennlich. Ihr seid immer an die Gronau zum Baden gegangen, und er hat Limonaden für dich gebraut und Bonbons gekocht. Seinen Doktor in Chemie hat er schon, nun studiert er in Paris noch Physik. Und es wird nicht lange dauern, dann wird er nach –«

»Amerika gehen«, sagte Friedel. »Oma, du bist eine ganz Schlimme. Nicht nur, daß du mich von hier weghaben willst, nein, verkuppelt soll ich auch gleich werden!«

»Georg ist ein echter Elsässer, mein Georg, der Urwaldarzt, war sein Patenonkel, und seine Familie –«

»Oma, hör auf.«

»Wenigstens wiedersehen solltest du ihn, das kann doch nichts schaden.«

»Na schön, weil du es möchtest, aber es wird ohnehin Sommer darüber werden.«
»So lange willst du noch hierbleiben?« fragte Christine.
»Ich muß. Herr Mandt hat mich vor drei Jahren in seine Kanzlei genommen, nachdem ich mir die Hacken schiefgelaufen hatte, um irgendwo eine Stelle zu finden. Immer hieß es, zu jung, zu unerfahren, obwohl ich ganz gut Englisch und Französisch konnte.«
»Bis auf die Aussprache«, sagte Christine.
»Du warst ja auch nie mit mir zufrieden! – Im Juli vor den Gerichtsferien wird Mandts Sohn die Kanzlei übernehmen. Er wird seine eigene Sekretärin haben wollen.«
»Mandt setzt sich zur Ruhe?« fragte Christine überrascht. »Aber er ist doch noch gar nicht so alt.«
»Er ist fünfundsechzig und hat eine chronische Bronchitis.«
Christine schüttelte den Kopf. Sie kannte Mandt nur als einen großen kräftigen Mann, der vor Gesundheit strotzte. »Hast du mit ihm gesprochen, über deine Pläne?«
»Ja, und er hat mich gebeten zu bleiben, bis auch er geht.«
Das Telefon klingelte. Es stand gleich neben Christine.
»Es wird für mich sein«, sagte Friedel. Ihre Hände zitterten.
»Geh nicht dran, wenn du es nicht willst.«
»Doch, Oma, ich will ja.«
Christine ließ sie allein.
»Friedel«, sagte Martin, »Friedel, ich muß dich sehen.«
»Nein. Bitte, Martin.«
»Bitte, Friedel.«
»Die Kinder warten auf die Bescherung. Wenn meine Mutter kommt –«
»Friedel, nur noch einmal.«
»Dann komm her, Martin. Komm einfach her. In einer halben Stunde, willst du?«
»Ja«, sagte er, »ja.«
Friedel lief in die Küche und rief: »Wir brauchen noch einen bunten Teller. Martin kommt!«
Und jeder konnte sehen, wie glücklich sie war.

Stille Nacht, heilige Nacht, die Kerzen brannten, und sie alle sahen irgend jemanden in dem hellen gelben Schein vor den dunklen Zweigen, sahen Gestalten und Gesichter im Geäst des Baums, ihre Stimmen versagten, huben wieder an, nur die Kinder verfehlten keinen Ton.
Stille Nacht, heilige Nacht, als Michael es zum letztenmal sang, wußte er schon, daß er sterben würde und blieb doch mit dem Wissen allein. Annele, fragte er, Annele, im Dunkel der Nacht, das nach der Weihnacht

roch, Annele, wenn du es noch mal zu tun hättest? Und sie sagte, immer wieder, Michael, immer wieder.
Christine sah Ernsts Gesicht in den Zweigen, lach, Christine, lach und sei fröhlich, auch wenn es schwerfällt. Und Lillis Gesicht, so blaß, so geheimnisvoll, nie ergründet die Gedanken hinter der hohen milchweißen Stirn. Wo bist du, Kind, dachte sie und schaute auf den Jungen, den Lilli geboren hatte, Achim, ein Enkel, der ihr näher als die Tochter war.
Evas Tannenbaum in Mehlem trug elektrische Kerzen, die Schwester würde sie nach der Weihnachtsfeier abnehmen, denn zerbrochenes Glas war scharf. Eva hatte ihren Puppen Kronen aufgesetzt, Martin hatte sie aus Goldpapier geschnitten und geklebt.
Das alles, weil die Panzer nur noch zwanzig Meter entfernt waren, und der Stein, der Evas Kopf traf, war für die Panzer bestimmt.
Sie hob wie in jäher Verwunderung ihr Gesicht, und dann fiel sie gegen ihn.
Martin –
Er hielt sie, hob sie auf, rannte in einen Hauseingang. Die Tür öffnete sich, jemand zog sie in den Flur.
Halbdunkel war es da, dick der Geruch nach Menschen und Angst.
»Meine Frau braucht einen Arzt!« Evas linke Gesichtshälfte, ihr Hals waren jetzt klebrig vom Blut.
»Keinen Arzt«, flüsterte Eva, »bitte, keinen Arzt. Ach, bitte, bitte, Lieber, laß mich doch endlich sterben.«
Aber Eva starb nicht, Martin brachte sie in der Nacht zu seiner Mutter nach Westberlin. Und eine Woche später flogen sie, wie er es schon vor dem 17. Juni gewollt hatte, in die Bundesrepublik.
Er arbeitete seit März in Bonn für die TWP, und er hatte Ende Mai endlich eine Wohnung gefunden, die nur auf Eva wartete.
Er hatte Horst Pfeil angerufen: »Besorg so viele Blumen wie du kannst, und stell ein paar Pullen Henkell kalt.«
Horsts Augen weiteten sich wie immer bei Evas Anblick, und er pfiff durch seine auseinanderstehenden Schneidezähne.
»Eva«, er verschluckte sich und kriegte kein Wort mehr heraus, denn sie lächelte ihn an. Horst ließ den Sekt überschäumen und warf, als er ihn auftrocknen wollte, gleich zwei Gläser um.
In der Nacht fand Martin Eva vor dem Abfalleimer hockend, eine Glasscherbe in der Hand.
Er nahm ihr die Scherbe weg, Eva trat und schlug um sich, voll wilder, verzweifelter, wahnwitziger Kraft, aber schließlich schlief sie erschöpft in seinen Armen ein.
Zwei Wochen blieb Martin den Pressehäusern fern, um Eva nicht allein zu lassen.

Sie wollte nichts essen, nichts trinken. Er mußte sie dazu zwingen. Sie verlangte nach Puppen.
Martin bat Horst, sie zu besorgen, der brachte eine Babypuppe.
Erwartet ihr etwa Nachwuchs?
Na klar doch! Martin fertigte ihn an der Wohnungstür ab. Und hinter der wieder geschlossenen Tür preßte er die Hand vor den Mund, um nicht zu lachen oder zu heulen, was immer da aus ihm rauswollte.
Eva freute sich über die Puppe, als wäre sie wieder ein Kind. Sie streichelte sie, flüsterte mit ihr und versank immer häufiger in fern lächelndes Schweigen, ja Dämmerzustände, magerte erschreckend ab. Der Arzt besorgte ihr ein Zimmer in der Privatklinik in Mehlem. Und nicht einmal während des Krieges hatte Martin sich je so hilflos gefühlt.
Er schlief im Wohnzimmer auf der Couch, denn das Schlafzimmer, das er für Eva eingerichtet hatte, mochte er nicht mehr betreten.
Seine Kollegen in den Pressehäusern und im Bundeshaus hielten ihn für arrogant, da er sich nun weder an ihren Skatabenden noch am Kegeln in der ›Rheinlust‹ beteiligte.
Aber auch zu Horst sagte er nur: »Eva ist wieder fort.«
Martin war sehr allein, bis er ein Mädchen im Regen stehen sah, im Augustgewitter. Mit lachenden Augen und lachendem Mund. Es sah aus, als tränke das junge Gesicht den Regen.

Friedel sah nur den Kerzenschein und die goldenen Kugeln, manche drehten sich sanft, aber sie sah keine Gesichter darin, nur Wärme, nur eine zu ihr strebende, sie umschließende, wiegende Wärme.
Noch während der Bescherung verschwand Christine, kam wieder und trat auf Martin zu.
Sie gab ihm den weißen Jadebuddha und sagte: »Er soll Ihnen Freude bringen und Glück«, und nicht nur Friedel hielt den Atem an.
Später saßen sie bei Christstollen und Eierlikör – für die Männer, zu denen sich heute auch Boris zählte, gab es kräftig duftenden Glühwein – um den Ingweiler Tisch. Sie sprachen von all denen, an die sie dachten und die sie liebten, auch wenn sie nicht mehr lebten oder so fern waren wie Sams Frau Sophia und seine Kinder.

Diese Weihnachtsnacht stand schwül und stickig um die Farm, was selten war, denn der Wind liebte es, in den Wäldern zu raunen und dem Haus Kühlung zu spenden, das sich in eine Falte der Ngonghügel schmiegte.
Wie so oft hatte Sophia abends die Fenster des Schlafzimmers ihrer Kinder geöffnet und ihnen vor dem Einschlafen den Wind gedeutet als die Stimme Ngais, des Gottes, der zu allen guten Kikuyu sprach. Sie hatte ihnen die Märchen und Sagen ihres Stammes erzählt und so darauf ge-

achtet, daß die Kinder neben der christlichen Erziehung, die sie in der Schule erhielten, nicht vergaßen, daß sie Kikuyu waren.
Oft auch hatten Sam und sie dem Wind gelauscht, der pralle Wolken brachte und fruchtbaren Regen oder die Hitze erträglich machte.
Beim Rauschen und Summen des Windes hatten sie sich umarmt und ineinander verloren und wiedergefunden.
Aber jetzt schwieg der Wind, und die Fenster waren verriegelt. Patrick hatte eiserne Gitter davor anbringen lassen. Würden sie einer mit Wucht geführten Panga standhalten?
Patrick stand an einem der Fenster, Sophia sah, wie seine Hand ein-, zweimal nach der seidenen Kordel des Vorhangs zuckte, aber er zog ihn nicht auf.
In der Rechten hielt er sein Glas, nahm hin und wieder einen Schluck, und Sophia wünschte, sie hätte ihm mehr geben können als eine schmackhafte Mahlzeit und einen wohltemperierten Wein; Burgunder war es, den Bill und Ella so gern abends getrunken hatten, ein Glas oder zwei, vor dem offenen Kamin.
Die Kinder hockten um den Kamin, ihre, Sophias Kinder, und wickelten ihre Geschenke aus, die Sam aus London gesandt hatte und aus Bonn. Vier kleine Kinder waren es, denn zwei ihrer Töchter waren schon verheiratet, und Samuel, ihren Ältesten, hatte sie für immer verloren, selbst wenn er noch lebte.
Sie rieb sich die Augen, sie wollte nicht weinen, denn nie hatte sie gelernt, es stumm zu tun, wie Ella.
»Mamie«, sagte Patrick und nannte sie so, wie auch Samuel es einst getan. Er kam zu ihr, stellte das Glas im Vorbeigehen auf den Tisch hinter der Couch. Patrick hatte das rote Haar seiner Mutter geerbt, die kräftige Statur seines Vaters, und seine Augen waren so schillernd blau wie das Gefieder des Sperlings. »Ich fahre jetzt und hole Andrew und Paul ab.«
»So wie du bist?« Er trug ein Khakihemd und Khakihosen, nicht einmal die staubigen Buschschuhe hatte er gewechselt, seit er an diesem Abend nach Hause gekommen war. Aber Sophia wußte, im Norfolk-Hotel, wo Andrew und Paul Weihnachten feierten, trug man Smoking.
»Niemand wird es stören.« Patrick lachte auf, wie er früher nie gelacht hatte. Es tat weh, die Verachtung darin zu hören und zugleich die Hilflosigkeit.
»Ich wünschte, du führest nicht. Warum telefonierst du nicht und sagst deinen Brüdern, sie sollen in Nairobi bleiben?«
»Damit sie ihren Mut beweisen und mitten in der Nacht besoffen heimkommen?«
»Du hast recht«, sagte Sophia. »Aber nimm Saul mit.« Das war der Torhüter der Farm.

Patricks Augen wurden dunkel und ausdruckslos; sie hatte natürlich das Falsche gesagt.
Denn hatte sie nicht auch Ella gebeten, ja angefleht, nicht allein zur Held-Farm zu fahren? Hatte sie ihr nicht ihren eigenen ältesten Sohn mitgegeben? Und war Ella jemals zurückgekehrt oder Samuel?
»Ja, verlaß dich nur auf dich selbst, Patrick.« Sophia senkte den Kopf.
Er ging ohne ein weiteres Wort hinaus.
Ihre Kinder umringten sie, Sophia streichelte ihre Köpfe und ihre heißen Wangen.
Sie mußte die Geschenke bewundern, aber sie lauschte auf das Zuschnappen der Haustür, das Klicken der drei Sicherheitsschlösser.
Sie schob die Kinder von sich, stand auf und machte die Runde an allen Fenstern vorbei und an allen Türen, wie Patrick es ihr eingeschärft hatte; sie überzeugte sich, daß jedes Fenster und jede Tür fest verschlossen waren.
Patrick hatte aus Maschendraht einen handlichen Grill gefertigt, den stellte sie jetzt in das Kaminfeuer und röstete Bananen für die Kinder. Schließlich brachte sie alle vier ins Bett.
Sophia kehrte in den Wohnraum zurück. Sie fröstelte, knöpfte die Jacke ihres hellblauen Twinsets zu. Warum war es plötzlich so still? Selbst das Feuer knisterte nicht mehr, und es war, als rücke die Nacht immer enger und beklemmender um das Haus.
Jetzt rausgehen, mit nackten Füßen über den Rasen, die Erde, feucht vom Tau, laufen zu können, das täte gut. Sophia schleuderte ihre Pumps von sich, bewegte ihre breiten Zehen. Der grüngewachste Boden war kalt und klamm, die Felle unter ihren Füßen waren spröde und trocken.
»Ich wünschte, ich wäre nicht allein«, sagte sie laut. Sie rief es auf englisch und wiederholte es auf Kikuyu.
Ein Kratzen draußen, an der Mauer, antwortete ihr.
»Wambuki«, flüsterte jemand.
Den Namen hatte sie als Mädchen getragen, bevor Sam sie in die Missionsschule mitnahm, wo sie lesen und schreiben lernte und getauft wurde.
»Wambuki.«
»Wer bist du«, rief sie, »was willst du von mir?«
»Wambuki, ich bin Gitao, dein Bruder. Öffne mir, Wambuki!«
»Geh fort! Komm morgen wieder, wenn es Tag ist und ich dich sehen kann!«
Es klopfte an die Scheibe. »Öffne nur das Fenster, und du wirst mich erkennen.«
»Nein! Komm morgen wieder. Wenn du mein Bruder bist, darf auch die Sonne dich sehen.«

»Öffne mir, Wambuki, denn ich bin in großer Not. Oder willst du, daß ich das nächste Opfer sein werde?«
»Nein! Nein!« Sie klammerte sich an den Lehnsessel, aus dem sie aufgesprungen war. »Geh fort! Komm morgen wieder! Geh!«
Sie krallte ihre Nägel in das Leder der Sessellehne, sie merkte es erst, als das Kratzen und Rascheln und die Stimme draußen verstummten. Denn da kam der Wagen zurück und mit ihm Patrick, Andrew und Paul.
»Alles in Ordnung?« rief Patrick, als er in die Wohnhalle trat.
»Alles in Ordnung«, sagte Sophia.
Auf dem Rost im Kamin bereitete sie Punsch für die drei jungen Männer, und sie trank sogar ein Glas mit.
»Was ist denn mit dem Lehnsessel passiert?« fragte Paul.
»Ihr wißt doch, mein Billy ist immer so wild. Gleich morgen bringe ich es in Ordnung.«
Sie lauschte Andrew und Paul, die von Hummer und Champagner und hübschen Mädchen schwärmten, Patricks Gesicht blieb grau wie Stein.
Von dem einen Glas Punsch drehte sich alles in Sophias Kopf, und auch ihr Magen drehte sich um und um.
Warum erzählte sie Patrick nichts von Gitao? Warum verschwieg sie, daß sie noch immer Wambuki hieß?
Sie ging in ihr Zimmer und holte sich ihr jüngstes Kind, um sich an ihm zu wärmen. Sie hoffte, daß Gitao bei Sonnenlicht wiederkehren würde.
Sophia weinte jetzt doch und biß in ihre Hand, damit niemand es hören sollte.

In Brüssel saß um diese Stunde eine immer noch schöne, nicht mehr ganz junge Frau mit silberblondem Haar vor einem großen dreiteiligen Spiegel.
Sie trug einen Mantel aus silbergrauem Satin, der geschlossen vom Hals bis zu den Fußspitzen an ihr herabfiel. Auch die Ärmel waren lang und verbargen halb ihre Hände. Sie massierte leicht die Daumen, deren Gelenke schmerzten.
Nichts hatte sie von ihrer Mutter geerbt, nur Christines Arthritis. Lilli lachte vor sich hin, es klang nicht fröhlich.
Sie neigte ihr Gesicht dem Spiegel zu, trug die Cold Cream mit kreisenden, klopfenden Fingerspitzen auf. Besondere Sorgfalt widmete sie den Lidern und der Kinnlinie. Ihre Augen folgten den Bewegungen ihrer Hände und nahmen doch nichts wahr.
Wenn man wie sie, solange sie denken konnte, für dieses Gesicht, für diese Haut, für diesen Körper mit den überlangen Beinen gelebt hatte, nur dafür und für nichts anderes, so pflegte man das alles ganz automatisch.
Sie spürte den dünnen Narben hinter ihren Ohren nach. Niemand sah sie

je. Lilli erinnerte sich noch genau an die ersten Wochen, als sie ihr neues Gesicht trug, die Maske einer Zwanzigjährigen. Der Arzt hatte sie gewarnt, Gefühlsregungen zu zeigen, Lachen, Weinen, Fluchen zu vermeiden.

Aber wann fluchte sie schon, und wann lachte sie? Geweint hatte sie niemals, so dachte sie. Warum sollte sie auch?

Sie hielt ihren Rücken gerade, die Schultern zurückgenommen, ihre Brüste waren straff und klein, wie eh und je.

»Du warst großartig heute nachmittag.« Alpert war hereingekommen, trug einen seiner japanischen Kimonos, weiße Seidenstrümpfe, flache Sandalen, strich um ihr Bett, das er nie mit ihr geteilt hatte. »Mit dir werde ich meine neue Kollektion durchsetzen. Fließende Roben, Stoff im Überfluß. Japanische Seiden, handgewebt. Hörst du mir zu, meine Liebe?«

»Natürlich.« Lilli zog die Bürste durch ihr Haar, sie trug es in knappem Pagenschnitt, wie Alpert es verlangte.

»Nur etwas ist mir aufgefallen«, sagte er. »Was ist mit deinen Augen?«

Lilli ließ die Bürste härter, schärfer durch ihr Haar fahren. »Was soll damit sein?«

»Sie wirkten matt, müde, auf dem Laufsteg.«

»Daran ist deine Beleuchtung schuld. Sie ist zu grell.«

»Das ist Neon, eine großartige Errungenschaft, diese strahlende Helle. Solltest du etwa alt werden, meine Liebe?«

Alpert blieb hinter ihr stehen, reckte seinen Kopf vor. Seine Wangen hingen beiderseits des Kinns herab.

Er betrachtete sie im Spiegel. Er sah all das, was ihr gleichgültig geworden war, seit sie es kaum mehr erkennen konnte.

»Deine Augenbrauen waren heute zu stark getuscht.« Er richtete sich auf.

»Vielleicht bekommen dir deine Liebhaber nicht mehr?«

»Laß mich in Frieden.«

»Sie werden immer jünger.«

»Das geht dich nichts an. Ich kümmere mich ja auch nicht um deine Knaben.«

»Wir sind schon ein seltsames Gespann.« Alpert lachte. »Alle Welt hält uns für das unvergleichlich vollkommene Liebespaar. Was sind wir in Wirklichkeit?«

Lilli stand auf, ließ ihren dünnen Seidenmantel fallen, ging nackt ins Bad.

Das Wasser war eingelassen, von Schaum bedeckt. Seit ihre Augen versagten, nahm Lilli stärker jeden Duft, jeden Geruch wahr. Die Badelotion enthielt zuviel Moschus, sie würde sie wechseln müssen.

Alpert hockte sich auf den Rand der runden Wanne. Wirkte fettleibig

jetzt, wenn Lilli auch nur unscharf seine Umrisse wahrnahm, oder gerade deswegen.
»Was willst du noch?«
»Deine Gesellschaft.«
Sie hörte ihn plötzlich weinen, sah die fetten Umrisse im Kimono zittern.
»An mir hat dir außerhalb des Ateliers nie etwas gelegen.«
»Es ist Weihnachten«, schluchzte er, »und da muß ich immer an meine Mami denken. Wie sie mich badete und anzog und dann auf das Klingen des Glöckleins warten ließ.« Er sagte tatsächlich Glöcklein. »Und was bin ich heute? Allein und nutzlos.«
»Hat Josi dich verlassen?«
Alpert heulte wie ein geprügelter Hund.
»Na gut«, sagte Lilli, »erzähl schon.«
Er greinte und jammerte, er geiferte und fluchte, er riß sich den Kimono auf und trommelte gegen seine Brust.
Lilli stieg aus der Wanne und frottierte sich. Sie ließ das Wasser ablaufen, es übertönte fast das Gekreisch.
Sie schlüpfte in einen langen wollenen Hausmantel und brachte Alpert zu Bett.
Sie flößte ihm heiße Milch mit Schlaftabletten ein, sie legte seine Hände im Nachtgebet zusammen. Er schloß die Augen, sein Atem wurde leicht.
Lilli ging in ihr Zimmer, legte sich zu Bett. Auf den Rücken, das Kinn hochgereckt. So würde sie acht Stunden lang schlafen, sich nicht ein einziges Mal auf die Seite drehen, nie auf den Bauch. Schlafen, wie sie es seit vielen Jahren tat, um ihre Schönheit zu erhalten, die sie bald überhaupt nicht mehr wahrnehmen würde.
Das Verdikt des Arztes war endgültig, auch wenn er es mit höflichen Floskeln zu umreden versuchte.
Und was kommt danach? Aber Lilli verbot sich sogleich, daran zu denken.
Zum Frühstück eine halbe Pampelmuse, mittags eine Seezunge nature und am Abend ein Pillencocktail, der sie am Leben hielt.
Aber in der Nacht flüsterte Lilli im Traum: »Was kommt danach, Mutter, was kommt danach?«

»Du kannst mir sagen, was du willst, irgend etwas stimmt mit Lilli nicht«, sagte Christine. »Sie hat nicht angerufen, und ihr Geschenk für Achim habe ich gekauft.«
»Wundert dich das wirklich, Mama?« fragte Anna. »Lilli tut immer nur, was sie will und was ihr selbst nützt.«
»Aber sie ist auch älter geworden.«

»Wie wir alle. Ruf du sie an, frag, was mit ihr los ist.«
»Das habe ich schon versucht, Lilli meldet sich nicht.«
Anna und Christine räumten das Wohnzimmer auf, spülten die guten Gläser, falteten das alte feine Tischtuch fort, das noch die Initialen von Christines Mutter trug, einst in kirschrotem Kreuzstich, nun zu hellem Himbeerrot verblaßt.
Die Kinder waren im Bett, Sam machte seinen abendlichen Spaziergang; nur heute würde er kaum eine Wirtschaft geöffnet finden, in der er ein oder zwei Glas Bier trinken konnte, das ihn, auch wenn es ganz anders schmeckte, an das Bier erinnerte, das Sophia für ihn braute.
»War das eigentlich nötig mit dem Buddha?« fragte Anna.
»Ja«, sagte Christine. »Ernst würde es bestimmt verstanden haben.«
»Wirst du nicht wunderlich, Mama?«
»Wieso?«
»Du schenkst einem wildfremden jungen Mann zu Weihnachten ausgerechnet den weißen Jadebuddha, von dem du immer behauptet hast, daß er Vaters liebstes Andenken an China war.«
»Martin Hildesheim ist kein Fremder.«
»Und was soll daraus werden?« Anna räumte die letzten Gläser in den Schrank, ging in die Küche, wusch sich die Hände, cremte sie sorgfältig ein. Seit sie die Strumpfstube besaß, achtete sie besonders darauf, denn wie leicht konnte sie sonst beim Maschenzählen in dem Nylongespinst hängenbleiben. »Trinkst du noch einen Kaffee mit mir, Mama?«
»Ja, gern, das ist eine gute Idee.« Sie blieben in der Küche, wo Blacky zufrieden zusammengerollt, noch einen Zipfel seiner Weihnachtswurst in Reichweite, in seinem Korb schlief.
»Mama, ich hab' dich gefragt, was daraus werden soll, mit Friedel und Martin?«
»Ich weiß es nicht«, sagte Christine. »Aber weißt du denn, was morgen ist oder in einem Jahr? Friedel liebt ihn und er sie. Du hast es doch gesehen.«
»Und daß er verheiratet ist, stört dich nun nicht mehr?«
»Doch. Weil diese Ehe aussichtslos ist, für alle. Seine Frau ist in einem Haus wie mein Bruder Robert.«
»Warum sagst du nicht gleich ›in einer Anstalt‹?«
»Anna!«
»Ach was, Mama, nenn doch die Dinge beim Namen. Er kann sich nicht scheiden lassen, nicht nach dem Gesetz und nicht, wenn er ein anständiger Mann ist. Was bleibt da für Friedel?«
»Der Augenblick«, sagte Christine. »Haben wir nicht beide erlebt, du und ich, wie wichtig ein Augenblick ist? Möchtest du denn eine Minute mit Michael missen?«

»Sprich nicht von ihm. Michael hat mir gehört. Nur mir allein.«
»Anna, deine Tochter liebt Martin, wie du Michael liebst. Wir können es nicht verhindern, wir können es nicht verbieten. Und was würde es nützen?«
»Was ist, wenn Friedel ein Kind bekommt?«
»Auch das würde sich finden.«
»Ein uneheliches Kind«, sagte Anna.
»Sie würde es aufziehen, und wir würden ihr dabei helfen.«
»Du bist wunderlich, Mama.«
»Ach was.« Christine zündete sich ihre Pfeife an. »Leben wir in einer modernen Zeit, die nach vorne schaut, oder nicht?«
»Ich weiß nicht«, sagte Anna. »Ich bin froh, daß manches wieder so ist, wie es vor dem Krieg war. Das genügt mir.«
»Das genügt mir auch. Ich freue mich, daß wir es wieder warm haben, ohne jedes Brikett zählen zu müssen. Ich bin glücklich, wenn ich sehe, wie aufgebaut wird. Für jedes neue Haus bin ich dankbar, auch wenn mir manche überhaupt nicht gefallen. Ich bin froh, daß die Kinder genug zu essen haben und anständiges Schuhwerk. Ich freue mich auch, daß wenigstens in unserem Land kein Politiker mehr große Töne redet. Und was ein Kind angeht, das Friedel kriegen könnte«, Christine hob ihr Kinn, »so viele Kinder sind vaterlos geboren worden und vaterlos aufgewachsen im letzten Jahrzehnt. Außerdem soll man ein Problem erst dann anpacken, wenn es auftaucht.«
»Du bist wunderlich«, sagte Anna noch einmal, »erst bleibst du nächtelang mit mir auf und machst dir Sorgen um Friedel, und nun, auf einmal, findest du es ganz in Ordnung, daß sie mit einem verheirateten Mann zusammen ist.«
»Ich finde es nicht in Ordnung, aber ich kann es nicht ändern. Und ich kann Friedel halt verstehen. Oder wäre es dir lieber, sie käme mit einem jungen Burschen an, der über seine eigenen Zehen stolpert?«
»Füße«, sagte Anna, und dann lachten sie beide.
Blacky hob die Schnauze, schnupperte in den Tabakduft von Christines Pfeife und rollte sich wieder zusammen.

Sam wanderte über den Venusberg, über breite Wege und verschlungene Pfade, tief sog er die scharfkalte Luft ein. Trocken war sie und roch, für ihn ganz deutlich, nach Schnee. Er lauschte auf den Wind, der in den Bäumen sang, und schaute auf die Stadt, die hell und doch dunkel unter ihm lag.
Bill Earth hatte den Wald hier oben geliebt, und wie oft waren sie herumgestapft und hatten Kinder aufgescheucht, die Bucheckern sammelten oder Eicheln. Da standen sie dann mit halboffenen Mündern und starrten

die fremden Uniformen an, bis Bill Kaugummi verteilte oder Schokolade. Dann wurden die Gesichter wieder klein und kindlich und auf die natürliche Weise hungrig, wie es auch junge Tiere sind.
Sam dachte an Bill Earth und Ella, beide tot, beide gewaltsam gestorben, man würde die Schuldigen nie finden.
Er kniete im Schnee und scharrte die Erde auf, bis ihm bewußt wurde, wie sinnlos das war. Da ging Sam weiter und roch wieder den Schnee und das Kiefernholz und das Harz und schaute auf die Stadt hinunter und wußte, es half ja alles nichts.
Irgendwann in diesen Tagen würde er es den Kindern sagen, tun müssen, was Patrick zuletzt schrieb: ›Gönn ihnen schöne Weihnachten, aber dann sag ihnen, daß Mutter nicht mehr ist. Und sag es ihnen so, daß sie hierher zurückkehren können, denn ich kann die Farm nicht aufgeben. Andrew und Paul gehen nach Rhodesien im neuen Jahr. Aber ich bleibe hier. Und ich will, daß Karen, Betsy und Mike wissen, daß hier ihre Heimat ist.‹
Morgen würde Sam es ihnen sagen oder übermorgen oder auch erst nach Neujahr. Er würde sie bei der Hand nehmen und hier herauf in den Wald führen und es ihnen sagen.
Er kehrte in die Stadt zurück, ging durch stille Straßen, sah hohe Kirchtürme und alte Häuser und neue dazu, wo ehemals Schuttberge waren mit Trümmerblumen, die er mal für ein Mädchen gepflückt. Blau waren sie und gelb und violett; das Mädchen hatte die Schokolade genommen, die Zigaretten und die Seife, die Blumen ließ sie liegen.
Sophia hob alle Blumen auf, die er ihr schenkte, preßte sie zwischen den Seiten der Bücher, die sie gläubig las, auch wenn sie vieles darin nicht verstand.
Und es war, als käme sie auf ihn zu, über Kontinente und Meere hinweg. Sie trug ihren blauen Rock und das hellblaue Twinset und ihre rosa Hochzeitsperlen um den Hals.
Er sah ihren schmalen Kopf, die zarten Ohren, er sah die Augen mit den schweren Lidern, die sich zu den Schläfen schlitzten.
Und er sah sie in der dünnen ledernen Schürze, die sie trug, am Fluß, wenn sie die Wäsche wusch. Sah sie mit den Perlen des Wassers auf ihrer dunklen Haut.
»Ich sehe dich, Wambuki«, sagte er leise.
Und ihm war, als antworte sie: »Ich sehe dich, Sam.«

»Weißt du, daß meine Eltern schon auf dem Rhein Schlittschuh gelaufen sind?« fragte Friedel. »Es muß neunundzwanzig gewesen sein, da war er zugefroren. Ich täte es auch mal gern, einfach rüberlaufen nach Beuel.«
Sie lehnte in seinem Arm, und sie war leicht und warm, und Martin dachte, daß dies alles war, was er wollte.

»Morgen laufen wir Schlittschuh«, versprach er.
»Kannst du's überhaupt?«
»Und wie!«
Sie lachte.
»Gib doch zu, du hast es nie gelernt.«
»Ja, ich gebe zu, ich habe es nie gelernt.«
»Der Krieg«, sagte sie.
»Ja, der Krieg.«
Er wollte nicht daran denken, tat es doch, und wagte nicht, dahin zu schauen, wo sie noch nicht gegangen waren, auf den weißen unberührten Schnee.
Es war ihm, als liege er wieder vor der Schneepläne, er hörte seinen eigenen Atem. Er spähte über den Schnee, die Augen schmerzten von all dem Weiß, Weiß, Weiß, bis der Schnee rot und schwarz explodierte, und er schrie: »Alarm, Alarm!«
»Denk nicht mehr daran, bitte«, sagte Friedel. »Weißt du, daß du viel zu oft davon träumst?«
»Ich will es ja gar nicht.«
Sie strich ihm übers Gesicht.
Er küßte sie und schmeckte winzige Eiskristalle auf ihrem Mund.
»Du bist ein Schneemann.«
»Eine Schneefrau.«
»Ja«, sagte er, »meine Frau.«
Sie gingen weiter, das Rheinufer entlang, und plötzlich machte es ihm nichts mehr aus, daß der Schnee so unberührt vor ihnen lag.
»Über Neujahr fliege ich nach Berlin. Zu meiner Mutter. Komm mit.«
»Ja«, sagte Friedel.
»Warum eigentlich hat deine Großmutter mir den Buddha geschenkt?«
»Weil sie dich mag.«
»So einfach? Aber –«
»Kein Aber«, sagte Friedel.
»Und noch vor acht Tagen wolltest du mich nie mehr wiedersehen.«
Sie legte ihm die Arme um den Hals. Sie küßte ihn, zum erstenmal von sich aus.
War das die Antwort?
Martin brachte Friedel nach Hause, und sie zog vor der Haustür ihre Schuhe aus.
Sie lachten beide darüber, und im Flur konnten sie Blacky hören. Er bellte nicht, winselte nur, ganz leise.
»Mein Wächter«, sagte Friedel.
Ihr Gesicht glühte. Martin hielt es in beiden Händen, er konnte sie nicht gehen lassen.

»Weißt du, daß Blacky in der ersten Nacht deine Alpenveilchen gefressen hat?«
»Ab sofort kriegst du nur noch Veilchen, die riechen. Ich wette, Blacky rührt sie nicht an.«
Aber Blacky fraß auch die Veilchen, die am nächsten Morgen um elf in einem kleinen Strohkorb geliefert wurden. Sie standen vor der Haustür, der Bote hatte nur einmal geklingelt und nicht auf Antwort gewartet.

7

Friedel flog mit Martin über Neujahr nach Berlin, und Mandt gab ihr großzügig drei Tage zusätzlich frei.
Sie sah die Gedächtniskirche und den Ku'damm, sie sah das alte Dahlemer Haus, das immer noch den Gugenheimers gehörte, nun den Halbschwestern Michaels, den ehelichen Töchtern seines Vaters Anatol, in Amerika.
Friedel lief mit Martin durch den Grunewald, wo er als Junge Räuber und Gendarm gespielt und geschwommen und sein erstes Mädchen geküßt hatte, das Eva war. Friedel saß mit ihm in kleinen Kneipen, aß Buletten, trank Berliner Weiße mit Schuß und schwor, nie habe ihr es so gut geschmeckt.
Martin zeigte ihr, wo er Fußball gespielt und Rollschuh gelaufen und sich um sein erstes Mädel gebalgt hatte. Eva.
Er zeigte ihr die Volksschule und das Gymnasium, das er besuchte, bis man ihm das Abitur schenkte, als er mit knapp achtzehn Fahnenjunker wurde.
Sie ließen sich von seiner Mutter mit Königsberger Klopsen und Eisbein mit Sauerkraut und Erbspüree verwöhnen.
Friedel schlief in dem Zimmer, in dem Martin aufgewachsen war; seine Mutter kam und klopfte an die Tür, wenn er abends zu lange bei ihr blieb.
»Eva« nannte seine Mutter Friedel oft; wenn sie es merkte, tat es ihr leid, und sie sagte: »Du mußt das verstehen, Friedel, so lange hab' ich nie einen anderen Namen gehört.«
Und sie erfuhr, daß Martin sechzehn war und Eva fünfzehn, als sie sich kennenlernten.
»Da lebte mein Mann noch«, sagte Martins Mutter, »und du kannst dir vorstellen, daß es ihm gar nicht recht war. Denn aus Martin sollte erst was Ordentliches werden.« Sie hatte ihren Mann und Martins älteren Bruder im Krieg verloren, aber sie sprach immer von beiden, als seien sie gerade nur auf ein Bier in der Kneipe um die Ecke.

Fünf Tage Berlin und dann wieder der Flug nach Hause, Friedels Hand in Martins Hand, denn nicht das Fliegen an sich, wohl aber das Fluggeräusch machte ihr panische Angst.
»Warum?« fragte Martin.
Und sie sagte ihm, wie sie als Elfjährige in Tieffliegerbeschuß geriet auf dem Weg zum Bunker an der Gronau und in der Kanzel des Flugzeugs ihren Vater zu erkennen glaubte.
Da, plötzlich verließ sie die Angst, und sie sagte: »Ich glaube, mit dir würde ich um die ganze Welt fliegen, Martin.«

In Wahn warteten Christine, neugierig wie eh und je, endlich hatte sie einen Grund, den Flugplatz zu besichtigen, und Achim, der fachmännisch, weil Flugzeuge nur bedingt zivile Transportmittel seien, in erster Linie doch militärische, über Turbopropmaschinen sprach.
Boris lag mit einer Halsentzündung im Bett; Blacky war drei Tage spurlos verschwunden gewesen und stolz wie Oskar heimgekehrt. Kaufmann Jost behauptete, Blacky hätte sich mit einer dicken Dackelhündin gepaart. Anna steckte tief in der Inventur der Strumpfstube, die Steuerprüfung hatte sich angekündigt.
»Und Sam?« fragte Friedel. »Hat er es endlich den Kindern gesagt?«
»Nein, Friedel. Vielleicht muß ich es tun.« Christine wandte sich ab, schaute aus dem Fenster des Taxis, das sie nach Bonn brachte.
Im Haus raste Blacky bellend und japsend um den Ingweiler Tisch.
Da warteten Gugelhupf und Kaffee, Boris mimte mehr Heiserkeit als notwendig war, Betsy, Karen, Mike und Sam kamen hinzu, und Martin sagte: »Es geht doch nichts über eine richtige Familie.«
Friedel mußte von Berlin erzählen, und Christine fischte alte Erinnerungen auf. Gab's noch Leierkastenmänner? Gab's noch die Kneipen, in denen die Suppenschüsseln mit Ketten an den Tischen befestigt waren? Gab's noch ›Aschinger‹, gab's wieder ›Kranzler‹? Gab's noch den Zoo, gab's noch und noch und noch?
Vieles gab es noch und vieles nicht mehr.
Christine sagte: »Ich habe es damals nicht begriffen, mir war Berlin zu groß, zu pompös, es war mir direkt unheimlich, aber es ist eine wunderbare Stadt.«
Martin verschwand, kam nach einer halben Stunde wieder, er wohnte ja nicht weit, und brachte ihr einen Bildband über das alte und neue Berlin.
»Wie schön«, sagte Christine, »jetzt kann ich alles in Ruhe nachlesen und erleben.«
Anna kam nach Hause, bekam nervöse Augen und Hände, als sie Martin sah.
»Ich muß gleich wieder fort.«

»Wohin?« fragte Christine.
»Ich habe eine Verabredung«, und als alle sie erwartungsvoll anschauten, fügte Anna mit einem harten Auflachen hinzu, »mit dem Steuerberater.«
»Mama.« Friedel folgte ihr in das gemeinsame Schlafzimmer. »Mama, es war schön in Berlin, aber ich bin auch froh, wieder hier zu sein.«
»Gut«, sagte Anna, »gut.« Sie wechselte schnell das Kleid, die Strümpfe, die Schuhe.
»Ein Steuerberater?« fragte Friedel.
»Was sonst?«
»Entschuldige.«
»Paß auf dich auf«, sagte Anna.

»Nimm mich mit«, sagte Friedel später leise zu Martin. Und er nahm sie mit.
»Ich wünschte, du könntest immer bei mir sein«, sagte er. »Ich wünschte, du würdest immer auf mich warten, wenn ich nach Hause komme.«
Er legte Platten von Ella Fitzgerald und Eartha Kitt auf. Friedel lauschte der Musik, ging einkaufen für das Abendbrot, kam zurück, und er saß über seiner Arbeit, einer Reportage über eine mögliche neue deutsche Armee. Martin telefonierte mit Rhöndorf, und der Alte, wie sie ihn voller Respekt oder respektvoller Ironie nannten, kam selbst an den Apparat. »Tja, die Lage war noch nie so ernst, Hildesheim, nur eine Europäische Verteidungsgemeinschaft wäre die richtige Antwort.«
Friedel las, was Martin schrieb, und es machte ihr Angst.
»Martin, wo gibt es ein Land, in dem man nicht über Politik redet und nicht über Armeen und nicht über Atombomben? Obwohl Hitler doch tot ist und Stalin endlich auch?«
»Wenn ich das wüßte.«
»Würdest du mit mir hingehen?«
»Ja. Sofort.«
Sie verloren sich in Träumen von einem kleinen Haus irgendwo an einer Küste; Meer, das sie noch nie gesehen, sah Friedel ganz deutlich, Sandstrand, den sie noch nie unter ihren Füßen gehabt, spürte sie ganz deutlich. Schaute südliche Sonne, dunkle stumme Bäume, Zypressen, Pinien?
Und sie sah Martin lachend in der Brandung und lachend am Strand und lachend in dem Haus, das nur ihnen beiden gehörte.
Aber dann kam Horst Pfeil und blieb mit Martin im Flur.
»Du mußt sofort nach Mehlem«, sagte Horst. »Man hat mich angerufen, weil du nicht zu erreichen warst. Eva –«
Friedel hielt sich die Ohren zu. Aber was nützte das?

Friedel ging wieder ins Büro. Sie begoß die Azaleen und die Alpenveilchen auf der Fensterbank des Wartezimmers. Sie heftete Korrespondenz ab, bereitete andere zur Beantwortung vor.
Mandt kam, einen dicken Schal um den Hals gewunden, die Bronchitis quälte ihn wieder. »Gott sei Dank«, sagte er heiser, »du bist wieder da.«
Sie saß ihm gegenüber, den Stenoblock auf den Knien. Er diktierte zwei Stunden lang ohne Pause, dann rieb er sich die tränenden Augen.
»Wie war es in Berlin?«
»Sehr schön.«
»Gut«, sagte er. »Ich habe dein Gehalt erhöht. Schließlich ist das alte Jahr zu Ende.«
»Danke, Herr Mandt.«
»Tut mir richtig leid, daß ich bald dein Gesicht nicht mehr sehen werde, mein Mädchen.«
»Wenn ich darf, komme ich Sie zu Hause besuchen?«
»Natürlich darfst du«, sagte Mandt, »aber sollst du gar nicht. Wenn ich hier Schluß mache, werde ich ein langweiliger alter Mann sein, der Kreuzworträtsel löst und Blumen in seinem Garten begießt, von denen er nicht das geringste versteht.«
»Nein!«
»Doch. Zeit dazu ist es längst. Aber wenn du magst, will ich dafür sorgen, daß du bei meinem Sohn bleiben kannst. Kennst du ihn eigentlich?«
Natürlich kannte sie Robert Mandt, auch wenn er sie behandelte wie irgendeines der alten Möbelstücke, die die Kanzlei zu einer ein wenig abgeschabten, aber doch gemütlichen Umgebung machten.
»Soll ich dir was verraten?« fragte der alte Mandt. »Mein Sohn ist mir ebenso unheimlich wie dir. Er wird alles rausschmeißen und neu ausstatten. Da wird es Metallkabinetts für die Akten geben und einen gläsernen Schreibtisch in Nierenform. Er wird dann hysterische Ehefrauen beraten und großartige Prozesse führen, wenn einem Wirtschaftswunderling die Ehre abgeschnitten wird.«
Friedel hielt ihren Block still auf den Knien. »Warum sagen Sie das?«
»Ja, glaubst du denn, es wird so bleiben, wie es ist? Wir leben in fast friedlichen Jahren, mein Kind, aber die werden bald vorbei sein. Die Leute kriegen den Hals nie voll, und wenn es ihnen wieder zu gut geht, fabrizieren sie sich Krisen, große oder kleine. – Ich mag meinen Sohn nicht. Aber vergiß es.« Mandt fuhr fort, ihr zu diktieren.

Abends um sieben holte Martin Friedel ab, und sie fuhren auf den Venusberg.
»Es war blinder Alarm«, sagte er, »Eva hat nur so getan, als wollte sie sich etwas antun. Laß uns nicht mehr darüber reden.«

Sie liefen stumm spazieren. In der ›Kasselsruh‹ wärmte Martin sich mit ein paar Cognacs auf.
»Weißt du was«, sagte er, »wir fahren noch ins ›Tabu‹.«
Sie stiegen die Treppe in das Kellerlokal hinab, und die Band spiele ›Love is a many splendoured thing‹.
Martin nahm Friedel in den Arm und küßte sie.
Das Mädchen an der Garderobe lächelte. »Auch mal wieder da, Herr Hildesheim?«
»Sure!«
Friedel sah im Spiegel, wie blaß sie war.
Alle Tische waren besetzt, aber an der Bar fanden sie noch zwei Plätze.
»A Brandy and a Pink Gin für a blue lady«, sagte Martin.
Sie trank den Pink Gin. Sie tanzte mit Martin. Horst Pfeil kam hinzu.
»Na, ihr beiden?« sagte er, »wie geht's denn immer?«
»Splendid!«
»Bitte, hör auf«, flüsterte Friedel.
Martin sah sie an. »Weißt du noch nicht, daß in einer fremden Sprache alles leichter zu sagen ist?« Er faßte in ihr Haar, sie drehte ihr Gesicht weg.
»Just splendid.« Pfeil grinste. »For all I can see.«
»Warum tut ihr das?« fragte Friedel. »Du und er. Warum tut ihr das?«
»Ich bring' dich nach Hause«, sagte Martin.
Zum erstenmal hatte sie Angst, als er fuhr.
»Ich ruf' dich morgen an.«
»Ja«, sagte sie.
Dann stand sie hinter der Haustür, Blacky kam heran und schnupperte an ihren bloßen Füßen.
Sie hob ihn auf und drückte ihn an sich, er knurrte, was Zufriedenheit, aber auch Protest bedeuten konnte.
»Bist du das, Friedel?« fragte Christine aus der Küche. »Habt ihr noch Spaß gehabt?«
»Ja, viel Spaß.«
Blacky lief zu Christine und sprang bettelnd an ihr hoch.
»Man sollte es nicht für möglich halten, aber er weiß ganz genau, daß ich ein paar Fleischfitzel vom Sauerbraten für ihn abgeschnitten habe.« Christine fütterte den Hund.
Friedel rieb sich die Augen.
»Geh ins Bett«, sagte Christine. »Es ist schon spät.«
Friedel lag reglos in dem Doppelbett, dessen andere Hälfte leer war. Anna war noch nicht zu Hause.

›Kranzler‹, es war wie Magie, der Name, die Erinnerung. Wie oft hatte Anna mit Michael im ›Kranzler‹ in Berlin gesessen, wie oft dem Geiger gelauscht, der das Lied vom schönen armen Gigolo spielte, und sie wußte damals gar nicht, was ein Gigolo war.

Ein ›Kranzler‹ gab es jetzt in Bonn, gegenüber dem Rheinufer-Bahnhof. Ihre Mädchen in der Strumpfstube hatten Anna davon erzählt und die Kundinnen. Im ›Kranzler‹ gab's Fünfuhrtee, und selbst als Dame, sagten die Kundinnen, konnte man dort abends allein hingehen.

Einmal, noch einmal, nur ein einziges Mal, dachte Anna mitten in der Inventur und den Sorgen wegen der bevorstehenden Steuerprüfung. Warum denn auch nicht? Bin ich jemandem Rechenschaft schuldig? Tanzen möchte ich, ein einziges Mal noch.

Nun saß sie im ›Kranzler‹, an einem kleinen runden Tisch, allein. Sie hatte einen Sherry bestellt.

Sie beobachtete die Paare auf der Tanzfläche, die Musiker. Bildete sie es sich nur ein, oder zwinkerte ihr der Saxophonist wirklich zu?

›Ramona‹ spielten sie und dann, ganz plötzlich, ›Wenn der weiße Flieder wieder blüht‹.

Und Anna spürte, wie ihre Lippen zitterten, und sah, daß ihre Hände es taten. Michaels und ihr Lied. Sie griff nach dem Glas, jemand sagte: »Darf ich bitten?«

Sie blickte auf, sah irgendeinen Mann. »Nein!«

Sie stand auf, ging, nahm ihren Mantel an der Garderobe, ein Herr im Smoking hielt sie auf. »Gnädige Frau haben vergessen zu zahlen.«

Sie gab ihm irgendwelche Scheine, griff sie einfach aus der Handtasche.

Sie trat hinaus, stand auf der Straße, im Schneematsch, Schmutz.

»Taxi!« rief sie und dachte, daß Michael stets ein Taxi gefunden hatte, selbst nach einer Premiere am Broadway.

Für sie kam keines.

»Bis Weberstraße?« fragte der alte Schaffner in der Bonn-Bad Godesberger Bahn.

»Ja. Aber wieso wissen Sie das?«

»Sie fahren ja nicht das erste Mal mit uns.«

»In New York bin ich immer Taxi gefahren.«

»Sicher«, sagte er und glaubte ihr kein Wort.

Ein Auto will ich haben, dachte sie, ja, irgendein Auto. Sie sah sich mit fliegendem Haar am Steuer eines Kabrioletts, sie sah sich über Hügel und Täler fahren, aber immer allein.

»Es nützt ja alles nichts«, sagte sie, als sie das Haus betrat und Blacky sie begrüßte.

»Mama, warum bist du denn noch auf?« Anna blinzelte in die helle Küche.

»Hab' den Sauerbraten eingelegt«, sagte Christine.
»Mama, könnte es sein, daß ich so verrückt werde wie dein Bruder Robert?«
»Ach was. Du brauchst eine lange Nacht Schlaf.«
»Mama –«
»Ja, Annele, komm, ich bringe dich zu Bett.«

Ellas Kinder wurden unruhig.
»Warum sind wir noch hier?« fragte Mike. »Ich meine, ich finde es hier prima, aber müssen wir nicht wieder nach England, Sam?«
Und Betsy und Karen sagten: »Müssen wir nicht wieder in die Schule gehen?«
Weihnachten war vorbei, Silvester, das sie mit einem Feuerwerk im Garten gefeiert hatten; die Geschwister Winzig riefen die Polizei wegen Brandgefahr, aber diesmal kam niemand, kein Beamter fand sich dazu bereit.
»Warum schreibt Mama uns nie, warum immer nur Patrick?« fragte Mike.
»Eure Mutter ist krank«, sagte Sam.
»Krank? Schlimm? Was hat sie denn?«
»Sam, laß mich mit den Kindern reden«, sagte Christine.
Er preßte die Fäuste vor die Augen. »Ich bin so schwach.«
Christine ging mit den Kindern in den Garten. Sie zeigte ihnen die zu frühen Knospen des Flieders, doppelter war's, den sie wieder zog, seit der Garten wieder ein Garten war.
»Seit August hat unsere Mama nicht mehr geschrieben«, sagte Karen. »Das ist nicht normal.«
»Ihr seid noch klein, aber doch schon groß genug«, sagte Christine. Die Kinder blieben um sie herum stehen.
»Wofür?« fragte Mike.
»Eure Mutter lebt nicht mehr. Und Sam hat euch viel zu lieb, er konnte es euch einfach nicht sagen.«
Die Kinder sahen sich an.
Karen brach in Tränen aus.
»Schscht«, machte Betsy, »tu das doch nicht.«
»Deswegen waren wir also hier, die ganze Zeit?« fragte Mike.
»Ja«, sagte Christine.
»Und was passiert jetzt?« Die Kinder drängten sich um sie.
»Können wir hierbleiben? Dürfen wir? Ach bitte.«
»Ja. Ja, natürlich.«
»Mama hat immer deutsch mit uns gesprochen«, sagte Betsy, »wir sollten es lernen, weil wir auch hierher gehören.«

»Ja, ihr gehört auch hierher.«
»Aber die Schule«, sagte Mike.
»Schneitzschule!« rief Betsy.
»Aber wann dürfen wir auf die Farm zurück?« fragte Karen.
»In allen Ferien«, sagte Christine.
»Dürfen wir dann fliegen, wie Friedel?«
»Ja, ihr dürft fliegen.«
In der Nacht weinten die Mädchen. Christine ging zu ihnen und tröstete sie.
Sie lauschte an Achims und Boris' Tür, aber da war alles still. Mike schlief.

8

Frühling in Bonn konnte ebenso frisch und jäh und vielversprechend anbrechen wie anderswo.
Frühling in Bonn, wo es die Alleen und Parks gab, die grüne Gronau, den grünen Venusberg, konnte wahrhaft herrlich sein, wenn man keine Fragen stellte.
Die Mädchen trugen Hellblau und Babyrosé, selbst Schuhe und Handtaschen gab es in diesen Farben. Sie trugen Petticoats unter den weiten gekräuselten oder gefältelten Röcken, die um die Knie raschelten.
Am Rheinufer lag ein Schiff, wo man bei rosigem Seidenlampenschein dinieren konnte, und auf der ›Kasselsruh‹ spielte Charly Leger mittwochs im Freien zum Tanz auf.
Die Kaiserhalle war neu erbaut, und man konnte unter den weitausladenden schattigen Kastanien auf der Terrasse sitzen und zusehen, wie Studenten aus lauter Übermut in den Brunnen gegenüber sprangen.
Immer mehr Autos gab es, und man genoß noch ihr Motorsurren und ihren eleganten Lackglanz. Ihrem Scheinwerferlicht in den sonst nur von altmodischen Laternen erhellten Straßen haftete noch geheimnisvoll Aufregendes an, jede Fahrt schien ein kleines Abenteuer.
Martin trug einen neuen mitternachtsblauen Gabardineanzug, und Friedel schenkte ihm eine grau-rosé gemusterte Krawatte dazu.
Sie tanzten auf der ›Kasselsruh‹, sie umarmten sich im Schutz der Wehrmauer des Alten Zolls, Jasmin blühte; sie gingen miteinander schwimmen an die Gronau, und es war ein Paradies von Sand und Schilf und einem wogenden Kornfeld dahinter, das nur ihnen allein gehörte, seitdem die neuen großen Freibäder bei Poppelsdorf und Königswinter eröffnet waren.
Martin fuhr zu Recherchen nach Brüssel und nahm Friedel mit. Sie

wohnten in dem alten Grandhotel ›Métropole‹, und Martin trug sie an der Rezeption als Herr und Frau Hildesheim ein.
»Ich liebe dich«, sagte er in der Nacht, »du bist meine Frau.«
Und in dieser Nacht glaubte sie es wieder, vergaß alles andere.
Martin mußte zu Recherchen in die Eifel und an die holländische Grenze, Kaffee- und Butterschmuggel lohnten sich immer noch.
»Ich will dir die Kapelle in Sistenich zeigen, wo in die Hölle Hitler und Stalin gemalt sind. Ich zeige dir auch den gesprengten Führerbunker und Reste des Westwalls. Und dann fahren wir nach Heerlen, wo man phantastisch indonesisch essen kann.«
Friedel sah die Kapelle und schauderte, sie sah den Führerbunker und blieb sehr still. Sie aßen in Heerlen und wurden von einem goldfarbenen Mädchen in einem purpurnen Sarong bedient.
Friedel nahm ihre Kamera mit, die Fotos klebte Martin in ein Album und schrieb auf die letzte Seite: ›Our love – in springtime!‹
Er flüchtete sich immer häufiger in die fremde Sprache, aber eines Tages half auch das nichts mehr. Er nahm Friedels Hände und hielt sie ganz fest.
»In den nächsten Tagen kommt Eva nach Hause. Es ist nur ein Versuch. Sie wird weiterhin unter ärztlicher Aufsicht sein. Friedel, ich suche uns eine Wohnung. Nur für dich und mich.«
»Du findest doch keine Wohnung, weil alle noch bewirtschaftet sind. Und ich kann dann auch nicht mehr zu dir kommen.«
»Friedel, verstehst du denn nicht?«
»Willst du Eva keine Chance geben?«
»Doch. Aber das hat nichts mit uns zu tun.«
»Mandt will sich zur Ruhe setzen«, sagte Friedel. »Sein Sohn übernimmt die Kanzlei. Er braucht mich nicht. Ich habe gespart, und meine Großmutter auch. Ich gehe weg aus Bonn.«

Sie fuhren noch einmal in die Eifel. Für einen Tag und eine Nacht.
Sie wohnten im ›Forellenhof‹ bei Blankenheim.
Im Schankraum stand ein Radio, und sie lauschten der Reportage über Fritz Walter und seine Mannschaft, die Sieger der Fußballweltmeisterschaft.
»Hoch die Tassen«, rief der Wirt und gab eine doppelte Lokalrunde aus.
Junge und alte Bauern drängten sich um die kupferne Theke, nur wenig auswärtige Gäste wie Martin und Friedel.
»Menschenskind! Mann! Junge!« Die Männer hieben sich auf die Schultern.
»Und noch eine Lokalrunde!«
Zigarettenqualm vernebelte den Raum, die Stimme des Sprechers tönte

mal aufgeregt, mal salbungsvoll; die Bundeshauptstadt würde die siegreiche Mannschaft festlich empfangen, sie sollte im vornehmen ›Bergischen Hof‹ wohnen, dem ersten Hotel am Platz, und Bundespräsident Heuss würde sie persönlich beglückwünschen.
»Mir sinn wieder wer! Wir haben et jeschafft!« Die Bauern lachten und schlugen sich auf Schultern und Schenkel. Bald mußte ein frisches Faß Bier angezapft werden.
Friedel sah Martin an.
»Versteh es«, bat er, »zum erstenmal seit langer Zeit haben sie alle das Gefühl, wieder dazuzugehören. Wir haben im Fußball gewonnen. Ich freue mich auch. Und ist es nicht viel, viel besser, als wenn sie einem politischen Idioten zuprosteten, der ihnen wieder weismachen könnte, daß der Krieg was Feines ist?«
»Du hast ja recht, mein Liebster.«
Später lag Friedel schlaflos und lauschte Martins Atem. In dieser Nacht träumte er nichts Schreckliches, schrie nicht Alarm, Alarm, und da war auch nicht das hilflose Wimmern, das noch schlimmer war.
Im Morgengrauen umarmten sie sich, und er sagte: »Du bleibst bei mir, immer bei mir, ich laß dich nie mehr fort.«

»Oma, du mußt es Mandt sagen«, flüsterte Friedel am selben Abend. »Ich laß ihn im Stich, aber ich kann nicht mehr ins Büro gehen, kann nicht mehr hierbleiben. Oma, ich fahr morgen früh fort.«
Christine hielt Friedel, hielt sie stumm in dieser Nacht, aber das war besser als alles, was sie hätte sagen können.
»Frag mich auch nicht, wann ich zurückkomme, Oma. Frag mich nicht.« – Und Christine fragte nichts.

Um Viertel nach sieben am nächsten Morgen ging Friedel zur Haltestelle der Bonn-Bad Godesberger Bahn an der Weberstraße. Sie stieg in den niedrigen Wagen ein, den die Bonner die ›Schlafbütt‹ nannten.
Am Bahnhof stieg sie aus. Ein bißchen Nebel hing über den Bahnsteigen, aber das konnte auch Lokomotivdampf sein.
Es roch nach Ruß und Kleister, zwei Männer in blauen Uniformen klebten Fahrpläne auf eine große Tafel.
Friedel sah zwei Kinder auf einem Koffer hocken, das eine verschlafen, das andere hellwach.
»Mami, wann kommt denn unser Zug?« piepste das Hellwache.
»Früh genug«, sagte die junge Frau, die wie Friedel weiße Handschuhe trug. Sie lächelten sich zu.
»Fahren Sie auch nach Karlsruhe?« fragte die junge Frau.
»Nein, weiter, nach Straßburg.«

»In die Ferien?«
»Ja«, sagte Friedel.
»Ich auch«, sagte die junge Frau. »Mein Mann kommt nach, wenn er es schafft.«
Meiner nicht, dachte Friedel.
Der Zug lief pünktlich ein, fuhr pünktlich ab.
Ich bin froh, daß ich es getan habe, dachte Friedel. Ich bin froh.
Über die Scheiben rann Regen.

Anna bekam einen Weinkrampf, Boris schrie empört: »Scheiße!« Achims Mund zuckte, blieb stumm; er zog sich in sein Zimmer zurück.
Daß Friedel ihnen das antun konnte, einfach fortzugehen. Ohne Abschied!
»Verdammt noch mal«, sagte Christine, »begreift ihr denn nicht? Sie muß doch einmal etwas für sich selbst tun!«
»Was soll denn das heißen?« fragte Anna.
»Friedel hat dich getröstet, wenn du traurig warst. Sie hat bei dir geschlafen, weil du nicht allein sein wolltest. Wenn andere Mädchen sich amüsierten, hat sie Theater- oder Konzertkarten für uns gekauft oder ist mit uns ins Kino gegangen.«
»Von mir aus kann sie bleiben, wo der Pfeffer wächst«, sagte Boris böse.
»Sei still«, befahl Christine, »und nimm den Finger aus der Nase!«
Blacky verkroch sich unter Friedels Bett, stundenlang war er weder mit Hundekuchen noch mit gutem Zureden hervorzulocken.
Nur Ellas Kinder und Sam ertrugen Friedels Fortgehen mit Fassung. Aber sie bereiteten sich ja auch auf ihre Heimkehr nach Kenia vor.
Mit Patricks Einverständnis hatte Christine die Kinder zu Hause unterrichtet, nachdem sich herausstellte, daß eine Einschulung in Poppelsdorf zu kompliziert war. Sie gehörten der Anglikanischen Kirche an, niemand schien zu wissen, ob sie damit den katholischen oder evangelischen Klassen zuzurechnen seien.
»Konfessionsschulen«, sagte Christine zornig, »als gäbe es nichts Wichtigeres!«
Das Notensystem, nach dem Ellas Kinder in ihren englischen Schulen bewertet worden waren, ließ sich offenbar auch nicht auf Bonner Verhältnisse übertragen.
»Welch ein Unsinn«, schimpfte Christine, »ich habe die Kinder geprüft, ich war schließlich mein halbes Leben lang Lehrerin. Unterhalten Sie sich nur eine Viertelstunde mit den Kindern, und Sie werden wissen, wes Geistes Kind sie sind.«
Das Lehrerkollegium beriet hinter verschlossener Tür, kein Laut drang hervor. Christine ging im Direktionszimmer eine Stunde lang auf und ab;

die machten Kaffeepause, das war alles. Was lag ihnen denn auch schon an ein paar Kindern, die, wie der Direktor es ausgedrückt hatte, nicht einmal richtige Engländer waren, sondern Kenianer?
Christine hob ihr Kinn, als ihr das Lehrerkollegium schließlich wieder entgegentrat; wie unfair, dachte sie, acht gegen einen. Sie zog betont langsam ihre Handschuhe an.
»Nun?«
»Wir müssen Sie um schriftliche Eingaben bitten, Frau Schwarzenburg. Welcher Art unsere Entscheidung –«
»Die können Sie sich nun sparen«, unterbrach Christine den Direktor und ging.
Von diesem Tag an, das war im März geschehen, unterrichtete sie Ellas Kinder zu Hause, und Boris spuckte Gift und Galle, weil er dennoch in die Schneitzschule gehen mußte.
Im Juli sandte Patrick Earth die Flugkarten für seine Geschwister und Sam, Boris hatte Sommerferien. Endlich spielten die Kinder mit ihm im ›Urwald‹, Betsy nähte sogar gelbe Vorhänge für das Baumhaus und strickte einen roten Teppich.
Aber das war jetzt auch vorbei.
Boris und Christine brachten die Kinder und Sam zum Flugplatz Wahn und winkten, bis sie das Flugzeug nicht mehr sehen konnten.
»Auf Wiedersehen«, rief Christine.
»Ach, Oma«, sagte Boris leise und stockend, »Kenia ist ziemlich weit weg. Ich glaube, die kriegen wir nie mehr zu Gesicht.«
»Aber, Bobo, so kenn' ich dich gar nicht?«
»Ich mich auch nicht, Oma.«
»Du fliegst eines Tages nach Kenia.«
»Gewiß, Oma, wenn du es sagst.«
»Ach, Bobo –«
»Ich spendiere uns ein Taxi nach Hause.«
»Aber das kostet vierzehn Mark.«
Boris zuckte die Schultern. »Ich hatte das Geld für meinen Geburtstag im August gespart, da wollte ich eine richtige Party machen, im Garten, wie das bei Betsy auf der Farm üblich ist. Aber nun lohnt es sich nicht mehr.«

»Hier ist es jetzt ziemlich öde und leer«, sagte Achim, als sie zu Hause ankamen. »Warum vermietest du nicht ein paar Zimmer, Oma?« Er wich ihren Augen aus, seine Brillengläser waren wolkig, aber er rieb sie nicht blank.
»Ich denk' drüber nach, Achim«, versprach Christine und kleidete sich zu einem ihrer langen Märsche um; ein sandfarbenes Baumwollkleid, eine braune Strickjacke für die Schultern, denn letztlich machten ihr auch die

Schultergelenke zu schaffen; Rheuma, Gicht, was immer es war, sie mußte sich vor Zugluft und Unterkühlung schützen.
»Nimm mich mit«, bat Boris, als sie die bequemen braunen Halbschuhe anzog.
»Gern.«
»Und Blacky auch.«
Sie zog mit Boris und dem Hund an der Leine los.
»Komisch, Oma«, sagte Boris nach einer Weile, »ich hab' das blöde Gefühl, daß wir mal als letzte übrigbleiben.«

Noch einmal Straßburg. Aber ohne Christine, ohne Martin. Dennoch eine fröhliche, eine lebendige, eine sommerliche Stadt. Velos und Sonnenblumen, Schmalzkringel und Kaffee halb und halb, in riesigen bemalten Tassen. Boote auf der Ill und Straßenbahnen, in denen porzellangesichtige Verkäuferinnen saßen. In den Vororten ländliches Idyll.
Lisette, mit zweiundachtzig, hörte nun sehr schlecht, François spazierte durch seinen Garten, begutachtete die bunten Bohnen an den hohen Stangen und starrte zum blauen Himmel auf, der Regen vermissen ließ. Er schob seinen alten Kutscherhut, der die verblaßte blauweißrote Kokarde trug, in den Nacken.
Sie freuten sich über Friedels Besuch, die M'selle Welsch hatte die Enkelin ja angekündigt; sie schlief unter hohen Federbetten bei Schnakengesurr.
»Kinder sind wie Zugvögel«. Lisette blinzelte in den Abend, der nach warmer Erde roch. »Was meinst du, François?« Aber der stieß nur zischend Luft durch Zahnlücken.
»Gleichst der M'selle Christine«, sagte Lisette und strich Friedel übers Haar. »Bist ein hübsches Frauchen geworden. Hast schon Kinder?«
»Nein«, rief Friedel.
Die alte Frau tätschelte ihren eigenen Bauch. »Freude macht's, wenn man sie erwartet, und Freude, wenn sie noch klein sind. Aber wenn sie groß werden, gehen sie alle fort. Was sagst du, François?«
»Ja, alle sind sie weg«, brummte François und setzte sich neben Lisette auf die Bank vor der Haustür. »Auch unser Ältester. Als letzter ist er gegangen, Arzt ist er in Paris geworden, und am weitesten ist er jetzt fort. Nach Indien. Ich frag mich, was will er da, wo er doch auf dem Neuhof seine Praxis hätte haben können. Aber das indische Blut war stärker –«
Aus den Augenwinkeln betrachtete er die kleine Frau mit dem weißen Haar und den aprikosenfarbenen Wangen. Im Alter war er eifersüchtig geworden, im Alter trug er Lisette ihre Amoure mit Sudi nach.
»Das grüne Hemd«, sagte François, »damit hat alles angefangen. Laß dir nie ein grünes Seidenhemd schenken, Friedele.« Und sie versprach, daß dies nie geschehen würde.

Friedel besuchte die Gräber ihrer Urgroßeltern Welsch, sie besuchte noch einmal das Schlössel, das einst dem Onkel von Christine, dann den Eltern des jungen Georg Bonet gehört hatte. Nun bewirtschaftete es niemand mehr. Der alte Turm verfiel, die Läden der Fenster verblichen in Sonne, Wind und Regen.
Ein Teich war nah, ein Bach, ein Birkenhain. Ein Haus zum Ausruhen, wie Martin und ich es uns einmal gewünscht, dachte Friedel.
Sie kehrte rasch in die Stadt zurück, hörte am Abend ein Bachkonzert, verstand die Musik nicht und fühlte sich doch von ihrer Kühle beruhigt.
Sie schrieb Christine, daß alles in Ordnung sei.
Am nächsten Tag verließ sie Straßburg, brach zur Toscana auf.

Hohe Zypressen wachten über Marco, der Himmel spannte sich zeltweiß und weit, Häuser staffelten sich erdfarben, himmelfarben den Hang hinan, Kinder äugten aus schattigen Fluren in die enge Hauptstraße.
Friedel stieg den Hügel hinauf, ließ bald das Dorf hinter sich. Sie blieb hin und wieder stehen; ihr Koffer, obwohl leicht, war in der Mittagshitze zu schwer.
Die Ziegel des Hauses auf der Kuppe von Marco sahen aus wie von der Sonne selbst geflammt, Blumen glühten an der Hauswand, die Friedel nie zuvor gesehen hatte.
Ein Hund bellte kurz auf, kam dann schweifwedelnd näher, den schmalen hellen Kopf vorgereckt.
Friedel kraulte ihn hinter den spitzen Ohren, die sich befriedigt zurücklegten.
Sie rief: »Tante Laura, Onkel Yo!«
Und sie traten beide aus dem Haus.
Wenn es Glück gibt, dachte Friedel, dann ist es hier, hier.
Zwei Menschen zu sehen, die sich im Alter glichen, die einander berührten, während sie auf sie zukamen, liefen. Die sie umarmten, die einander über ihren Kopf hinweg sich zulachten.
»Die Friedel ist da! Die Friedel ist da!«
So alt werden, dachte Friedel. So miteinander alt werden.
Eine in Rotwein gedünstete Landwurst tischte Laura auf zu winzigen hellgrünen Linsen. Rot war der Wein in den Gläsern und schmeckte nach der Sonne und der Erde, nach dem alten Haus und nach der Liebe.
»Verzeiht mir, ich habe einen Schwips«, sagte Friedel, und die beiden lachten und strahlten einander an.
»Du gehst ja gleich ins Bett«, sagte Laura, »und wenn du wieder aufwachst –«
»Nichts will ich hören, gar nichts«, sagte Friedel, »nur diesen einen Augenblick genießen.«

Aber hier konnte sie auch weinen und sagen, wie sie Martin gekannt hatte, so glücklich war und so verzweifelt.
Der Hund kam und legte seinen Kopf auf ihre Knie, sie streichelte das helle borstige Fell.
»Ich mußte ihn doch verlassen, ich durfte nicht bei ihm bleiben. Martin muß doch Eva eine Chance geben.«
»Du hast recht getan, Friedel«, sagte Yochanan, »dein Vater würde stolz auf dich sein.«
»Martin ist wie Michael. Er spricht wie er, handelt wie er. Ich wünschte, er wäre jetzt hier. Ihr würdet ihn gern haben. Aber warum durfte ich nicht einen von ihnen behalten, nicht meinen Vater und nicht Martin?«
»Warte es ab«, sagte Laura, »noch ist nichts zu Ende.«
»Aber das heißt Eva den Tod wünschen. Das heißt –« Friedel schüttelte den Kopf. »Das kann ich nicht. Ich kann's nicht, und wenn ich für immer allein bleibe.«
»Denk an deine Großmutter«, sagte Laura leise, »versuch so zu werden wie sie.«
Der Hund folgte Friedel bis vor ihre Zimmertür und ließ sich davor nieder, ein wenig unbeholfen von den hohen Läufen. Sie schlief traumlos und fest.

Friedel blieb einen Monat lang bei Laura und Yochanan.
Sie ließ sich immer wieder von New York erzählen, wo Laura Craw aufgewachsen war, im Jahre 1908 Friedels Großvater, Ernst Schwarzenburg, kennengelernt und für eine herrliche Nacht geliebt hatte, wie sie lächelnd verriet.
»Dann wurde ich natürlich vernünftig und heiratete, und auch das war gut, denn mein Mann, Maurice, und ich lebten in New Orleans, und weißt du, dort läßt es sich leben. Aber dann war ich wieder allein, weil Maurice zu früh starb, und wurde fast eine von den amerikanischen Witwen. Du wirst sie auf einen Blick erkennen, wenn du sie triffst. Mein Vater nannte sie immer die Hyänen mit den Silberlöckchen. Aber davor hat mich Yochanan bewahrt und dein Vater, Friedel. Yochanan und Michael waren keine Männer, die sich unterkriegen ließen, nicht von ihren Frauen und nicht von geschäftlicher oder politischer Unbill. Vergiß nicht, sie lebten Ende der dreißiger Jahre und Anfang der vierziger beide im Exil. Yochanan arbeitete als Nachtwächter und eine Zeitlang als Friseur, und nebenbei paukte er für das amerikanische medizinische Examen.«
»Und dein Vater, unser Michael«, schaltete sich Yochanan ein, »was er alles tat! Tagsüber schuftete er in Berendson's Kanzlei, und du kannst mir glauben, die nahmen ihn ran, sie preßten ihn aus wie eine Zitrone und für wenig Geld dazu; es war Krieg, und für sie war Michael ›the Kraut‹.

Hemingway nennt Marlene Dietrich liebevoll so, aber damals, bei Berendson's, war es ein Schimpfname. Dennoch, Nacht um Nacht ging Michael ins Bernstein-Memorial-Hospital und pflegte die für immer Verwundeten, die aus Europa oder dem Pazifik zurückkamen. Und zu Hause pflegte er Melanie, seine Ziehmutter, geduldig, nie verzagend, und er machte ihr das furchtbare, das lange Sterben leicht.«

»Warum ist Boris bei dir in New Orleans geboren worden, Tante Laura, und nicht in New York?«

Laura und Yochanan sahen sich an.

»Wir wollen dich nicht belügen, Kind«, sagte er, »warum auch? Anna hat deinen Vater gehindert, dich und Christine noch früh genug aus Deutschland herauszuholen. Anna liebte ihn zu sehr, sie konnte nicht ohne Michael leben.«

»Heute muß Anna es«, sagte Friedel.

»Damals aber hatte sie die Wahl«, sagte Yochanan. »Und im Sommer vierundvierzig, als sie deinen Bruder erwartete, konnte Michael ihren Anblick nicht mehr ertragen. Er wollte kein zweites Kind, weil er schon dich verloren glaubte.«

Friedel legte die Hände vors Gesicht.

»Vergib deiner Mutter, vergib deinem Vater, denn sie haben ja wieder zueinander gefunden.«

»Wer bin ich, daß ich überhaupt richten dürfte?«

»Ihre Tochter«, sagte Yochanan. »Und darauf darfst du sehr stolz sein.«

Friedel fuhr mit Yochanan über Land, wenn er Patienten besuchte, die zu alt, zu gebrechlich oder zu krank waren, in seine Praxis zu kommen.

Sie erntete mit Laura Feigen, drehte sie in feinem Mehl und breitete sie auf hölzernen Tabletts aus, damit sie im Schatten der Schirmpinie vor dem Haus trockneten.

Friedel fuhr mit beiden auf die Märkte von Lucca und Pisa und verlor sich in all den Farben und den hundertfältigen Gerüchen, die so natürlich waren; Fisch und Fleisch und Obst und Gemüse, dazu die Kräuter aus den Bergen und aus den Tälern, vor allem Salbei und Basilikum.

Die Frauen sangen mit hohen zwitschernden Stimmen ihre Waren aus, und die Männer spielten Boccia oder lamentierten vor dem Café über Politik, Steuern und mißratene Söhne.

Mädchen glitten mit niedergeschlagenem Blick in die Kirche, und junge Männer lauerten ihnen am Seitenausgang auf.

Seufzer aus halbdunklen Zimmern zur Siestazeit, Lachen um die hochaufschießende Fontäne am Abend, ein Feuerwerk am hellen Mittag, das die Sonne blenden, Regen bringen sollte, Kindergeplärr und Schlagermusik aus weitoffenen Fenstern und unzählige Radios – und dann wieder, auf der langen baumbeschatteten Straße nach Marco, die Stille.

»Das ist das Leben?« flüsterte Friedel.
»Das ist es«, sagte Laura, »so soll es sein.«
»Aber kann es so bleiben?«
»Natürlich«, sagte Yochanan, »man muß es nur wollen.«
Ich will es, dachte Friedel, ach, wie sehr ich es will. Aber was nützt es, ohne Martin?

Es verging kein Tag, an dem er nicht durch die Schumannstraße ging, nur die Zeiten variierten; manchmal frühmorgens vor dem Dienst in der Redaktion, wenn die Laternen erloschen, manchmal erst in der Nacht, wenn Eva schlief.
Und er mußte sich jedes Mal zwingen, an dem Haus vorbeizugehen, nicht einmal das Gitter aus Schmiedeeisen zu berühren und natürlich auch nicht die Stufen hinaufzulaufen und einfach zu läuten.
Christine würde ihm öffnen, und er würde willkommen sein, aber nie würde Friedel da sein.
Wenn er an dem Haus vorbeiging, schaute er nur die Fenster im Parterre an; dort hatte sie das Zimmer mit ihrer Mutter geteilt, dort hatte Friedel hinter der Gardine gestanden und auf ihn gewartet, wenn er sie nachts nach Hause brachte, noch einmal den Vorhang zur Seite geschoben und ihm zugelächelt.
Er brachte es nicht fertig, das Haus zu betreten.
Aber eines Tages rief er Christine an.
»Ich halte es nicht mehr aus. Ich muß mit einem Menschen über Friedel sprechen können. Und das sind doch nur Sie. Bitte, darf ich Sie abholen? Können wir uns treffen? Und geht es Friedel gut, haben Sie Nachricht von ihr?«
Sie trafen sich im Café Rittershaus in der Kaiserstraße nun regelmäßig einmal in der Woche, und es war das einzige, worauf Martin sich noch freuen konnte.

Georg Bonet telegrafierte aus Paris: »Wann kommst du endlich, Friedel?« Er erwartete sie seit Wochen; Paris sollte die nächste Etappe ihrer langen Reise sein.
»Bleib doch hier, wenn du willst«, sagten Laura und Yochanan.
»Ich komme wieder, wenn ich darf«, versprach Friedel.
Der Hund folgte ihr bis zu ihrem Bus, der sie nach Pisa brachte.
Zum letztenmal legte er seine Ohren zufrieden zurück, als sie ihn kraulte, und seine hellen Augen schlossen sich blinzelnd.
»Ja, ich komme zurück«, sagte Friedel.

Da waren die blauen Dächer und der spitze Schwalbenflug, da war die nie verstummende Stimme der Stadt, sich mischend aus Straßenlärm und Wind, der mit silbrigen Ziegeln klapperte, Vogelgezwitscher, so knatternd schnell gesprochener Sprache, so sprudelndhellem Lachen, das aus geöffneten Fenstern klang, und Nachtseufzern, Katzenmiauen und dünnem Geplätscher von Wasser.
»Das müßte man fotografieren können«, sagte Friedel.
»Was meinst du?« Georg raufte sein braunes Wuschelhaar, stützte die Ellenbogen auf, vor sich einen Stapel Bücher, büffelnd, repetierend, Formeln auf Zettel werfend, die sich links neben ihm häuften.
Friedel hatte ganz vergessen, daß er Linkshänder war. Wie Martin.
»Mh, das riecht gut!« Georgs Nasenlöcher weiteten sich, wenn er grinste. Wie bei Boris.
»Zwiebelkuchen«, sagte sie.
»Und danach? Ich hab' einen Wahnsinnshunger.« Georg kam zu ihr in die winzige Küche, die nur durch einen Vorhang von dem einen Raum zu trennen war, in dem er lebte, arbeitete, schlief. Und sie jetzt auch. Er legte den Arm um Friedel, biß sie in die Wange.
»Laß das.«
»Du bist schon ein komisches Mädchen.« Er ließ sie los. »Du kochst für mich, putzt, kaufst ein, endlich reicht mal mein Geld. Aber du willst nicht das geringste von mir wissen. Was ist eigentlich mit dir los?«
»Nichts.« Friedel zog das Blech aus dem Ofen, stach mit einer Nadel in den Teig.
»Riecht wirklich phantastisch!«
»Ist noch nicht gar.«
»Du auch nicht«, sagte er. »Aber jeder, der dich sieht, möchte mit dir schlafen.«
»Ach, hör auf.«
»Wir kennen uns so lange. Du wohnst bei mir.«
»Das war deine Idee.«
»Sicher, meine Idee. Aber warum denn wohl?«
Friedel deckte den Tisch, Georg holte die Gläser, hoch oben aus dem Schrank, wo sie nicht hinreichte.
»Friedel, willst du mir weismachen, daß du bald einundzwanzig bist und noch nie einen Mann gehabt hast?«
»Ich will nicht drüber reden.«
»Warum nicht?«
»Weil jeder drüber redet. Viel zuviel.«
»Also gut, ich frage nichts mehr.« Georg öffnete den Wein, goß ihnen beiden ein. Sie saßen sich gegenüber, tranken, sahen sich an.
»Friedel, im nächsten Jahr gehe ich nach Amerika. Ich möchte, daß du

mitkommst. Ich will dich haben, gerade, weil du so bist, so verhalten, so still. Manchmal denke ich, du bist gar nicht da, aber wenn ich aufschaue, dann bist du da. Und es tut mir gut, dich zu sehen, einfach, dich anzusehen. Es tut meinen Augen gut, so wie wenn ich auf eine weite Wiese schaue, die ganz fern in den Himmel übergeht.«

»Das macht der Wein.«

Seine Augen wurden böse.

»Warum kannst du nicht mehr so sein, wie du warst?«

»Der Kuchen ist gar. Man soll ihn heiß essen.« Sie trug das Blech auf, schnitt den Zwiebelkuchen an.

»Ich wünschte, du wärst wieder mein Mädchen an der Gronau.«

»Das ist zu lange her.«

»Friedel!«

Sie sah ihn an.

»Bleib bei mir. Komm mit mir.«

»Ich kann nicht.«

»Warum nicht?«

»Ich kann nicht.«

»Ist das alles, was du sagen willst?«

»Ja.«

»Aber früher –«

»Wir waren Kinder, Georg.«

»Also hast du doch schon einen Mann gehabt. Und er hat dich kaputtgemacht. Sag mir, wer der Kerl ist, und –«

»Er hat mir nicht weh getan, Georg. Er war sehr gut zu mir. Aber erinnere dich doch an den blinden Geiger. Und an das Lied, das er immer spielte, vom letzten Tanz.«

»Er war nicht blind, du hast es mir selbst erzählt. Und es ist Blödsinn, daß man vorm letzten Tanz gehen soll. Blöde Symbolik. Man kann glücklich sein, jawohl, man kann. Du brauchst es bloß zu wollen.«

Friedel lachte, stützte ihr Gesicht in die Hände und lachte ihn an.

»Du paßt nach Amerika. Wirklich. Es sei denn, Michael hätte mich belogen. Aber das glaube ich heute nicht mehr.«

»Dein Vater«, sagte er, »natürlich, deswegen willst du nicht mit nach Amerika. Und der Kerl, was ist mit dem? Ist er der gleiche Typ?«

»Laß meinen Vater aus dem Spiel, und Martin geht dich nichts an. – Iß jetzt!«

Georg wolfte den Zwiebelkuchen in sich hinein. Er schenkte Wein in sein Glas nach, denn Friedel rührte ihres nicht an. Er schaute sie an, verletzt, wütend und zornig, und dann mit einem Mal ganz hilflos.

»Ich hab' dich lieb«, sagte er, »aber du könntest genausogut meine Schwester sein. Und du hast es als erste erkannt.«

Später saßen sie und lauschten Edith Piaf, Yves Montand; Schallplatten, die Georg sammelte, herumliegen ließ und manchmal zertrat, weil im Grunde nichts anderes als seine Chemie und Physik für ihn wichtig waren.
Die Vorlesungen, das Labor, seine Mentoren, die im schwarzen Citroën manchmal unten vor dem Haus vorfuhren, alte Herren, so schien es stets, mit seltsam müden, blassen Händen.
Nur Claude war anders, und Claude war auch insofern nur ein Mentor, als er Georg Bonet die Verbindung zu Wernher von Braun in den Staaten verschafft hatte, denn Georg wollte in die Weltraumforschung.
Claude war knapp dreißig, sah wie vierzig aus und bewegte sich wie ein Zwanzigjähriger. Er trug einen Mittelscheitel, kurze, weiße, steifgestärkte Kragen zu blau-weiß gestreiften Hemden, fand sich selbst zum Abschießen und sagte, aber was soll's, ich seh' halt wie ein Zuhälter aus, und sein Image soll man pflegen. Was er verbergen oder kultivieren wollte, war das Erbteil seiner chinesischen Mutter, seine gelbgetönte Haut und das lackschwarze Haar, das sich gar nicht anders scheiteln ließ. Und Blau hellt angeblich eine gelbliche Haut auf.
Claude kam an diesem Abend, wie immer unangemeldet, und fiel über den restlichen Zwiebelkuchen her, leerte den Wein; Georg holte im Souterrain bei Monsieur Fussé Nachschub, der Liter zu einem Franc, und Claude bereitete auf dem grauen, abgeschabten Teppichboden die Blow ups aus.
Riesige Fotos, körnig, grau-schwarz-weiß, zuerst waren nur Schemen darauf erkennbar, und doch von einer nagenden Schärfe, denn man wollte wissen, was steckt dahinter?
»Das hat sie gemacht«, sagte Claude zu Georg. »Deine Lorelei vom Rhein.«
Sie hockten alle drei vor den Fotos, auf den Knien, Zwiebelkuchen und Wein waren vergessen.
»Weißt du, was die kann? Elle est magnifique!«
»Hab' ich doch nicht gemacht«, sagte Friedel.
»Hast du«, sagte Claude.
Da war das Kind, das im Dreck spielte, nicht im Sandkasten, nicht auf einer Wiese. Da war der Reiher, der auf einem Bein stand, weil ihm das zweite fehlte, da war die alte Frau mit dem Eierkorb, leer bis auf ein blinkendes Fünfcentimestück. Und schon damals kosteten die Eier nicht nur fünf Centimes.
»Siehst du, was die kann?« fragte Claude.
»Das verrückte Huhn«, sagte Georg.
»Du brauchst nur eines, Friedel«, sagte Claude. »Eine bessere Kamera. Nichts weiter. Gar nichts weiter.«

»Du bist verrückt.«
»Du bist es, mein Kind, wenn du nicht weißt, was in dir steckt – und tust!«
Claude raffte die Fotos an sich, preßte sie an sein blau-weißes Hemd. »Ich bringe sie unter. Nicht la vie en rose, nein, la vie moderne en France!«
»Ich will das nicht«, sagte Friedel.
»Was du willst oder nicht interessiert mich nicht.«
»Es sind meine Fotos.«
»Ja«, sagte Claude, »aber du weißt nichts damit anzufangen. Genausowenig wie mit dir selbst. Das werde ich ändern!«
Und fort war er.
»Amen«, sagte Georg.
»Es ist Zeit, daß wir schlafen gehen.« Friedel räumte das Zimmer auf.
»Weißt du, was es bedeutet, wenn Claude sich um dich kümmert?«
Friedel sah Georg nicht an und antwortete auch nicht. Sie bezog sein Bett auf der einen Couch, dann ihres auf der anderen, beide waren durch das ganze Zimmer voneinander getrennt.

9

Friedels Fotos erschienen in dem Journal ›Paris et France‹, die Copyright-Zeile lautete ›F. Gugenheimer‹; man verschwieg, daß sie eine junge Frau und eine Deutsche war.
»Mach dir nichts draus«, sagte Claude und ließ seine weißen Zähne blitzen. »Schau dir das an. Dreitausend Francs. Ist das nichts, mon bébé?«
»Ich weiß nicht.« Friedel rührte das Geld nicht an.
»Was willst du eigentlich?« Claude zuckte die Schultern. »Die französische Nationalversammlung hat gerade die Ratifizierung des EVG-Vertrages abgelehnt. Es wird keine Europa-Armee mit euch Deutschen geben. Den Parisern seid ihr immer noch unheimlich; und da willst du deinen deutschen Namen in ›Paris et France‹ lesen? Wie soll der arme Monsieur Wagner das verantworten, dem Verleger schmackhaft machen, selbst als Chefredakteur?«
»Ich möchte ihn kennenlernen«, sagte Friedel.
»Warum nicht? Womöglich bringt uns das, so wie du aussiehst, einen neuen Auftrag ein.«
»Wer bist du eigentlich, Claude? Was tust du? Du kommst mir vor wie früher die Schwarzhändler.«
»Tue ich das?« Sein Lachen klang hell, beinahe schrill.
Lachten nicht so Papageien?

»Gibt es in China Papageien?«
»Darüber habe ich noch nie nachgedacht«, antwortete er verblüfft.
»Ich auch nicht. Aber wäre es nicht fein, wenn man es wüßte? Von Goethe sagt man, daß er für seine Zeit alles verfügbare Wissen besaß.«
»Dafür haben wir heute Spezialisten wie Georg. Eines Tages wird der eine Bombe bauen, die die von Hiroshima zu einem lächerlichen Blitzlicht macht.«
»Warum eine Bombe?«
»Weißt du was Besseres?«
»Claude –«
Er ließ wieder sein helles, beinahe schrilles Lachen hören. »Nur wer die größte Bombe hat, hat Macht.«

Die Redaktion von ›Paris et France‹ befand sich in einem Haus, das die Franzosen ›Maison de Maître‹ nennen. Es besaß eine abbröckelnde Jugendstilfassade, die Tür zierte ein blankgeputzter Messingknauf in Form einer Sonne.
Monsieur Wagner empfing sie in Hemdsärmeln und einem grünen Augenschirm, den er ablegte, als Claude Friedel vorstellte.
»La fille allemande«, sagte Wagner. Und in berlinerisch gefärbtem Deutsch fügte er hinzu: »Aber setzen Sie sich doch. – Friedel? Warum so ein biederer Name. Warum nicht etwas Leichtes, Luftiges, etwas, das man drucken kann?« Die nikotingefärbten Finger seiner rechten Hand trommelten auf die Schreibtischmatte aus schwärzlichem Filz. Sein Haar war fast weiß, die Augen fahlblau, Friedel traute ihnen nicht. Noch nicht.
»Was wollen Sie?« fragte er.
»Eigentlich nichts«, sagte Friedel. »Sie kennenlernen.«
»Wir schicken Sie ins Ardèche. Da gibt es noch krasse Armut. Und wenn Sie schon da unten sind, können Sie auch die Einsamkeit der Camargue einfangen.«
»Sie verfügen einfach über mich?«
»Wir werden Ihren Namen ändern, wir nennen Sie Francine. Die Spesen tragen wir, aber nur Ihre.« Er sah Claude an.
»Seit wann sind Sie hier, Herr Wagner?« fragte Friedel.
»Ich verstehe nicht?« Er sah plötzlich aus wie ein alter schwerhöriger Mann. »Das geht Sie nichts an.«
»Mein Vater wurde auch in Berlin geboren«, sagte sie, »und er war nur ein halblegaler Sohn und Halbjude obendrein. Aber er hat nichts von alledem verleugnet.«
»Schscht«, machte Claude.
»Warum?« Sie sah ihn an. »Ich fahre ins Ausland und in die Camargue,

aber nur, wenn Herr Wagner meine Bilder unter meinem vollen Namen bringt.«
Friedel stand auf, neigte höflich den Kopf, wie Christine es sie gelehrt hatte, und ging.
»Ist doch nicht möglich«, sagte Claude draußen, »so was machst du? Ich brauch' einen Drink!«
Er trank einen Pernod, sie einen Kaffee. Friedel liebte die Straßencafés, verlor sich nur zu gern in dem Anblick des bunten Menschenstromes, der vorbeiwogte.
»Wenn Wagner dir übelnimmt, was du ihm an den Kopf geschmissen hast, wirst du in ganz Paris keinen Auftrag mehr kriegen«, sagte Claude.
»Ich habe ihn um nichts gebeten, und ich habe nichts als die Wahrheit gesagt.«

Wagner schickte Friedel ins Ardèche, und sie sah bäuerliche Armut und erfuhr Fremdenhaß wie nie zuvor. Denn aus der Fremde kam nur Böses, Versuchung für die Jungen, Hoffnung für die Alten, die sich nie erfüllte.
Die Häuser zerfielen, übrig blieben die Alten, die Jungen zogen in die Industriestädte, nach Lyon und Bordeaux. Die Äcker waren karg, die Rinder mager, die Kinder liefen barfuß.
In einem Dorf warfen alte Frauen mit Steinen nach ihr, als Friedel fotografieren wollte. Sie stopfte die Kamera in ihren blauen Reisesack, schlang ihn über die Schulter und kam mit einer Beule am Hinterkopf davon.
›On the Road‹ schrieb zu dieser Zeit ein junger Autor namens Kerouac in Amerika, und das galt auch für Friedel; auf den alten Landstraßen der Provence wanderte sie, den Heerstraßen römischer Legionäre und Napoleons; platanenbeschattet und manchmal quecksilberweiß in der Hitze des Midi.
Bei Caderousse überquerte sie die Rhône wie einst Hannibal, sah Bambuswald und Urstromland, Libellen und Zikaden umschwirrten sie flügelwirbelnd.
Sie teilte olivenölgetränktes und knoblauchberiebenes Brot mit den Bauern, stand bis zu den Knien in den Kelterbottichen während der Weinernte und trank so manches Glas auf den Fêtes des Villages, die alle einem Schutzpatron geweiht waren.
Sie schlief in dunklen, dumpfen Zimmern, deren Fensterläden nie geöffnet wurden, denn die Sonne war zu grell oder der Mistral zu wild, unbezähmbar, wenn er von den Höhen der Cevennen fiel.
Sie fotografierte mistralschiefe Häuser an der äußeren Wehrmauer von Avignon, die so bald der modernen Stadtplanung zum Opfer fallen sollten.
Sie aß Fische aus der Rhône und andere aus dem Meer, die im Morgen-

grauen in die Hallen von Avignon geliefert wurden, auf kalten Betten aus Tang und Eis.
Sie ruhte aus unter den sich gelb färbenden Platanen auf der Place de l'Horloge, und eine alte Frau legte Rosen in ihren Schoß, die sie nicht auf dem Markt hatte verkaufen können.
Friedel wanderte im endlos weiten Rund des Theatre Antique von Orange und hörte Stimmen klassische Komödien und Tragödien wispern, deren Helden vielleicht in der Necropolis von Arles ihre letzte Ruhe gefunden hatten.
Sie fuhr auf einem Pferdekarren dorthin, auf dem sich rot und violett Tomaten und Auberginen türmten.
Sie fand das Licht dieser Stadt beklemmend, trunken machend, sie las alles über den großen Maler, den es in den Wahnsinn trieb. Und sie tanzte in van Goghs Abendsonne unter Schirmpinien an der Rhône mit einem jungen Mann, der wie Martin aussah, aber nicht verheiratet war.
Sie war versucht zu bleiben, doch Jean schenkte ihr sein Fahrrad, und sie fuhr nach Aigues-Mortes. Ihr schien, als habe das Herz dieser Stadt, auf modrigem, schwankendem Grund erbaut, aufgehört zu schlagen. War's im Jahre 1418, als hier die Bourguignons von den Armagnacs überwältigt, in einen Wehrturm geworfen und eingesalzen wurden, damit ihre Leichen nicht die Pest herbeizögen, in diesen Hafen, den König Ludwig der Heilige erbauen ließ, um von hier in das Heilige Land aufzubrechen, das er nie erreichte?
Friedel fotografierte im stummen Morgengrauen den Tour de Constance, kein Hahn krähte, kein Hund schnüffelte, bellte, selbst die Vögel in den Zypressen und Kermeseichen schwiegen.
Ein fünfzehnjähriges Mädchen war einst in den Tour de Constance geworfen worden, weil sie ihrem hugenottischen Glauben nicht abschwören wollte. Marie Durand blieb achtunddreißig Jahre eingekerkert, und sie ritzte in die Mauer ihres Verlieses nur ein Wort, ›Résister‹.
Widerstehen.
War das nicht das Schwerste, was man von einem Menschen verlangen konnte?
Der Abschied von Aigues-Mortes fiel Friedel nicht schwer, Jeans Fahrrad wurde ihr gestohlen.
Sie ging zu Fuß in die Camargue.
Die Wege waren schmal, gelb oder fast weiß, dort, wo Salz sie überkrustete. Spanisches Rohr wuchs an den Rändern, federige Tamarisken wiegten sich in seufzendem Wind.
Sie sah die wilden schwarzen Stiere und das Kreuz der Camargue, errichtet auf einem simplen Stein.
Sie ritt auf den ungezähmten weißen Pferden mit den Mähnen wie aus

Flachs, sie fürchtete sich nicht, der Guardian sagte: »Morgen werden Sie nicht mal sitzen können«, und klapste sich auf das eigene Hinterteil.
Sie fand eine kleine Cabane, die gehörte zum Mas Cavalier; ein Raum so groß, daß gerade ein Bett darin Platz hatte, ein winziger Tisch, ein Stuhl und hölzerne Pflöcke an den Wänden, an die Friedel ihre Kleider hing.
Auf dem Dach aus Ried war ein Kreuz, dem Mistral gebeugt.
Das hätte es sein können, für Martin und mich, dachte sie.
An Christine schrieb sie: ›Mir ist, als sei ich endlich heimgekehrt. Es riecht nach Meer, und doch kann ich es nicht sehen. Flamingos waten, die Köpfe im Takt ihrer hohen Beine ins Wasser der Etangs versenkt. Wenn sie aufstreichen, ist es, als fülle sich der Himmel mit Feuer, auch wenn keine Sonne scheint.‹
Friedel kehrte nach Paris zurück, Wagner sagte: »Sie sehen aus wie eine Zigeunerin.« Georg grinste: »Du bist eine braune Nuß«, und Claude sagte leise: »Sie hat ihre Füße tief in der Erde gehabt.«

›Paris et France‹ veröffentlichte die Fotos aus dem Ardèche und der Camargue. Diesmal stand ›Friedel Gugenheimer‹ darunter.
Ein Zehnzeilen-Interview wies sie als Deutsche und Amateurfotografin aus.
Sie gewann einen begehrten Fotopreis.
Wagner gab ihr zu Ehren einen Empfang im Quartier Latin, und die Journalisten fanden ihren deutschen Akzent superb et mignon!
»Ich möchte dich mitnehmen«, sagte Claude.
»Wohin?« fragte sie.
»Nach Shanghai.«
Sie lachte. »Warum nicht gleich nach Peking?«
»Vielleicht auch dahin. Ich meine es ernst. Wir reden später drüber, wenn wir allein sind.«
Die Journalisten verabschiedeten sich, ihre Gesichter waren ein bißchen gerötet, die Augen glänzten, sie hatten mehr getrunken als gegessen.
Sie küßten Friedel auf die Wangen, versuchten auch hier und da, sie zu berühren; das Licht war gedämpft, alle umringten ›la petite Allemande‹, es war doch nur natürlich, daß man sie anfassen mußte.
»Wie leicht Verbrüderung fällt, wenn der Partner eine Frau ist«, sagte Wagner.
Er trank Pernod, es war, als nähmen seine Augen das milchige Grün des Getränkes an.
»Schläfst du mit Claude?«
»Was geht Sie das an?«
»Er ist ein gelber Hund.«
»Das ist er nicht!«

Claude lachte schrill.
»Ich stelle dich fest an«, sagte Wagner. »Ich gebe dir einen Dreijahresvertrag, Friedel.«
»Ich will frei arbeiten.«
»Werd nicht übermütig, nur weil du einmal Erfolg gehabt hast. Überleg es dir. Ich gehe jetzt.«
Sie sah ihm nach. Die Schultern waren ein bißchen schief, beim Gehen schob er die rechte Hüfte ruckartig vor.
»Ist ein ganz armes Schwein«, sagte Claude. »Er lebt seit mehr als zwanzig Jahren in Paris, aber weißt du, wie man ihn immer noch nennt? Monsieur Boche. Und während des Krieges hat die Gestapo seine ganze Familie umgebracht.«
»Lebt er allein?« fragte Friedel.
»Natürlich. In einer Vierzimmerwohnung, wo die Schulbücher seiner Kinder von neunzehnhunderteinundvierzig rumliegen. In den Schränken hängen noch die Kleider seiner Frau und eine rosa Federboa.«
»Warum erzählst du mir das alles?«
»Damit du Mitleid mit ihm hast. Aber zeig es ihm nie.«
»Claude, wer bist du eigentlich?« fragte Friedel wieder.
»Ich?« Wenn er lachte, wirkte sein Gesicht sehr chinesisch.
»Was tust du, was arbeitest du? Studierst du noch? Wo lebst du? Wovon?«
»Trinkst du noch ein Glas Wein?«
»Ja, bitte.«
Er goß ihr nach von dem dunkelroten Wein im braunen Krug.
Er selbst trank grünen Tee, rauchte kurze, schwarze krümelnde Zigaretten aus Kanton.
»Ich habe eine Wohnung«, sagte er. »Ich habe mein Studium hinter mir. Ich beziehe ein Gehalt als Arzt und eine Stillhalterente als Bastard auf Lebenszeit. Das Geld schicke ich meiner Familie und fresse mich bei Freunden durch.«
»Deiner Familie in China?«
»Ja, ich bin ein guter chinesischer Sohn.« Wieder lachte er, dann nahm er ihre Hand. »Komm, ich zeige dir, wie ich lebe.«

Sie mußten vier Straßen weit laufen, bis sie ein Taxi fanden. Es regnete, und sie waren bis auf die Haut durchnäßt.
»Macht nichts«, sagte Claude, »bei mir kannst du dich umziehen.«
Sie hielten vor einem Haus in der Avenue General Leclerc.
Aus der Halle schwang sich eine breite Marmortreppe in die erste Etage, danach wurden die Treppen immer schmaler und steiler.
Im vierten Stock unter dem Dach wohnte Claude.

Ampeln aus Reispapier erhellten zwei kleine Zimmer, auf dem Boden lagen Seidenkissen, ein Diwan war mit einer seidenen Steppdecke bedeckt, auf perlgrauem Grund mit rubinroten Drachen bestickt. Es gab einen niedrigen schwarzen Lacktisch, es gab schwarze und rote Lackkommoden.
Aus einer der Kommoden nahm Claude zwei Gewänder, gab Friedel eins. »Im Bad kannst du dich umziehen.«
Es war aus pflaumenblauer Seide und fiel glatt an ihr herab. Ihren Hals umschloß ein steifer hoher Kragen.
Als sie zurückkam, trug Claude ein gleiches Gewand aus dunkelgrauer Seide.
Grüner Tee dampfte in runden durchsichtigen Schalen, und es roch nach kandiertem Ingwer.
»Bequem?« fragte Claude.
»Sehr.« Friedel bewegte die Schultern unter der Seide. »Ich bin wieder rundum warm.«
Sie steckte die Hände in die weiten Ärmel. Sie setzte sich auf den Diwan, zog die Beine seitlich an.
»Versuch den Tee«, sagte Claude, »ich hole dir Zucker, wenn du willst, aber er schmeckt am besten ohne, wenn man sich einmal an sein Aroma gewöhnt hat.«
»Er schmeckt wie Spinatwasser.«
»Nur die ersten paar Schlucke, du wirst schon sehen. Nimm von dem Ingwer, und das Hellere da, das sind kandierte Melonenschnitzel. Du siehst plötzlich ganz anders aus, Friedel.«
»Du auch, Claude.«
Der Regen hatte den Brillantineglanz aus seinem Haar gewaschen, und der lächerliche Mittelscheitel war verschwunden. Claude wirkte größer und ernster.
»Diese Gewänder haben meinem Großvater gehört, dem chinesischen natürlich. Er war ein Gelehrter, und meine Mutter schenkte mir auch den Stein, auf dem er die Tusche zu Pulver zerrieb und mit Wasser vermischte. Mein Großvater schrieb Gedichte, aber selbst wenn ich eines davon besäße, ich könnte es noch nicht lesen.«
»Du lernst chinesisch?«
»Natürlich. Ich bin Chinese, ich habe eine chinesische Mutter.«
»Aber doch nur die Juden kennen diesen Brauch«, sagte Friedel. »Daß ein Kind jüdisch ist, wenn die Mutter jüdisch ist. Rasse oder auch Glaube des Vaters spielen dann keine Rolle.«
»Ich bin Chinese«, wiederholte Claude.
»Ich will dir ja gar nicht widersprechen.«
Er lachte. »Na, wie schmeckt dir der Tee jetzt?«

Sie nippte an der zweiten Schale. »Gut. Du hast recht, man gewöhnt sich daran.«
»Willst du wirklich wissen, wer ich bin?«
»Sicher, sonst wäre ich ja nicht hier.«
»Mein Vater ging neunzehnhundertvierundzwanzig nach Shanghai, wo seine Familie, wie auch in Le Havre und in Marseille, ein Handelshaus unterhielt. Er war der älteste Sohn, und mit dreißig sollte er der Patron des Familienunternehmens werden, wie sein Vater und sein Großvater vor ihm. Der Wahlspruch seiner Familie lautet: ›Wer herrschen will, muß wissen, worüber.‹ Zu Verhandlungen wegen bestimmter Handelskonzessionen traf mein Vater in seinem ersten Jahr in China in Nanking mit Sun Yat-sen zusammen, der dort die Nationalregierung gegründet hatte. Sun Yat-sens Ziel war es, China zu einem modernen Staat zu machen und vor allem eine echte Landreform herbeizuführen, zum Wohl der einfachen Bauern. Zu seinen engsten Beratern und Freunden gehörte mein chinesischer Großvater. Mein Vater wurde in dessen Haus eingeladen, und dort begegnete ihm meine Mutter. Sie verliebten sich ineinander und heirateten. Ein Jahr später kündigte mein Vater seiner Familie stolz meine Geburt an. In einem knappen Brief aus Paris wurden ihm die Folgen seiner Unvernunft genau auseinandergesetzt: Die Familie verbot ihm, mit meiner Mutter nach Paris zu kommen. Man überließ ihm, solange er in Shanghai blieb, die Leitung des dortigen Handelshauses. Aber auch nur in Hongkong aufzutauchen, wo es ebenfalls eine Niederlassung der Familie gab, wurde ihm strikt untersagt.
Bis zu meinem sechsten Lebensjahr wuchs ich in Shanghai auf. Wir lebten in einem Haus, in dem es nach dem Gelben Fluß roch, meine Mutter zog herrliche Chrysanthemen, manche blieben so klein wie ein Francstück, andere wurden so groß wie Sonnenblumen.
Meine Eltern liebten sich sehr. Wenn mein Vater nach Hause kam, abends, löste meine Mutter ihr Haar, es fiel ihr bis zu den Hüften, und ich sehe heute noch die helle Hand meines Vaters, wie sie hindurchstrich.
Mein Großvater lehrte mich die ersten chinesischen Schriftzeichen, meine Mutter ließ mich die Gedichte von Sun Yat-sen auswendig lernen, und mein Vater unterrichtete mich in Französisch.
Wir besaßen ein Boot, mit großen blaugemalten Augen am Bug gegen die bösen Flußgeister. Am schönsten waren die Ausflüge im Winter damit, dann flackerte ein Feuer in einem kleinen Bronzeofen in der Mitte der Barke, und meine Mutter fütterte mich mit heißen süßen Mandelkuchen und kandierten Kastanien. Ich erinnere mich auch, wie ich bei diesen Gelegenheiten angezogen wurde, in viele kleine Jacken, eine immer ein wenig dicker als die vorhergehende. Die erste war aus dünner Seide, dann

aber waren sie mit Baumwolle gefüttert und gesteppt. Wenn ich fertig angezogen war, kam ich mir vor wie eine Kugel, aber ich konnte dennoch laufen und springen, und geschwitzt habe ich nie.
Als ich sechs Jahre alt wurde, erkrankte mein Vater bei einer seiner Reisen ins Landesinnere an Malaria. Er wollte in Shanghai bleiben, aber seine Familie beorderte ihn sofort nach Paris zurück. Und so stark war immer noch ihr Einfluß, daß er gehorchte. Mich nahm er mit.
Ich kam in ein Internat in Montpellier. Weit genug von Paris entfernt und unter einem falschen Namen.
Vier Jahre durfte ich meinen Vater nicht sehen. Dann kam er eines späten Abends, das Licht war schon aus. Er warf Steine gegen mein Fenster, er wußte also, in welchem Zimmer ich lebte, und er rief leise meinen Namen, den chinesischen.
Er war ein alter Mann geworden, obwohl er gerade erst fünfunddreißig war, mit grauem Haar und eingefallenen Wangen. Seine Schultern sanken immer wieder nach vorn, wenn er vergaß, sich aufrecht zu halten.
Ich bin wieder gesund, sagte er, und ich gehe nach Shanghai zurück, zu deiner Mutter. Ich kann dich nicht mitnehmen, denn du bist der einzige männliche Nachkomme unserer Familie. Er hielt mich die ganze Zeit fest im Arm, wir saßen auf einer Bank im Park des Internats, und er hatte seinen weiten Mantel um uns beide gehüllt.
Ich weinte und bettelte, er sollte mich nicht zurücklassen, ich glaubte wahrhaftig, daß ich dann sterben würde. Aber es nützte alles nichts.
Er erzählte mir, daß meine Mutter nun für Mao Tse-tung arbeitete und daß große Veränderungen in China bevorstünden, bestimmt zum Besseren. Aber da sei jetzt kein Platz für mich, wo ich behütet aufwachsen könnte, Hungersnöte tobten überall, und überall wurde gekämpft.
Er ging schließlich, er weinte, und ich schrie ihm nach: ›Ich hasse dich!‹
Ich haßte ihn und meine Mutter und die Familie in Paris und alle Erwachsenen überhaupt, und ich benahm mich dann jahrelang wie ein geistig Zurückgebliebener. Ich machte ins Bett, ich stellte mich taub und stumm, ich goß Olivenöl auf die Fliesen im Lehrerzimmer, und tatsächlich brach sich jemand Arm und Bein.
Wahrscheinlich hat es die Pariser Familie Hunderttausende gekostet, daß man mich in Montpellier behielt. Denn auch mit meinen Schulkameraden ging ich nicht besser um. Ich schikanierte die Kleineren, bis sie alle einen großen Bogen um mich machten, und schlug mich mit den Größeren auf die gemeinste und hinterhältigste Weise, die du dir überhaupt vorstellen kannst.
Niemand wollte mehr mit mir in einem Zimmer leben, niemand mehr in einer Bank mit mir sitzen, an einem Tisch. Ich hatte also ein Zimmer für mich allein, meine Schulbank und meinen Eßtisch, und wenn mir was

nicht schmeckte, riß ich einfach das Tischtuch mit allem Porzellan herunter.

Ich habe das sechs Jahre durchgehalten und immer gehofft, eines Tages geben die in Paris auf, eines Tages lassen sie mich zu meinen Eltern nach Shanghai zurückkehren.

Als ich sechzehn wurde, erschien mein Großvater aus Paris, dessen Namen ich nicht tragen durfte, nicht einmal nennen.

Er kam nicht heimlich wie mein Vater. Er erschien vormittags zur korrekten Besuchsstunde. Vorher schnitt man mir die Haare, wogegen ich mich wütend wehrte, steckte mich in saubere Kleider, die ich mir am liebsten heruntergerissen hätte, steifes blaues Zeug, weißt du, und steifer weißer Kragen.

Aber dann überwog die Neugier auf den Besucher, den man mir nur als einen ›Monsieur très important‹ angekündigt hatte.

Das Kuriose war, er sah aus wie ein Dorfbäcker, klein rundlich, mit starken Oberarmen, was selbst durch den weichen grauen Flanell seines Maßanzuges zu sehen war, und mit blasser Haut, nur die Wangen ein bißchen blau schimmernd, das ganze Gesicht wie mit Mehl bestäubt. Seine Augen waren dunkelbraun, vorstehend, und das Weiße glänzte wie gelackt.

Der Direktor der Schule führte mich mit den Worten vor: ›Das ist er, Monsieur.‹ Mein Großvater entließ ihn mit einer Handbewegung, mich starrte er minutenlang stumm an.

›Warum lachst du‹, fragte er dann.

›Sie haben ja Angst vor mir‹, sagte ich.

Er schlug mir seinen Handrücken rechts und links ins Gesicht: ›Niemand bezichtigt mich ungestraft der Feigheit.‹

Ich hätte es leicht gekonnt, aber ich verspürte nicht die geringste Lust, zurückzuschlagen. Ich haßte ihn auch plötzlich nicht mehr, ich dachte, er ist wie ich. Ich bin wie er.

›Setz dich‹, sagte er. Wir setzten uns einander gegenüber an den langen Besuchertisch.

›Dein Vater ist gestorben‹, sagte Monsieur très important. ›Er wurde in China umgebracht. Du bist nun der einzige männliche Nachkomme der Familie.‹

›Und meine Mutter?‹ fragte ich. Das überging er.

›Ich weiß alles, was du in den letzten Jahren hier angestellt hast‹, fuhr der Alte fort, ›es beweist, daß du Ausdauer hast. Du könntest ein brillanter Schüler sein, aber du hast es vorgezogen, dich wie ein Idiot zu benehmen.‹

›Warum lassen Sie mich nicht endlich nach Shanghai?‹

›Du wirst morgen abgeholt‹, sagte er, ›und nach England gebracht. Dort wirst du innerhalb von zwei Jahren dein Abitur machen und zu studieren beginnen. Was du als Fach wählst, überlasse ich dir, aber es muß etwas Nützliches sein. Dann wirst du genügend finanzielle Mittel haben, um in Anstand und Würde zu leben.‹

›Warum das?‹

›Weil ich nicht will, daß du dich als vernachlässigter Bastard unserer Familie ausgibst.‹

›Genau das werde ich tun.‹

›Vorher zerquetsche ich dich wie eine Laus.‹

›Sie würden mich umbringen?‹ Ich war verblüfft.

›Umbringen lassen‹, sagte er, ›aber vielleicht besorgen das die Boches ohnehin mit ihren Bomben. Vergiß nicht, es ist Krieg.‹ «

Claude beugte sich vor, goß Friedel und sich grünen Tee nach. Er lachte.

»Du wirst mich jetzt für einen Feigling halten, aber ich tat genau das, was der Alte wollte. Denn es war sinnlos geworden, den Widerling zu spielen, seit mein Vater tot war. Es war auch unklug, denn wie sollte ich ohne finanzielle Mittel jemals nach China gelangen?

Ich habe also mein Abitur in England in anderthalb Jahren gemacht und Medizin studiert. Ich habe mich auf Akupunktur spezialisiert und auf tropische Krankheiten. Selbst die V 1 und die V 2, die auf London fielen, brachten mich nicht um.

Von meiner Mutter habe ich neunundvierzig zum letztenmal gehört, da sandte sie mir die Gewänder und den Tuschestein meines chinesischen Großvaters, in der Hoffnung, daß ich ein gelehrter Mann würde wie er. Sie hatte mit meinem Vater noch zwei Kinder gekriegt, zwei Mädchen, die inzwischen verheiratet sind. Das Geld schicke ich ihnen, denn obwohl China nun frei ist, gibt es noch genug Hunger und Not. Mao kann auch nicht alle Wunder auf einmal vollbringen.«

»Und du willst immer noch nach Shanghai zurück?« fragte Friedel.

»Mein französischer Großvater ist vor einem Monat gestorben. Seine Frau hat mich wissen lassen, daß sie mich nicht daran hindert, nach China zurückzukehren. Und darauf bereite ich mich jetzt vor.«

»Aber du hast doch nur die ersten sechs Kinderjahre in Shanghai verbracht? Vielleicht wird dir alles ganz fremd sein?«

»Vielleicht?« Claude lächelte. »Bestimmt. Aber ich bin dort geboren. Und ich muß es wieder mit meinen eigenen Augen sehen. Komm mit mir, Friedel. Um ein Wunder zu erleben, muß man zu zweit sein, damit man es teilen kann.«

»Es ist komisch«, sagte sie, »als Kind wollte ich mal nach Indien. Ich weiß gar nicht, warum. Aber an China, nein, daran habe ich nie gedacht, obwohl mein Großvater dort war, im Boxeraufstand. Meine Großmutter hat uns oft aus seinen Tagebüchern vorgelesen und uns die Fotos in den Chi-

naalben erklärt. Kürzlich erst hat sie Martin den weißen Jadebuddha aus Tsingtau geschenkt.«
»Wer ist Martin?«
»Seinetwegen bin ich von Bonn weggegangen.«
»Dann geh noch weiter weg. Mit mir.
»Ich will's überlegen«, sagte Friedel.
»Versprichst du es?«
»Ja. – Und jetzt möchte ich nach Hause gehen.«
»Zu Georg!«
Sie lachte verwundert. »Du bist ja eifersüchtig.«
»Natürlich! Georg hat keine Phantasie. Er ist ein Gehirn, in dem nur Formeln Platz haben. Wie soll er dich verstehen?«
»Claude, hör auf.«
»Du magst mich doch. Warum machst du es dann so kompliziert?«
»Natürlich mag ich dich. Als Freund.«
»Es stört dich, daß ich Chinese bin?«
»Nein. Ich hab' dich gern, und so soll es bleiben.«
Friedels Tailleur war im Bad getrocknet, die weiße Bluse zwar zerknittert, aber das sah man im Dunkeln nicht. Die Schuhe waren noch ein bißchen klamm.
Claude stand wie ein gescholtener Bub zwischen den Seidenkissen.
»Bist du mir jetzt böse?«
»Überhaupt nicht«, Friedel küßte ihn auf die Wangen.
»Du überlegst es dir wirklich, ob du mit mir gehst?«
»Ja«, versprach sie noch einmal.
Die Laternen brannten, von Dunstschleiern umwoben. Es hatte aufgehört zu regnen, aber das Grün der Bäume glänzte metallisch von der Nässe. Viele Wagen waren noch unterwegs, junge Paare, engumschlungen, einzelne Spaziergänger mit ihren Hunden. Hier und da entließen Restaurants, in denen Neonlicht moderne Kälte verbreitete, lärmende oder auch stumm weghuschende Gestalten.
Friedel sah ein paar Polizisten, ein paar Nachtwächter, die ihre Taschenlampen über vergitterte Schaufenster gleiten ließen.
In einem Bistro trank sie noch einen glühendheißen schaumigen Café au lait, aß ein Schinkenbrot.
Aus einem Hinterzimmer quoll Zigarettenqualm, hemdsärmelige junge Männer mit Hosenträgern spielten dort Billard.
Im Bernstein-Memorial-Hospital in New York gab es auch ein Billardzimmer. »Wenn es nachts ruhig auf der Station war, haben wir manchmal ein paar Partien dort gespielt«, hatte ihr Vater einmal erzählt, »es gab immer Verwundete, die nachts schlecht schliefen. Sie durften es nicht, aber sie standen auf, und wir spielten auch schon mal Poker, um Fünfcentein-

sätze. In den Stunden erfuhrst du am meisten über sie, woher sie kamen, was sie im Krieg erlebt hatten und was sie von der Zukunft erwarteten.«
Friedel stellte sich jetzt ihren Vater unter den hemdsärmeligen jungen Männern vor, mit einem jungen, weichen Gesicht, mit einem Mund, der nur zu gern lachte.
Hatte erst seine Krankheit ihm die Fröhlichkeit genommen, oder war er krank geworden, als er nicht mehr fröhlich sein konnte?
Sie bezahlte ihren Kaffee, sah vor dem Spiegel hinter der Theke Zigaretten liegen, Camel waren darunter.
Michael hatte so gern Camel geraucht. Sie kaufte ein Päckchen. Es gab ihr auf eine ganz einfache Weise das Gefühl, ihrem Vater sehr nah zu sein. So, als ginge sie jetzt nach Hause, und er wäre da. So, als würde er ihr die Tür aufmachen und fragen: »Na, Friedel, war's schön, hast du Spaß gehabt?« Wie früher, wenn sie von einem Kinderfest kam oder aus der ersten Nachmittagsvorstellung im Kino.
Aber Michael würde nie mehr auf sie warten. Nicht in Bonn und nicht hier, in Paris.
Ein junger Mann zog den Hut. »Können Sie mir bitte sagen, wie ich zur nächsten Metro-Station finde?«
Sie zeigte ihm den Weg.
Er lächelte. »Die Nacht ist noch jung.«
Sie lachte. »Aber ich bin schrecklich müde.«
Er schwenkte seinen Hut. »Süße Träume wünsche ich.«
Nach ein paar Schritten war es Friedel wieder, als kehre sie zu ihrem Vater zurück, und dann war es, als ginge er neben ihr. Wie so oft auf ihren langen Sonntagsspaziergängen.
Seine Stimme klang lebhaft: »Du hast heute abend etwas Besonderes erlebt, Friedel. Ein Mensch hat dich in sein Vertrauen gezogen, Claude ist schonungslos mit sich selbst umgegangen. Und so, wie er zu dem geworden ist, was er heute ist, wird allen Menschen ihr Leben bestimmt. Durch einen Vater, eine Familie, aber siehst du, stärker als alles andere, was Claude geprägt hat, ist die Liebe. Die Liebe seines Vaters zu seiner Frau und die Claudes zu China und zu seiner Mutter, die er als Sechsjähriger verließ. Nichts geschieht ohne Sinn, Friedel. Wäre Claude ein guter Arzt geworden, wenn er nicht selbst schon Leid erfahren hätte? Und er ist bestimmt ein guter Arzt. Wenn man wissen will, wie das Leben des eigenen Ichs aussehen soll, welche Blüten und Früchte es tragen wird, der Baum des eigenen Lebens, dann muß man bei den Wurzeln anfangen. Schauen, wie stark sie sind. Nein, nichts im Leben eines Menschen ist sinnlos, selbst wenn man es manchmal meint, fürchtet und davor fliehen möchte. Auch meine Jahre in Amerika waren nicht sinnlos.«

»Da bist du ja endlich«, brummte Georg unter der Bettdecke hervor. »Mensch, es wird ja schon hell. Wo warst du denn so lange?«
»Ich bin spazierengegangen«, sagte Friedel.
»Die ganze Nacht?«
»Die halbe.«
»Und vorher?«
»Ich war bei Claude.«
»Sag bloß –«
»Wir haben geredet.«
Georgs Gesicht tauchte aus dem Kissen- und Deckengewirr auf. »Laß dich anschauen!«
»Na, was siehst du?«
»Eine eiserne Jungfrau!« Er grinste, sprang aus dem Bett und raste nackt ins winzige Bad.
Friedel ging in die Küche und setzte Wasser für den Kaffee auf.
Georg pfiff und prustete unter der Dusche, kam dann im Bademantel in die Küche, holte Scheuerlappen und Schrubber, putzte das Bad.
Sie briet Spiegeleier für ihn, er holte frische Croissants für sie. »Ich wette, Claude ist in dich verknallt. Und ich wette, er will dich mit nach China nehmen.« Georg packte ihr Handgelenk. »Aber du gehst mit mir!«
»Laß den Unsinn«, sagte Friedel. »Ich gehe nicht mir dir und nicht mit ihm. Ich gehe allein.«

10

Was eignet sich besser für ein Rendezvous als eine kleine Bar in Montmartre, in der ein Mann nur Augen für die Frau ihm gegenüber und die Frau nur Ohren für ihn hat.
Der Patron weiß, sie werden schon trinken, sie werden irgendwann hungrig werden. Und wenn ihre Augen auch nichts weiter wahrnehmen als nur den anderen, wird ihr Trinkgeld für die Musiker doch groß sein, selbst wenn ihre Börsen schmal sind.
Eine solche Bar war auch ›El fado‹. Sie gehörte einem jungen Portugiesen, der sich gelenkig zwischen den kleinen Tischen wand. Wenn die Küchentür aufpendelte, konnte man seine Frau an blitzend weißen Kacheltischen mit rohem Fleisch und Gemüse hantieren sehen; sie trug einen schmalkrempigen Hut auf ihrem straffen rußschwarzen Haar.
Es gab Stockfischgerichte, mit schwarzen Oliven gewürzt, und kleine magere Schweinefüße, mit Muscheln gedünstet. Und es gab vor allem den portugiesischen Rosé, den sogar Wagner statt des gewohnten Pernods trank.

»Du bist verwundert, daß ich dich hierher eingeladen habe?« fragte er.
»Ein bißchen«, gab Friedel zu.
»Du könntest meine Tochter sein, und hier läßt es sich besser reden als in der Redaktion, wo dauernd jemand glaubt, er habe die Story des Jahrhunderts geschrieben und sich gleich für einen Super-Kisch hält. Du willst also nun doch fest für mich arbeiten?«
»Ja. Ich möchte einen Zweijahresvertrag, aber nur unter der Bedingung, daß ich mir meine Themen selbst aussuchen darf.«
»Und wenn ich dir Ratschläge gebe?«
»Will ich sie dankend annehmen, wenn ich sie gebrauchen kann.«
»Wo willst du als erstes hin?«
»Nach Amerika.«
»Aha«, sagte er, »weiter weg geht's nicht?«
»Ich brauche Ihre Hilfe, es ist noch gar nicht so einfach, ein Visum zu erhalten, für mich als Deutsche. Aber es sollte schnell gehen, Sie kennen doch den amerikanischen Botschafter.«
»Und warum muß es so schnell gehen?«
»Weil ich keine Zeit vergeuden will.«
»Was willst du in Amerika?«
»Ein Stück von mir selbst suchen.«
»Du warst nie vorher dort?«
»Aber mein Vater. Er ging neunzehnhundertsechsunddreißig mit meiner Mutter und seiner Ziehmutter nach New York. Er wollte mich nachkommen lassen, wenn er eine Wohnung gefunden hatte, eine Stellung, Geld aufbringen konnte für die Passagen für meine Großmutter und mich. Aber dann wurde meine Mutter schwanger, sie hatte Fehlgeburten, und plötzlich war auch Amerika im Krieg, und ich blieb, wo ich war. In Bonn, bei meiner Großmutter Christine. Eines Tages wurde ich von einem Tiefflieger beschossen, auf dem Weg von der Schule zum Bunker an der Gronau. Ich konnte den Piloten in der Kanzel genau erkennen und glaubte, daß es mein Vater sei. Danach wollte ich meine Eltern nie wiedersehen. Aber Michael, mein Vater, kam direkt nach dem Krieg zu uns nach Bonn, später dann auch meine Mutter mit Boris, meinem kleinen Bruder. Bis kurz vor dem Tod meines Vaters habe ich noch geglaubt, daß er es war, der auf mich geschossen hatte.
Und meine Mutter sagt heute, daß Michael noch lebte, hätte er nicht all das Leid der anderen auf sich genommen, die in seine Anwaltspraxis kamen. Es waren Verfolgte, aus Lagern, nach der Flucht, Strandgut des Krieges, wie meine Mutter es nennt.
Ich will jetzt selbst die Antworten auf meine Fragen finden, überall da, wo ich herkomme, auch in Amerika.«
»Trink«, sagte Wagner, »du bist ja ganz heiser.«

Friedel trank von dem fruchtigen Casal Mendez.
»Und wie soll das Buch heißen?«
»Das Buch?«
»Natürlich wird das ein Buch. Wenn du den Text dazu nicht schaffst, finden wir schon jemanden, der wie du eigene Antworten sucht. Wir bringen in ›Paris et France‹ deine besten Fotos mit deinen Bildunterschriften. Danach werden wir weitersehen. Ich schenke dir den Titel für das Buch, ›Schauplätze‹ oder ›Anfänge‹.«
»Du sagst nichts?« fragte er nach einer Weile.
Sie beugte sich vor und küßte ihn.
»Ich bin gespannt, was aus deiner Generation wird, wenn sie mal vierzig ist«, sagte Wagner und lachte leise.

Der Brief war viele Seiten lang, und es sah aus, als jage ein Wort das andere, als wolle ein Satz den anderen überspringen.
»Jetzt spann uns doch nicht auf die Folter«, sagte Boris, »der ist doch von Friedel! Kann ich die Briefmarke haben?«
Sie saßen um den Ingweiler Tisch im Wohnzimmer. Christine hatte das Kuvert vor ihren Augen aufgeschnitten.
»Wir existieren wohl überhaupt nicht mehr für Friedel«, sagte Achim. »Sie schreibt immer nur an dich.«
»Sie arbeitet«, sagte Christine, »aber sie vergißt in keinem Brief nach euch allen zu fragen und euch zu grüßen.«
Annas Hornnadeln klapperten schneller, sie strickte einen Pullover, der, nach den fertigen Ärmeln zu urteilen, viel zu groß für einen der Jungen sein würde.
»Lies schon, Mama«, sagte sie nur.
»›Liebe Oma, nun ist es soweit‹«, begann Christine, »›ich habe einen Zweijahresvertrag mit ›Paris et France‹, unter der Bedingung, daß ich meine Themen selbst wählen kann. Ich habe schon das Visum und die Flugkarte. Im Ausverkauf in der Nouveaux Galeries habe ich meine Garderobe vervollständigt. Auch ein paar winzige Hüte sind darunter, die für Cocktailparties unentbehrlich sind, wie Sherman mir erklärt. Obwohl ich bezweifle, daß ich irgendeine Party besuchen werde, denn ich kenne ja niemanden in New York.‹«
Annas Kopf fuhr hoch. Ihre Lippen waren blutleer. »New York?«
»Hörste doch«, sagte Boris. »New York.«
»›Die Angst ist weg‹«, las Christine weiter. »›Da ist nur noch Neugier. Riesiggroß! Sag Anna, ich werde als erstes nachsehen, wo sie und Michael gelebt haben.‹«
»Das kann ich mir denken«, sagte Anna. »Selbst das will sie haben. Nicht mal meine Erinnerungen gönnt sie mir.«

»Unterbrich Oma doch nicht dauernd«, sagte Boris, »lies weiter, Oma.«
»›Sherman, er ist Kulturattaché an der amerikanischen Botschaft – seine Frau Claudine schreibt Gedichte –, hat mir eine Reservierung in einem Hotel besorgt, das ›Barbizon for Women‹ heißt. Dor leben vor allem alleinstehende junge Frauen, die von einer Karriere in New York träumen. Claudine sagt – sie weiß es aus Erfahrung –, da wäre ich so gut aufgehoben wie in einem Kloster.‹«
»Kloster«, Boris verzog den Mund. »Wie langweilig.«
»›Ich wäre gern noch einmal nach Bonn gekommen, vorher, liebe Oma, aber die Zeit reicht nicht, und wahrscheinlich ist das auch besser so. Georg ist verschnupft, weil ich ohne ihn nach Amerika gehe. Aber warum sollte ich mit ihm gehen?‹«
»Der Limonadenheini«, murmelte Achim; auf Georg war er immer eifersüchtig gewesen, schon als Achtjähriger; damals hatte Georg das Baumhaus im ›Urwald‹ für Friedel gebaut.
»Georg ist ein sehr begabter Chemiker und Physiker«, sagte Christine, »er wird in der Weltraumforschung arbeiten. Aber jetzt hört zu, was Friedel noch schreibt. – ›Ich schrieb Dir ja von Claude, Oma, der mir überhaupt erst den Kontakt zu Wagner verschafft hat. Claude wollte mich mit nach China nehmen. Das hat mich sehr gereizt, und ich habe mir ausgemalt, wie es wäre, wenn ich die Stätten besuchte, wo Großvater während des Boxeraufstandes war. Tientsin und natürlich Tsingtau. Aber ich will ja nicht Großvaters Leben nachgehen, sondern mein eigenes entdecken. Entdecken, warum ich auf dieser Welt bin und was ich aus meinem Leben machen soll.
Vielleicht werde ich die zwei Jahre immer unterwegs sein. Aber ich werde regelmäßig schreiben wie bisher, das verspreche ich. Und bitte, grüße alle, Anna und die Jungs, und gib Blacky einen Nasenstüber. Auf ein frohes gesundes Wiedersehen.‹«
»Du hast gemogelt«, sagte Boris. »Du hast mindestens zwei Seiten überschlagen.«
»Friedel hätte wenigstens fragen können, wie es uns allen geht.« Achim rückte seine Brille auf der Nase auf und ab.
Anna stand auf und ging in ihr Zimmer.
»Jetzt heult Mama wieder«, sagte Boris.
»Wozu es überhaupt keinen Grund gibt«, Christine faltete den Brief wieder zusammen. »Wißt ihr noch, wie still die Friedel oft war, ja, und scheu? Und immer hat sie nur an uns gedacht. Jetzt aber, jetzt tut sie für sich, was sie tun muß.«
»Und warum hast du uns nicht ihren ganzen Brief vorgelesen?« fragte Boris.
»Weil du manches doch noch nicht verstehst.«

»Immer derselbe Quark«, sagte Boris. »Wenn ich mal 'nen Jungen hab' wie mir –«
»Mich heißt das«, sagte Achim.
»Wenn mir mal einen Enkel hat«, grinste Boris, »kann der mich Löcher in den Bauch fragen, wenn er will.«
»Du bist und bleibst ein Analphabet«, sagte Achim.
»Seid doch nicht so bösartig«, schalt Christine, »was ist überhaupt mit euren Hausaufgaben?«
»Ich bin schon lange fertig«, antwortete Achim.
»Ich hab' keine auf.« Boris bohrte in der Nase.
»Der kohlt dann wieder morgen«, sagte Achim. »Seine Aufsätze liest er immer aus dem leeren Heft ab.«
»Na und? Mir fällt dann mehr ein!«
»Und wenn dir Frau Kirschbaum draufkommt?«
»Dann erzähl' ich ihr den neuesten Witz. Kennst du den von Tünnes und vom Schäl, als die beide geheiratet haben? Sagt der Tünnes, meine Frau ist ein Engel, und der Schäl verdreht die Augen und seufzt, hast du's gut, meine lebt noch.«
Nur Christine lachte, Achim zog die Mundwinkel herab.
»Du humorloser Blechsoldat«, sagte Boris.
»Jetzt hört aber auf!« befahl Christine.
»Na schön, ich ziehe mich zurück.« Blacky folgte Boris, die Schnüffelschnauze an seinen runden Waden.
»Oma«, sagte Achim, »wenn wir schon gerade bei Zukunftsplänen sind –«
»Ja, Achim?« Christine legte Annas Strickzeug zusammen, steckte Friedels Brief in den Umschlag zurück.
»Wenn ich mein Abitur habe, zu Ostern, dann möchte ich in die neue Armee eintreten.«
»In den Grenzschutz, meinst du?«
»Nein, Oma. In unsere neue Armee. Was hältst du davon?«
Sie legte die Hände auf den Tisch.
»Willst du's ehrlich wissen?«
»Selbstverständlich. Ich hasse Lügen.«
»Manchmal sind sie barmherzig. Aber gut – ich halte nichts davon, daß du Soldat wirst.«
»Das sagst du, obwohl du mit einem deutschen Offizier verheiratet warst?«
»Mein Mann war nicht gern Soldat.«
»Warum ist er es denn geworden?«
»Weil Ernst möglichst weit weg von zu Hause wollte.«
»Und sein Vaterland, Deutschland, was hat ihm das bedeutet?«

»Bonn war seine Heimat, das Rheinland und Straßburg.«
»Du weichst mir aus, Oma.«
»Nein«, sagte Christine.
»Dann begreifst du nicht, worum es überhaupt geht.«
»Erkläre es mir.«
Achim nahm die Brille ab, sein Blick richtete sich in eine Ferne, die durch die Fenster des Wintergartens begrenzt wurde, vor denen Nebel stand.
»Wir haben den Krieg verloren, zugegeben.«
»Das will ich meinen«, sagte Christine, »zu Recht.«
»Unser Land ist geteilt. Wir, im Westen, sind von den Amerikanern abhängig, die anderen, im Osten, von den Russen. So kann es nicht ewig bleiben. Du hast es im letzten Jahr in der Russen-Zone gesehen. Die Menschen haben sich gegen die Unmenschlichkeit des Kommunismus empört. Sie haben rebelliert, revoltiert.«
»Und die Russen haben sie mit Panzern überrollt.«
»Auch hier wird es eines Tages soweit kommen«, sagte Achim. »Auch wir werden die Bevormundung durch die Amerikaner nicht ewig hinnehmen.«
»Die Amerikaner haben uns mit ihren Care-Paketen und der Marshallplanhilfe am Leben gehalten.«
»Du siehst das viel zu einfach. Du glaubst, wenn man einen vollen Magen hat und ordentliches Schuhwerk an den Füßen, dann ist die Welt schon in Ordnung.«
»Mit knurrendem Magen lebt es sich schlecht, und wenn deine Schuhe Wasser ziehen, fällst du auf die Nase mit einem Schnupfen.«
»Du simplifizierst eben alles.«
»Achim, schau mich an.«
Christine dachte plötzlich, er mag mich nicht.
Und dann, nein, er hat ja Angst.
»Wovor fürchtest du dich?« fragte sie leise.
»Ich? Vor nichts!« fuhr er auf.
»Du darfst nicht aus Furcht Soldat werden, Achim, die ist ein schlechter Ratgeber.«
»Das ist eine Platitüde, Oma.«
»Aber leider wahr, Achim«, sie griff nach seiner Hand, er entzog sie ihr heftig. »Ich möchte dich um etwas bitten.«
Er schaute vor sich auf den Tisch, klappte die Bügel seiner Brille auf und zu.
»Sprich mit Martin Hildesheim darüber.«
»Warum?«
»Er war als ganz junger Mann im Krieg. Und nun ist er Journalist.«
»Ich brauche keine Ratschläge.«

»Aber vielleicht Antworten auf Fragen, die du dir selbst stellst?«
»Ich werde es mir überlegen.«
»Danke, Achim.«
»Wofür?« Er sah sie überrascht an.
»Daß du überhaupt mit mir über deine Zukunftspläne gesprochen hast.«
In den darauffolgenden Wochen begann Christine sich viel mehr als zuvor für Politik zu interessieren.
Am Zeitungsstand im Bahnhof, wo es auch allerhand ausländische Blätter gab, wurde sie eine lächelnd begrüßte Kundin.
Sie las den *Figaro* und *Le Monde*, sie saß stundenlang über der *London Times* und der *New York Herald Tribune*, wobei sie den Merriam Webster zu Rate zog, der ihr unbekannte englische Vokabeln mit Synonymen erklärte.
Sie las über den Koreakrieg und über den in Indochina, über die Hexenjagd, die McCarthy in Amerika veranstaltete, leider nur zu häufig auf Menschen, die nie Kommunisten gewesen oder es nicht mehr waren. Und sie las über die Pakte, die die UdSSR mit ihren Anrainerstaaten schloß; erzwungene Freundschaft, was konnte die nützen?
Eine Europäische Verteidigungsgemeinschaft würde es nicht geben, sie war an der Pariser Nationalversammlung gescheitert; Christine las über Henri Spaak, den Belgier, dessen Land wie Frankreich unter dem Zweiten Weltkrieg gelitten und geblutet hatte, der aber ganz anders als Mendès-France in der Nacht vom 22. August mit Tränen in den Augen zu den wartenden Journalisten in Brüssel sagte: »Es ist alles vorbei, meine Herren...« Die EVG gab es nicht, aber nun, im Oktober, wurde die Bundesrepublik in die Atlantikpaktorganisation aufgenommen und sollte dazu 12 Divisionen stellen. Ja, es würde also wieder eine selbständige deutsche Armee geben, die Bundeswehr.
Und zum erstenmal tauchte die Bezeichnung für den neuen Soldaten als einem Bürger in Uniform auf.
»Hältst du das für möglich?« fragte Christine Martin. Noch immer trafen sie sich einmal in der Woche im Café Rittershaus in der Kaiserstraße; er war magerer geworden, sein Haar zeigte erste graue Strähnen, er lebte in einer hoffenden Trostlosigkeit, und sie beide konnten auf diese Begegnungen nicht mehr verzichten. Meist trafen sie sich freitags um fünf, es sei denn, Martin hatte gerade Redaktionsdienst.
Manchmal brachte er Eva mit; ein weicher Fuchskragen umrahmte das helle Gesicht, in dem die Augen von einem tiefen blauen Glanz waren. Aber dieser Glanz war unbeweglich, spiegelte kein Erkennen, keine Freude, kein Verlangen, nichts. Eva trank Schokolade, manchmal machte der Sahneschaum ihren Mund noch kindhafter. Sie zerbröckelte Kuchen, streute die Krümel um sich, als seien da Tauben, die sie füttern wollte.

Aber häufiger kam Martin allein, und dann war seine erste Frage: »Friedel?«
Christine ließ ihn Friedels Briefe lesen.
»Es geht ihr gut«, sagte er dann.
Oder: »Sie macht ihren Weg. Natürlich macht sie ihren Weg.«
Und: »Ich wünschte, ich könnte ihre Fotos sehen.«
Christine bat Friedel um die Bilder aus der Camargue und dem Ardèche, aus der Toscana und dem Elsaß.
Martin betrachtete sie lange. »Aber in Ingweiler war Friedel nicht wieder?«
»Nein, da war sie nicht wieder«, sagte Christine.
»Wie sie da saß unter dem Geißblattdach des Gasthauses, ihre Augen leuchteten ganz grün und golden im Schatten.«
»Möchtest du die Bilder behalten?« fragte Christine.
Er nickte, und in seinen Augen war eine solche Dankbarkeit, daß sie den Blick senkte.
Martin schrieb Friedel nie. »Es ist besser so, für sie«, sagte er. Was für ihn besser oder schlechter war, einfacher oder leichter, davon sprach er nicht.
»Hältst du das für möglich?« fragte Christine nun. »Daß es bei uns tatsächlich Bürger in Uniform geben wird?«
»Die Konzeption ist da. Und der Mann, der sie vertritt, Graf Baudissin, meint es ernst.«
»Achim will zum Militär, wenn es wieder eines gibt. Könntest du einmal mit ihm reden? Könntest du ihn vielleicht einmal mit ins Bundeshaus nehmen, wenn eine entsprechende Debatte stattfindet?«
»Natürlich«, antwortete Martin. »Warum will er Soldat werden?«
»Ich denke, es liegt einfach in seinem Charakter. Sein Großvater, Achim Belheim, war Offizier. Er erschoß sich, als sein Sohn Eberhardt im Rundfunk über die Verräter des zwanzigsten Juli berichtete, wie es damals hieß. Achims Vater ist seit den letzten Kämpfen um Berlin vermißt, Achims Mutter, meine Tochter Lilli, hat ihn sehr bald danach für tot erklären lassen. An ihn will Achim sich auch gar nicht erinnern. Er hat ihn kaum gekannt. Und wahrscheinlich ist das besser so. Eberhardt war in der Partei, er war überzeugt. Er hat tatsächlich daran geglaubt, daß es Untermenschen gibt. Er hat ausgerechnet mit meiner Tochter in dem Haus in Dahlem gelebt, das den Gugenheimers gehörte, bevor die Partei sie enteignete. Ich glaube, daß Achim gute Anlagen hat, er ist anständig, er lügt nicht, er versucht seinem Leben ein Ziel zu geben. Und ich wünsche nur, daß er das richtige findet. Komm doch an einem Sonntag zu uns zum Essen, Martin, wenn du es einrichten kannst. Dann ist Achim bestimmt zu Hause, und Gelegenheit, allein mit ihm zu reden, findet sich auch.«

»Übermorgen?«
»Ja, gleich übermorgen«, sagte Christine dankbar.
»Und Friedel hat noch nicht aus Amerika geschrieben?«
»Nein«, log Christine. »Nur ein Telegramm geschickt, daß sie gut in New York angekommen ist.«
Wie sollte sie Martin die Zeilen lesen lassen, die so überschwenglich und verzweifelt zugleich klangen:
›Alles ist ganz anders hier, Oma, alles ist überwältigend im guten wie im schlechten Sinne. Wenn es ein Land gibt, wo man vergessen kann, daß man Menschen zurückließ, die man liebt, dann ist es hier.‹

11

In ihrem winzigen Zimmer im ›Barbizon for Women‹, das Friedel ihr ›Ei‹ nannte, weil sie sich wie ein Küken vorkam, das gegen die immer dünner, immer durchsichtiger werdende Schale pocht, die ihm noch den Weg in ungeahnte Weiten versperrt, wachte sie jeden Morgen auf, wenn die erste fahle Röte über den steinernen Schluchten aufstieg, sich hastig ausbreitete, hierhin und dahin zuckend, wie lange neugierige Zungen, sich spiegelnd in unzähligen Fenstern und Betongrau mit rosa Tünche überziehend, bis die Leuchtreklamen, Herz- und Hirnpulse der maßlosen Stadt verflackerten. Brandig rot wurde der Himmel, und dann hellte er sich auf, manchmal perlmuttweiß und manchmal opalblau, es war, als kenne der Himmel hier keine Wolken, und doch zog er sich tagsüber zu, Wind fegte auf und nieder, brauste um die Wolkenkratzer, die Friedel seltsamerweise bei ihrer ersten Fahrt in die Stadt vom La-Guardia-Flughafen wie möchtegerngroße Pappmachékulissen erschienen waren.
Es regnete und schneite, sie erlebte einen Blizzard in New York, Tausende von eingeschneiten Autos, Schneewehen, die übermannshoch waren.
Und sie erlebte die Sonnenuntergänge.
Da war es, als fließe das Rot aus der Mitte zu den Rändern des Himmels hinab, der hier niemals rund war, niemals Horizonte sehen ließ, die sich mit der Erde trafen, der immer hoch oben endete, gezackt, beschnitten zwischen den letzten Stockwerken, in denen Tag und Nacht die Lichter brannten. Plötzlich begriff sie, was Kubismus ist.
Und dann stand sie oft, den Kopf in den Nacken gelegt, und konnte sich nicht satt sehen daran, wie das Rot und das Blau des Himmels das ewige künstliche Licht in den Fenstern erblassen ließen. Es wurde schwach und fahl, war ja auch nur von Menschen gemacht.

New York empfing Friedel freundlich, gleich von der ersten Stunde an. Die weißbehandschuhten Hände der Zöllner ließen ihren Koffer ungeöffnet passieren, was angenehm war, obwohl sie wirklich nichts zu verbergen hatte.
Sie fand ein Taxi, das einem Mister Green gehörte, wie auf der Zulassung zu lesen war, die ein farbiges Paßfoto zierte.
»Aus dem Rheinland kommen Sie, vom schönen Rhein, das kann man hören. Gibt's noch Reibekuchen und Sauerbraten und die Röggelchen in der Malzmühle zum Halven Hahn? Und die leckeren Mädchen im Karneval?« Er sah Friedel mit Heimwehaugen an. »In ming Kölle?«
»Reibekuchen gibt's wieder und Sauerbraten auch.«
»Und e lecker Mädche biste selbst!« Green grinste und zwinkerte. »Sie brauchen nicht rot zu werden, Fräulein – ›Heidewitzka, Herr Kapitän‹, singt man das noch? Und, ›Ich möcht' zu Foos nach Kölle john‹?«
»Im Karneval.«
»Und ein richtiges Kölsch vom Faß, von 'nem dicken Köbes serviert?« fragte er. »Aber hier ist es auch schön. Sie werden schon sehen. Für fünf Bucks zeige ich Ihnen die ganze Stadt.«
Er zeigte Friedel Manhattan und Harlem und Chinatown, er zeigte ihr die Bronx und Brooklyn. Vor Tiffany und Bloomingdale und Sak's hielt er und ließ sie die kostbaren Auslagen bewundern, und in der riesigen Buchhandlung von Brentano's kaufte er ihr einen Stadtplan und einen Stadtführer.
Green lud sie zum Essen ein, in eine winzige Kneipe in der Bronx, wo es Reibekuchen mit Apfelkompott gab und Bier vom Faß, und Friedel erfuhr, daß er als Achtzehnjähriger mit seinen Eltern Köln verlassen hatte.
»Grünhandel hieß mein Vater, und er handelte mit Gemüsen auf dem Großmarkt. Eines Tages kam er nach Hause und sagte zu meiner Mutter: »Celia, es wird Zeit.«
Meine Mutter packte zwei Koffer, und ich kriegte meinen Wandervogel-Rucksack vollgestopft. Mit dem Zug fuhren wir nach Amsterdam. Da wohnten wir bei Verwandten, die mit Muscheln und Austern handelten, was ja eigentlich nicht koscher ist. Aber mein Vater sagte: ›Iß nur, Junge, iß!‹ Und ich hatte kein schlechtes Gewissen mehr, wie früher, wenn ich heimlich in den Kneipen am Rhein Miesmuscheln gegessen hatte, obwohl mir nachher vor lauter Schuldbewußtsein kotzelend war.
Meine Mutter ließ ihr Haar wachsen, und das schockte sogar mich, denn ich hatte sie immer nur mit dem Kopftuch oder dem Scheitel gesehen, sie war sehr religiös. – Ach, Sie wissen nicht, was das ist? Ein Scheitel ist eine Perücke. Hier könnte meine Mutter wieder eine tragen, aber heute hat sie all die hübschen weißen Löckchen, und darauf passen die Blumenhüte so gut. – Aber das langweilt Sie wohl, was?«

»Nein. Nein, im Gegenteil.«
»Dann trinken Sie auch noch ein Bier!«
Friedel trank das zweite Bier ihres Lebens, gestand, daß es so war, und Jo Green wollte sich ausschütten vor Lachen, denn ein Mädchen vom Rhein, das noch nie Bier getrunken hatte, das gab's einfach nicht!
»Und als Amerika in den Krieg eintrat, da hab' ich mich freiwillig gemeldet, weil ich dachte, die schicken mich bestimmt nach Europa. Ich wollte doch Kölle noch einmal wiedersehen. Noch einmal am Rhein liegen und das Wasser riechen und die Schlepper vorbeituckern hören und das Kreischen der Möwen im Winter. Auch hier kreischen sie über dem Hudson, nur hier hörst du's nicht, weil alles zu laut ist. Aber in den Pazifik haben sie mich geschickt. Und als ich zurückkam, habe ich geheiratet und vier Kinder gekriegt. Aber eines Tages mache ich Urlaub in Kölle, eines Tages, das schwöre ich, kehre ich zurück. Und dann fahr' ich wieder mit dem Bötchen über den Rhein.«
»Aber Sie sind doch nicht freiwillig aus Köln weggegangen.«
»Nur wegen der Nazis. Fünfunddreißig. Deswegen bleibt es doch meine Heimat. Oder etwa nicht?«
Friedel nickte stumm.
»Keiner kann mir das streitig machen. Niemand!«
»Mein Vater hat auch so gedacht«, sagte Friedel. »Er war auch hier. Von sechsunddreißig bis fünfundvierzig.«
»Dann biste ja eine von unsere Leut?«
»Ich weiß es nicht. Ich bin noch nicht sicher, wohin ich gehöre.«
Green hatte helle braune Augen, die sehr dunkel werden konnten. »Du wirst es schon herausfinden.«
Er brachte Friedel zum ›Barbizon‹. Er gab ihr seine Adresse. »Ich erzähle meiner Frau von dir. Wir haben immer eine warme Mahlzeit parat und auch ein freies Bett. Weißt du, wie dein Vorname in unserer alten Sprache lautet? – Shalom.«

Im ›Barbizon‹ hieß man Friedel willkommen, wie eine Tochter, die heimkehrt. Sie fand Blumen in ihrem Zimmer, einen kleinen Korb mit kalifornischen Trauben und einen Brief von Christine.
Friedel packte ihren Koffer aus, man brachte ihr eine Thermoskanne mit Kaffee, im Radio sang Bing Crosby ›I'm dreaming of a white christmas‹.
Wo war das letzte Jahr geblieben?
Das Bett war schmal, der Schrank klein, als wolle man die Bewohnerin des Zimmers zu Bescheidenheit und Sparsamkeit erziehen.
Und Friedel lernte rasch, beinahe binnen Tagen: es genügte, über zwei, drei ›Outfits‹ zu verfügen, doch diese ›Anzüge‹ mußten von erstklassigem Zuschnitt sein.

Paris war fern, aber sie hatte sich dort drei Tailleurs geleistet, eines in schwarzweiß Pepita, eines in dunkelgrauem Flanell und eines in silbrig schimmerndem Taubenblau. Man trug keine Blusen darunter, dafür Perlen im spitzen Halsausschnitt. Dazu schwarze, auf Hochglanz polierte Pumps – aber nie aus Lackleder –, deren hohe Absätze die Fesseln zu Bogen spannten; deswegen schleuderten wohl Kathy Hepburn, Marilyn Monroe oder Doris Day in ihren Filmen die Pumps von den Füßen, wann immer sich dazu Anlaß bot.
Die Mädchen, die Friedels Nachbarinnen im 16. Stock des ›Barbizon‹ waren, malten sich dunkelrote und lilafarbene Münder, über die Konturen der Lippen hinaus, wilde unbekannte Früchte, in denen die Zähne wie weiße Melonenkerne schimmerten.
Pan-cake-Make-up war in Mode, das man mit einem feuchten Schwamm auftrug, und die Wimpern bog man mit kleinen Zangen hoch, bis sie schließlich fast die Augenbrauen berührten.
Weibliche Verführung, Verlockung, die im ersten Stock des ›Barbizon‹ im Salon endete, denn kein Mann würde es je dürfen oder wagen, das Zimmer eines dieser Geschöpfe zu betreten, die heimatliche Kleinstädte und Weiler, Farmen und Drugstores hinter sich gelassen hatten, um in New York Karriere zu machen.
In den winzigen Bädern trockneten gläserne Nylons und Spitzenhöschen, aber keines der Mädchen bewahrte einen Rasierapparat in ihrem Medizinschränkchen auf, der zu mehr hätte dienen können, als ihre Achseln und Beine zu rasieren. Sie lasen Hemingway und Norman Mailer, sie verschlangen die Liebesgeschichten von James M. Caine, sie entdeckten F. Scott Fitzgerald neu, den ihre Mütter verraten hatten, als sie Bubikopf und Charleston und Speakeasy gegen Küche, Kirche, Kinder eintauschten.
Die Mädchen träumten von leidenschaftlicher Hingabe und Hochzeitskuchen, so hoch wie das Empire State Building, aber noch mehr von der großen Rolle am Broadway, von den Superjobs als Journalistin, Fotografin, Lektorin, Fotomodell, die es nur in dieser Stadt gab.
Und eines war fast allen gemeinsam: Sie strebten diesem Ziel mit unglaublicher Energie zu. Sheila, der ihr Louisiana-Akzent im Wege stand, lernte unaufhörlich, Nächte hindurch, ›richtig sprechen‹. Irene tanzte nicht nur acht Stunden lang unter Flaubert, der nicht französischer, sondern polnischer Herkunft war und in Ballettkreisen gefürchtet wegen seines linken Mundwinkels, durch den er bei den Endprüfungen nur zwei Worte zischte, ›yes‹ oder ›no‹; Irene hatte das Bett aus ihrem Zimmer entfernen lassen, statt dessen eine Ballettstange angebracht, und wenn man an ihrer Tür vorbeikam, konnte man die atemlosen Kommandos der Ballettübungen hören, die sie sich selbst gab. Wann schlief sie überhaupt?

Und wenn, wo? Auf dem Boden. Das ist gut für die Wirbelsäule, sagte sie.
Marise las Jack Londons Autobiographie ›Martin Eden‹ und hielt wie er ihre Lider mit Streichhölzern offen, wenn sie über all dem Wissenswerten saß, das ein angehender Autor lernen muß, der nicht einmal die Volksschule besuchen konnte, weil seine Eltern dazu zu arm waren. Marise stammte aus Mexico City, hatte Melonen verkauft, die ihre Eltern auf einem zwanzig mal fünfzig Meter großen Feld am Rande der Stadt in den Slums zogen, und mit zwölf entdeckt, daß ›Worte in ihr waren‹. Sie konnte diese ›Worte‹ nicht schreiben, aber sie konnte sie singen. Sie ersang mit ihren Gedichten in vier Jahren genug Geld zum Unterhalt ihrer fünf Geschwister und für eine Fahrkarte nach New York. Im ›Barbizon‹ hatte sie als Spülhilfe angefangen und so lange nachts lesen und schreiben gelernt, dazu später Stenographie und Schreibmaschine, bis sie eine Anstellung als Stenotypistin fand.
Und nun bewohnte sie das Zimmer neben Friedel. Marise konnte Goethe rezitieren und Heinrich Heine, sie liebte die Märchen von Andersen und fürchtete sich vor den Gebrüdern Grimm.
Friedel ließ ihr von Christine Wolfgang Borcherts ›Draußen vor der Tür‹ schicken, Marise weinte und sagte, so werde ich nie schreiben können, denn ich habe ja nichts erlebt.
Ihre Verse und Kurzgeschichten glühten von der Sonne, die durch das schadhafte Dach der Hütte ihrer Eltern fiel, schmeckten nach rotem Staub, der durch undichte Fenster rieselte, rochen nach Kindern, die sich an einer Straßenpumpe waschen, fühlten sich an, als streiche man über geöltes blauschwarzes Mestizenhaar.
Marise ernährte sich von roten Bohnen, die sie mit violettem Chili würzte. Als Friedel zum erstenmal davon aß, waren Gaumen und Kehle tagelang wund.
›Jetzt erst weiß ich, wie faul, wie phlegmatisch ich gewesen bin‹, schrieb sie an Christine, ›und meine Fotos für Wagner waren nichts als ein Glücksfall. Ich habe den Erfolg noch lange nicht verdient.‹
Sie versäumte keine Fotoausstellung, keine Gemäldevernissage, sie hörte Vorlesungen, vergrub sich in alles, was jemals an Erkenntnissen gewonnen und an Abhandlungen über die Fotografie verfaßt worden war.
Nicht das Ziel war mehr wichtig, sondern der Weg dorthin; man muß alles wissen, *alles*, um das Beste zu geben.
Aber weder Sheila noch Irene, Marise oder eines der anderen Mädchen waren blaustrümpfige Streberinnen, gehärtete Karrierefrauen; sie bewahrten sich Frohsinn, Eitelkeit, Klatschsucht, die Freude an kleinen Intrigen, Sehnsüchte, Liebeleien und den Blick dafür, wenn eine von ihnen Hilfe brauchte.

Sie liehen einander Geld, allerdings unter der Fünfdollargrenze, Nylons und Handschuhe; sie dachten an Geburtstage, sammelten für Marise, als diese noch einen kleinen Bruder bekam. Ein Paar erste Schuhe aus weichem weißen Ziegenleder wurden erstanden, die bei ihrer Ankunft in Mexiko City an einem Nagel an der Wand neben dem Bild des heiligen Antonius einen Ehrenplatz fanden.
›Und ich frage mich‹, schrieb Friedel viel später einmal an Christine, ›ob wir damals überhaupt begriffen, wie glücklich wir waren?‹

Das Bernstein-Memorial-Hospital war genauso, wie Michael Gugenheimer es seiner Tochter geschildert hatte. Nicht seine Fassade, in regelmäßigem Fünfjahresturnus sandstrahlweißgefegt, nicht seine Messingtafeln hatten sich verändert.
Nur Susi – von der Michael so oft erzählt hatte – saß nicht mehr in der gläsernen Telefonzentrale; sie hatte ihren Jim Weathly geheiratet, zog seine Kinder auf, während er in Berkley Mathematik unterrichtete, und träumte nur noch ganz selten vonBerlin, wo sie vor dem Krieg ein sorgloses junges Ding gewesen war, im wippenden weißen Tennisrock. Jetzt hatte sie heranwachsende Kinder und einen Mann ohne Hände.
Ein Mädchen mit tiefbrauner Haut und rundgekräuseltem Haar über zierlichen Ohren bediente nun das Telefon und schleckte rosa Eis mit rosigen Lippen.
Es war sinnlos zu fragen, ob sie sich an Michael erinnerte, dazu war sie zu jung. Aber Mister Bell, den Personalchef des Hospitals, gab es noch wie zu Michaels Zeiten. Er war im Haus, und nach vielen Flackerlichtern auf der Telefonschalttafel, Summ- und Brummtönen durfte Friedel den Aufzug benutzen zum ersten Stock.
›Managing-Director‹ stand dort an einer Teakholztür, und darunter: ›Do not enter without permission.‹ Es gab eine Menge Verbotsschilder in New York, zum Beispiel ›Do not spit in the street‹, mehr als bei uns zu Hause, dachte Friedel. Aber vielleicht war das auch nur Einbildung?
Sie klopfte an, sie trat ein, schließlich hatte sie die Erlaubnis.
Bell kam lächelnd auf sie zu; sein Lächeln lief wie ein Nervenzucken über sein Gesicht, aufwärts, verlor sich im schütteren Haar.
Er drückte ihre Hand mit beiden Händen.
Nach »What can I do for you?« kam gleich darauf die Frage, die wie ›May I help you‹ zu den meistgesprochenen Sätzen in New York gehörte; aber vielleicht wollte auch das Friedel nur so scheinen, denn wie sie sah und lernte, gab es genug Menschen, die man niemals danach fragte, was sie wollten, oder gar, ob sie Hilfe brauchten.
»Grüße von meinem Vater überbringen würde ich«, sagte Friedel, »wenn er noch lebte. Denn ich weiß, daß er seine Zeit hier nie vergessen hat.«

»Wir hatten Michael gern«, sagte Bell. »Schwester Lavina – hat er Ihnen je von ihr erzählt? – macht manchmal noch Aushilfsdienst. Und dann reden wir von Ihrem Vater und von den alten Zeiten und wie Ihre Mutter die Organisation aufzog, die Kindern in Ihrem Land helfen sollte.«
Bell sprach lange über Anna, man merkte, wie gern er sie hatte, und er sagte auch: »Es ist schade, zuerst schreibt man sich noch, aber dann, im Laufe der Jahre, schläft das langsam ein. Und eines Tages vergißt man sogar die Weihnachtskarte. Aber Sie, was tun Sie in New York?«
»Lernen. Ich möchte eine gute Fotografin werden. Und ich möchte, wenn ich darf, wie mein Vater hier arbeiten.«
»Brauchen Sie Geld?«
»Nein.«
»Haben Sie schon mal gepflegt?«
»Nur meinen Bruder und meinen Vetter, wenn sie krank waren.«
»Wir haben hier keine Säuglingsstation.« Bell stand abrupt auf. »Kommen Sie und sehen Sie selbst.«

Die jungen Männer in den Krankensälen waren in den Zwanzigern, obwohl man manche für ihre älteren Brüder oder ihre eigenen Väter halten konnte.
Der Krieg, diesmal der Krieg in Korea, hatte sie für immer gezeichnet, verstümmelt, entstellt.
»Aber nicht so sehr ihre körperlichen Verletzungen sind schlimm«, sagte Bell, »sondern das, was in ihren Köpfen vorgeht. Die Boys fragen, warum? Sie fragen jeden, warum?« Seine Stimme hob sich, er preßte schnell die Lippen zusammen, sprach dann sehr leise weiter. »Sie fragen, warum Kriege in einem fremden Land? Wenn es noch in unserem eigenen gewesen wäre. Wenn wir noch Mom oder Dad oder Siss hätten verteidigen oder beschützen müssen. Und sie beneiden ihre älteren Brüder, die in Europa als Soldaten waren, denn Hitler und Stalin sind noch vorstellbare Teufel. Nicht aber in Dschungeln und Reisfeldern kleine verschreckte gelbe Menschen, die sie nie im Frieden, nur in Angst und Furcht und Terror erlebt haben. Europa war für die Jungs noch begreifbar, Asien ist es nicht mehr. Und mit den abstrakten Antworten, es sei in Korea um die Freiheit für alle gegangen, um die Bekämpfung des Kommunismus, damit können die Boys überhaupt nichts anfangen. – Kommen Sie, Miß Friedel, wir trinken einen Kaffee«, sagte Bell, wieder in seinem Büro, und goß für sie beide einen Brandy dazu ein.
»Sie gleichen Ihrem Vater«, sagte er dann, »und wenn Sie wirklich hier etwas tun wollen, dann werden wir einen Platz für Sie finden.«

Eine Woche später trat Friedel ihren Nachtdienst im Bernstein-Memorial-Hospital an.
Sie säuberte Bettpfannen und wechselte Laken, sie las Briefe vor und Geschichten, die von allem handeln durften, nur nicht vom Krieg. Sie spielte Schach mit den einen, Dame und Halma und Sechsundsechzig mit anderen. Schließlich richtete sie einen Skatkursus ein, wozu Christine ihr eine Lehrbroschüre schickte.
Und eines Tages – die Entlassung von Sam Blight wurde gefeiert, denn er hatte endlich gelernt, mit seinen zwei Prothesen zu gehen – brachte Friedel auch ihre Kamera mit. Es brach Protestgeschrei aus unter den jungen Männern, bis Friedel ihnen sagte, daß sie selbst ihre eigenen Erinnerungsfotos machen sollten – wenn sie wollten.
Sie hatte zehn Filme mitgebracht. Sie reichten knapp, und es roch noch tagelang überall nach dem Magnesium der Blitzlichter.
Als Friedel die Fotos mitbrachte – sie hatte hoch und heilig versprechen müssen, daß sie ganz allein sie entwickeln würde, ›denn schließlich weißt du ja, wie wir aussehen‹ –, erlebte sie lachende, lächelnde, tränennasse Augen.
»Menschenskind, so schlimm sehen wir aber gar nicht aus«, sagten die meisten, und nur ein paar blieben still. Die hatten beim Fotografieren ihre Jacken oder Pullover übers Gesicht gezogen.
Und dann ging Friedel noch einen Schritt weiter, sie lud all die Mädchen vom ›Barbizon‹ ein, die sie nun schon näher kannte, zu einem Samstagabendtanz bei Kerzenschein.
Jennifer, eine angehende Bühnenbildnerin, malte die Einladungskarten für die Boys und die Girls.
Marise kochte in der Küche des Hospitals Unmengen von Chili con Carne und klatschte fünf Dutzend Tortillas auf die glühendheiße Ofenplatte.
Bell spendete Brandy und Coke, Green fuhr ein richtiges dickes Dreißigliterfaß Bier an, in das er selbst den Zapfhahn schlug.
Irene studierte einen wilden Boogie-Woogie mit einem lebensgroßen Charly Chaplin aus Stoff ein, für den Flaubert sie glatt für immer aus seiner Ballettschule verbannt hätte.
Und der Boden im großen Aufenthaltsraum wurde so lange gewachst, bis selbst Rollstühle sich darauf drehen konnten, wenn man ihnen den nötigen Schwung gab.
Sheila sagte mit glockenklarer bühnenreifer Stimme die vier Zeilen auf, die Marise für diesen Abend geschrieben hatte:
»There is nothing like living,
nothing like singing,
like laughing and winning
from here till the end.«

Marise starb sieben Wochen und zwei Tage später.
Sie erhielt den Brief eines Lektors; er war nicht einmal unterschrieben, das hatte der Herr vergessen.
›Lassen Sie das Dichten sein‹, hieß es da. ›Es genügt nicht, Worte aneinanderzureihen, die sich reimen. Sie vergeuden Ihre Zeit.‹
Friedel fand den Brief unter Marises Kopfkissen.
Der Arzt konnte nur Herzversagen feststellen.
»Sie hat sich einfach hingelegt und ist gestorben«, sagte Sheila. »Als ich ein Kind war, habe ich es zu Hause gesehen. Die Neger können es und die Indianer auch.«
Irene sagte: »Wir müssen den Kerl finden!«
Aber sie fanden keinen Kerl, sondern eine Frau.

Sie hockten in Friedels Zimmer, auf dem Bett und dem Boden; Sheila hatte eine Flasche Golden Cane mitgebracht, Branntwein aus Zuckerrohr, mit dem sie ihre Coca-Colas würzten.
Friedel hatte sich um eine Anstellung als Fotografin bei dem Verlag beworben, dem Marise ihre Gedichte eingereicht hatte.
Und so ganz nebenbei hatte sie in Erfahrung gebracht, wer ›gegenständliche Lyrik‹ begutachtete.
Eine Mrs. J. N. Heiman.
Friedels Bewerbung war abschlägig beschieden worden, aber an diesem Morgen hatte sie durch Boten die Nachricht erhalten, daß Mrs. Heiman um siebzehn Uhr desselben Tages fünfzehn Minuten für sie reserviert habe.
»Ich habe gar nicht darum gebeten«, sagte Friedel. »Ich habe mich nur erkundigt, wer für Gedichte zuständig ist.«
»Aber hingehen tust du?« fragten die anderen wie aus einem Mund, Sheila, Irene und Manila.
»Natürlich«, sagte Friedel, »aber was soll ich tun?«
»Schmeiß ihr Vitriol ins Gesicht«, sagte Sheila.
»Hau ihr eine runter«, verlangte Irene praktischer. »Und man müßte ihr irgend etwas unterjubeln, was sie druckt und womit sie auf die Schnauze fällt.«
»Nein«, sagte Manila. Sie war mit achtzehn die jüngste unter ihnen, bewohnte nun schon Marises Zimmer, denn im ›Barbizon‹ gab es Wartezeiten bis zu einem halben Jahr.
Manila war die einzige unter ihnen, die unbegrenzt über Geld verfügte, die ein eigenes Flugzeug, zwei Sportwagen und ein eigenes Haus auf dem Anwesen ihres Vaters in der Umgebung von Los Angeles hinter sich gelassen hatte. Sie warf ihr kupferrotes Haar über die Schultern zurück, die Mädchen nannten sie ›little Hayworth‹.

»Du wirst Mrs. J. N. Heiman um ein Glas Wasser bitten, natürlich wird sie dir dann Kaffee anbieten.«
»Und was soll das?« fragten die anderen.
»Friedel braucht nur einen Moment auszunutzen, wenn sie sich abwendet, und ihr das hier in ihren Kaffee zu tun.«
»Und was ist das?«
Sie betrachteten das kleine Papierbriefchen, das Manila zwischen zwei spitzen Fingern hielt.
»Ein Pulver aus Rizinuskapseln. Es ist vollkommen harmlos, man kriegt bloß Bauchkrämpfe und Durchfall davon.«
Sheila kicherte, und Irene brach in ein solches Gelächter aus, daß man sich fragte, wie es sich überhaupt in dem überschmalen Brustkorb bilden konnte.
Sie tanzten und kugelten und hopsten und brachten ein Hoch mit Coke und Cane auf Manila aus, die ihren Überschwang errötend abwehrte.
»Ach, wißt ihr, ein Mädchen muß sich zu helfen wissen. Bisher habe ich es nur auf unliebsame Verehrer angewandt, aber bei einer Frau wird es sicherlich genauso wirken.«

Friedel schüttete das Rizinuspulver in den Kaffee von J. N. Heiman in einem unbeobachteten Moment. Wenn sich der Geschmack dadurch veränderte, so ließ die grauhaarige Frau mit dem spitzen Kinn es sich in keiner Weise anmerken. Dafür erfuhr Friedel, daß sie einer der Stiefschwestern ihres Vaters gegenübersaß.

Anatol Gugenheimer hatte mit seiner Frau Melanie drei Töchter gezeugt, ehe Mari-Lu, die schwindsüchtige Tänzerin aus Warschau, seine Geliebte vieler Jahre, Michael zur Welt brachte. Von Michaels Stiefschwestern war J. N. Heiman die jüngste, zehn Jahre älter als er.
In den zwanziger Jahren hatte es die Gugenheimer-Töchter nach Amerika gezogen, wie es umgekehrt junge amerikanische Erbinnen, Künstler und Künstlerinnen nach Europa zog.
Die Gugenheimer-Schwestern hatten, wie Friedel nun, im ›Barbizon‹ gewohnt, in dem sie sich ihre Keuschheit so lange bewahrten, wie sie sich dort aufhielten. Freunde ihres Vaters Anatol, unter ihnen John Craw, der die Filiale der Gugenheimer-Bank in Manhattan leitete, führten die hübschen jungen Berlinerinnen in die New Yorker Gesellschaft ein; Bälle wurden ihnen zu Ehren gegeben, Gartenfeste, und hin und wieder gelang es jungen Männern im handgeschneiderten Smoking, sie auch in verschwiegenere Umgebungen zu entführen. Der Spaß endete 1929. Nach dem Black Friday der Weltwirtschaftskrise kehrten die Mädchen nach Berlin zurück. Sie waren verliebt, sie waren heimlich verlobt, aber die

jungen Männer waren mit einemmal nicht mehr reich und forsch. Sorgenvolle Stirnen mochten die drei Gugenheimer-Töchter noch nicht glattstreichen, das kam ohnehin später, wenn man wirklich einmal verheiratet war.
Natürlich warteten im Dahlemer Haus ihre Zimmer auf sie, aber noch während der Überfahrt beschlossen sie: Wir wollen unabhängig bleiben.
Weder Anatol noch Melanie wandten etwas dagegen ein.
Die Mädchen mieteten sich eigene Wohnungen, in Berlin, in München und in Hamburg; jede, wie es ihrem Temperament und ihrer Neigung entsprach.
Sie waren nicht da, als ihr Vater durch einen Steinwurf auf der Terrasse des Dahlemer Hauses getötet wurde und in derselben Nacht der Reichstag in Flammen aufging.
Sie kamen zur Beerdigung.
Michael stützte Melanie, und die Mädchen hielten sich im Hintergrund.
Sie fanden den jungen Mann, der ihr Halbbruder war und jüdischer aussah als ihr Vater, pathetisch ernst.
Wenn Mutter Michael ihnen vorzog, so war das ihre Sache, aber sie hielten alle drei nichts davon.
Um so erleichterter waren sie, als ihnen Melanie erklärte, sie könnten nach Amerika zurückkehren, ja, sie sollten es sogar tun.
Sie waren reiche Erbinnen, immer noch, und sie konnten sich ihre Männer aussuchen.
Carola heiratete einen Farmer aus Oklahoma, an dem, wie Mrs. Heiman nun berichtete, einem nichts weiter auffiel als seine großen Hände. Was Carola an ihm fand, hatte sie bis heute nicht begriffen, es sei denn, sie hatte eine Nase dafür, daß eines Tages aus seinen Weizenfeldern Erdöl sprudeln würde.
Venetia, nach einem sentimentalen Urlaub ihrer Eltern so benannt, laut Mrs. Heiman, ging mit einem Kerl auf und davon, der sich einbildete, malen zu können.

»Woher nehmen Sie sich eigentlich das Recht, entscheiden zu wollen, wer malen oder Gedichte schreiben kann?« fragte Friedel.
»Schreiben Sie etwa Gedichte?« fragte Mrs. Heiman.
»Nein.«
»Dann haben Sie ja damit nichts zu tun. – Also, Ihre Tante Venetia lebt in New Orleans. Aber fragen Sie mich nicht nach Einzelheiten.«
»Warum nicht?«
»Venetia war immer schon anders als wir. Sie trank Gin.«
»Pur«? fragte Friedel.
Die schmalen Schultern schüttelten sich, das Kinn wurde noch spitzer.

»Wahrscheinlich.«
»Die Tante möchte ich kennenlernen.«
»Aber mein liebes Kind –«
»Meine Großmutter raucht Pfeife«, sagte Friedel, »und ich hätte gern eine Tante, die etwas anderes tut als Sie, Mrs. Heiman. Wenn es Tante Venetia Spaß macht, Gin zu trinken, wird sie einen Grund dafür haben.«
»Venetia hat einen Sohn bei der Invasion in der Normandie verloren und nur einen halben aus Korea zurückgekriegt. Das mag ein Grund sein.«
Mrs. Heiman erhob sich. Die Besuchsviertelstunde war um, sie geleitete Friedel zur Tür. »Rufen Sie mich wieder an, mein liebes Kind.«
»Ja, warum nicht?« sagte Friedel, aber sie wußte, genau das würde sie niemals tun.
Friedel erfuhr nie, ob das Rizinuspulver gewirkt hatte. Sie plante ihre Reise nach New Orleans. Sie lernte Autofahren und kaufte sich einen gebrauchten Wagen, denn dieses Amerika, das so viel Raum auf dem Globus einnimmt, lag immer noch unberührt vor ihr; es galt nur, es zu entdekken.

12

Das Fernsehen brachte einen Bericht aus den USA.
Das Fernsehen war etwas, das sich Mitte der fünfziger Jahre noch längst nicht alle Bundesbürger leisten konnten; es steckte ohnedies, wie in mehr oder weniger ironischen und auch hämischen Zeitungsartikeln zu lesen war, noch in den Kinderschuhen.
Aber an diesem Abend flackerte der Bildschirm nicht. Es gab keine Sendepause mit der Bitte, man möge die Unterbrechung entschuldigen.
»Anna, schau dir das an«, sagte der Mann, dem der Fernsehapparat gehörte. »So leben die Amis. Das ist Wohlstand, das ist Zivilisation.«
Man sah unglaublich breite Autostraßen, auf denen die Wagen sechsspurig dahinglitten, man sah riesige Weizenfelder, natürlich den Grand Canyon und die Niagarafälle und die Öltürme in Texas und die Independence Day Parade in New York; die Tanzmariechen hatten längere Beine und schmissen sie höher als selbst in Köln zu Karneval.
»Möchtest du noch ein Glas Wein?« fragte Anna.
Er schaute nicht auf. »Lieber ein Bier.«
Sie ging in die Küche, öffnete eine Flasche Pilsener, goß es vorsichtig in einen gläsernen Krug, aber der Schaum schwappte über, und sie wischte ihn schnell und schuldbewußt weg. Der Mann ließ sie nie kochen, weil es hin und wieder geschehen war, daß sie Kartoffeln übersprudeln oder Suppe überschäumen ließ. Er haßte Schmutz.

Und Anna wischte auch ihre Fingerabdrücke auf dem glänzenden Weiß des Eisschranks fort, ehe sie in das Wohnzimmer zurückkehrte.
»Danke, Liebe«, sagte der Mann und nahm den Bierkrug in die Rechte. Diesmal schaute er zu ihr auf.
»Du hast etwas versäumt. Eben hat man einen Ausschnitt aus einem Konzert von Louis Armstrong in der Carnegie Hall gezeigt. Muß schon sagen, beeindruckend, auch wenn ich eigentlich nichts für Negermusik übrig habe. Aber du magst ja so etwas.«
»Ja, Lieber«, sagte sie, und dann schnell: »Nein Lieber, ich ja auch nicht.« Aber sie hatte Louis Armstrong in New Orleans gehört. ›That's my Woman‹ und ›When the Saints go marching in‹; alle seine Platten hatte sie besessen und nachts gespielt, wenn Michael im Bernstein-Memorial-Hospital Dienst tat, und sich junge, unbeschwerte, verliebte Liebe gewünscht. Wo waren die Platten geblieben?
Anna setzte sich wieder in ihren Sessel, ein wenig hinter dem Mann, sie sah seinen schmalen Kopf und davor den Bildschirm.
»Ganz anders ist New Orleans«, sagte der Kommentator, »ein totaler Gegensatz zum normalen American way of life.«
Die Bilder waren nur schwarzweiß, aber Anna tauchte tief ein in die Farben und Gerüche, in das üppige Grün der stillen Innenhöfe, hinter schwarzschmiedeeisernen Gittern. Sie sah hinter die Fassaden der alten Häuser, stand wieder mit nackten Füßen auf einem sanftblauen und sanftroten Aubussonteppich und drehte sich vor einem Spiegel, dessen Alter selbst Laura nicht einmal zu schätzen vermochte. Drehte sich und sah ihre Schwangerschaft, und es war heiß, denn es war August, aber die Hitze machte ihr hier nichts aus, und sie hörte Jazz; eine Band von Jugendlichen zog auf der Straße vorbei, die Instrumente blitzten golden in der Sonne. Nachts brach das Feuer im Haus aus, und Anna fürchtete sich sehr, denn sie wollte das Kind nicht schon wieder verlieren.
Und dann war sie im ›Hotel de Ville‹ und trank Café Brulot, und Laura rauchte ihre Pitchblack und sagte: »Geh nur ins Bad. Ich melde schon das Gespräch zu Michael an.«
»Neunzehnhundertvierundvierzig war das, Boris kam gesund zur Welt, und das ist bald elf Jahre her.«
»Was sagst du?« fragte der Mann.
»Nichts, Lieber.«
»Schau dir das an«, sagte er, »da möchte ich mal hin.« Jetzt waren riesige Wälder auf dem Bildschirm zu sehen, die man, wie der Kommentator sagte, nur per Hubschrauber überwachen konnte, falls ein Waldbrand ausbrach.
»Meine Tochter ist auf dem Weg nach New Orleans«, sagte Anna.
»Das ist schon Vermont«, sagte der Mann.

»Wie meinst du?«
»Das ist Vermont.«
»Aber eben war da doch noch New Orleans? Meine Tochter fährt jetzt hin. Und ich habe auch einmal dort gelebt. Ich war damals schwanger mit Boris, und Michael –«
»Hör auf!«
»Verzeih«, Anna ließ das Strickzeug sinken. »Entschuldige, ich habe nur so vor mich hingeredet. Und ich dachte, du hörst mir gar nicht zu.«
Der Mann stand auf und schaltete das Gerät aus.
Er kam auf sie zu. Er hatte Michaels Kopfhaltung und seine Größe; nichts anderes sah Anna, wenn sie ihn anschaute.
»Ich bin es leid, mir deine alten Geschichten anzuhören.« Er beugte sich vor, nahm ihr das Strickzeug aus der Hand, zog sie zu sich hoch.
»Ich bin nicht dein toter Mann. Und ich habe keine Kinder mit dir. Noch nicht.«
Sie klammerte sich an seine Schultern, die sich unter ihren Händen anfühlten, als seien es Michaels Schultern.
»Ich will mit deiner ganzen Sippschaft nichts zu tun haben, weil ich mit dir neu anfangen will.«
Der Mann hatte eine Ehe mit einer Hure hinter sich, wie er es nannte, und die meisten Frauen waren nichts Besseres.
Anna war erschrocken zusammengezuckt, als er das zum erstenmal sagte, und sie hatte zu widersprechen versucht.
Aber er hatte sie angeschaut und hinzugefügt: »Du bist ja anders, Anna.«
Er war der Steuerberater, den sie zu Rate zog, als die Steuerprüfung im vergangenen Jahr bevorstand. Über den Belegen und Abrechungen, auf die sie so stolz gewesen war, hatte er sie angelächelt, typisch Frau, keinerlei Ahnung von Zahlen.
Auch da hatte sie zu widersprechen versucht, aber er hatte nur gesagt, meine liebe Frau Gugenheimer, lassen Sie mich das in Ordnung bringen.
Dieser Mann hatte auch Ordnung in die Träume und Sehnsüchte und die Wünsche gebracht, die sich um einen Toten rankten.
»Hörst du mir überhaupt zu?« fragte er.
Sie preßte ihr Gesicht in seine Halsbeuge.
»Ich will dich, Anna. Und nicht deine Familie. Deine Mutter kann gut allein fertig werden, und dein Sohn ist bald erwachsen. Von deiner Tochter gar nicht zu reden. Wenn unser Haus fertig ist, heiraten wir.«
»Aber –«
»Liebe«, sagte er, und da klang seine Stimme wie die von Michael. »Liebe, laß mich nur machen. Du brauchst dich um nichts zu kümmern. Nur dasein. Für mich.«
»Ich – ich glaube, ich muß jetzt nach Hause«, sagte sie.

»Natürlich, Anna. Ich bringe dich heim. Aber vorher fahren wir noch an unserem Haus vorbei, willst du?«
»Ja«, sagte sie, »ja, gern.«
Aber das war nicht wahr.
In seinem Wagen fuhren sie zum Venusberg, dorthin, wo zwischen bleichen Birken und januargrauen Buchen hoch oben auf dem Plateau das Haus entstand.
Der Keller war ausgehoben, mit Brettern die Erdwände verschalt.
»Das wird mit Beton ausgegossen«, sagte der Mann. »Ein bombensicherer Keller wird das.«
Sie stampften durch Lehm, Pfützen quietschten unter ihren Sohlen, Wasser sickerte in ihre Schuhe.
»Wenn wir morgens frühstücken, scheint die Sonne direkt in die Eßecke.«
»Wie schön«, sagte Anna und fürchtete sich vor der Dunkelheit und dem Wind, der in kurzen heftigen Böen durch die Bäume fuhr.
»Hier wird die Terrasse sein und der offene Kamin. Im Haus macht so was zu viel Schmutz, aber draußen kann man es ja leicht wegkehren.«
Ich habe nie ein Haus mit Michael gehabt, dachte Anna, nur Zimmer. Und in der Nacht war er so oft weggegangen, in New York ins Bernstein-Memorial-Hospital und in Bonn, wenn ihn jemand rief.
»Was sagst du?« fragte der Mann.
»Nichts, es ist schön, was du da planst.«
»Ich plane es für uns, für dich und mich.«
Plötzlich lag sie auf der Erde, und er über ihr.
»Das gehört uns«, sagte er, »nur uns.«
Michael hatte ihr nie allein gehört. Immer war da jemand anderes gewesen. Friedel und Melanie, Christine und Boris – und die ungezählten Fremden, die kamen. Und Lilli und Bill Earth – und Onkel Franz und Tante Lucy und Laura und Yochanan, und nie allein. Nie.
»Was sagst du?«
»Nichts«, flüsterte sie, »nichts.«
»Ich bitte dich um Verzeihung«, sagte er, als sie wieder im Wagen saßen, »aber es ist so über mich gekommen. Ich wollte endlich wissen, daß du mir gehörst.«
»Nur du und ich?« fragte sie.
»Ja«, sagte er.
»Und all die anderen?«
»Die bleiben draußen!«
»Geht das?« fragte Anna.
»Natürlich«, sagte der Mann, »laß mich nur machen.«
Christine sagte nichts und fragte nichts. Sie saß mit einem Stapel Zeitungen an dem Ingweiler Tisch, las und rauchte ihre Pfeife.

Im Haus war es sehr still.
»Warum willst du nicht wissen, wo ich war?« fragte Anna.
Christine sah auf. »Der Kaffee ist noch heiß.«
»Ich will keinen Kaffee.«
Anna setzte sich an den ovalen Tisch. Sie zog das Strickzeug aus der Handtasche, legte es vor sich hin.
»Das ist ein endloser Pullover«, sagte Christine. »Und ziemlich groß.«
»Ja.«
»Die Jungens müßten erst reinwachsen.«
»Ja.«
»Trink doch einen Schluck Kaffee, Annele, du siehst verfroren aus.«
Den feuchten, erdverschmierten Mantel hatte Anna im Flur zusammengerollt und im Schirmständer gelassen; sie zog die Schultern hoch.
»Mama, ich heirate wieder.«
»Wann?« fragte Christine.
»Ist das alles, was du wissen willst?«
»Nun, man muß sich darauf vorbereiten.«
»Nein.«
Christine klopfte gelassen ihre Pfeife aus, am Rand der Untertasse.
»Muß das sein, Mama?«
»Ich spül's gleich weg«, sagte Christine. »Bist du glücklich, Annele?«
»Ja, Mama!« Aber was sollten die Tränen, die sie nicht zurückhalten konnte? »Ja, Mama, ich bin glücklich! Zum erstenmal, zum allerersten-mal in meinem Leben will einer nur mich selbst.«
Das Licht erreichte Christines Gesicht nicht. Warum lagen immer alle Gesichter im Schatten?
»Er baut ein Haus für mich, Mama. Nur für mich. Er will nur mich selbst. Verstehst du das? Wir wollen neu anfangen, nur er und ich. Verstehst du das?«
»Ja, Anna.«
»Sag nicht, ja, Anna, sag, was du denkst.«
»Du hast dich doch entschieden, oder?«
»Ja, Mama.«
»Und?«
»Nein, Mama.«
»Annele –«
»Nenn mich nicht so. Ich bin kein Kind mehr.«
»Anna –«
»Ja, Mutter?«
»Warum tust du's?«
»Er hat Michaels Gang.«
»Und?«

»Er hält den Kopf wie er.«
»Ist das alles?«
»Ist das nicht genug?«
»Nein, Anna.«
»Mama.«
»Warum hast du ihn nie mitgebracht?«
»Was soll er hier?«
»Boris kennenlernen.«
»Was hat Boris damit zu tun?«
»Du kannst ihn natürlich bei mir lassen«, sagte Christine. »Aber er ist dein Sohn.«
»Boris wird eines Tages weggehen wie Friedel. Und dann bin ich allein. Aber ich will nicht allein sein. Ich will's nicht, hörst du!«
»Ja, Annele, ja, ich höre dich.«
»Aber du verstehst mich nicht?«
»Warum will dieser Mann dich ohne alles andere?«
»Er hat eine Hure zur Frau gehabt.«
»Das glaubst du?«
»Mama.«
»Über Huren spricht es sich leicht, über anständige Frauen gibt es wenig zu sagen.«
»Friedel hat ein Verhältnis mit einem verheirateten Mann gehabt, Mutter, und du hast ihm sogar noch Vaters weißen Buddha geschenkt. Aber er, meiner ist frei, und du brichst den Stab über ihn.«
»Ich kenne ihn nicht«, sagte Christine, »nur, wenn er dich ohne Vergangenheit will, was kriegt er dann?«
Anna stand auf.
»Du hältst es mit den Jungen, weil du Angst hast vorm Sterben.«
»Nein«, sagte Christine, und dann zum Rücken der Tochter: »Ja, du hast recht. – Annele, geh nicht so.«
Aber Anna ging, genauso wie Lilli gehen konnte, ohne zurückzuschauen.

Lilli lag an diesem Abend in einem heißen Paraffinbad. Sie hatte zuvor Tabletten geschluckt und ihren Körper entwässert, bis dünnes Blut kam. Das Paraffin würde die Haut straffen, die kleinen Kuhlen und Schlaffheiten verschwinden lassen, die sie nicht mehr sehen, aber sehr wohl fühlen konnte.
In ihren Ohren summte es, das Paraffin war heiß, es ließ den Blutdruck in die Höhe schießen. Bald konnte sie auch die leise Musik nicht mehr hören, die den Kosmetiksalon durchwisperte.
Dieser Salon war der modernste seiner Art in Brüssel, in einer diskreten Seitenstraße in Uccle gelegen; denn welche Frau wollte schon zugeben,

daß ihre Schönheit Roll- und Knetmaschinen, Paraffinbäder, Hautschälungen und Schminke nötig hatte, die längst nicht mehr beim Dekolleté haltmachte; wie so vieles in diesen Jahren war auch das aus Amerika importiert.
Der Salon öffnete abends für spezielle Kundinnen, sie fuhren in Taxis vor, denn nicht einmal der eigene Chauffeur sollte wissen, wohin man ging. Da war es schon einfacher, dem Ehemann mit einem geheimnisvollen Lächeln anzudeuten, daß man ein Rendezvous hatte, während er angeblich in den Club ging oder zu einem Geschäftsessen.
Lilli belog keinen Ehemann, aber Alpert. Wenn sie nun seine Créationen vorführte, trug sie darunter einen hauchdünnen, fleischfarbenen Gummianzug.
Warum tue ich das, dachte sie, warum höre ich nicht auf? Ein alterndes Mannequin ist ebenso lächerlich wie eine alternde Schauspielerin, die nicht ins Charakterfach findet.
Warum hörte sie nicht auf?
Sie hatte Geld, sie besaß das Haus in Bonn in der Schumannstraße. Aber in dem Haus saß die Familie, Christine.
Und Bonn war stets zu klein für sie gewesen, schon als Lilli es siebzehnjährig verließ.
»Baptiste«, flüsterte sie, aber er war schon so lange tot, daß sie selbst mit geschlossenen Augen sich seiner nicht mehr erinnern konnte. Nur manchmal, wenn sie träumte, dann war es, als höre sie wieder sein übermütiges Lachen; es hatte so viel versprochen, Abenteuer, jeden Tag ein anderes, das große köstliche Abenteuer an der Seite eines erwachsenen Mannes. Bis er sie aus Paris nach Haus geschickt hatte, ein Spießer auch er. Bei ihrer Tante Rachel war er geblieben, dieser hysterischen alten Ziege, die nicht einmal den Mut hatte, alt zu werden.
Und ich, dachte Lilli, hab' ich ihn denn?
Später, nach dem Paraffinbad, als sie rosig und glatt unter flauschigen Decken ruhte, kam der Kreislaufkollaps. Sie erwachte in einer Ambulanz, ein Arzt beugte sich über sie; das roch sie nur, konnte es nicht sehen.
»Wo bringen Sie mich hin?«
»Nach Hause«, sagte er.
»Ich habe kein Zuhause.«
»Sie müssen Ihre Lebensweise ändern, Madame. Wenn Sie so weitermachen, kann ich für nichts garantieren.«
»Das brauchen Sie auch nicht.«
Danach schwieg der Arzt, und Kälte ging von ihm aus, obwohl sie auch spürte, daß er sich irgendwo in den Hintergrund des Wagens zurückgezogen hatte.
Als sie auf der Trage herausgehoben und in Alperts Haus getragen wurde,

war es ihr, als läge sie wieder in der Hängematte im Garten ihrer Großeltern in Straßburg.
Sie lachte, hörte Alpert nervöses Hüsteln unterdrücken.
»Keine Angst«, sagte sie, »noch bin ich nicht abgekratzt.«
Man hob sie von der Trage auf ihr Bett. Es waren junge Hände.
»Sind Sie blond?« fragte sie.
Jemand hielt überrascht den Atem an.
»Können Sie das denn nicht sehen?« fragte eine junge Stimme.
Und da erst merkte sie, daß ihre Augen weit auf waren und sie sich verraten hatte.
»Es ist nur das Belladonna«, murmelte sie, aber sie wußte, daß Alpert ihr nicht glauben würde.
Sie roch die Angst, als er sich über sie beugte und wisperte, wie er sonst nur mit seinen Knaben wisperte: »Schlaf jetzt, ruh dich aus, meine Liebe.«
Sie bekam noch eine Injektion, und der Arzt wiederholte, sie müsse ihre Lebensweise ändern.
Dann ließ man sie allein, und es wurde dunkel um sie, denn das konnte sie noch unterscheiden, ob es hell oder dunkel war.
Lilli schlief bald ein, auf dem Rücken liegend mit hochgerecktem Kinn wie beinahe ihr ganzes Leben.
Irgendwann in der Nacht drehte sie sich auf die Seite, zog die Beine an und legte ihre Arme um sich selbst.
Aber das wußte sie nicht.

Am 14. Mai 1955 schlossen die UdSSR und die ihr benachbarten Volksdemokratien den Warschauer Militärpakt.
Im Herbst zuvor war die Bundesrepublik der NATO beigetreten.
»Jetzt gibt es zwei Militärblöcke«, sagte Achim, der, wie es nun hin und wieder vorkam, Martin in der Redaktion von TWP in den Pressehäusern gegenüber dem Bundeshaus abgeholt hatte.
»Lust auf ein Bier?« fragte Martin.
»Lieber laufen und reden.«
Sie schlenderten zur Gronau hinunter, an dem alten Bunker, dem alten Wasserwerk vorbei, dann das Rheinufer entlang.
»Was glaubst du, wann werden die Russen losschlagen?« fragte Achim.
»Gegen uns?«
»Überhaupt nicht«, sagte Martin.
»Was macht dich so sicher?«
»Die werden vorerst genug zu tun haben, ihre Freunde unter Kontrolle zu bringen.«
»Freunde? Du bist ein Zyniker.«

»Mag sein. Aber was macht dich so besessen von den Russen?«
»Ich hasse sie!«
»Das politische System?«
»Auch die Menschen!«
»Du hast nur ihre Soldaten erlebt.«
»Sie haben meine Mutter vergewaltigt.«
»Meine auch«, sagte Martin.
Achim blieb stehen. Seine Augen hinter der Brille waren riesengroß.
»Und du haßt die Russen nicht?«
»Da müßten wir doch bei uns selbst anfangen, uns selbst hassen.«
»Du hast nie jemanden vergewaltigt? Und ich auch nicht. Also!«
»Achim, wir haben den Krieg angefangen, wir haben geknebelt und geknechtet und unter anderem sechs Millionen Juden umgebracht.«
»Du doch nicht, ich doch nicht. Es gibt keine Kollektivschuld.«
»Dann kannst du auch nicht ganz Rußland für ein paar hundert oder tausend Soldaten verantwortlich machen, die Frauen vergewaltigt, geplündert und gemordet haben.«
»Du bist ein Kommunist«, sagte Achim.
Martin ging weiter.
»Du bist ein dreckiger Kommunist.«
Martin ging weiter.
»Warum antwortest du nicht?«
»Komm mit mir nach Hause, ich will dir was zeigen.«
Sie kehrten zu den Pressehäusern zurück, wo Martins Wagen parkte. Ein paar junge Sekretärinnen begegneten ihnen in Frühlingskleidern mit wippenden, raschelnden Petticoats. Achim verschwendete keinen Blick auf sie; während der Fahrt zur Hausdorffstraße sagte er kein Wort.

Eva kam aus ihrem Zimmer, als sie die Diele betraten, hinter ihr die Tagesschwester.
»Es ist alles in bester Ordnung, Herr Hildesheim«, sagte Schwester Inge, »wir haben heute sehr brav gegessen.«
»Hast du mir etwas mitgebracht?« fragte Eva und sah zu Martin auf.
»Natürlich.« Er gab ihr die Schachtel Krokant.
»Du bist so lieb.« Eva glitt in ihr Zimmer zurück.
Die Tagesschwester nickte Martin zu, er wünschte, sie hätte das Augenzwinkern sein lassen.
»Komm mit, Achim«, sagte Martin.
Der Junge folgte ihm stumm.
Martin hatte für sich selbst den kleinsten Raum neben der Küche eingerichtet. Ein Schreibtisch, ein Stuhl, eine starke Leselampe, an den Wänden Stapel von Aktenordnern, Schnellheftern, Büchern.

»Arbeitest du auch noch zu Hause?« fragte Achim.
Martin zog die Schreibtischlade auf, nahm das Manuskript heraus, schob die Hermes Baby zur Seite.
»Setz dich. Lies, wenn du willst. Ich mach' uns einen Kaffee.«
Er setzte in der Küche Wasser auf, ging dann ins Wohnzimmer. Er rief Christine an.
»Martin!« Er konnte hören, daß sie sich über seinen Anruf freute.
»Achim ist bei mir«, sagte er. »Ich habe ihm mein Manuskript gegeben. Wenn er es liest, kann es unter Umständen spät werden.«
»Das ist gut«, sagte Christine.
»Ihretwegen schreibe ich es.« Über das Telefon konnte er es endlich sagen.
Christine schwieg einen Moment lang, und er wußte, sie wechselte den Telefonhörer von einer Hand in die andere.
»Das habe ich nicht verdient.«
»Doch.«
»Das muß ich mir erst durch den Kopf gehen lassen.«
»Morgen abend bleibt Schwester Inge bis um neun. Da können wir chinesisch essen gehen.«
»Wirklich? Dann brauch' ich nicht zu kochen!« Christine lachte.
»Ich hole Sie um halb sieben ab, ist das recht?«
»Aber ja, Martin.«
»Danke, Christine.«
»Danke, Martin.«
Wenn Schwester Inge ihren freien Tag nahm, paßte Christine auf Eva auf, und auch, wenn Martin Spätdienst in der Redaktion machte.
Wenn er dann um ein, zwei Uhr nachts kam, hatte Christine für ihn gekocht; sie erfand die herrlichsten Suppen.
Und nicht einmal meine Mutter würde das tun, dachte er, und meinte viel mehr als die Suppen.
Er brachte Achim Kaffee.
Der Junge schaute nicht vom Manuskript auf.
Martin ging zu Eva, Schwester Inge hatte sie schon ins Bett gesteckt, wie sie es nannte, und die hellen Augen schlossen sich schläfrig.
Im Flur sagte Schwester Inge: »Heute war das junge Frauchen wirklich brav. Sie hat nichts kaputt oder schmutzig gemacht. Also, einen schönen Abend und bis morgen früh.«
Er hätte sie am liebsten niemals wiedergesehen. Aber vielleicht ließ sich nur mit diesem dummen Gerede ihre Arbeit ertragen? Was wußte er denn von ihr? Nicht mehr als den Namen und daß sie auf die Vierzig zuging, irgendwo ein möbliertes Zimmer bewohnte und einen Verlobungsring trug, der so abgewetzt war wie ein Ehering nach zwanzig Jahren.

Martin ging ins Wohnzimmer, legte sich auf die Couch.
Nach einer Weile klingelte das Telefon. Horst Pfeil wollte wissen, ob er in den Presseklub zum Bierabend mit F. J. Strauß käme.
»Tut mir leid, ich kann nicht.«
»Du machst dich nicht sehr beliebt«, sagte Horst.
»Ich bezahle meine Beiträge pünktlich und meine Steuern auch.«
»Wie geht es Eva?«
»Heute gut.«
»Grüß sie von mir.«
»Ja.«
»Also dann?«
»Also dann«, sagte Martin und legte auf.
Horsts Blumen kamen regelmäßig zum Wochenende, natürlich ohne Karte.
Eva sagte, siehst du, einer liebt mich.
Sie ließ die Blumen in der Vase, selbst wenn sie schon faulig rochen, bis der nächste Strauß kam.
Sie hätte ihn ja haben können, dachte Martin, warum hat sie mich genommen?

Sie waren beide zur gleichen Zeit in Berlin eingetroffen. Horst aus englischer Gefangenschaft, er aus russischer.
Horst schleppte einen Seesack an, Martin hatte Geschwüre an den Knien und den Ellenbogen und noch ein paar Hungerödeme mehr. Horsts Eltern waren auf der Flucht umgekommen, Martin hatte seine Mutter und Eva.
Ich brauche nur ein Bett, sagte Horst, und sie teilten das Zimmer, hingen Armeedecken auf, die Horst von den Amis organisierte, und Eva sagte: »Schscht, Horst könnte uns hören.«
Manchmal brachte Horst ein Mädchen mit, und dann konnten sie ihn und das Mädchen hören, und Eva sagte: »Schscht, wir wollen sie nicht stören.«
Horst organisierte Lebensmittel von den Amis und Tommies, er brachte eine Badewanne an, die sie hinter einem Vorhang in der Küche aufstellten mit Schläuchen von und zum Spülstein.
Martin war ungeschickt in diesen Dingen. Als er einmal versuchte, den Orden eines Großvaters, er wußte nicht einmal genau, was und wofür der war, gegen ein Paar Nylons für Eva auf dem Schwarzmarkt einzutauschen, zu ihrem einundzwanzigsten Geburtstag, wurde er prompt geschnappt und für einen Tag eingebuchtet.
Eva feierte ihren Geburtstag mit Horst und seiner Mutter.
Horst schenkte ihr Nylons und einen französischen Lippenstift namens Rouge Baiser.

»Schscht«, flüsterte Eva in der Nacht, »ich liebe dich, ich liebe dich wirklich, Martin, aber ich kann's nicht tun, solange Horst da ist.«
Als sie heirateten, brachte Horst zwei Flaschen französischen Champagner an. Werdet glücklich, Kinder, grinste er.
Wir sind es, lachte Eva.

»Du bist kein Kommunist«, sagte Achim.
Martin setzte sich langsam auf.
Achim stand an der Tür, lehnte sich gegen den Rahmen. Er hatte seine Brille in der Hand, als brauchte er sie nie mehr.
»Ich hab' so was noch nicht gelesen, es ist also immer die Schuld oder Unschuld des einzelnen.«
»Ja.«
»Jeder ist also allein verantwortlich?«
»Ja.«
»Woher hast du das Material?«
»Zusammengetragen.«
»Allein?«
»Ja.«
»All die Interviews selbst gemacht?«
Martin zuckte die Schultern.
»Nur eines fällt mir auf«, sagte Achim, »es sind immer die einfachen Leute, die anderen helfen.«
»Sie haben nicht so viel zu verlieren.«
Achim kam näher. »Du meinst also, wenn jeder einzelne während der Nazizeit getan hätte, was die paar getan haben, dann hätte es keine –«
»Konzentrationslager gegeben.«
»Und das heißt für die Zukunft, wenn jeder einzelne tut, das tut, was richtig ist, kann es sie nie mehr geben? Und Ideologien sind Unsinn, hirnverbrannter Unsinn?«
»Du sagst es.«
»Womit soll denn die Welt regiert werden?«
»Mit Verstand, das wäre schön.« Martin dachte, und lächelte, ohne daß er es wußte, jetzt rede ich wie Christine.
»Die Oma«, sagte Achim. »Du bist wie Christine.«
»Ja, und wäre es nicht gut, wenn alle so wären wie sie?«
»Oma will nicht, daß ich Soldat werde, aber jetzt melde ich mich freiwillig. Ich will gar nicht kämpfen. Aber beschützen, was du schreibst und sie sagt.« Achims Gesicht wurde tiefrot. »Könnte ich jetzt 'nen Kaffee haben?«
Sie redeten bis tief in die Nacht. Leise, um Eva nicht zu wecken, laut genug, daß einer den anderen verstand.

»Weißt du«, sagte Achim zum Schluß, selbst der Kaffee hielt ihn kaum noch wach, seine Lider klappten hiner den dicken Brillengläsern auf und zu, »ich wünschte, du wärest alt genug, mein Vater zu sein, Martin.«

Vier Tage später traf Achims Mutter in Bonn ein.
Im Vorgarten des alten Hauses in der Schumannstraße blühten Blumen; es waren andere als früher, nicht mehr die großen weißen, rosa und hellblauen Schneeballen ihrer Kindheit.
»Was sind das für Blumen?« fragte Lilli den Taxichauffeur, der ihren Arm hielt, um sie die Stufen hinaufzuführen.
»Wie sie heißen, weiß ich nicht. Es sind rote Rispen.«
»Sie riechen süß.«
»Ich riech' nichts«, sagte der Taxichauffeur.
Lilli lächelte.
»Rechts ist ein Klingelzug.« Sie tastete danach, fand ihn nicht.
»Da sind mehrere Klingeln«, sagte der Chauffeur, »welche soll ich drükken?«
»Schwarzenburgs bitte. Aber warten Sie, zeigen Sie mir nur, wo sie ist.« Er führte ihre Hand. »Danke. Holen Sie bitte die Koffer in den Vorgarten, und dann können Sie gehen.«
»Aber wenn niemand zu Hause ist?«
»Hier ist immer jemand zu Hause«, sagte Lilli.
Sie hörte das Ploppen, mit dem die Koffer neben ihr niedergesetzt wurden, unwillkürlich zählte sie, eins, zwei, drei, vier; ihren Schmuck- und Kosmetikkoffer hielt sie in der linken Hand.
Sie bezahlte den Taxichauffeur, er gab ihr eine Handvoll Münzen zurück.
»Tut mir leid«, sagte er.
Sie schüttete die Münzen wieder in seine Hand. Ein paar klimperten auf Steinstufen. Sie hörte, wie er sich danach bückte, früher hatte er sich bestimmt schneller nach den Kippen der Amis gebückt.
Lilli wartete, bis er gegangen, der Wagen abgefahren war, dann klingelte sie.
Sie lauschte und hörte Schritte, rasch, ohne Zögern. Wie hatte Mama immer gesagt, man soll nie jemand warten lassen.
Lilli stand und lächelte und hörte das Aufschwingen der Tür. Sie hob die Rechte, damit sie die entgegengestreckte Hand treffen würde.
Aber statt dessen fühlte sie sich von Armen umfangen und in den Flur gezogen.
»Kind«, sagte Christine nach einer Weile, »Kind.«
Und Lilli: »Hier riecht es wie früher nach Silberseife.«
Sie ließ sich führen, aber sie hätte sich ohnehin zurechtgefunden; links

ging es hinunter in die Souterrainküche, daneben führte die breite Eichentreppe in die beiden oberen Stockwerke.

»Anna und ich haben immer die Kugel vom Podest die ganze Treppe hinunterkollern lassen«, sagte sie, »wenn ihr sonntags nicht aus den Federn kamt. Du und Papa.«

»Ja, Kind, das habt ihr.«

Und im Wohnzimmer sagte Lilli: »Es riecht nach Gugelhupf.«

»Ich hab' ihn gerade erst gebacken, als hätt' ich gewußt, daß du kommst.«

»Du mußt meine Koffer hereinholen lassen, Mutter.«

»Ja, ich kümmere mich drum.«

Und dann war Lilli allein.

Sie trat in den Wintergarten. Sie legte die Hände gegen die Fensterscheibe. Es war die Mitteltür. Es war glattes Glas.

Natürlich, Michael hatte es damals ersetzt.

Und rechts stand der Schreibtisch, an dem erst ihr Vater gesessen hatte, dann sein Bruder Franz und später Michael.

»Wo ist Anna?« fragte sie.

»Im Geschäft«, antwortete eine Jungenstimme.

»Tag, Boris.« Aber sie hielt ihre Hand viel zu tief. So klein war er nicht mehr.

»Tag, Tante Lilli. Mensch, da wird Achim aber Augen machen.«

Sie lächelte.

»Wo ist er denn?«

»Im Bundeshaus.«

»Ja?«

»Mit Martin.«

»Und wer ist das?«

»Friedels Exfreund. Oma verwahrt manchmal seine kranke Frau.«

Diesmal traf Lilli die richtige Höhe, fuhr Boris durch das borstig schwarze Haar. »Dschingis-Khan.«

»Mensch, Tante Lilli.« Er sprang an ihr hoch. Sie hielt ihn mit beiden Armen fest.

»Erinnerst du dich wirklich noch daran?«

»Mhm«, machte er und schnupperte an ihrem Hals.

»So hab' ich dich genannt, als du noch winzig klein warst.«

»Du riechst so gut.«

Sie lachte. »Du fängst früh an.«

»Was ist das für ein Parfüm?«

»Vent Vert.«

»Was heißt das?«

»Grüner Wind.«

»Aber du siehst ganz anders aus.«
»Wie denn?«
»Wie 'ne silberne Wolke.«
»Und wer ist Martin wirklich?« fragte sie.
»Friedels zukünftiger Mann. Bloß hat er ja schon 'ne Frau. Aber frag Oma.«
»Holst du mir ein Glas Wasser, Boris?«
»Na klar.«
Er holte das Glas und legte vorsichtig Lillis Finger darum.
»Blind ist immer noch besser als taub.«
»Womöglich hast du recht, Boris.«
Er lachte, und Lilli lachte, und so fand sie Christine; sie war außer Atem.
»Tut mir leid, Mama«, sagte Lilli, »die Koffer waren zu schwer, ich hätte dran denken müssen, du bist nicht mehr die Jüngste.«
»Sagen wir ja auch immer«, erklärte Boris, »aber sie hört ja auf keinen.«
»Mama, ich hab' deinen fünfundsiebzigsten im letzten Jahr vergessen.«
»Macht nichts, den hundertsten feiern wir!«
»Sie meint es ernst«, sagte Boris. »Soll ich den Armagnac holen, Oma?«
»Der Junge hält mich für eine Säuferin.«
»Na und? In deinem Alter kannst du's dir leisten!«
»Was ist das bloß für ein Junge!«
»Dschingis-Khan«, sagte Lilli.
»Hoffentlich nicht.«
»Wo ist dein Humor geblieben, Mama?«
Da war eine kurze, heftige Stille. Dann rief Boris: »Die Flasche ist leer!«
»Ich mach' Kaffee«, sagte Christine.
Und es roch nach Kaffee und nach Gugelhupf, als Achim kam.
»Mensch, ihr glaubt es nicht –« Er blieb stocksteif stehen.
»Doch«, sagte Boris. »Stell dich nicht so an.«
Achim kam näher, wie eine Marionette, die an ihren Fäden gezogen wird, rechtes Bein, linkes Bein, rechter Arm, linker Arm.
»Du Blechsoldat«, sagte Boris.
Lilli hielt ihren Sohn bei beiden Händen. Er küßte ihre Hände.
Sie hätte gern gesagt, tu das nicht.
Aber wie sagt man das zu seinem Sohn?
»Dir geht es gut, Achim?«
»Mir geht es gut, Mutter.«
»Das ist gut, Achim.«
»Ich hoffe, es geht dir auch gut, Mutter?«
»Ja, es geht mir auch gut, Achim.«
»Du verzeihst?« Er zog seine Hände zurück. »Ich habe Aufzeichnungen zu machen.«

Er floh. Was hatte sie anders erwartet?
»Du mußt ihm Zeit geben«, sagte Christine.
»Natürlich, Mama.«
»So 'n blöder Bleisoldat.«
»Sei still, Boris«, befahl Christine.
»Warum?«
»Da kommt Anna«, sagte Christine.
Sie waren beide still und lauschten einem leichten, raschen, nervösen Schritt.
Sie ist nicht glücklicher als ich, dachte Lilli.
»Lilli«, rief Anna, und dann, »Mama, was hat das zu bedeuten?«
»Worauf wartest du?« sagte Boris zu seiner Mutter. »Gib Tante Lilli einen Kuß, sie kann dich nicht sehen.«

Von den Kindern sollte man lernen, dachte Christine in der Nacht. Der Kinder Instinkt wieder haben für die Schwachen und die Starken.
Lilli braucht Hilfe.
Sie bekommt sie ja.
Habe ich sie nicht zu Bett gebracht? Ihr die Treppe hinaufgeholfen?
Kind, habe ich gesagt, Kind, es wird schon wieder alles gut werden.
Meine Tochter, meine erwachsene Tochter.
Warum ist sie allein?
Warum Anna?
Und warum Friedel?
»Oma«, sagte Boris, »du denkst zuviel nach.«
»Was?« fragte sie aufgeschreckt.
»Bei dir brennt immer noch Licht.« Er hockte sich auf das Fußende des Bettes. Er schlang die Arme um seine Knie.
»Warum schläfst du nicht, Bobo?«
»Und du, Oma?«
»Wenn man alt ist, braucht man nicht mehr viel Schlaf. Aber du?«
Sein Kinn ruhte auf den Knien. Sein schwarzes Haar stand borstig hoch.
»Wenn ich will, kann ich noch mein ganzes Leben verschlafen. Aber du brauchst Ruhe.«
»Mir geht's doch gut«, sagte Christine.
»Du arbeitest zuviel.«
»Bobo, du sitzt auf meinen Füßen.«
»Entschuldige.« Er rutschte zur Seite, aber er hörte nicht auf, sie anzuschauen. »Oma, wenn du mal krank wirst, wer hilft dir dann?«
»Ich werd' nicht krank.«
»Drei Schlaganfälle hast du schon gehabt. Den ersten mit fünfundfünfzig.«

»Woher weißt du denn das?« fragte sie überrascht.
»Ich kann doch lesen.«
»Du hast geschnüffelt!«
»Nur in deinen Tagebüchern. Du hast an deinen Urwaldarzt geschrieben – Wie des Sommers letzter Schmetterling –«
»Hör auf, Boris, hör bloß auf!«
Er hopste über die Bettdecke, bis er neben ihr kniete. »Wirklich, Oma«, sagte er, »ich mache mir Sorgen um dich. Du bist schon sechsundsiebzig. Paß auf dich auf.«

Aber wie soll man denn auf sich aufpassen, wenn man soviel zu tun hat? Wie soll man denn daran denken, daß man dieses oder jenes aufschnappen könnte, eine Grippe, eine Erkältung? Vor Bronchitis hatte Christine stets Angst, aber wenn sie hustete, trank sie Fencheltee mit Honig, und es ging vorbei.
Anna blieb oft über Mittag in der Strumpfstube, Christine trug ihr das Kochgeschirr hin, in drei Etagen Fleisch, Gemüse und Kartoffeln. Dann wollten die Jungens versorgt werden, wenn sie aus der Schule kamen, Achims Hemden geplättet, Boris' Hosen geflickt, und nun war Lilli da.
Lilli ließ alles herumliegen, sie bat deswegen um Verzeihung, sie war es halt nicht anders gewöhnt. Ein Hausmädchen wie Liesel gab es nicht mehr, keine mehr wie Lisette.
Was soll's, dachte Christine, das hält mich beweglich, und rannte treppauf und treppab.
Und da war Martin. Nein, nicht Martin. Da war Eva. Dieses Kind, das keines mehr war, aber immer noch eines sein wollte.
»Omi«, sagte sie, wenn Christine kam, Omi, und in die hellen, weiten so fernblickenden Augen drang Nähe.
Die Stimme war immer leise, immer nur ein Hauch.
Christine fütterte den blassen müden Mund und nannte ihn Spatzenmund, obwohl doch Spatzen gierig sind.
»Ich bin dein Spatz«, wisperte Eva, und manchmal lachte sie, und ein anderes Mal weinte sie.
Der Arzt kam und war zufrieden mit Eva; sie hat zugenommen, das ist ein gutes Zeichen, Frau Schwarzenburg.
Sie ging in die Hausdorffstraße, wenn Schwester Inge Ausgang hatte oder Martin Spätdienst, und dachte flehentlich, heute wird sie lachen, heute wird Eva gut beieinander sein.
Und nur Boris schien zu merken, daß es an ihren Kräften zehrte.
»Oma, du bist zu alt«, sagte er jetzt. »Aber schön. Und gut.«
Und sie fragte sich, was auch dieses Kind sich aus seinem eigenen Bett in das ihre flüchten ließ.

»Anna, was ist nun mit deiner Heirat?« fragte Christine am nächsten Tag.
Anna malte sich hellrote Lippen und erwiderte: »Mama, frag mich nicht.«
Ja, sollte man denn wirklich niemandem mehr Fragen stellen dürfen?

13

Im glühendheißen Juli dieses Jahres traf Georg Bonet in New York ein. Er hatte sein Physikstudium in Paris mit Auszeichnung abgeschlossen, eine Doktorarbeit über Systeme von Weltraumsatelliten verfaßt, die in europäischen Fachkreisen Bestürzung und Ungläubigkeit hervorgerufen hatte.
Nun war er auf dem Weg nach Huntsville im Staate Alabama, zu seinem großen Vorbild, Wernher von Braun.
Georgs Gesicht wirkte knochig, seine Augen schienen fiebrig, sein Blick ungeduldig. War er zum Fanatiker geworden?
»In spätestens zehn Jahren landen wir auf dem Mond. Und dann auf dem Mars.« Er konnte nur noch von seinen Zukunftsvisionen sprechen. »Bevor dieses Jahrhundert zu Ende geht, wird die Erde nicht mehr an Über-, sondern an Entvölkerung leiden.«
»Bleib auf dem Teppich«, sagte Friedel.
In seinen Augen zuckte es zornig, wie konnte sie es wagen, ihn zu unterbrechen. Aber dann warf er den Kopf zurück und lachte schallend.
»Du verrücktes Huhn!«
Sie saßen sich im Besuchersalon des ›Barbizon‹ gegenüber.
»Wenn Oma deine Thesen hörte, würde sie dir den Kopf abreißen, weil du dem lieben Gott ins Handwerk pfuschen willst.«
»Pfuschen! Alle meine Thesen basieren auf exakten wissenschaftlichen Erkenntnissen. Und ich brauchte nur eine Frau wie dich, Friedel, die mir den Rücken freihält, damit ich mich ganz meiner Arbeit widmen kann. Du kommst doch mit?«
Sie schüttelte den Kopf.
»Was willst du hier in diesem dämlichen Hotel, in dem man sein Mädchen nicht einmal auf dem Zimmer besuchen darf?«
»Ich bin in Amerika, um zu lernen, Georg.«
»Wenn du mich heiratest, brauchst du keinen Beruf.«
»Aber ich will dich nicht heiraten.«
»Du wirst noch eine alte Jungfer, wenn du so dickköpfig bleibst, altes Huhn. Und verdammt noch mal, ich liebe dich.«
»Hast du Claude noch oft gesehen? Oder ist er schon in Shanghai?«

»Seit Dezember. Vorher hat er noch eine Abschiedsparty im ›Tour d'Argent‹ geschmissen, bis alle besoffen unter dem Tisch lagen. Nur er nicht. Hat seinen blöden grünen Tee getrunken und mir erklärt, das sei die Disziplin, die er in Maos Reich brauche. – Friedel, komm mit mir nach Huntsville.«
»Nein, ich will endlich nach New Orleans.« Sie war bereit aufzubrechen, seit Bartos im Bernstein-Memorial-Hospital gestorben war, ein Mann ohne Augen und ohne Stimme. Nur hören konnte er noch, und sie hatte ihm wieder und wieder Hemingways ›Farewell to Arms‹ vorlesen müssen. Die USA hatten inzwischen zwei Wasserstoffbomben gezündet.
Georg lud Friedel und ihre Freundinnen vom ›Barbizon‹ zum Abschiedsessen ins Village ein und sagte zum Schluß: »Ich warte noch ein Jahr auf dich, mehr kannst du wirklich nicht verlangen.«
Sie wäre gern wieder sein Mädchen an der Gronau gewesen, aber dazwischen lagen der Tod ihres Vaters, ihre Liebe zu Martin, dazwischen standen auch Wagner in Paris und Claude in Shanghai, und Bartos lag auf dem Friedhof von Queens.
Später an diesem Abend kam Manila in Friedels Zimmer.
»Schieb deine Reise doch auf«, sagte sie. »Was hast du denn bisher hier gesehen? Dein Hospital und unser ›Barbizon‹, und natürlich, was dein Mister Green dir in der Bronx zeigt, das Shabbesmahl und seine braven Büblein mit den Käppele.«
»Hast du was gegen Juden?«
»Warum sollte ich? Ich habe etwas gegen deine Blindheit. Was willst du in New Orleans? Ist dir denn noch immer nicht aufgegangen, daß Amerika hier ist? Einzig und allein hier? Und daß sich letzten Endes alles hier entscheiden wird, in New York? Warst du mal tagsüber in Harlem?«
Friedel schüttelte den Kopf.
»Dann nehme ich dich mit«, sagte die verwöhnte, verzärtelte Tochter reicher Eltern, die sie auch ›little Hayworth‹ nannten.
Am nächsten Morgen zog Manila Jeans an und Tennisschuhe und einen Pullover, der mindestens schon sechsmal den Besitzer gewechselt hatte. In den Straßen von Harlem, in denen es nach Dreck und Abfall und Unrat stank, fiel little Hayworth so nicht auf.
»Du kennst das Bernstein-Memorial-Hospital.« Sie blieb vor einem Haus stehen, das farb- und gesichtslos war. »Aber wie findest du das? Das ist nämlich auch eine Klinik.«
Auf den Treppen vor dem Haus hockten Kinder und Frauen. Ihre Gesichter waren stumpfschwarz und stumpfgelb und stumpfbraun. Nur ihre Kleider waren bunt und grell. Ringelsocken und Hawaiihemden trugen die kleinen Jungen und die Mädchen gelbe und grüne Schleifen im zu unzähligen Zöpfchen gedrehten Haar.

»Ja, das ist eine Klinik.« Little Hayworths Augen glitzerten von Tränen oder vor Zorn. »Komm.«
Die Frauen und Kinder machten ihnen willig auf der Treppe Platz.
Der Gestank im Flur nahm den beiden Mädchen den Atem.
»Manolito unterhält diese Klinik. Er ist halb Indianer und halb Neger.« Little Hayworths Stimme hatte sich verändert, klang schriller in den Vokalen und weicher in den Konsonanten.
Fleckig geweißte Wände, schlierig aufgewischte Linoleumfußböden, zu viele Menschen in jedem Raum.
In der Ambulanz teilte eine vor Erschöpfung bucklige Schwester Tabletten und Tinkturen aus, bestrich brandige Wunden mit Jod, legte Verbände an, die rasch verrutschten.
»Einen Kreißsaal gibt's auch«, sagte little Hayworth, und sie sahen Frauen, die über ihre hohen Bäuche äugten, in Metallbetten mit nur jeweils dreißig Zentimeter Zwischenraum.
»Und das ist die Kinderstation.«
Wieder ein Bett neben dem anderen, diesmal nur kleinere. Und wieder dunkle Augen, stummer als die der Frauen; sie waren noch zu jung, um zu fragen, warum?
»Weißt du, was das ist?« Little Hayworth hob einen Kinderfuß an. Er war mit glasigen Eiterbeulen bedeckt. »Syphilis. Eine Menge Kinder werden damit geboren.«
»Manolito operiert.« Little Hayworth blieb vor einer Tür stehen, über der eine rote Birne flackerte. »Wollen wir warten?«
Friedel nickte nur.
»Das solltest du fotografieren. In Europa denkt ihr immer, uns geht's gut. Aber wie geht es uns denn?«
»Du gehörst doch nicht hierher?«
»Doch!« Little Hayworth schüttelte ihr kupferrotes Haar. »Nur noch hierher!« Sie zündete sich eine Zigarette an. »Ich weiß alles, was du dagegenhalten kannst. Aber warte erst ab.«
Das rote Licht erlosch. Wenig später wurde eine Bahre aus dem OP gerollt, der nicht viel größer war als Friedels ›Ei‹ im ›Barbizon‹.
Und dann kam Manolito.
»Hi«, rief er und nahm little Hayworth in die Arme.
Er wirkte nicht müde, nicht erschöpft. Seine Augen brannten schmal und langgezogen über den hohen senfgelben Backenknochen. Ein solches Gesicht hatte Friedel noch nie gesehen.
»Und wer ist das?« fragte er.
»Friedel glaubt, die Welt ist bei uns in Ordnung.«
»Ist sie doch auch«, sagte er und küßte little Hayworth auf die Stirn.
»Ich meine nicht uns.«

»Warum nicht? Man soll immer bei sich selbst anfangen. Gehen wir essen?«
Wieder machten ihnen die Frauen und Kinder auf den Stufen vor dem Haus Platz. Niemand war ungeduldig, einige riefen Scherze.
»Hey, doc, you got yourself some nice little meats!«
»Righto!« Manolito grinste.
»Sie fotografiert«, sagte little Hayworth mit einer Kopfbewegung zu Friedel hin. »Sie kann uns von Nutzen sein.«
»Prima.« In Tennisschuhen, Jeans und weißem Unterhemd sah Manolito aus wie ein übermütiger Junge.
Sie gingen in einen Drugstore. Rote und gelbe Plastiktische, Sägemehl auf den Holzdielen, übler Geruch nach ranzigem Fett.
»Du bezahlst«, sagte Manolito.
»Righto!« Little Hayworth grinste wie er.
Manolito schlang sechs *Hamburger* in sich hinein, trank sechs Tassen Kaffee. Dann lehnte er sich aufseufzend zurück und rieb seinen Magen, der flach geblieben war.
»Hör zu.« Er zog Friedels Hand zu sich über den Tisch. »Du kannst wirklich was für uns machen. Einfach rumgehen und fotografieren. Niemand wird dir etwas tun, dafür sorge ich. Aber sorg du dafür, daß die Fotos veröffentlicht werden. Weißt du, warum?«
Sie nickte stumm.
»Dann ist es ja gut.« Er ließ ihre Hand los.
»Kommst du heute abend zu mir?« fragte er little Hayworth.
»Ja, Darling.«
Manolitos Augen waren mit einemmal so hungrig, als hätte er seit Tagen nichts gegessen.

»Was sagen deine Eltern dazu?« fragte Friedel auf dem Rückweg ins ›Barbizon‹ im Taxi.
»Nichts«, antwortete little Hayworth. »Sie wissen nichts davon.«
»Und wenn sie's herausfinden?«
»Mein Vater betrügt meine Mutter, meine Mutter meinen Vater, und die ganze Zeit über tun sie so, als seien sie überaus glücklich verheiratet.«
»Tust du's deswegen?«
»Nein, wegen Manolito. Er hat Kraft, ich habe Geld. Damit kann man schon was ausrichten.«

Daß es eine Bürgerrechtsbewegung der Neger in Amerika gab, erfuhr man in diesem Jahr durch Martin Luther King.
Daß es in Harlem Kinder gab, die rauschgiftsüchtig und alkoholsüchtig und mit Syphilis geboren wurden, erfuhr Wagner in Paris durch Friedel.

Er telegrafierte: ›Was sind Junkies?‹
Sie zurück: ›Fixer.‹
Er: ›Fixer?‹
Sie: ›Spritzen sich Heroin.‹

In der Redaktion von ›Paris et France‹ kam es zu einer Revolte. »Was sollen wir mit dem Dreck?« fragten einige der Redakteure, und andere sagten: »Da sieht man es wieder, die Amerikaner!«
Sie meinten Friedels Fotos aus Harlem, die schwarz auf weiß und in Hochglanz vor ihnen auf dem Konferenztisch lagen.
Nicht daß sie die ersten waren, die solche Fotos sahen, aber sie selbst sahen sie zum erstenmal.
»Das geht uns in Frankreich nichts an«, behaupteten die einen, die anderen: »Amerika war immer unser Verbündeter. Schließlich haben wir Amerika zu verdanken, daß wir den Krieg gewonnen haben.«
Die einen waren bitter enttäuscht, denn für sie war Amerika das Land der Verheißung, aus dem Milch und Honig in das zerschlagene Europa geflossen waren in Form von Care-Paketen; für die anderen bestätigte sich das, was sie immer gewußt hatten: Amerika war von Menschen besiedelt worden, die Europa ausgestoßen hatte, von Halunken und Sektierern, Abenteurern und losen Weibern. Wie sollten ihre Erben besser sein?
Friedels Fotos aus Harlem schockten sie alle.
Mit den Indianern waren die Amerikaner auf einfache Weise fertig geworden, indem sie sie umbrachten, die Neger ließen sie nun in ihrem eigenen Dreck langsam, aber sicher verkommen.
»Sechzig Prozent der Kinder in Harlem werden süchtig geboren«, fand einer der Redakteure heraus, »entweder alkohol- oder rauschgiftsüchtig.«
»Und wenn es nur ein Prozent wäre«, sagte Wagner, »das genügt. – Wir veröffentlichen die Fotos!«
Aber der Verleger sprach das letzte Wort:

»Wir leben in Frankreich, meine Herren. Allenfalls geht uns an, was im übrigen Europa passiert und natürlich in unseren Kolonien. Holen Sie das Mädchen zurück, Wagner. Was sucht sie überhaupt auf unsere Kosten in Amerika?«
Wagner ging an seinen Schreibtisch, schrieb seine Kündigung.
»Seien Sie kein Idiot«, sagte der Verleger. »Sie haben nur noch zwei Jahre bis zu Ihrer Pensionierung. Die halten Sie ja wohl noch durch. Und außerdem, wenn Sie gehen, schmeiß ich auch das Mädchen raus. Ich habe die Schnauze voll von euch Boches!«

Wagner telegrafierte an Friedel: ›Schick Glamour Girls.‹
Sie zurück: ›Scheiße.‹
Er: ›Ich weiß. Trotzdem.‹
Sie fotografierte little Hayworth und ihre Freundinnen im ›Barbizon‹.
Wagner telegrafierte: ›Braves Kind. – Vergiß nicht, Maurice Chevalier gastiert im Oktober am Broadway. Den brauchen wir als Superstar.‹

Wenn Friedel nicht für ›Paris et France‹ fotografierte, teilte sie ihre Zeit nun zwischen dem Bernstein-Memorial-Hospital und Manolitos Klinik.
Sie lernte, daß man mit vier Stunden Schlaf auskommen kann.
Der Sommer verglühte, der Herbst rann in den Winter, zu Silvester heirateten little Hayworth und Manolito. In der ›Klinik‹ bezogen sie zwei Dachkammern, wenn little Hayworth ein richtiges Bad nehmen wollte, kam sie ins ›Barbizon‹.
Blizzards fegten im Januar, Februar und März noch durch New York, und schon blühten in den Blumengeschäften wieder erste Tulpen und Narzissen.
Schnell lud sich die Stadt mit Dunst und Hitze auf, und bald war es wieder Juli, August.
Im Asphalt blieb man mit den hohen Absätzen stecken, die Dächer der Autos wirkten wie Brennspiegel, und Feuerwehrsirenen wurden Teil der nie verstummenden New Yorker Symphonie.
Wer es sich leisten konnte, floh aus der Stadt aufs Land, aber Friedel blieb.
Sie steckte tief mit ihren Füßen in der Erde, wie Claude gesagt hätte.
Er schrieb ihr aus Shanghai: ›Nichts ist mehr, wie es einmal war. Im Haus meiner Eltern ist jetzt ein Kindergarten des Straßenkomitees. Ich lebe bei meiner ältesten Schwester, darf einen Raum von zwei mal drei Metern mein eigen nennen. Es überrascht mich immer wieder, wie sehr man seine Bedürfnisse, die man so notwendig glaubte, auf ein Mindestmaß herabschrauben kann. Ich rauche nur noch drei Zigaretten pro Tag, manchmal überhaupt keine, und es macht mir nichts aus. Ich arbeite in einem Krankenhaus, das auf die Behandlung von Augenerkrankungen spezialisiert ist. Ich mußte ganz von vorn anfangen zu lernen. Chinesen, die fettleibig, weil wohlhabend waren, gibt es nicht mehr. Wir sehen alle gleich aus. Und doch nicht gleich, denn hier lernt man es wieder, sich nur auf Gesichter zu konzentrieren. Auf den Ausdruck der Augen, auf das Lächeln eines Mundes. Die Kinder sehen alle sehr gesund aus und sind es auch. Sie haben kräftige weiße Zähne und blanke Augen. Wenn ich einmal heirate, werde ich zwei Kinder haben wollen, zu mehr rät Mao nicht. Wenn du zu mir kommen willst, und wie froh wäre ich darüber, wende dich an Sherman in Paris. Er kann dir weiterhelfen. Die USA haben zwar nur das Regime Tschiang Kai-scheks in Taiwan anerkannt, aber Sherman ist

weitsichtiger. Du verstehst, was ich meine? Maos China ist zu groß, und seine Menschen sind zu geduldig, als daß man sie für immer übergehen könnte. Ich umarme dich, Friedel, und sehe dich nun vor mir, wie an unserem einzigen langen Abend in Paris – Claude.‹
Sie verwahrte diesen Brief, wie alle, die sie erhielt, in der weichen Saffianmappe, die Christine ihr geschenkt hatte, bevor sie Bonn verließ. Sie schrieb in ihr Tagebuch: ›Ich bin froh für Claude und wünsche mir wirklich, ihn eines Tages wiederzusehen.‹

›Blue Heaven‹ hieß die Tanzdiele, und tatsächlich konnte man durch das schadhafte Dach den Himmel sehen. Im Vorraum gab es eine Bar, an der Soda und Cola verkauft wurden, wer Stärkeres wollte, mußte es in der Hüftflasche mitbringen.
Die Whities kamen hierher, um die Bands zu hören, in denen jeder Musiker davon träumte, einmal ein Louis Armstrong oder Kid Ory zu werden.
Wenn die Whities kamen, blieben die Darkies fern. Und umgekehrt.
»Perfekte Rassentrennung«, sagte Manila bitter.
Sie hatte die Tanzdiele gemietet, Manolito schaffte mit einer Horde von langbeinigen Jungen, die er an seinem freien Nachmittag einmal im Monat im Baseball unterrichtete, aus ihrer Schule Stühle herbei.
Die Versammlung, die an diesem Augustabend im ›Blue Heaven‹ bevorstand, hätte auch in der Schule stattfinden können, die über einen großen Turnsaal verfügte.
Aber Marthin Luther King hatte gesagt, ich komme nicht offiziell hierher, ich will nur zu den Leuten reden.
Sie waren alle ungemein stolz auf ihn, obwohl nur wenige Zeitungen seinen ersten Sieg überhaupt erwähnten; er hatte 1955, im Jahr zuvor, mit einem friedlichen Boykott der Buslinien von Montgomery in Alabama erreicht, daß die Neger in den Bussen nicht mehr auf die hintersten Plätze verwiesen oder zusammengepfercht wie Vieh befördert wurden.
›Blue Heaven‹ faßte dreihundert Menschen, es kamen neunhundert, und sie ließen die Doppeltür zur Straße auf, wo das Meer der hochgereckten Köpfe bald unübersehbar war.
King, wie sie ihn alle nur nannten, war pünktlich auf die Minute.
Ein Trillern und Kreischen hob an, wie man es sonst nur bei Auftritten von Frank Sinatra oder Elvis Presley zu hören kriegte.
Minutenlang stand King reglos auf der Bretterbühne, das Scheinwerferlicht fiel voll auf sein Gesicht, und als er zu lächeln begann, setzte ohrenbetäubendes Klatschen ein.
Schließlich hob er die Hände.
Die Menge verstummte.

»Guten Abend, Freunde.«
Ein tiefer Atemzug antwortete ihm.
»Die Zeit ist angebrochen, in der nicht nur wir wissen, was uns fehlt und was wir brauchen, sondern wo es auch unsere Umwelt zu erkennen beginnt.
Wir sind Teil dieses Landes, wir sind Teil der Bürger der großen Vereinigten Staaten. Unsere Söhne sind in den Kriegen gefallen wie die Söhne der Weißen. Unsere Frauen und Männer arbeiten wie sie, und unsere Kinder wollen lernen wie ihre Kinder.
Der Oberste Gerichtshof hat vor zwei Jahren schon verfügt, daß auch in den Südstaaten unseres Landes *alle* Kinder nun *alle* Schulen besuchen können.
Das war ein erster Schritt. Es werden viele andere gemacht werden müssen. Der Weg, der vor uns liegt, wird lang sein. Es wird Wegelagerer geben, die uns zur Umkehr zwingen wollen. Aber wir werden sie davon überzeugen, daß es keine Umkehr mehr für uns gibt.«
King hob ein wenig das Kinn, und dann sagte er die Worte, die seine weiteren Jahre bis zu seinem gewaltsamen Tod begleiten sollten: »We shall overcome.«
Und die Menge wisperte und murmelte und betete und schrie und sang es schließlich –
»We shall overcome!«

Wo Martin Luther King herkam, da wollte Friedel nun hin. Jetzt wollte sie auch endlich das ganze Amerika kennenlernen. Jetzt war es nicht mehr nur New York, das sie faszinierte und festhielt – und, wie Manila sagte, ›brauchte‹ –, jetzt war es das ganze Land, das sie für sich entdecken mußte. Denn welch gigantische Probleme! Welch ein gigantischer Kontinent!
»Wenn du Amerika wirklich erleben willst«, sagte Manolito, »dann mußt du trampen. Von einem Staat in den anderen, von einem Ort zum nächsten, per Bus, Bahn und Schiff. Laß den Wagen hier.«
Friedel schenkte den Wagen der ›Klinik‹ als Ambulanz. Er wurde weiß gespritzt und bekam einen blauen Stern auf die Türen.
»Rot mag ich nicht«, sagte Manolito, »davon sehe ich täglich zu viel.«
»Bleib gesund, Friedel, und komm zurück«, sagte Manila.

Im Greyhound-Bus las Friedel noch einmal Thomas Wolfe, durch die Nacht jagend, nach Westen; nur die »Stations« waren Lichtpunkte im peitschenden Regen.
Sie las Upton Sinclair in Chikago, wo sie die Schlachthöfe besichtigte, die Slums unter der ratternden Hochbahn, wo sie in Kneipen mit Flittchen trank, für die es kein ›Barbizon‹ gab.

Sie eilte nach Süden und wieder nach Westen, stand atemlos am Ufer des Pazifik, sah die Traumkulisse Hollywoods, sah, fast wie im Vorüberhuschen, Marilyn Monroe vor ›Grau's Theatre‹; sie war so schön, ein goldener glänzender Vogel, und Friedels Herz schlug ihr in der Kehle, war auch Eva so?

Sie hetzte weiter, in die Wildparks an der kanadischen Grenze und in die Indianerreservate.

Sie sprach mit ›Dunkler Wolke‹, einem uralten Ogallala-Häuptling, der noch als Kind die letzten Indianerkriege mitgemacht hatte, nun neunzig war oder noch älter. Friedel fotografierte ihn vor dunklen Wolken, umgeben von seinen Squaws; die älteste so alt wie er, die jüngste ein Kind von vierzehn. Legal gab es das nicht mehr, aber die letzten des Stammes lebten noch so – ›mit den vielen Weibern‹, wie es der Indian Commissioner ausdrückte.

Friedel fuhr mit der Bahn nach Osten, zum Mississippi, und mit dem Boot nach Süden, nach New Orleans.

Hier hatte ihre Mutter gelebt bei Laura. Hier war das Haus abgebrannt, in dem sie wohnten, hier war Boris geboren worden, im August 1944, als sie selbst in Bonn in ihr Tagebuch schrieb: ›Es ist anzunehmen, daß Anna Gugenheimer bald in die Wechseljahre kommt. Sollte sie jedoch inzwischen noch ein Kind zur Welt gebracht haben, betrachtet Friede Gugenheimer, genannt Friedel, sich nicht mehr als ihre Tochter.‹

Sie fotografierte die Suite im ›Hotel de Ville‹, in der Boris zur Welt gekommen war. Der Empfangschef, noch derselbe wie damals, erinnerte sich genau: »Ein kräftiger kleiner Bursche. Er schrie so laut, daß jeder vom Küchenjungen bis zum letzten Gast erfuhr, bei uns ist ein Kind geboren worden.«

Plötzlich empfand Friedel eine ganz wilde, verzweifelte Sehnsucht nach Boris und Christine und Martin.

»Trink einen Gin, mein liebes Kind, das hilft gegen alles«, sagte ihre Tante Venetia, die in einem kleinen alten Stadtpalais wohnte, in dem nur das Zwitschern einer Nachtigall zu hören war; Venetia sprach mit Carry, als sei sie ein Mensch.

»Sie bleibt freiwillig bei mir, schau –« Und Venetia öffnete den goldenen Käfig, Carry hüpfte auf ihre Schulter.

»Dein Vater war ein guter Mensch«, sagte Venetia. »Es ist schade, daß ich ihn nicht gekannt habe. Wenn du bei mir bleibst, mein liebes Kind, vermache ich dir mein Haus und all die schönen Bilder meines Mannes. Sie sind ein Vermögen wert, oder glaubst du mir nicht?«

Friedel bezahlte Venetias Stromrechnung und füllte ihren Eisschrank auf.

»Selbst Carry hast du nicht vergessen!« Venetia klatschte in die Hände.

»Du hast ihr frischen Silbersand gekauft. – Bedank dich, Carry, sag Dankeschön.« Und Carry sang.
»Bleib bei mir, mein liebes Kind.«
»Ich kann nicht, Tante Venetia.«
»Wie schade. Alle gehen immer fort. Geh nur, geh! Meine Carry bleibt ja bei mir, meine kleine Carry.« Und mit ihren zarten weißen Händen hob Venetia den Vogel in seinen Käfig zurück.

Als Friedel im Oktober nach New York zurückkehrte, war sie wie trunken. Sechs Wochen Amerika, sechs Wochen eine ganze Welt, sechs Wochen Elend und Leid und eine Größe, die jedes Auge blendete. Sechs Wochen Armut, die stumm zum Himmel schrie, und Reichtum, wie ihn sich Könige erträumen mögen.
Sechs Wochen im Taumel, denn Friedel sah das Drama Amerikas, seine Tragödie – den American Dream.
Sie erwachte aus dem Taumel, als sie Wagners Telegramm erhielt: ›Sofort zurückkommen – oder du bist deinen Job los.‹
Sie rief ihn in Paris an: »Ich habe nicht einmal alle Filme entwickelt.«
»Das interessiert mich jetzt nicht. Hier brennt es. Hier in Europa. Ich brauche dich in Ungarn. Da wird es knallen.«
»Geh nur«, sagte little Hayworth, »fahr nur nach Hause. Was kümmert dich Amerika.«
»Ich komme wieder«, versprach Friedel. »Aber Wagner ist mein Freund, und ich kann ihn nicht im Stich lassen.«
»Du hast recht«, sagte Manolito, »wenn man einen Freund im Stich läßt, ist man auch für andere Freunde nichts wert. Du wirst uns nicht vergessen, das weiß ich.«
Green brachte Friedel in seinem Taxi zum Flughafen.
»Nächstes Jahr sehen wir uns in Kölle!« rief er zum Abschied.
Im Flugzeug überreichte die Stewardeß ihr eine Orchidee: »With love and many thanks from a Mister Bell.«

14

Wagner war in Orly, er hatte gewartet, obwohl das Flugzeug wegen Nebels zwei Stunden kreisen mußte.
Er nahm Friedel fest um die Schulter. »Es tut gut, dich wiederzusehen.« Sein rechter Mundwinkel zuckte, seine Augen waren pernodblasser denn je, sein Haar war jetzt sehr weiß und dünn. »Du bist sehr lange fort gewesen.«
Während der Fahrt in die Stadt schaute er stumm aus dem Fenster, mit

hochgezogenen Schultern. Friedel wagte nicht, sein Schweigen zu durchbrechen.

Erst in der Redaktion sagte er: »Es ist alles vorbereitet. Du gehst über Wien nach Ungarn.«

Er goß, ohne zu fragen, auch für sie Pernod ein. Er zog seinen grünen Augenschirm auf die Stirn. »Amerika ist weit weg. Wenn die Amis wollen, können die sich zu jeder Zeit in ihre Splendid Isolation einigeln. – Aber Ungarn ist nah.«

Sie verstand immer noch nicht.

Er ließ ihr Zeitungen bringen.

»Du rauchst jetzt Camel?«

»Wie mein Vater.«

Wagner nickte. Flüchtig zuckte ein Lächeln um seinen Mund. »Dir hat Amerika gutgetan, du bist erwachsen geworden. Ich konnte deine Fotos aus Harlem nicht veröffentlichen. Und auch nicht die aus Chikago. Aber das, was jetzt da in Ungarn passiert«, er legte seine Hand auf die Zeitungen, »geht uns alle an.«

Auf dem Bahnhof in Bonn standen Christine und Boris. Es war nachts um zwei Uhr.

»Du bist so dünn geworden, Friedele«, sagte Christine nach der Umarmung.

»Hast du mir was mitgebracht?« fragte Boris.

Ein Kilo Schokolade, zollfrei gekauft, im letzten Moment; Friedel schämte sich.

»Kein Transistorradio?«

»Boris, ich habe es total vergessen. Plötzlich ging alles so schnell.«

»Macht ja nichts.« Nun war Boris schon alt genug, um seine Enttäuschung zu verbergen.

Friedel nahm sich vor, nie mehr in ihrem Leben ein Versprechen unerfüllt zu lassen.

»Wann geht dein Zug nach München?« fragte Christine.

»In einer Stunde.« Von da aus würde sie über Wien nach Budapest reisen.

Nur der Wartesaal zweiter Klasse war noch auf.

Boris rümpfte die Nase. »Hier stinkt's nach Bier.«

»Möchtest du ein Cola?« fragte Christine.

»Nein, danke, Oma, einen Tee.«

Er ließ keinen Blick von Friedel.

»Mama heiratet wieder«, sagte er plötzlich. »Rate, wen!«

»Ich weiß nicht?«

»Wir auch nicht!« Er lachte, wie nur Bobo lachen konnte, die Augen ver-

schwanden, und doch glänzten sie zwischen den Liderschlitzen, und die Ohren zuckten hoch. Er sah aus wie ein Faun.
»Affe!«
»Der Mann will Mama ohne 'n Hemd am Hintern. Ist doch wahr, Oma, oder?«
Christine wurde tatsächlich rot.
»Bobo lauscht immer noch. Man kann es ihm nicht abgewöhnen.«
»Ihr kennt den Mann nicht?« fragte Friedel.
Christine schüttelte den Kopf. »Er baut für Anna ein Haus auf dem Venusberg.«
»Und was wird aus der Strumpfstube?«
Manchmal hatte Friedel dort ausgeholfen, und dann war es, als seien Anna und sie sich sehr nahe.
»Ich frage nichts mehr«, sagte Christine.
»Tust du wohl«, widersprach Boris, »bloß, dann kriegt ihr immer Krach. Du und Mama.«
»Und Achim?« fragte Friedel.
»Wird Soldat«, sagte Bobo. »Martin hat ihn mit ins Bundeshaus genommen und in irgend so 'ne blöde Kapelle in der Eifel. Aber genützt hat es nichts.«
»Ihr seht Martin?«
»Na klar«, sagte Boris. »Er behauptet, Omas Zwiebelsuppe ist die beste, aber mir wär sie lieber ohne Zwiebeln.«
»Lilli ist jetzt auch bei uns«, sagte Christine.
»Sie ist so blind wie 'ne Eule, aber wunderschön.«
»Bobo, bitte schlürf nicht so«, sagte Christine.
»Aber die Chinesen dürfen schlürfen, wenn es ihnen schmeckt.«
»Wir sind nicht in China.«
»Ich hätte es sein können«, sagte Friedel.
»Mensch, irre«, sagte Boris, »und du bist nicht gefahren? Ich werde Missionar, und dann geh' ich nach Indien und China wie Onkel Sebastian, und nach – Australien.«
»Um Känguruhs zu bekehren?«
»Nee, da setz' ich mich rein und hoppel durch die Gegend.«
Friedel packte mit beiden Händen in sein Haar und zog ihn zu sich heran.
»Bobo, du bist einfach –«
»Klasse, ich weiß.«
Sie ließ ihn lachend los. »Ich wünschte, ich könnte dich mitnehmen.«
»Warum bleibst du nicht hier?« fragte Christine.
»Aber ich muß doch arbeiten.«
»Deine Zeitung sollte einen Mann nach Ungarn schicken.«
»Mir passiert schon nichts, Oma.«

»Und wenn Bomben fallen, wenn geschossen wird?«
»Ich hab' keine Angst mehr davor.«
»Hast du – hast du Michaels Schwestern besucht?«
»Ja, Venetia in New Orleans.« Sie hatte J. N. Heiman aus New York nie in ihren Briefen an Christine erwähnt, warum auch?
Aber jetzt erzählte sie von dem Rizinuspulver, und Boris rief: »Mensch, das besorg' ich mir!«
»Wenn du ihn siehst, Oma, spricht er noch von mir?«
»Wer?« fragte Boris.
»Ja, er spricht noch von dir.«
»Wieder ein *Er*! Ist das hier ein Kreuzworträtsel oder ein normales Gespräch?«
»Ein normales Gespräch«, sagte Friedel.
»Und wer ist *Er*?
»Martin.«
»Hättste auch gleich sagen können. Oma paßt doch auf seine Frau auf.«
Wieder errötete Christine.
»Ich geh manchmal hin, wenn Martin Spätdienst hat.« Sie sah Friedel an.
»Eva fürchtet sich, wenn's dunkel wird.«
»Ich auch«, sagte Boris, »bloß mir nimmt das keiner ab. Mama spart am elektrischen Licht. Um acht Uhr dreht sie's bei mir aus.«
»Ja, weißt du«, sagte Christine, »Annas – nun also, dieser Mann ist Steuerberater und –«
»Ein Arschloch ist der«, sagte Boris. »Ich will ihn nie, nie sehen.«

Aber er hatte den Mann ja schon gesehen, wie er Mama vom Geschäft abholte und ihren Arm nahm und viel größer war als sie, so daß sie zu ihm aufgucken mußte, wenn er sprach.
Und Boris erinnerte sich genügend an seinen Vater, daß er die Ähnlichkeit erkannte, in der Haltung, im Gang und in der Art, wie er zu Anna den Kopf neigte.
Boris war hinter ihnen hergelaufen, er hatte Mama gerufen, Mama, und wie ganz früher, Mamilein.
Aber sie hatte nicht auf ihn gehört.
Sie war in das große Auto gestiegen, und nicht ein einziges Mal hatte sie sich umgedreht.

»Nimm mich mit, Friedel.«
»Ich kann nicht, Bobo.«
»Nimm Oma und mich mit, bitte.«
»Es geht doch nicht, Bobo.«
»Warum nicht?«

»Sei still, Kind«, sagte Christine. »Es wird Zeit, zu zahlen.«
Er stieß wütend ihre Hand weg. »Ach, Schneitze, ganz verdammte Schneitze!«
Friedel hielt ihn fest an sich gepreßt, auf der Plattform, der Zug lief ein, in Dunst und Nebel und Schatten und Licht.
Boris zitterte.
»Nimm mich doch mit!« rief er, als sie das Fenster herunterzog.
»Auf Wiedersehen, Friedele!« rief Christine.
»Nimm mich mit!« rief Boris.
Und Christine rief, bis die Räder es überdröhnten: »Auf Wiedersehen, auf Wiedersehen!«
Friedel war nicht allein im Abteil. Ein Priester saß da.
Er lächelte sie sanft an, wie man es ihn wohl gelehrt hatte.
»War das Ihr Sohn?« fragte er.
Friedel sah sich im Spiegel über dem Mittelsitz. Die eine Stunde hatte sie viel älter gemacht.

Boris stand am Fenster des Flurs und schaute hinunter in den Schulhof.
Keine Kinder spielten dort, nur Pfützen blinkten zu ihm hoch.
Er wußte, er hatte die Prüfung nicht bestanden.
Hinter ihm redeten die anderen, quasselten.
Er hatte die Prüfung nicht bestanden, denn keiner sollte mehr sagen können: »Ach, der Boris, na, der Boris, der schafft das schon.«
Eltern waren natürlich auch da, standen abseits von ihren Sprößlingen, aber sie guckten immerzu rüber, ganz stolz. Richtig aufgeplustert.
»Idioten«, murmelte er. »Arschlöcher.«
Er mochte sie alle nicht, nicht die Eltern und nicht die Jungens.
Ich hab's satt, dachte er, und – die Oma auch. Sie gibt es bloß nie zu.
Beethovengymnasium, Schneitze, ich will nicht wie Achim werden.
Er stand da und starrte in den Schulhof, bis es klingelte und jemand sagte: »In die Klasse, bitte.«
Boris setzte sich rechts außen in die Bank, gleich neben der Tür.
Nach dem Alphabet wurden die Jungen aufgerufen und ihnen mitgeteilt, ob sie die Aufnahmeprüfung bestanden hatten.
Bis zum Buchstaben G hatten alle bestanden.
Sie grinsten blöde, als hätten sie im Fußball-Toto gewonnen.
»Boris Gugenheimer.«
Er stand auf.
»Es tut mir leid –«
Tatsächlich, dem Lehrer tat es leid. Boris war überrascht.
»Macht doch nichts. Klappt vielleicht das nächste Mal.«
Die Klasse brüllte vor Lachen.

Was daran komisch war, begriff Boris nicht und der Lehrer offensichtlich auch nicht. »Ruhe!« rief er.
»Dann kann ich ja gehen«, sagte Boris.
»Ja«, antwortete der Lehrer. »Du darfst gehen.«
»Danke, guten Tag.«
Und die Klasse brüllte schon wieder.
Im Flur wartete Martin.
Boris blieb stocksteif stehen. Ihn traf's jetzt wie der Schlag, von dem er so oft gelesen hatte, bevor etwas Besonderes passiert.
»Es regnet«, sagte Martin.
»Na und?«
»Du hast deinen Mantel zu Hause gelassen.«
»Ich bin nicht aus Zucker.«
»Na komm«, sagte Martin.
Bobo schwang sich aufs Treppengeländer und zeigte, daß er auch die engen Kurven nehmen konnte.
»Klasse«, sagte Martin.
Boris lachte, obwohl er es nicht wollte.
»Na schön«, sagte Martin im Wagen, »bist durchgefallen, was?«
»Mhm«, sagte Boris.
»Stolz drauf?«
»Nee, jetzt nicht mehr.«
Martin grinste. »Willste es noch mal versuchen?«
Boris schüttelte den Kopf. Er hielt lieber den Mund, denn festlegen ließ er sich nicht gern, sonst mußte er auch dazu stehen – sagte Oma.
»Wieso sind Sie überhaupt hier?«
»Es regnet«, sagte Martin, »und du hast keinen Mantel an.«
»Blödsinn. Die Oma hat Sie geschickt.«
»Und wenn's so wäre?«
»Wollen Sie eigentlich meine Oma oder die Friedel?«
»Beide«, sagte Martin.
»Sie haben doch schon eine Frau.«
»Ja.«
»Mich laust der Affe«, sagte Boris. »Der will 'nen Harem.«
Sie grinsten, und dann lachten sie beide.
»Hör zu«, sagte Martin. »Du brauchst nicht ins Beethoven, ich weiß schon, wegen Achim und so, aber versuchen wir's doch anderswo.«

Am nächsten Morgen bestand Boris glatt die Aufnahmeprüfung für die Freiherr-vom-Stein-Schule. Die lag am Rhein. Von den Fenstern des Klassenzimmers aus konnte man die Schlepper beobachten und einen Winkel der neuen Brücke sehen.

Wieder war Martin da, obwohl es nicht regnete.
Er lud Boris zum Eis bei Lazzarin am Markt ein.
Es wurde ein Wettessen draus, am Ende bezahlte Martin ganze zehn Mark.
»Mann«, sagte Boris, »jetzt bin ich voll!« Er würde später nie Champagner trinken, nie Sekt, wenn er glücklich war, würde er Eis essen.
Vor dem Haus in der Schumannstraße fragte er: »Kommen Sie nicht mit rein?«
»Nein«, sagte Martin, »heute nicht. Ich hab' noch viel zu erledigen, bevor ich wegfahre.«
»Wohin denn?«
»Nach Ungarn. Vielleicht schon in den nächsten Tagen.«
»Zu Friedel?«
Martin antwortete nicht.
»Und wer kümmert sich um Ihre Frau?«
»Deine Großmutter.«
»Ich auch«, rief Boris, und dann sprang er schnell aus dem Wagen und lief ins Haus.

Eva spielte mit Puppen. Manchmal tanzte sie. Sie war dünn und fein wie die süße gläserne Zuckerwatte, die es auf der Kirmes gab.
Oma wusch ihr das Haar, Boris stand dabei, hielt das gewärmte Handtuch bereit.
Mit dem Turban sah Eva aus wie das Mädchen, das dem Kalifen Geschichten in ›Tausendundeiner Nacht‹ erzählte.
»Bobo«, wisperte sie, wenn er kam, nie vergaß sie seinen Namen. »Bobo, setz dich zu mir. Schau.«
Aber was sie ihm zeigen wollte, erfuhr er nicht.
Wenn Martin aus dem Büro kam, sagte Boris: »Alles in Ordnung«, bevor er noch danach fragen konnte.
Zu Martin sagte Eva nie: »Schau...«
Sie sah ihn an, und dann wandte sie sich ab, und manchmal setzte sie sich in eine Ecke des Zimmers, die Knie hochgezogen, die Arme darumgelegt und den Rücken ihnen beiden zugekehrt.
Dann ging Boris und war traurig.
Er sah das nur dreimal, bis Martin seinen Koffer packte, um nach Ungarn zu fahren.
Sie waren allein in dem Schlafzimmer, dessen Bett aussah, als schliefe nie jemand darin.
»Wir passen auf Eva auf«, sagte Boris.
Martin nickte, ohne aufzuschauen.
»Du brauchst dir keine Sorgen zu machen.«

Wieder nickte Martin.
»Die Oma und ich passen auf.«
Martin schloß den Koffer.
»Und paß du auf die Friedel auf«, sagte Boris.
Martin ging um den Koffer, das Bett herum.
»Wenn wir zurückkommen –«
»Gehen wir Eis essen«, sagte Boris.
»Bobo«, es klang wie fernes Glockenläuten, »Bobo!«
»Eva ruft mich.«
»Geh zu ihr«, sagte Martin.
Eva zeigte Boris wie böse Vicky gewesen war. Sie hatte den Apfelreis, den Christine gekocht hatte, über den Tisch geschmiert.
»Böses Kind«, sagte Eva und renkte der Puppe die Arme aus.

Wie soll man darüber sprechen können, wenn man es selbst erlebt? Wie soll man sagen können, ich ertrage es nicht mehr?
Meine Mutter, in Berlin, betrachtet das Aushalten als meine Pflicht, der Arzt sagt: »Ihre Frau ist ja nicht gefährlich. Oder hat sie Sie angegriffen?«
Nein, Eva greift niemanden an. Sie ist nicht – wie nennt man das? – gemeingefährlich.
Sie spielt mit Puppen, wenn sie zu Hause ist, und wenn sie ausgeht, ist sie so schön, daß die Leute sich nach ihr umdrehen.
Im Café Rittershaus in der Kaiserstraße kennt man uns schon. Eva trinkt Schokolade, Sahneschaum muß drauf sein, sonst weint sie, ganz leise, so trostlos, und die Kellnerin schaut mich an, als wollte sie sagen, was machen Sie denn bloß mit ihr? Eva verstreut Kuchenbrösel auf den Boden, Tauben gibt es hier nicht, Christine sagt: »Iß doch, Kind!« Und Eva läßt sich kleine Kuchenbrocken in den Mund stecken, lächelt uns an. Sie kann ja nichts dafür, Herrgott noch mal, sie kann nichts dafür, und ich auch nicht, aber wie soll es denn weitergehen?
Martin saß neben seinem Koffer, er hörte, wie das Murmeln nebenan verebbte, wie Boris leise die Wohnungstür hinter sich schloß, dann die Treppe hinunterpolterte.
Als Martin ins Nebenzimmer trat, pflückte Eva Essensreste vom Tisch.
»Vicky war unartig«, wisperte sie. »Aber ich war ganz brav.«
Sie hatte Angst vor ihm.
Warum? dachte er. Warum?
Sie wich vor ihm zurück.
»Eva«, sagte er, »Eva, komm doch zu mir.«
Sie schüttelte wild den Kopf. »Geh weg. Geh weg. Und laß mich endlich sterben.«

Er brachte mit ihr die Puppe ins Bett, die sie Vicky nannte. In einem Blumentopf auf der Fensterbank steckten die beiden Arme aus Zelluloid. Er saß bei Eva, bis sie eingeschlafen war.
»Ich muß morgen früh weg«, sagte er dem Arzt, den er endlich telefonisch gegen Mitternacht erreichte; es war ein Mittwoch.
»Na und?«
»Kann ich überhaupt fortfahren?« fragte Martin.
»Wohin wollen Sie denn?«
»Nach Ungarn. Beruflich.«
»Fahren Sie nur«, sagte der Arzt, »Frau Schwarzenburg kümmert sich ja um Ihre Frau, und ich schaue vorbei, wenn es nötig ist.«

15

An einem stillen heißen Tag im August 1944 hatte Christine gesagt: »Die Welt steht in Flammen«, und am gleichen Tag war Friedel während des Fliegeralarms und auf dem Weg zum Bunker an der Gronau von einem amerikanischen Tiefflieger beschossen worden.
Ein Jahr später, und auch das war an einem heißen Sommertag gewesen, der so still war, weil nun Frieden herrschte, hatte Christine gesagt: »Das war der letzte Krieg. Es kann und wird nie wieder einen geben. Nicht nach dem, was wir Europa angetan haben. Und nicht nach den Atombomben, die auf Hiroshima und Nagasaki gefallen sind.«
Die Atombombe ist das Faustpfand des Friedens, behauptete Großonkel Franz Schwarzenburg, und Friedel wußte noch, daß sie plötzlich gefroren hatte, obwohl kein Windhauch über den Balkon strich.
Friedel war damals zwölf Jahre alt, und sie konnte sich den auf allen Fotos lächelnden, hutschwenkenden und händedrückenden amerikanischen Präsidenten Truman gar nicht mit einer Bombe in der Hand vorstellen, wohl aber den schnauzbärtigen Stalin mit den kleinen, verschlagen dreinblickenden Augen.
Beide hatten nicht recht behalten, Christine nicht und Onkel Franz nicht.
Es hatte wieder Kriege gegeben und Revolutionen, Aufstände und Freiheitskämpfe, und manchmal war das eine vom anderen schwer zu unterscheiden.
Die Amerikaner hatten die Atombombe und die Russen auch.
Der Koreakrieg war zu Ende, Dien Bien Phu war gefallen, und nun begann der Kampf in Ungarn.
Wagner hatte Friedel auf zwei Seiten einen Abriß der ungarischen Geschichte seit Beendigung des Krieges mitgegeben:

»Unterstützt von den russischen Besatzungstruppen kann die ungarische KP ihren Funktionärs- und Parteiapparat aufbauen.
1945 Bodenreform, rund 3 Millionen Hektar Anbaufläche werden beschlagnahmt, gleichzeitig Verstaatlichung der Industriebetriebe, Bodenschätze, Bergbau und Verkehrsmittel, der Banken und des privaten Hausbesitzes;
1946 wird Ungarn – bis dahin immer noch ein sogenanntes Königreich – zur Republik erklärt;
1947 Friedensvertrag mit der UdSSR;
1948 Bündnispakt mit Rußland. Sozialisten und Kommunisten schließen sich zur ungarischen Arbeiterpartei zusammen. Der Einfluß Moskaus verstärkt sich auf allen Gebieten, vor allem auch kulturell und wirtschaftlich.
Alle Schulen werden verstaatlicht.
1953, drei Monate nach Stalins Tod, wird Matyas Rakosi, der Regierungschef, während des ›Tauwetters‹ nach Moskau beordert. Er muß Selbstkritik üben, tut es, bleibt erster Parteisekretär, muß jedoch die Regierung an Imre Nagy abgeben.
Nagy ist linientreuer Kommunist, doch menschlicher. Er senkt Steuern für die Bauern (ist selber einer), entläßt ein paar tausend politische Gefangene, schließt Internierungslager.
Das geht Rakosi und Moskau bald zu weit.
1955 wird Nagy durch Hegedüs ersetzt, Rakosi bleibt erster Parteisekretär.
Die Ungarn nennen Rakosi nach wie vor den ›Mörder Kahlkopf‹, obwohl er nach dem XX. Parteitag der KPdSU wie alle anderen den Personenkult verdammt und nur noch dem Volk dienen will.
Die Ungarn wollen Imre Nagy wiederhaben (er hatte ihnen wenigstens einen Zipfel Freiheit gegeben), immer stärker wird nun der Widerstand unter Arbeitern, Studenten und Intellektuellen.
Ein Zentrum des Widerstandes ist der Petöfi-Klub in Budapest (Petöfi, Dichter und Revolutionär 1848).
Du wirst schon hinfinden, Friedel. Paß auf dich auf.«

Sie traf am 21. Oktober 1956, von Wien kommend, mit dem Zug in Budapest ein.
Sie trug sichtbar, wie Wagner es ihr aufgetragen hatte, ein Exemplar von ›Paris et France‹ in der linken Hand.
Sie blieb auf dem Bahnsteig stehen, und noch ehe sich die Reisenden verlaufen hatten, berührte jemand ihren linken Arm.
»Friedel Gugenheimer?« Dunkle Augen sahen sie an, lächelten, als sie nickte. »Kommen Sie bitte mit.«

Ferenc ist ein alter Freund von mir, hatte Wagner gesagt. Du kannst dich auf ihn verlassen.
»Sie wohnen bei uns«, sagte Ferenc. »Wir bringen Ihren Koffer nach Hause, und dann ziehen wir los.«
Er schob sie in ein altmodisches Taxi, der Auspuff klapperte und prustete, während sie über holpriges Kopfsteinpflaster fuhren.
Die Straßen waren voll von Menschen, kleine Gruppen, große; Trupps formierten sich, im Gleichschritt sahen sie Kadetten vorbeiziehen, die eine Fahne schwenkten. Mitten in der Fahne war ein Loch, Friedel wußte noch nicht, daß dort das sowjetische Emblem herausgerissen worden war.
»Um dreizehn Uhr hat heute die Regierung über Rundfunk jede Demonstration verboten. Aber sehen Sie selbst«, sagte Ferenc.
Sie sah ein Denkmal auf einem Platz, Tausende von Menschen darum versammelt.
»Wer ist das, und was rufen sie?«
»Petöfi, unser Märtyrer. Und die Leute rufen, es lebe Ungarn, es lebe Nagy! Russen nach Rußland!«
Sie bogen von dem Platz ab in eine schmale Straße, sie war grau in grau, Häuser, Fenster, Himmel, Pflaster, und stiller, obwohl auch von hier noch genug Menschen dem Denkmal zuhasteten.
»Wir sind da«, sagte Ferenc.
Sie stiegen aus dem Taxi, der Chauffeur und Ferenc lachten einander an, wechselten ein paar Worte. Das Taxi ratterte davon.
»Heute sind wir alle Brüder.« Ferenc hatte die Fahrt nicht zu bezahlen brauchen.
Er führte Friedel durch ein Vorderhaus, über einen kleinen Hof, das Hinterhaus bestand aus zwei Zimmern und einer Küche.
Es roch nach Kaffee und Bohnerwachs, auf den Polstermöbeln lagen weiße gestärkte Spitzendeckchen.
Ferencs Frau war Französin, sie hatten sich während seiner Emigration in Paris im Krieg kennengelernt. Sie trug ihr Haar noch in der festen Innenrolle jener Zeit, einen cremefarbenen Spitzenkragen auf ihrem blauen Kleid.
Ihre Schuhe hatten halbhohe Absätze und wurden geschnürt; sie waren gewiß fünfzehn Jahre alt.
Agnes wirkte wie ein verblaßtes Foto, das ein wenig Farbe wiedergewann, als sie von Paris sprach.
»Ferenc, wenn wir erst frei sind, können wir auch wieder Paris besuchen, nicht wahr? Vielleicht sogar ein paar Monate da leben, ein Jahr? Wagner kann ihn doch sicher brauchen, nicht wahr, Friedel? Ferenc ist der beste Setzer in ganz Budapest!«

»Nun übertreib nicht«, lachte er, »das ist ein Beruf wie jeder andere auch. Man ist entweder gut oder man ist es nicht.«
»Aber der Korrektor sagt, du machst nie einen Fehler! Nie, Ferenc!«
»Laß doch, Agnes«, wehrte er ab, »das interessiert unseren Gast nicht. Sie wollen sich sicher ein bißchen frisch machen, Fräulein Friedel?«
»Ja gern, die Hände waschen.«
»Oh, verzeihen Sie«, rief Agnes errötend, »wie unaufmerksam von mir. Bitte, darf ich Sie führen?«
Auf dem Hof war ein hölzerner Verschlag, darin die Toilette und ein Waschbecken.
»Ferenc hat selbst die Wasserleitung aus dem Vorderhaus hierher gelegt«, sagte Agnes stolz. »Er kann einfach alles.«
»Darf ich?« Sie nahm das Stück Seife auf, das Friedel aus ihrem Waschbeutel gezogen hatte. Agnes sog tief den Duft ein. »Chypre, mein Gott, es ist eine Ewigkeit her, daß ich so etwas Gutes gerochen habe.«
»Bitte, darf ich es Ihnen schenken?«
Die Augen füllten sich mit Tränen. »Ich liebe Ferenc«, flüsterte Agnes, »aber manchmal ist es schwer. Manchmal fast zu schwer. Manchmal denke ich, ich muß ersticken.« Sie wickelte das Stück Seife sorgfältig in ihr Taschentuch. »Deswegen haben wir auch keine Kinder. Aber bitte, bitte, verraten Sie ihm nichts.«
Friedel schüttelte stumm den Kopf.
Als sie in die Küche zurückkamen, drängte Ferenc zur Eile. »Wir wollen doch nichts versäumen.«
Agnes hatte das Stück Seife verschwinden lassen. Sie schenkte rasch Kaffee ein, Ferenc leerte seine Tasse in einem Zug.
Agnes half ihm in den Mantel, wischte unsichtbaren Staub von den Aufschlägen, wie Frauen es so oft tun, wenn sie nicht sagen dürfen, was sie sagen möchten, nicht tun können, was sie tun möchten; eine kleine, verlorene Zärtlichkeit.
»Sie ist zu empfindsam«, sagte Ferenc auf der Straße. »Sie regt sich auch zu rasch auf«, als müsse er Agnes' Zurückbleiben erlären.

Auf dem Kossuthplatz vor dem Parlament war eine unübersehbare Menschenmenge versammelt. Es war Abend geworden, und vom Fluß stiegen Nebel und Kälte auf. Aber die Menge wärmte sich selbst, und der Chor ihrer Stimmen verlor nichts an Kraft.
»Nagy, Nagy!«
Plötzlich erloschen die Laternen. Ein einziger Schrei der Wut prallte gegen die verschnörkelte Fassade des Gebäudes.
»Ruhe!« rief jemand, »was brauchen wir deren Licht, wenn die Flamme der Freiheit in uns brennt!«

Und die Menge rief: »Freiheit, Freiheit, Freiheit!« Und wieder: »Nagy, Nagy, Nagy!«
Und dann glimmten die Laternen wieder auf, und oben auf den Mittelbalkon trat Nagy.
Sein erstes Wort, ›Magyaren‹, trug ihm Beifall und Hochrufe ein, das zweite, ›Genossen‹, Pfuigeschrei.
Er sprach, und Ferenc übersetzte für Friedel: »Ordnung in Ungarn, Sammlung um die Partei...«
Die Menge begann enttäuscht, sich zu verlaufen, teilte sich in kleine und große Gruppen, in Paare und Familien, der Platz leerte sich.
»Für heute ist es vorbei«, sagte Ferenc. »Wir gehen nach Hause. Wollen sehen, was der morgige Tag bringt.«
Agnes erwartete sie mit Tee und einer heißen Kartoffelsuppe und kleinen Kohlrouladen.
Aus dem Radio, einem Volksempfänger, wie man sie früher genannt hatte, klangen Strauß-Walzer.
Agnes roch nach Chypre, als sie Friedel vor dem Schlafengehen auf die Wangen küßte. »Gute Nacht«, flüsterte sie, »und danke, danke.«
Für ein Stückchen Seife, dachte Friedel, das haben wir im Westen schon längst wieder verlernt.
Sogar bei uns.
Aber sie erinnerte sich noch so genau an den grünsilbernen Karton mit der 4711-Seife, den Michael Weihnachten 1947 Christine schenkte, und stundenlang wollte sie wissen, wie er überhaupt an diesen Schatz gekommen war, bis er endlich zugab, ihn am Bahnhof gegen ein Paar Manschettenknöpfe eingetauscht zu haben.
»Die goldenen?« fragte Christine erschreckt.
Er beruhigte sie lachend. »Nein, die silbernen.« Aber gerade an den silbernen hatte er gehangen; denn als Michael seine ersten langen Hosen bekam, seinen ersten richtigen Anzug und ein weißes Seidenhemd, zur Konfirmation war es, hatte sein Vater, Anatol Gugenheimer, ihm die silbernen Manschettenknöpfe mit Monogramm geschenkt.
Die goldenen waren Annas Geschenk zu ihrem zehnten Hochzeitstag. Der lag damals noch viel näher.
Friedel drehte sich zur Wand.
Wer tat denn heute so was noch? Gab etwas auf für einen anderen?
Sie hörte wieder Manilas Stimme: »Geh nur, hau nur ab, was kümmert dich Harlem?«
Und Wagner: »Wenn du nicht kommst, bin ich meine Stellung los und du deine auch.«
Sie war zurückgekehrt nach Paris, und jetzt war sie in Budapest.
Sie wollte in Amerika sein und hier und auch in Bonn. Denn wenn Chri-

stine gesagt hatte: »Du bist so dünn geworden«, so hatte Friedel verschwiegen, erschreckt verschwiegen, wie alt Christine geworden war. Friedel zog ihre Beine an und schlang die Arme um sich selbst. Sie konnte nicht schlafen, sie wollte es auch nicht.
Sie hatte noch nicht gelernt, daß man nicht überall zur gleichen Zeit sein kann.
Sonst hätte sie auch dort sein müssen, wo sie so vieles hinzog, was sie von Michael gelernt hatte, obwohl er immer gesagt hatte, Friedel, ich darf dich nicht beeinflussen, du mußt es selbst entscheiden: in Israel.

In allen Berichten und Veröffentlichungen, die man später darüber las, würden die Ungarn-Krise, wie man sie nannte, und der Suez-Konflikt, als Nasser den Kanal verstaatlichte, politisch eng miteinander verwoben sein.
Die Menschen, die in beiden Auseinandersetzungen starben, auf der richtigen oder der falschen Seite, je nachdem, auf welcher man selbst stand, würden nur dürre Zahlen in der Historie sein.
Und immer wieder würde es heißen, der Mensch kann nicht ohne Freiheit leben.
Und immer wieder würde man erleben, ohne Krieg kommt die Menschheit auch nicht aus.

Aber dieser Morgen, an dem Friedel in Budapest erwachte, begann mit hellen Stunden der Hoffnung.
Ferenc – er war schon früh draußen gewesen – berichtete strahlend, im Stadtpark wäre Stalins Denkmal gestürzt worden. Seine Stiefel trugen keinen Torso mehr, sein Gesicht war in unkenntliche Brocken zersprungen.
Das Rundfunkgebäude war gestürmt worden, »ein paar Offiziere haben« – Ferenc hatte es selbst gesehen – »Munition an unsere Leute verteilt. Die Armee hält zu uns, sie sind mit uns! Und Nagy ist wieder eingesetzt!«
Aber um neun Uhr hörten sie im Rundfunk folgendes: »Entsprechend der Entscheidung der ungarischen Regierung beteiligen sich sowjetische Truppen an der Wiederherstellung der Ruhe im Lande.«
Ferenc weinte, Agnes tröstete ihn. Sie hielt den Mann wie ein Kind, das sie nie gehabt hatte.
In der Nacht vom 23. zum 24. Oktober dröhnten die ersten russischen Panzer durch Budapest.
Um sechs Uhr früh fielen die ersten Schüsse aus Panzerkanonen an der Ecke des Volksgartens. Nicht weit davon entfernt ging ein sowjetischer Panzer in Flammen auf, eine benzingefüllte Flasche ließ ihn explodieren, ein Molotow-Cocktail.

Weder das erste noch das zweite Ereignis fotografierte Friedel. Deswegen hatte Wagner sie auch nicht nach Ungarn geschickt.
Sie fotografierte Frauen, die geduldig vor einem Bäckerladen Schlange standen, sie fotografierte Halbwüchsige, die sich wie Kletten an einen Panzer hingen und ihn tatsächlich stoppten. Da war ein Mädchen, das auch dann noch gelassen Suppe austeilte, aus einem Waschkessel, als hinter ihr das Haus einstürzte.
Friedel fotografierte einen etwa zehnjährigen Jungen, der den Kopf eines Sowjetsoldaten in seinem Schoß hielt und nicht wußte, was er damit anfangen sollte, weil alles andere fehlte.
Sie fotografierte Gesichter und Hände und Bewegungen, mutige und weinende und verzweifelte und trotzdem lachende.
Wenn Friedel schlief, fiel sie in einen tiefen Schacht.
Wenn sie aufwachte, verbrannte Agnes' Kaffee ihren Mund, und Ferenc trat schon ungeduldig von einem Fuß auf den anderen an der Tür.
Friedel kam nicht zum Ausruhen und Nachdenken.
Nur einmal, das wurde ihr viel später bewußt, dachte sie, ich hab' ja überhaupt keine Angst.

Am 29. Oktober verließen die russischen Truppen Budapest.
»Ich bin seit einer Woche hier«, sagte Friedel verwundert.
Agnes buk Palatschinken zur Feier des Tages.
Ferenc sagte: »Wir haben es geschafft. Wir haben die Russen verjagt. Jetzt sind wir frei.«
In den Krankenhäusern lagen fünfzehntausend Verwundete.
Budapest sah aus, wie eine Stadt nach einem Krieg aussieht.
Die Frauen standen geduldig wie während der Kämpfe vor den Brotläden Schlange.

Ferenc und Agnes nahmen Friedel mit aufs Land.
Da war ein Bauernhof, nur dreißig Kilometer von Budapest entfernt. Ferencs Brüder bewirtschafteten ihn; früher hatte er seinem Vater gehört und davor seinem Großvater.
Sie saßen abends um den dunkelgrün gekachelten Ofen.
Ein Schwein war geschlachtet worden, in der Küche siedeten Würste und Griebenschmalz.
»Das erste freie Schwein!« Ferencs Bruder Janos lachte. Er war gedrungen und klein. Eine Knollennase machte sein Gesicht zu dem eines Narren. Seine Frau war gut einen Kopf größer als er und legte gern ihre Hand auf seine Schulter, wenn sie mit ihm sprach.
Es gab weizenblonde Kinder mit tiefschwarzen Kulleraugen.
Das Schwein genügte nicht, einer Gans wurde auch noch der Hals umge-

dreht. Draußen im Hof wirbelten die Federn umher, die Kinder fingen sie lachend auf, bliesen sie in die hellblaue Winterluft.
Aus dem Keller, der durch eine Falltür zu erreichen war, wuchtete Janos einen großen gläsernen Ballon.
Friedel trank zum erstenmal Aprikosenschnaps.
Ihr zu Ehren sang und steppte Ferenc ›Die Julischka, die Julischka aus Buda-Budapest, die hat so was, die hat so was, das keinem Ruhe läßt‹.
»Marika Rökk«, sagte Ferenc, »du mußt sie doch kennen.«
»Ja«, lachte Friedel, »ja natürlich.«
Janos' Volkslieder gefielen ihr besser, und am besten gefiel ihr das Lied, das die Kinder anstimmten, bevor sie ins Bett sollten.
Sie standen wie die Orgelpfeifen.
Agnes hielt den Blick gesenkt. Sie wand ihr Taschentuch um die Finger.
»So nimm denn meine Hände und führe mich«, sangen die Kinder auf ungarisch.

16

Es gab internationale Blätter, die später berichten würden, der Ungarnaufstand sei ein Drama in zwei Akten gewesen; das klang so harmlos.
Aus Budapest waren die russischen Truppen abgezogen, man feierte, besang und bejubelte die Freiheit.
Wenn es Sommer gewesen wäre, hätten die Menschen vielleicht sogar in den Straßen getanzt.
Aber die russischen Truppen besetzten nun die wichtigsten Verkehrsknotenpunkte und die Flughäfen des Landes. Gab es wirklich noch jemand, der glaubte, daß sie Freunde seien?
Unter den Intellektuellen im Petöfi-Klub hieß es: »Sie sind Menschen wie wir. Sie werden geknebelt, gezwungen wie wir. Sie sind Soldaten, sie müssen gehorchen.«
Auf den Straßen und Gassen, auf den Märkten und in den Läden der Städte und Dörfer flüsterte man sich anderes zu: Von den Grenzen sind neue russische Einheiten gemeldet. Aber es sind nicht mal Russen. Sie haben asiatische Fratzen.
Die Frauen zogen ihre Kopftücher tiefer in die Stirn, die Männer wandten sich stumm ab.
»Noch ist Ungarn frei!« begehrte einer auf in einer Kneipe, an einer Theke. »Schmeißt die Russen endlich raus!«
Zwei andere Männer beruhigten ihn, führten ihn hinaus. Dem Wirt liefen die Tränen übers Gesicht.

Der Generalstreik in Ungarn ging weiter. Angehörige der AVO wurden gemordet, wie die einen meinten, endlich zu Recht getötet, wie die anderen sagten.
»AVO gleich Gestapo«, sagte Ferenc.
Eines Nachts kam er mit blutbesudeltem Mantel nach Hause. Es war nicht sein Blut.
Nagy verkündete am Abend des 1. November die Neutralität Ungarns, den Austritt aus dem Warschauer Pakt.
In Budapest gab es keinen Strom mehr. In den Häusern sah man Kerzen flackern. Nur batteriebetriebene Radios funktionierten noch.
Aber man erfuhr auch so in den nächsten beiden Tagen, was man wissen wollte: Moskau hatte Nagys Erklärung nicht empört oder aufgebracht entgegengenommen.
»Heute nacht schlaf' ich richtig gut«, strahle Ferenc.
Agnes malte sich die Nägel mit Friedels Nagellack und probierte eine andere Frisur.
»Weißt du«, flüsterte sie, »im Frühling und im Herbst ist Paris am schönsten. Und im nächsten Frühling kann ich wieder zu Hause sein.« Ihre Augen träumten.
Sie gingen schlafen.
Sie hatten sich angewöhnt, auch nachts das Radio anzulassen.
Um fünf Uhr morgens am Sonntag, dem 4. November, weckte Ferenc Friedel.
Sein Gesicht war aschgrau.
»Unsere Truppen stehen mit den sowjetischen Truppen im Kampf. Das ist meine Botschaft an das ungarische Volk und die ganze Welt.« Ferenc übersetzte Nagys Rede, seine Lippen zitterten. Ferenc faltete die Hände. Er sagte nicht mehr: »Komm, wir müssen raus, schnell, wir dürfen doch nichts versäumen.«
Im Laufe des Tages ging Friedel allein.
Weder Agnes noch Ferenc bemerkten es.
Aus dem Radio drang es in alle Welt: »Helft Ungarn, Hilfe, Hilfe, Hilfe!«
Später würde Friedel nachlesen, daß Julius Háy um diese Hilfe bat, ein Schriftsteller, dem es gelungen war, sich noch des Mikrophons zu bemächtigen, während die Russen schon das Rundfunkgebäude besetzten.
Diesmal gab es nicht nur russische Panzer, sondern auch Bomben und Granaten.

Am Petöfi-Platz geriet Friedel in eine wilde, verzweifelte Schießerei: Sie duckte sich hinter eine Barrikade, wurde fortgedrängt, in irgendeine Straße, wußte bald nicht mehr, wo sie war.

Es hatte zu regnen begonnen, immer noch Allerheiligen-, Allerseelenregen.
Die Straße war menschenleer, ganz plötzlich. Die Fenster der Häuser blinkten schwarz und verschlossen, die Türen waren verriegelt.
Hinter ihr war eine Häusergruppe, von Granaten zerfetzt. Mauerreste standen gezackt in den fahlen Himmel, Rauch stieg auf, und es glühte in den Trümmern.
Es war wie dreiundvierzig in Köln, wie vierundvierzig in Bonn.
Schutt und Asche, Verkohltes. War das ein Mensch gewesen?
Die Kamera schlug ihr gegen den Magen, Friedel spürte es nicht.
Komm gesund nach Hause.
Warum hat Wagner keinen Mann geschickt?
Nimm mich mit, Friedel – Boris.
Bleib bei mir, Friedel – Martin.
Auf Wiedersehen, Friedel – Christine.
Zu Ferenc will ich, zu Agnes.
Friedel begann zu laufen, rannte, so schnell sie konnte.
Hab' doch mal hundert Meter in wieviel Sekunden geschafft?
Lauf, lauf!
Eine Patrouille kam auf sie zu, langsam wie im Zeitlupentempo.
Asiatische Fratzen?
Ach was, sie sprachen einfach untereinander, lachten.
Aber die Sprache, die Uniformen – es waren Russen.
Friedel blieb stehen, rang nach Atem.
Die Patrouille hatte sie noch gar nicht bemerkt.
Sie drehte sich um, hetzte zurück.
»Stoj!«
Sie hörte die Kugel erst, als sie als Querschläger vor ihr wegzischte mit dem Sausen einer Sense.
Friedel duckte sich, brach nach links aus. Dort waren die Ruinen der zerschossenen Häuser.
Sie hörte die schweren Stiefel hinter sich. Genagelte Stiefel, wie sie auch die deutschen Soldaten früher getragen hatten. Hielten so die Sohlen länger?
»Stoj!«
Russen waren hinter ihr her.
Alles fuhr ihr durch den Kopf, was sie je gehört hatte.
Bruchstücke des Schreckens von den Frauen auf der Flucht aus dem Osten; immer nur halbe Sätze. Die leeren Augen eines vierzehnjährigen Mädchens auf dem Bonner Bahnhof blickten sie wieder an; sie wich vor dem Becher Tee zurück, den Christine ihr geben wollte. Das s… Kopfschütteln. Und dann der eine Satz: Ich bin unrein. Zwölf Ru…

ten das Mädchen angekettet in einem Keller gehalten, einen ganzen Monat lang.
Und wenn es nur eine Stunde gewesen wäre, stieß Christine hervor.
Friedel fragte: Was haben wir denn gemacht, Oma, mit den Juden? Mit all den armen Menschen, die nicht in der Partei waren?
Aber die Russen waren Sieger.
Friedel erreichte die Ruinen, kauerte sich außer Atem hin.
Die Russen spielten mit Kindern in Berlin, schenkten ihnen amerikanische Schokolade, mit der sie selbst nichts anzufangen wußten.
Sie waren gutmütig, sie sangen mit tiefem Baß, wie der Donkosaken-Chor.
Ein Schatten löste sich vor Friedel aus den Mauern. Ein Gewehrlauf stieß in ihren Magen. Jemand sprang sie von hinten an. Eine Hand klappte über ihren Mund, zwei Finger drückten ihr die Nase zu. Sie bekam keine Luft mehr.
Um sie her plötzlich Lachen und Grölen.
Sie wurde gegen die Hauswand gestoßen. Jemand schob ihren Mantel hoch, ihren Rock, Hände zerrten an ihrer dünnen Wäsche.
Sie konnte niemanden erkennen, kein Gesicht. Nur Hände waren überall.
Sie riß das Knie hoch, stieß zu.
Sie bekam einen Faustschlag ins Gesicht, wich aus, der zweite traf die Mauer. Sie riß die Kamera hoch, schlug sie zwischen die Augen über ihr.
Gellend schrie jemand Befehle.
Die Hände ließen sie los.
Sie war frei.
Sie konnte davonlaufen.
Sie erreichte unangefochten die breite Straße jenseits der Trümmer.
Ein Maschinengewehr knatterte.
Sie stolperte über einen Menschen, der sich stöhnend auf dem Pflaster wand. Sie warf ihren Mantel über ihn, rannte weiter.
Überall schienen jetzt die Russen zu sein.
Überall.
Sie sah eines der Hotels, in denen die internationale Presse untergebracht war.
Halt aus, halt durch.
Friedel, laß dich nicht unterkriegen.
Sie merkte erst, daß wieder auf sie geschossen wurde, als sie die Drehtür des Hotels erreichte und hineinfiel.
»Deckung!«
Sie kroch auf allen vieren, und alle anderen warfen sich hin.
Die Garbe eines MGs fegte durch die geschlossenen Fenster in das Foyer.

Weiße Maskengesichter waren in dem Dunkel zu sehen.
Plötzlich war es sehr still. Nur in der Ferne hörten sie noch das Kettenrasseln von Panzern.

Als Martin Hildesheim den Grenzübergang Nickelsdorf/Hegyeshalom erreichte, regnete es.
Er hielt vor dem Zollhäuschen, kurbelte das Fenster herunter.
Der Beamte hinter der blanken Scheibe ließ eine Taschenlampe aufblinken, nickte, als er Paß und Presseausweis erkannte, ließ Martin durch.
In dem Zollhaus war das Radio auf volle Lautstärke gedreht, in Martins Wagen auch.
Er wußte, was ihn in Budapest erwartete, und irgendwann auf der langen Fahrt hielt er an.
Hinter ihm und vor ihm verlor sich die Straße im Dunkeln, die Bäume seufzten und wisperten unter dem Regen, der stetig fiel.
Nirgendwo war auch nur ein Licht zu sehen.
Und es war sehr still. Viel zu still.
Es war wie in der Nacht, vor zwölf Jahren, als er dachte, daß er noch entkommen könnte, sich in den Straßengraben legte und einfach schlief. Davon geweckt wurde, daß ihn ein russischer Soldat wachrüttelte und ihn gefangennahm.
Martin spürte, wie ihm der Schweiß in den Achselhöhlen ausbrach.
Er wollte nicht daran denken, nie daran denken. An die Zeit der russischen Gefangenschaft. Schließlich war er ja rausgekommen, heim zu Mutter und Eva.
Wie oft hatte Eva ihn wecken müssen, wenn er im Traum schrie. Und sie hatte immer wieder verlangt: »Sag mir doch, sag mir doch –«
Aber er hatte nicht darüber sprechen können. Nie, bis Friedel kam. Ihr hatte er vom Lager erzählt, was er dort erlebt hatte und daß er es einfach nicht vergessen konnte.
Wieviel schlimmer mußte es für die Männer sein, die jetzt erst zurückkamen?
Adenauer war im Herbst des Vorjahres deswegen in Moskau gewesen, und in einer kleinen Runde hatte er später im Presseclub in Bonn gesagt: »Ich habe mich nie in meinem ganzen Leben so gedemütigt gefühlt.«
Bulganin hatte die Zahl der noch in Rußland verbliebenen deutschen Kriegsgefangenen mit 9226 beziffert. Viel mehr kamen wahrscheinlich auch nicht zurück; ein bitterer, zerschlagener Rest von rund fünf Millionen, von denen die Russen knapp 2 Millionen zuvor entlassen hatten.
Fahr jetzt weiter, sagte Martin zu sich selbst. Los, fahr!
Er erreichte Budapest im Morgengrauen.

Martin fand zu keinem der Hotels, in denen die Korrespondenten der internationalen Zeitungen in diesen Tagen untergebracht waren. Er wurde von einem Teil der Stadt zum anderen getrieben, von Buda nach Pest und von Pest nach Buda über die Brücken und durch die Straßen.
Er sah Tote und Panzer, warf sich hin, wenn geschossen wurde, und stand wieder auf. Sah das Grauen, das verzweifelte Aufbegehren, sah Halbwüchsige, die mit Steinen und Flaschen und Fäusten gegen die Panzer kämpften.
Er verband eine alte Frau, er brachte ein verwundetes Kind in ein Haus, er hielt einen Mann bis zum letzten Atemzug und dem letzten Wort, »Ungarn«.
Irgendwann fand er seinen Wagen wieder, schlief darin, drei, vier Stunden, wurde vom lauten Radio geweckt: »Helft Ungarn! Hilfe, Hilfe, Hilfe!«
Martin rauchte die letzte Zigarette, er ging in ein Haus, eine Frau gab ihm Tee zu trinken. Der war heiß und süß.
»Es ist bald vorbei«, sagte sie, als müßte sie ihn trösten. »Wir haben es bald geschafft.«
Er sah einen russischen Panzer, dessen Besatzung ungarische Männer und Frauen umarmte, und einen anderen, nicht mal eine halbe Straße weiter, der auf Kinder schoß.
Und irgendwann geriet er vor die amerikanische Botschaft.
Ein Kollege aus Bonn erkannte ihn.
»Mensch, Hildesheim, komm rein!«
Da war ein großer Raum, da gab es heißen Kaffee und heiße Würstchen.
»Ich hab' dein Mädchen gesehen«, sagte der Kollege; sein Name fiel Martin nicht ein.
»Wo?«
»Sie müßte eigentlich hier sein.« Der Kollege blickte sich um. »Da kommt sie ja.«
Friedel stand unter der Tür. Die Kamera vor dem Bauch, ihre Arme hingen herab, sie sah sich um, ohne den Kopf zu bewegen.
Martin ging zu ihr. Er hielt ihr den Becher Kaffee hin. »Trink.«
Sie schloß die Augen, während sie trank.
»Wie lange bist du hier?« fragte er.
»Von Anfang an.«
»Komm jetzt mit mir.«
Im Flur nahm er sie in die Arme.
Sie weinte. Sie sollte weinen.
»Wohin?« fragte sie.
»Alle Türen sind offen für uns.« Er fand den Weg zurück zu dem Haus, in dem er den heißen Tee bekommen hatte. Die Frau war nicht mehr

darin. Sie stiegen drei Stockwerke hinauf und hinunter, das Haus war leer.
»Ich bin so müde«, sagte Friedel.
Es gab mehrere Betten im Haus. Martin suchte das sauberste aus, er streifte Friedel die Schuhe ab, das Kleid.
»Achim ist auch hier«, flüsterte sie. »Per Anhalter. Es war ganz leicht, hat er gesagt.«
»Wo hast du ihn gesehen?«
»Auf irgendeiner Brücke. Er hatte – er hatte die Pistole seines Vaters. Mit Monogramm. Ich hab' sie ins Wasser geschmissen. Und Achim ist nachgesprungen.«
»Ich bin schuld«, sagte Martin.
»Du?«
Er erzählte Friedel, was er Achim erklärt und was er geschrieben hatte: ›Jeder einzelne ist dafür verantwortlich, was er tut oder unterläßt.‹
»Das ist keine Schuld«, sagte sie.
»Friedel –«
»Ja?«
»Schlaf jetzt«, sagte er, »und wenn du aufwachst, frühstücken wir.«
Sie lächelte.
Ihr Gesicht war gleichzeitig sehr jung und sehr alt. Und er wünschte sich, sie schon als Kind gekannt zu haben, und wünschte sich, sie als alte Frau auch noch kennen zu dürfen. Er zog die Decke über Friedel, ihre Hand hielt fest seine Hand, bis sie eingeschlafen war.

Martin ging aus dem Haus, um etwas zu essen zu besorgen.
Friedel war so dünn geworden.
Er fand ein zertrümmertes Schaufenster, dahinter roch es nach Heringen.
Er fand eine Tonne, an deren salzverkrusteten Wänden klebten noch zwei Stück.
Er fand einen Fetzen braunes Papier, packte die Heringe ein.
Die Regale waren leer, nur ein Sack enthielt noch ein paar Hände voll Maismehl.
Und während Martin überlegte, was man damit anfangen könnte, kamen sie herein.
Sie trugen die gleichen Uniformen wie 1944. Sie redeten ihn in der gleichen Sprache an.
Er ließ die Heringe in das Maismehl fallen.
Die Russen klopften ihn nach Waffen ab.
Sie zerrissen seine Papiere und warfen sie auf den Fußboden. Sie grinsten ihn an.
Er versuchte es mit Deutsch und mit Englisch.

»Ich bin Journalist, I am a journalist. Ich bin Deutscher. I am a German.«
Die Soldaten lachten und redeten untereinander und hörten ihm gar nicht zu.
Sie stießen ihn grob aus dem Geschäft, draußen stand ein Lastwagen. Sie schoben ihn auf das Trittbrett, auf die Ladefläche, dann zurrten sie die Plane mit Schnüren fest.
Als sich Martins Augen an das Dunkel gewöhnten, sah er, daß er nicht allein war.
Acht Männer und zwei Frauen waren auf dem Lastwagen.
Niemand sah ihn an, niemand sprach ihn an.
»It can't be true«, sagte er laut.
Warum er englisch sprach? Für ihn war es lange, lange die Sprache der Freiheit gewesen. Im Krieg heimlich gehört, Radio London, und später nach Gefangenschaft und Heimkehr willigst gelernt, wie ein kleiner Hund die erste Milch aufschleckt.
»Es kann nicht wahr sein«, wiederholte er.
Eine der Frauen sah ihn an. Sie war jung. Ihr Mund war dunkel und verkrustet. Ein Faustschlag hatte die Lippen gespalten.
»Es ist wahr«, sagte sie, »alles war umsonst.«
Und dann weinte sie, und die anderen rückten von ihr ab.
Martin auch.
Wie, womit sollten sie sie trösten?

Auf dem Bahnsteig stand Achim, in einer Pfadfinderjacke; Friedel hatte nicht einmal gewußt, daß er Pfadfinder war.
»Hast du Martin gesehen?« fragte sie.
Jeder fragte heute jeden. Hast du den und den gesehen?
Er schüttelte stumm den Kopf.
»Martin ist weggegangen, und ich weiß nicht, wohin.«
Achims Blick blieb starr auf sie gerichtet, sie fuhr sich mit der Hand zum Hals, spürte warme weiche Haut.
»Achim«, sagte sie.
»Ja, Friedel?«
Sie nahm ihn in die Arme. Wie Christine es tun würde, dachte sie, aber ich bin nicht Christine.
»Das Blut«, sagte er, »all das Blut.«
Der Zug lief ein. Wien stand auf den weißen Schildern an den Waggons.
Friedel schob Achim in einen Wagen.
Er trat ans Abteilfenster, nur einen Spalt kriegte er es auf.
»Und du?«
»Ich komme bald nach. Sag Oma, sie soll sich nicht um mich sorgen.«
Er nickte. Der Zug fuhr ab.

Friedel ging zu Ferenc und Agnes.
»Ich finde ihn«, sagte Ferenc. »Ich finde dir deinen Martin. Du kannst dich darauf verlassen.«
Agnes sagte: »Du mußt essen, Friedel. Iß, Friedel.« Sie aß, wußte nicht, was.
»Er ist weggegangen, als ich schlief«, flüsterte sie. »Er sagt: ›Morgen frühstücken wir miteinander.‹«
Sie dachte an das letzte Mal, als sie miteinander gefrühstückt hatten, in der Eifel. »Es war so kalt. Mitten im Sommer. Wir krochen unter die Federbetten und wagten nur eine Hand nach dem heißen Kaffee auszustrekken. Martin aber stand auf und ging hinunter in den Schankraum des Gasthofs und kam wieder und lachte: ›Das wird uns wärmen.‹ Wir tranken Sekt aus dem Zahnputzglas, und er sagte so vieles, aber ich weiß nicht mehr, was, so vieles, verstehst du, Agnes, all das, was für die Ewigkeit gemacht ist, all das. Und es war so schön, Agnes, ich war so glücklich. Er auch. Agnes, warum kann so was nicht gutgehen?«
»Ferenc findet ihn, hab keine Angst.«
»Und wenn nicht, Agnes?«
»Schlaf, Friedel, schlaf.«
»Nein, ich kann nicht, nein.«

Aber sie schlief, und sie wachte auf.
Ferenc saß in der Küche, nahe dem Herd. Agnes trieb Kartoffeln durch eine Presse.
Ferenc sagte: »Es ist besser, du fährst nach Hause, Friedel. Du hast einen deutschen Paß. Und du warst in Amerika. Von zu Hause aus kannst du mehr tun als hier.«
»Dein Martin ist verhaftet worden«, sagte Agnes. »Mit anderen. Niemand weiß, wohin er gebracht wurde. Angeblich hat man ihn geschnappt beim Plündern eines Lebensmittelgeschäfts.«
»Wer hat ihn geschnappt?«
»Wer wohl?« fragte Ferenc. »Die Russen.«
»Setzt euch und eßt«, sagte Agnes.
Sie buk Puffer aus geriebenen Pellkartoffeln.
»Agnes.«
»Friedel, iß!«
Die Kartoffelpuffer waren goldgelb und knisterten vom Sonnenblumenöl, in dem Agnes sie buk.

Friedel unternahm noch einen letzten Versuch, herauszufinden, wo Martin verhaftet, wohin er gebracht worden war.
Die Korrespondenten der internationalen Zeitungen waren längst abge-

reist. Die amerikanische Botschaft erklärte sich leider nicht zuständig für einen deutschen Korrespondenten einer amerikanischen Nachrichtenagentur.
Friedel war es, als laufe sie dauernd über ein erloschenes Feuer. Es war, als trete sie auf Asche, oft genug tat sie es, als atmete sie Asche.
Ferenc brachte sie schließlich zum Bahnhof.
Sie ließ ihre Kleider, ihren Koffer zurück. Ihr einziges Gepäck war die Kameratasche.
Ob Wagner tatsächlich ihre Aufnahmen veröffentlichen würde, die Gesichter des Grauens und der enttäuschten Hoffnung?
Es regnete auf der ganzen langen Fahrt.
Der Winter schien mild zu bleiben.

Auf dem Bahnhof in Bonn stand Christine.
»Ich muß erst noch etwas aufgeben«, sagte Friedel.
Sie sandte ihre Filme per Expreß und Einschreiben an Wagner in Paris.
›Den Text könnt ihr euch selbst machen‹, schrieb sie dazu auf ein Blatt Papier.
Vom Bahnhof gingen sie entlang den Bahngleisen und dann unter der Brücke durch und am Bürgerverein vorbei, die Kronprinzenstraße zu Fuß.
»Achim will jetzt nach Afrika«, sagte Christine. »Er hat Sam schon geschrieben.«
»Ja?« fragte Friedel ohne Interesse.
»Da wird der Kariba-Staudamm gebaut, und dort sind auch zwei von Bill Earths Söhnen, Andrew und Paul.«
»Wo?« fragte Friedel.
»Wir gucken's im Atlas nach«, sagte Christine.
»Und Mama?« fragte Friedel.
»Es geht ihr gut. Und Boris und Lilli ebenso.«

»Iß«, sagte Christine, als sie am Ingweiler Tisch saßen. Das Haus war still.
»Iß, Kind«, wie Agnes.
»Oma.«
»Ja, Kind?«
»Warum?«
»Ich weiß nicht, Friedel. Ich weiß es wirklich nicht.«
Friedel nahm Christine um die Schultern. Sie schienen ihr dünn und zerbrechlich. Christine weinte.
»Iß, Friedele, iß«, sagte sie, »du mußt doch wieder zu Kräften kommen.«

17

An jedem Ersten eines Monats ging Christine Welsch-Schwarzenburg zum Friedensplatz zu ihrer Bank, um die Verwendung ihrer Pension zu bestimmen. Stets kleidete sie sich mit besonderer Sorgfalt an, trug im Sommer ihre dünnen Filethandschuhe, im Winter die aus Glacé oder, wenn es sehr kalt war, die aus grauem Velour, seidengefüttert.
Stets wurde einer der Angestellten bei Christines Eintritt auf sie aufmerksam, näherte sich ihr beflissen und führte sie zu Herrn Neukirch, dem Direktor
Auch war es stets, als habe Johannes Neukirch sie gerade erwartet.
Seine Sekretärin brachte Tee und Gebäck, Neukirch gönnte sich eine Zigarrenlänge Ruhe von den Tagesgeschäften; Christine und er erinnerten sich gemeinsamer Theater- oder Konzertbesuche, gemeinsamer Ausflüge mit Ernst Schwarzenburg in das Siebengebirge und eleganter Bälle im Hotel ›Königshof‹. Johannes Neukirch war zehn Jahre jünger als Christine, stand nun auch zur Pensionierung an. Ebenso wie sie war er früh verwitwet. Sie übernahm es gern, ihm den Tee einzuschenken, fügte einen und einen halben Löffel Zucker hinzu und ein paar Tropfen Milch.
Sie ließ es sich gern gefallen, daß Neukirch die blonde Havanna für sie anschnitt und sie ihr mit einem langen Streichholz, Feuerzeuge verschmähte er, anzündete.
Sie sprachen über Tagesgeschehen und ihre Kinder; er hatte zwei Söhne, beide im Bankfach tätig, längst in höheren Positionen als er, in München und Hamburg.
»Aber mir hat es immer gereicht«, sagte er an diesem Dezembertag. »Vielleicht ist das falsch, vielleicht sollte man weiterstreben? Aber ich war immer zufrieden mit meinen Aufgaben und daß ich viele unserer Kunden zu meinen Freunden zählen darf. Ich höre, Ihre Anna wird nun bald heiraten? Sie hat eine gute Wahl getroffen.«
»Sie kennen diesen Mann? Ich habe ihn noch nie zu Gesicht gekriegt.«
»Er setzt sich durch«, sagte Neukirch. »Martens weiß, was er will. Er würde es in jedem Beruf zu etwas bringen.«
»Das freut mich zu hören.«
»Aber so sehen Sie nicht aus.«
»Sie kennen mich zu gut.«
Sie lächelten sich an.
»Meine liebe Christine –«
»Schscht«, machte sie, »nicht bedauern. Wenn man alt wird, sorgt man sich halt mehr. Kennen Sie vielleicht jemanden im Bundeskanzleramt?«
»Ja. Einen Herrn Bott. Er stammt aus dem Elsaß wie Sie.«
»Wie stellt man's an, ins Bundeskanzleramt zu kommen? Ich brauche Rat

und Hilfe. Ein Freund der Familie, ein Freund meiner Enkelin, ist in Ungarn verhaftet worden. Während des Aufstandes. Man muß ihn da herausholen.«
Neukirch griff zum Telefon. Bott und er duzten sich; natürlich würde Bott Christine empfangen, am nächsten Tag, um siebzehn Uhr, im Palais Schaumburg.
»So einfach ist das?« fragte Christine verwundert.
»Unter Freunden, ja.«
»Und was macht mein Konto?« fragte Christine praktisch.
Neukirch ließ die Auszüge bringen. Sie sah mit Vergnügen, daß die einhundert Mark, die sie jeden Monat von ihrer Pension abzweigte, in Aktien anlegte, kräftige Zinsfrüchte trugen. Wenn es eines Tages soweit war, sollte ihre Beerdigung keine Last für ihre Töchter und Enkel sein.
»Das sieht fast wie gemogelt aus«, sagte sie.
Neukirch legte die Hand aufs Herz. »Nie im Leben!«
Christine hob dreihundert Mark von ihrem Konto ab, für Weihnachtseinkäufe.
Die Scheine waren knisternd neu.
»Wie hausgemacht.« Sie lachte.
»Sind sie auch, morgens zwischen vier und fünf.«
»Kommen Sie zum Neujahrspunsch, Johannes?«
»Nur zu gern«, sagte er.

Als Christine die Bank verließ, hatte die Stadt ihren Weihnachtsschmuck angelegt, der sich rötlich in Schneewolken spiegelte.
Christine holte das Puppenhaus für Eva ab, das sie im Cassiusgraben bei einem alten Schreiner hatte anfertigen lassen. Und dann hielt es sie nicht mehr, der ›Stiefel‹ lockte. Hier ließ der rotnasige Jupp, der schwor, daß er nie Alkohol trank, nur ein Gläschen Rotwein vorm Einschlafen, seine Serviette über den weißgescheuerten Holztisch flattern und fragte mit knatterndem Gebiß: »Das gleiche wie immer, Frau Schwarzenburg?«
»Das gleiche«, sagte Christine, »wie immer.«
Er brachte ihr zuerst den Schoppen Riesling aus dem Elsaß. Sie kostete den Wein und nickte zustimmend, denn er hatte wie immer gerade die richtige Temperatur.
Die Heringe wurden ihr im irdenen Töpfchen serviert, entgrätet, mit Zwiebelringen und Apfelschnitzen in einer leichten Sahnesoße.
»Die Muscheln sind heute ganz frisch, aus Holland.«
»Nur ein halbes Dutzend, zum Probieren.« Christine schnupperte schon nach dem Duft des Sauerkrauts.
Vor vielen Jahren war sie einmal in die Küche gegangen und hatte dem Koch gezeigt, wie man mit einem Holzlöffel das goldgelb angebrannte

Kraut vom Topfboden schabte und mit einem Schuß trockenen Weißweins löschte. Die Besitzer des ›Stiefels‹ hatten gewechselt, der Koch nicht. Und er kam nun selbst aus der Küche und servierte ihr das Plateau, wie sie es beide nannten.
»Ist es so recht, Frau Schwarzenburg?«
»So ist es recht.«
Er bekam ein Fünfmarkstück, wie auch später Jupp.
Genußsüchtig bin ich, dachte Christine, und verschwenderisch. Einmal im Monat. Ich tu's ja nur einmal im Monat.
Und dann sah sie mit Erschrecken, daß es schon sieben Uhr abends war und daß Schwester Inge um sieben fort wollte; sie nahm keine freien Tage mehr und schlief nun, seit Martin fort war, in seiner Wohnung. Aber an diesem Abend wollte sie zu einer Weihnachtsfeier.
Christine verzichtete auf ihren schwarzen Kaffee, zahlte, eilte auf die Straße. Das Puppenhaus, gut verpackt, war ein großes Paket, und es versperrte ihr die Sicht, sie verfehlte die Bordsteinkante, knickte um, fiel hin.
Viele Hände halfen ihr auf. Das Papier war zerrissen, das Puppenhaus entzweigebrochen.
Ein Junge im Dufflecoat mit komisch langen Haaren brachte sie zu einem Taxi.
»Haben Sie sich auch wirklich nicht weh getan?«
»Nein, danke, ich bin in Ordnung. Vielen Dank«, sagte sie, als sie im Wagen saß.
»Zur Hausdorffstraße«, bat sie noch, und dann kam der Schmerz. Aus dem linken Handgelenk. Das war wie Flammen, die ihren Arm hochschossen bis in die Brust. Tränen liefen ihr übers Gesicht, aber das merkte sie nicht.
Sie betastete ihr linkes Handgelenk. Es war gebrochen; sie hatte genug Knochenbrüche in ihrer Kindheit im Diakonissenhaus in Straßburg gesehen, wo ihr Vater als Diakon tätig war, um das zu wissen.
Aber das mußte warten, konnte warten. Wenn sie erst einmal bei Eva war, würde sie den Arzt rufen.
»Bitte, wenn Sie mir nur das Paket ins Haus tragen könnten«, bat sie den Taxichauffeur. Notdürftig hatte der Junge im Dufflecoat das Puppenhaus wieder zusammengeschnürt.
In der Diele stand Schwester Inge, schon feingemacht. Einen Fuchspelz um den Hals, dunkles Rot auf den Lippen, in einem Netz trug sie ein halbes Dutzend kleiner bunter Päckchen.
»Da sind Sie ja endlich, jetzt verschwinde ich aber. Unser junges Frauchen war heute ein bißchen unruhig, aber ich hab' sie schon ins Bett gesteckt. Sie werden keine Mühe haben. Um elf bin ich bestimmt zurück. Und wie

gut, daß Sie mit einem Taxi gekommen sind, da kann ich gleich weiterfahren.« Schwester Inges Wangen glühten, ihre Augen glänzten, sie sah beinahe hübsch aus.
Vorsichtig zog Christine ihren Mantel aus. Es war ihr, als würde der linke Arm darin steckenbleiben. Mit der rechten Hand schob sie das Puppenhaus noch in Martins Arbeitszimmer.
Danach mußte sie sich an die Wand lehnen. Alles drehte sich um sie.
»Omi?« Eva rief.
»Omi?«
Christine preßte ihren linken Arm fest an sich.
»Ja, Eva, ja, ich bin ja da.«
Sie öffnete die Tür zu Evas Zimmer, Eiseskälte wehte sie an. Im geöffneten Fenster hockte Eva.
»Omi, weißt du, was ich kann? Ich kann fliegen, Omi.«
Christine stürzte zum Fenster, sie bekam mit ihrer rechten Hand noch einen Fuß zu fassen, sie griff auch mit der linken zu, aber es nützte nichts.
»Laß mich, laß mich fliegen, Omi!«

Die Ambulanz brachte sie beide in die Klinik.
Eva direkt auf die Intensivstation, Christine zum Röntgen ihres linken Arms. Eva hatte schwere innere Verletzungen erlitten, Christines Handgelenk war gebrochen.
Eva wurde operiert. Christines Arm wurde in Gips gelegt.
»Kommt sie durch?« fragte sie immer wieder. »Kommt Eva durch?«
»Natürlich«, sagte der Arzt, sagten die Schwestern. »Aber jemand muß Sie abholen, nach Hause bringen.«
»Kann ich nicht warten? Hier warten?«
»Sie brauchen Ruhe, wir können Sie nicht hierbehalten.«
»Aber Eva!«
»Für Frau Hildesheim wird alles Notwendige getan.«
»Dann lassen Sie mir ein Taxi kommen, bitte.«
Christine gab die Adresse in der Hausdorffstraße an, die Telefonnummer; dort würde man sie jederzeit erreichen können, was auch immer mit Eva geschah.
Aus Martins Wohnung rief sie zu Hause an.
»Schwester Inge ist unterwegs, ich bleibe über Nacht hier.«
»Du klingst so komisch, Oma«, sagte Friedel.
»Eva ist aus dem Fenster gesprungen, und ich habe es nicht verhindert.«
»Oma, ich komm' rüber.«
»Nein. Du bleibst, wo du bist.«
Aber Friedel kam.

»Du kannst nichts dafür, Oma.«
»Doch. Ich habe meinen Gelüsten gefrönt. Ich habe Heringe und Muscheln und Sauerkraut gegessen und vergessen, daß Schwester Inge auf mich wartete.« Christine saß aufrecht, grau, wie versteinert.
»Was tun Sie denn hier, Fräulein Gugenheimer?« fragte Schwester Inge. Sie kam pünktlich um elf Uhr von ihrer Weihnachtsfeier zurück.
»Nichts«, sagte Friedel. »Ich bin nur gekommen, um meine Großmutter abzuholen.«
»Ach ja, Sie haben ja den Arm in Gips, Frau Schwarzenburg. Was ist denn bloß passiert?«
Und noch einmal mußte berichtet werden, was sich zugetragen hatte.
»Für die junge Frau Eva wäre es besser, sie käme nicht durch«, sagte Schwester Inge. »Das war doch schon lange kein Leben mehr.«

Aber das Leben geht weiter und immer weiter. Ob man es will oder nicht. Man steht auf, man wäscht, duscht, badet, man frühstückt, man plant den Tag. Das normale Leben, das muß ja weitergehen.
Christine blieb in Martins Wohnung oder verbrachte Stunde um Stunde auf dem Venusberg in der Klinik. Einmal durfte sie Eva unter dem Sauerstoffzelt sehen.
Sie besuchte Herrn Bott im Kanzleramt, ließ sich versichern, daß man alles tun würde, um zu erfahren, was aus Martin Hildesheim geworden sei; alles tun wollte und so wenig tun konnte, auch das gab Bott zu.
Und Christine trug Friedel auf: »Denk daran, Weihnachten steht vor der Tür, du mußt dich darum kümmern.« Sie gab ihr eine Liste all der kleinen, aber so sorgfältig überlegten Geschenke, die besorgt werden sollten, besorgt werden mußten. »Vergiß Sam nicht und Ellas Kinder Mike und Karen und Betsy in Kenia.«
»Nein, Oma, ich hab's mir ja aufgeschrieben.«
»Denk auch an Laura und Yochanan in der Toscana und an Onkel Robert in Maison Maul. Schick ihm Kavalierstüchlein. Er war immer so proper angezogen.«
»Ja, Oma.«
»Und besorg mir Tischlerleim. Ich muß das Puppenhaus in Ordnung bringen.«
»Oma –«
»Ich bleibe hier, Friedel«, sagte Christine. »Es könnte doch ein Wunder geschehen und Martin noch früh genug zurückkommen. Dann muß ich hier sein.«
»Ja, das mußt du wohl.«
Und Friedel tat, was Christine ihr auftrug.

Auf dem Markt stand eine riesige Tanne mit Hunderten von elektrischen Kerzen; durch Wenzelgasse, Remigius- und Sternstraße schwangen Sterngirlanden.
In den Schaufenstern bot sich alles, wonach man verlangen konnte, im Überluß an. Vor den Spielwarenläden drückten Kinder wie eh und je ihre Nasen platt.
Friedel trug schon eine Menge Päckchen und Pakete, aber plötzlich kam es ihr sonderbar vor, an einem normalen Werktagnachmittag einkaufen zu gehen; früher hatte sie Mandt bitten müssen, ihr freizugeben, heute konnte sie sich selbst ihre Zeit einteilen; ›Paris et France‹ hatte ihre Fotos aus Ungarn veröffentlicht, Wagner ihren Vertrag um ein Jahr verlängert. Im Frühjahr sollte ein Bildband von ihr erscheinen, in dem ihre Fotos aus Harlem ein wichtiges Drittel ausmachen würden.
Das und zweieinhalb Jahre Fremde hatten sie weit von Mandt und ihrer Tätigkeit bei ihm entfernt.
Aber natürlich wollte sie auch ein Weihnachtsgeschenk für ihn besorgen und ihn endlich besuchen, wie sie es damals versprochen hatte. Ob er nun wirklich Rosen züchtete?
Friedel betrat Mühlensiepen am Friedensplatz, sie erinnerte sich, daß Mandt hier immer seine Zigarren bestellt hatte.
Sie bat den Verkäufer, ihr bei der Auswahl zu helfen, er kannte Herrn Rechtsanwalt Mandt ja gewiß.
»Herr Mandt raucht nur Prince of Wales, die schwarzen.«
»Ich meine Mandt senior«, sagte Friedel.
»Aber – das wissen Sie nicht? Er lebt nicht mehr. Darf ich Ihnen nun etwas für den jungen Herrn einpacken?«
»Nein, danke, das ist nicht nötig.«
Friedel ging blicklos die Sternstraße hinunter, bog in die Bonngasse ein.
›Chez Anna‹ leuchtete das Neonzeichen von gegenüber, direkt neben der alten Jesu-Kirche.
Die Schaufenster waren vergrößert, die Fassaden verändert, spiegelnd schwarz. Marmor? Die beiden Strumpfstopferinnen saßen nicht mehr im Schaufenster, sondern diskret im Hintergrund, die Vitrinen beherrschten Seidenschals, handgenähte Wäsche, wolkig Gehäkeltes, dies alles auf dezentem grauem Velour.
Und Anna trug ein weiches schwarzes Wollkleid, ein weicher rosenholzfarbener Wildledergürtel betonte ihre schmale Taille, das Kleid konnte nur von Meyer Mertens sein. Ein Modell?
Annas Haar war kurz geschnitten, ein paar Fransen in die Stirn gezupft, die kleinen Ohren schmückten kleine Perlen. Waren sie echt?
Anna bediente eine Kundin, schaute dann auf, kam schnell zur Tür. »Friedel, warum kommst du nicht herein?«

»Ich wollt's ja gerade, Mama.«
»Und wie du bepackt bist.« Anna nahm ihr ein paar der Päckchen ab. »Du willst das doch nicht alles nach Hause schleppen? Ich kann es dir doch heute abend mitbringen.«
»Wenn es dir nichts ausmacht?«
Friedel wußte, daß der neue Mann ihrer Mutter sie jeden Abend abholte und nach Hause brachte. Aber sein Wagen hielt stets oben Ecke der Weber- und Schumannstraße, nie vor dem Haus. Er hielt nichts von Familienklüngel.
»Komm«, sagte Anna, »setz dich ein bißchen zu mir.« Sie verstaute die Pakete hinter der Theke, daneben standen zwei zierliche Stühle und ein kleiner Tisch, eine Silberschale mit Rosen darauf.
»Wie gefällt dir der neue Laden?« Anna flüsterte, als sei es etwas, das man nur verrufen könnte, wenn man es laut aussprach.
»Sehr schick und gleichzeitig sehr persönlich. Der Laden ist wie du.«
»Wie ich? Und dabei war alles *seine* Idee. *Er* hat Geschmack, nicht wahr?« Es klang bittend.
»Ja, Mama.«
»Denk dir, sogar die Stühle für Betty und Elli hat *er* selbst ausgesucht. Eigentlich sind es Bürostühle, Gesundheitsstühle, weißt du. *Er* hat sie eigens mit dem grauen Velour überziehen lassen.«
»Ich bin froh für dich, Mama.«
Das Bittende in Annas Augen wich einem zögernden Lächeln.
»Und ich dachte immer, du wirst mich am allerwenigsten verstehen. Weißt du was, wir zwei verschwinden eine halbe Stunde.« Und dann laut zu den Mädchen: »Betty, machen Sie die Theke, bitte?«
»Gern, Frau Gugenheimer.«
Friedel half ihrer Mutter in den Mantel; er war in Schnitt und Stoff auf das Kleid abgestimmt, hatte einen schwarzen Nerzkragen. Anna streifte Handschuhe über, in demselben pudrigen Rosa wie ihr Gürtel. Sie trug schwarze Wildlederpumps mit sehr hohen Absätzen, aber ihr Gang war frei und rascher als je zuvor.
Anna nahm Friedels Arm, drückte ihn an sich.
»Wie lange ist das her, daß wir zwei so bummeln gehen? Früher warst du es immer, die uns einlud, Oma und mich. An jedem Ersten, weißt du noch? Wenn du dein Gehalt bekamst. Zuerst ins Kino und dann ins Café oder im Sommer zum Eis-Lazzarin. Und jetzt kann ich dich einladen.«
Im ›Café Pesch‹ rückte man ihnen die Stühle zurecht, lächelte erfreut, Anna zu sehen, fragte nach Boris und Christine. Und ob es das Übliche sein dürfe?
»Nein, heute bitte eine halbe Flasche Sekt, Nettchen. Meine Tochter und ich haben etwas zu feiern.« Anna griff nach Friedels Hand, drückte sie.

»Aber gern, und ich wünsch' auch Glück«, sagte die alte Serviererin. Der Sekt wurde in einem kleinen silbernen Kübel serviert, umständlich geöffnet, die weiße Serviette flatterte auf den Boden, die Gläser waren hoch und fein geschliffen, und Anna sagte: »Auf dein Wohl, Kind, daß du bald wieder lachen kannst wie früher.«
Worüber, dachte Friedel. Aber sie sagte: »Danke, Mama«, und trank. Anna beugte sich vor, sie senkte wieder ihre Stimme. »Dein Martin lebt, und es geht ihm gut, und es wird nicht allzulange dauern, bis er zurückkommt. Nicht weinen, Kind, nicht weinen«, sie preßte Friedels Hände, »es wird ja alles gut.«
»Mama, woher willst du das wissen? Warum und wieso?«
»Ich wollte es dir heute abend sagen. Heute mittag hat *er* es mir erzählt. Ich wollte dich erst anrufen, aber ich dachte, du willst sicher gleich alles erfahren, Einzelheiten und überhaupt.«
Friedel nickte.
»Dir läuft die Nase, schneuz mal kräftig. Und jetzt trink einen Schluck, und dann erzähl' ich, ja?«
Friedel tat, was sie tun sollte.
»*Er* hat einen Freund im AA, und der kümmert sich um Displaced Persons. Wenn du so willst, sind das die gleichen Leute, um die sich schon mein Michael gekümmert hat. Sie kommen heute noch aus Lagern im Osten, oder sie kehren nach Deutschland zurück aus der Emigration. Was die offizielle Stellung dieses Mannes im Auswärtigen Amt ist, weiß ich nicht, *er* ist sehr verschwiegen in solchen Dingen, aber wenigstens hat *er* ihn auf Martin angesprochen, und es hat sich herausgestellt, daß die beiden sich kennen. Der Mann im AA, verstehst du, und Martin, und zwar gut. Martin bereitet ein Buch vor, und dieser Mann hat ihn bei den Recherchen unterstützt. Also, langer Rede kurzer Sinn, dieser Mann im AA hat Erkundigungen eingezogen und festgestellt, daß Martin an dem Morgen in Budapest verhaftet und mit sechs oder sieben anderen Personen ins Gefängnis gekommen ist. Man wirft Martin Plünderung und Raub vor, aber das läßt sich sicherlich entkräften. Jedenfalls ist der Freund im AA davon überzeugt, daß Martin bald nach Hause kommen wird.«
»Kann ich mit diesem Mann sprechen?«
Anna schüttelte sofort den Kopf. »Das wird *er* nie zulassen.«
»Mutter, tu mir einen Gefallen, und nenne *ihn* endlich beim Namen, das ist so verwirrend.«
»Aber *er* will es nicht, du kennst seinen Standpunkt. Oder hat Christine dir nichts davon erzählt?«
»Doch, natürlich. Und vor allem Boris, der ist stinkwütend.«
»Ich weiß«, sagte Anna. »Aber Bobo wird auch bald groß sein und aus dem Haus gehen, genau wie du.« Sie schüttelte den Kopf, aber da flog

keine dunkle Haarwolke mehr, da wippten nur die kurzen Strähnen auf der Stirn. »Also gut, *er* heißt Ernst. Als er aus dem Krieg zurückkam, hatte seine Frau von einem Ami ein Kind. Sie wollte Ernst erst weismachen, sie hätte es auf der Flucht aus Thüringen gefunden und mitgenommen, es hätte keine Eltern mehr und so weiter. Aber da kamen diese Care-Pakete aus Amerika, und die Kindersachen hatten immer die richtige Größe, wie die Kleider für seine Frau. Die liebe Nachbarschaft hat natürlich auch gequatscht, du kannst dir ja vorstellen, wie das so geht. Ernst sagt heute, wenn seine Frau es ihm sofort gebeichtet hätte, wäre es gut gewesen, weil er einfach froh war, wieder zu Hause zu sein, und so ein kleines Kind muß man ja einfach gern haben. Aber weil sie ihn belog, hat Ernst weiter und weiter gebohrt und herausgefunden, daß dieser Amerikaner gar nicht der einzige war, und das Kind, wenn du so willst, nur ein Betriebsunfall. Seit einundfünfzig ist Ernst geschieden und hat allein gelebt, bis wir uns getroffen haben. Dein lieber alter Mandt hatte mir übrigens Ernsts Adresse gegeben, als die Steuerprüfung bevorstand. Du mußt nicht denken, daß ich sofort auf ihn geflogen bin«, Anna errötete, »so nennt ihr das doch heute, oder? – Aber Ernst hat Ähnlichkeit mit Michael, und er gibt mir das Gefühl, daß er mich braucht und ich – ich weiß nicht mal, ob ich ihn lieb habe. Aber er zeigt mir, daß ich noch eine Frau bin. Siehst du, er hat dieses Kleid für mich ausgesucht und mich einfach mit zum Friseur genommen. Und weißt du noch, wie scheußlich ich mich immer geschminkt habe? Ich meine, so altmodisch. Manchmal geht Ernst mir auf die Nerven. Weil er so ordentlich ist, alles so genau plant, alles so perfekt haben muß. Und rücksichtslos sein kann, gegen andere. Aber siehst du, dann verstehe ich es auch wieder. Als er aus der Gefangenschaft kam, hat er doch nur einen Scherbenhaufen vorgefunden, und jetzt soll eben alles ganz und heil sein. Verstehst du das?«
Friedel nickte.
»Christine versteht es nicht. Sie meint, kein Mensch kann seine Vergangenheit verleugnen und einfach abstreifen wie ein Hemd.«
»Aber Boris ist doch Gegenwart.«
Anna drückte wieder ihre Hand. »Du auch, Friedel. Ich hab' all deine Fotos angeschaut und – und deine Briefe an Christine gelesen. Ja, ich hab' geschnüffelt, aber jetzt verstehe ich dich auch besser, viel besser. Ich weiß, daß du Michaels Tochter bist, viel mehr als meine. Und das ist gut so. Aber ich wäre froh, wenn du mich jetzt auch ein bißchen besser verstehen könntest, wegen damals. Als du noch so klein warst, als ich Michael daran gehindert habe, zu euch nach Bonn zu kommen, bis es beinahe zu spät war. Weißt du, damals hat er mich gehaßt. Damals wollte er Boris nicht, und ich wollte Boris, weil ich Michael in Amerika festhalten wollte. Ich hatte solche Angst, meinen Mann zu verlieren.«

Anna war jetzt sehr blaß, ihre Hände lagen fest gegeneinandergepreßt, klein und mit grau schimmernden Nägeln auf dem Tischtuch.
»Ich habe es noch nie ausgesprochen, aber einmal muß ich es wohl tun. Ich glaube, Gott hat mich gestraft, weil ich so egoistisch war. Sonst lebte Michael noch.«
»Wein nicht, Mama«, sagte Friedel. »Komm, jetzt putz du dir die Nase.« Sie gab Anna ihr Taschentuch zurück.
»Wir vertragen scheint's beide keinen Sekt. Und dabei wollt' ich fröhlich sein mit dir.«
»Macht doch nichts, Mama.«
»Du und Martin, das ist so wie mit mir und Michael?«
»Ich glaube ja, Mama.«
»Dann mußt du ihn zurückkriegen. Denn du bist wie ich. One mans woman, so sagt man in Amerika. Nur eines Mannes Frau ein ganzes Leben lang.«
»Mama, Eva liegt auf der Intensivstation. Sie ist seit zwei Tagen bewußtlos.«
»Ich weiß.«
»Und Martins Mutter kommt morgen aus Berlin. Bitte, bitte, sorg dafür, daß ich mit dem Mann im AA sprechen kann.«
Anna puderte sich ihre Nase. Das hatte sie schon immer getan, wenn sie Zeit gewinnen wollte.
»Bleib bei mir im Geschäft, bis es halb sieben ist«, sagte sie dann, »Ernst kommt und holt mich ab. Er soll dich sehen. Und Boris kennenlernen. Christine hat recht – er kann mich ohne Hemd am Hintern haben, aber doch nicht ohne euch.«
»Und Sie haben noch nicht mal die Gläser leergetrunken«, schalt die alte Serviererin.
»Trinken Sie den Sekt, Nettchen«, sagte Anna, »auf Ihr und auf unser Wohl.«
»Dann nehmen Sie das aber dem Jungen mit«, und sie gab Anna einen Nikolaus aus Schokolade in rotem und silbernem Stanniolpapier.
»Da wird Bobo sich freuen. Danke, Nettchen.«
»Und fröhliche Festtage wünsch' ich.«
»Danke, Nettchen, das wünschen wir auch.«
Es fiel Schnee, sacht, langsam, zögernd.
Anna nahm wieder Friedels Arm und hob schnuppernd den Kopf.
»Wie schön«, sagte sie, »wir kriegen eine weiße Weihnacht. Du mußt dir unbedingt unser Grundstück ansehen. Es liegt hoch oben auf dem Venusberg, gar nicht weit von der ›Kasselsruh‹. Das Haus muß ja noch austrocknen, und«, sie lachte plötzlich hell auf, »na ja, du weißt es ja jetzt, er ist eben ein Perfektionist.«

Aber in den letzten zwanzig Minuten vor halb sieben wurde Anna unruhig; sie ließ die Mädchen früher gehen, sie bediente die Kunden rascher, mit weniger Aufmerksamkeit als gewöhnlich.
»Soll ich nicht lieber auch gehen?« fragte Friedel.
»Nein«, sagte Anna, »du bist jetzt hier. Und du bleibst hier.«
Sie räumte den Laden auf, in dem es nichts aufzuräumen gab. Sie wischte Staub, wo keiner lag.
Plötzlich drehte sie sich zu Friedel um, sah sie an. »Eines habe ich noch vergessen: Alles, was du hier siehst und was ich anhabe, hab' ich selbst verdient. Ich bin nicht finanziell abhängig von Ernst.«
»Das hätte ich auch nie gedacht.«
»Aber weißt du, wer's gedacht hat? Unser guter alter Onkel Franz.«
»Der kommt hierher?«
»Natürlich«, sagte Anna. »Mit seinen beiden Damen. Das heißt, er kam mit ihnen. Im September hat er Lucy in ein Altersheim geschafft. Und seine geliebte Tatjana kurt in Kissingen.«
»Onkel Franzens Gallensteine«, sagte Friedel.
Annas Augen öffneten sich ganz weit, und dann lachte sie, und Friedel auch.

So fand sie Ernst Martens. Zwei lachende Frauen, die einander so ähnlich waren, wie es nur Mutter und Tochter sein können.
Er schloß langsam die Ladentür hinter sich, sein Blick glitt langsam von Anna zu Friedel und zurück. Sie sahen beide, seine Hände zitterten. Er steckte sie in die Manteltaschen.
»Guten Abend.«
»Guten Abend, Ernst«, sagte Anna und betonte seinen Namen. Der weiche schwarze Wollstoff des Kleides konnte nicht verbergen, wie gespannt ihre Schultern, ihr Rücken mit einemmal waren.
Friedel trat neben sie.
»Ernst, das ist meine Tochter Friedel. Ich habe sie gebeten hierzubleiben, bis du kommst. Wegen Herrn Hildesheim. Und wegen deines Freundes im Auswärtigen Amt.«
»Ja?« Er schaute Friedel an.
Wenn man so wollte, hatte er Ähnlichkeit mit Michael. Er hatte die gleiche Kopfhaltung wie ihr Vater.
»Und?«
»Bitte«, sagte Friedel, »lassen Sie mich mit Ihrem Freund im AA sprechen.«
»Warum?«
»Ernst!«
»Deine Tochter ist hier, also laß mich mit ihr reden.«

»Eva Hildesheim liegt in der Klinik. Auf der Intensivstation. Vielleicht könnte man Martin Hildesheims Rückkehr beschleunigen?«
»Und was haben Sie davon, Fräulein Gugenheimer?«
»Nichts«, sagte Friedel. »Wenn Sie wollen, soll Herr Hildesheim nie erfahren, daß ich darum gebeten habe.«
»Von der Heilsarmee?« fragte Ernst Martens.
Anna wandte sich ab, ging zum Schrank neben der Theke, zog mit einer heftigen Bewegung den Vorhang zurück, nahm ihren Mantel heraus.
»Wenn deine Tochter schon hier ist, Anna, dann will ich sie auch kennenlernen. – Also, Fräulein Gugenheimer?«
»Ich kenne Eva Hildesheim nicht«, sagte Friedel, »aber ich will nicht, daß sie stirbt. Nicht so, nicht allein.«
Ernst trat zu Anna, half ihr in den Mantel. »Nimm ein Kopftuch, es ist kalt draußen.«
»Danke«, flüsterte sie.
Ernst Martens belud sich mit Friedels Weihnachtseinkäufen. Er ließ keine der beiden Frauen etwas tragen.
Unten, vor dem Kaufhaus Gentrup, parkte sein Wagen. Er half Anna hinein, hielt dann Friedel die Tür auf.
Keiner von ihnen sagte ein Wort, bis sie vor dem Haus in der Schumannstraße hielten.
Durch die bunte, bleigefaßte Scheibe der Tür schimmerte Licht. Glocken läuteten von der nahen Elisabethkirche zur Abendandacht.
Martens stieg aus, ging um den Wagen herum. Er half beiden Frauen auszusteigen.
»Es ist verdammt kalt geworden.«
»Wie wär's mit einem Grog?« fragte Anna.
Martens sah die Straße hinauf und hinunter, dann zum Haus.
»Das könnte nichts schaden. Aber ich will nicht stören.«
»Bei uns stört nie jemand«, sagte Friedel.
»Na, dann geh, Anna, und mach die Tür auf«, sagte er, »weiß der Himmel, was du alles eingekauft hast, ich bin ja bepackt wie ein Esel.«
»Ich war's«, sagte Friedel. »Alles, was Sie schleppen, sind meine Pakete.«
»Hätt' ich mir fast denken können.« Aber es hörte sich nicht unfreundlich an.
»Mensch, Klasse«, flüsterte Anna an der Haustür. Das klang wie von Boris.

An dem Ingweiler Tisch im Wohnzimmer spielten Achim und Boris Schach.
Lilli saß im Wintergarten unter einer Stehlampe und häkelte. Sie hob ihr Gesicht mit den dunklen Augengläsern.

»Anna, Friedel!« Sie legte ihr Häkelzeug auf den Tisch unter der Lampe. »Und –«
»Ich habe Besuch mitgebracht, Lilli, das ist Herr Martens. – Ernst, meine Schwester Lilli, Boris und Achim.«
Ernst ging auf Lilli zu, sie stand auf, kam ihm entgegen, sie nahm die Brille ab. Sie sahen alle, wie es ihn traf; Lilli war so schön, und ihre Augen waren so leer.
Achim und Boris traten heran.
Boris machte seinen Diener, tiefer als sonst, linste zwischen halbgeschlossenen Augen zu Ernst auf.
»Du bist der Schneitzer«, sagte Ernst.
Boris wurde feuerrot. »Mama, du hast gepetzt!«
»Ich find's prima«, sagte Ernst.
Boris strich mit der Handfläche seine Nase hoch und zog das, was darin war, noch höher.
»Der Junge hat Schnupfen, Anna«, sagte Ernst. »Gib ihm ein Taschentuch.«
Achim prustete los. Es war das erste Mal, daß er lachte, seit er aus Ungarn zurückgekehrt war.
»Ich mach' den Grog!« rief Anna und flüchtete in die Küche.
Friedel ging ihr nach.
»Ruhig«, sagte sie, »ruhig, es läuft doch prima.«
»Und ob«, kicherte Anna. »Bevor der Abend zu Ende ist, wird Ernst erklären, daß er noch einen Hausflügel für euch alle anbaut.«
Einen ewigen Moment lang hielten sie sich umklammert. Mutter und Tochter.
»Um Himmels willen, der Grog, bevor Ernst sich anders besinnt, schneid du Christines Christstollen an, Friedel.«
Aber keine Eile war vonnöten. Ernst Martens saß mit den Jungen am Ingweiler Tisch und sah ihnen beim Schachspiel zu; er hatte keine Ahnung davon, wie er zugab. Lilli saß auch dabei, die dunklen Gläser verdeckten wieder ihre Augen. Sie häkelte eines der zarten seidigen Dinger, die in Annas Laden reißend Absatz fanden.
Lilli hatte zu häkeln angefangen, weil stricken ihr zu simpel erschien. Sie brauchte eine Herausforderung, wenn auch nur durch luftige Maschen, die sie mit großer silberner Nadel und ihren Fingerspitzen ertasten mußte.
Und Lilli häkelte die Stunden der Tage hinweg, die sie sonst untätig hätte verbringen müssen.
Sie hatte auch die Angst hinweggehäkelt, um Achim, als er verschwand, sie ihn vergebens suchten, bis schließlich eine Postkarte kam, von unterwegs: ›Bin auf dem Weg nach Ungarn. Macht Euch keine Sorgen. Es geht

um die Freiheit.‹ Und Lilli hatte ihre Erleichterung überhäkelt, als er zurückkam, die Stille, die ihn umgab, und ihre Unfähigkeit, diese Stille zu durchbrechen.

Anna trug mit glühenden Wangen den Grog auf, sie hatte mehr als ein paar Schlucke davon probiert und sah überrascht, daß es gar nicht nötig war.

Boris legte Ernst inzwischen die Karten und prophezeite ihm Glück in der Liebe, wobei er so dreckig lachte, so unverschämt, wie man nur ihm es durchgehen ließ. Achim rückte an seiner Brille und murmelte: »Alles Humbug, du kleine Ratte.«

»Humbug?« protestierte Boris. »Da frag du mal die Frau Schlief. Die glaubt heute noch dran.«

Dann mußte Friedel erklären, wer Frau Schlief war: eine Metzgersfrau, und in der schweren Zeit, da war aus Christines Kartenlegerei eine Einnahmequelle geworden.

Das war die Zeit, wo Trauringe an Haarfäden über den Bildern der Vermißten pendelten und man glauben wollte, daß sie noch lebten, solange die Ringe nicht stillhingen. Es war die Zeit, da man an Omen glaubte und mehr als in anderen Zeiten an gute.

Friedel erzählte einer Freundin in der Schule, daß ihre Oma Karten legen könnte, die Freundin erzählte es ihrer Mutter. Die Mutter kam zu Christine und wollte wissen, ob ihr Haus in Aachen noch stünde und ob ihr Sohn noch am Leben sei. Das Haus in Aachen stand noch, und der Sohn sandte die vorgedruckte Mitteilung aus englischer Gefangenschaft, ›mir geht es gut‹. Die Mutter von Friedels Freundin erzählte Frau Schlief davon, der Metzgersfrau, und sie wollte wissen, wie ihre Zukunft aussähe.

»Weißt du, ich lüg' ja nicht«, sagte Christine damals. »Wenn Herzkarten um die Herzdame liegen, was soll ihr dann schon groß passieren?«

Frau Schlief passierte nichts. Ihr Geschäft ging gut, ihr Mann arbeitete wie ein Pferd, und sie brachte regelmäßig zu den Kartensitzungen eine Schmierwurst oder auch eine Leberwurst mit.

Die Würste waren nicht groß, aber für zwei Personen, für Friedel und Christine, reichten sie, dünn aufgekratzt, eine ganze Woche lang.

»Leberwurst«, sagte Ernst Martens. »Ich war in einem Bergwerk in Lothringen. Wir kriegten zu essen, es war natürlich mager. Ist ja auch verständlich. Aber eines Tages hatte ich Glück. Ich kam nach der Nachtschicht aus dem Schacht, und alles war spiegelglatt. Ich rutschte aus und knallte hin. Es sah ganz so aus, als wäre mein Hüftgelenk gebrochen. Die Wachen waren ziemlich ratlos. Einer sagte, also wenn der morgen nicht arbeiten kann, kriegen wir eins drauf. Und ob wir ihn nun ins Lager schaffen oder zum Doktor, das ist gleich weit. Mein Hüftgelenk war nicht gebrochen, nur irgend etwas verrenkt. Aber beim Doktor feierten sie an die-

sem Abend die Geburt des ersten Enkels, hatten ein Schwein geschlachtet. Es gab frisch gesiedete Leberwurst. Weil ich nun gerade da war, wog der Doktor mich, meinte, ich wäre unterernährt, und ein Stück Wurst könnte mir nichts schaden. Die Leberwurst war noch warm, und mir war kotzelend danach, entschuldige, Anna.«
»Macht doch nichts«, sagte sie.
»Trotzdem, ich hab' nie wieder so was Gutes gegessen«, sagte Ernst.
»Dann müssen Sie Omas Leberpastete aux Morilles versuchen«, sagte Boris.
»Ja, das ist eine gute Idee«, rief Anna. »Oma soll uns eine Leberpastete zu Weihnachten backen.«

Christine stand im Flur und hörte sie lachen und sprechen und begriff sehr bald, daß außer Friedel und Anna, Boris, Achim und Lilli noch jemand anderes da war, und begriff auch, wer es war.
Sie war froh darüber.
Es hatte lange gedauert. Fast zwei Jahre.
Sie war sehr froh.
Aber sie zog die Schuhe aus und stieg auf Strümpfen die Treppe hinauf. Denn heute abend konnte sie, wollte sie niemanden Fremdes sehen.
Sie schaute nicht in den Spiegel, als sie ihren Hut und ihren Mantel ablegte, sie hing nur beides säuberlich in den Schrank, aus alter Gewohnheit.
Sie setzte sich auf ihr Bett und blickte auf den Schreibtisch, wo ihre Bilder standen.
Von ihrem Vater und ihrer Mutter, dann von Mama Stella und ihrem Vater, von Rachel, ihrer Schwester. Von Georg Bonet, ihrer Jugendliebe, und Ernst, ihrem Mann. Das letzte Foto zeigte Michael.
Die Lebenden fehlten.
Achim hatte Christine die schmalen Silberrahmen geschenkt, die sich wie eine Ziehharmonika entfächern ließen; am Ende war noch einer der Rahmen mit rotem Samtblatt frei.
Christine zögerte lange, weil es so endgültig sein würde, was sie nun tat. Aber dann stand sie auf, nahm die Brieftasche aus ihrer Handtasche und daraus das Foto.
Es zeigte Eva und sie bei einem der wenigen, viel zu seltenen Spaziergänge am Rhein.

»Mama muß doch nach Hause gekommen sein«, sagte Anna. »Ich meine, ich hätte ihre Schritte oben gehört?«
Es war gegen zwölf, Ernst Martens war gegangen, die Jungen waren im Bett. Lilli saß wieder im Wintergarten, häkelte.

Friedel und Anna räumten den Ingweiler Tisch ab.
»Ich geh' nachschauen«, sagte Friedel.
Die Jungen redeten in ihrem Zimmer, leise, von Afrika. Achim hatte Visa beantragt, das Soldatwerden war ihm vergangen. Er wollte auf der Farm in Kenia arbeiten oder an dem neuen Staudamm in Rhodesien. Er wollte vor allem fort aus Europa.
In Christines Zimmer brannte Licht.
Friedel öffnete leise die Tür.
Christine lag angezogen auf dem Bett.
Sie schlief.
Es war kalt im Zimmer, denn das Fenster war halb geöffnet.
Friedel schloß es.
Sie sah die Fotos auf dem Schreibtisch.
Sie schaute die Reihe der Gesichter entlang.
Anna hatte nicht unrecht; Ernst glich ihrem Vater.
Und dann das letzte, da, wo vorher der Silberrahmen leer gewesen war.
Zwei Gestalten am Rheinufer, gegen das eiserne Geländer gelehnt. Unverkennbar einer von Omas eleganten Hüten, die Kappe aus grauem Filz, die Reiherfeder flach darumgelegt.
Und daneben eine Frau, ein Mädchen, ein Kind, das Friedel nie gesehen hatte.
Eva.
Friedel ging leise, wie sie gekommen war.
Aber sie teilte immer noch – oder wieder – mit ihrer Mutter das Schlafzimmer.
»Was ist denn, Friedel?«
»Eva Hildesheim ist tot«, sagte sie, »und hätte ich nicht – hätte ich nicht da sein sollen?«
In dieser Nacht war Friedel dankbar, daß sie nicht allein zu schlafen brauchte.

18

Es war neun Uhr morgens, und Achim betrat pünktlich das Haus in der Kaiserstraße, in dem sich Ernst Martens Büro befand.
Wie ganz nebenbei hatte dieser Mann mit dem abweisend wirkenden Gesicht und dieser oft barsch klingenden Stimme am vergangenen Abend gesagt: »Sie wollen nach Afrika, Herr Belheim? Das interessiert mich. Ich erwarte Sie um neun in meinem Büro.«
Die Einladung war alles andere als höflich, aber Achims Neugier überwog. Was wollte Martens von ihm? Wie wollte er sein geschäftliches Kalkül

befriedigen, denn von Gefühlen, etwaiger Anteilnahme hielt er gewiß nichts.
Die Büros waren funktionell eingerichtet, wie es sich für einen Steuerberater wohl gehörte; das von Martens unterschied sich in keiner Weise von denen seiner Angestellten. Die Firma hatte inzwischen zwölf Mitarbeiter, wie Achim von einer ältlichen Sekretärin erfuhr.
An den lichtgrau tapezierten Wänden um den vollkommen leeren Schreibtisch und eine mit grauem Leinen überzogene Sitzgarnitur hingen Stahlstiche von Bonn zur Zeit des letzten Kurfürsten.
»Sie sind pünktlich, das mag ich.« Martens trat ein, durch eine Tapetentür. Sein Händedruck war knapp, als schätze er die Berührung anderer Hände nicht sonderlich. »Setzen wir uns doch.«
Die Sessel waren bequem, aber auch sie luden nicht zu längerem Verweilen ein.
»Ich will mich nicht in Ihre Pläne einmischen, Herr Belheim, doch mir scheint, daß Sie noch nicht genau wissen, was Sie in Afrika tun wollen?«
»Arbeiten, auf einer Farm.«
»Das können Sie auch hier auf einem Bauernhof. Außerdem scheint Ihre bisherige Erziehung nicht auf Landarbeit ausgerichtet gewesen zu sein.«
Achim spürte, wie er errötete. »Ich will aus Europa weg.«
»Warum?«
»Ich war in Ungarn. Die Menschen wollten ihre Freiheit, aber sie haben nur Bomben und Granaten bekommen. Wie immer.«
»Was geht Sie das an?«
»Das geht uns alle an.«
»Das ist wahr. Aber Sie persönlich, was trifft Sie persönlich daran?«
»Ich habe Soldat werden wollen, aber jetzt weiß ich, daß ich es nicht kann.«
Ernst Martens nickte, er schaute auf seine Hände.
»Sie verachten mich?«
»Nein, Herr Belheim. Ich war auch nicht gern Soldat, und bestimmt kein guter. – Haben Sie sich schon mit Afrika vertraut gemacht?«
»Ja. Ich habe mir Bücher besorgt, Landkarten. Ich lerne bei Professor Mais die Sprache der Kikuyu und Kisuaheli, das ist die Verkehrssprache Ostafrikas.«
Martens sah auf. Sein Blick war kühl, prüfend.
»Ich habe viele Jahre damit verbracht, mich nicht um andere Leute zu kümmern, aber gestern abend, im Haus Ihrer Großmutter, habe ich empfunden, wie einsam man dadurch wird. Nun – ich habe einen Freund in Afrika. Herbert Gross wanderte vor sechs Jahren nach Rhodesien aus. Er leitete ein Fotolabor von Agfa in Salisbury, an den Wochenenden zog es ihn in den Busch. Er wurde ein leidenschaftlicher Tierfotograf und zu ei-

nem leidenschaftlichen Tierschützer. Wir erfahren hier so gut wie nichts davon, aber überall in Afrika sind wilde Tierarten vom Aussterben bedroht. Sei es durch die sich ausbreitende Zivilisation, sei es durch Wilderei. Herbert Gross hat sich ganz dem Wildschutz verschrieben. Ein besonderes Hilfsprogramm steht bald bevor. Sie haben sicherlich vom Bau des Kariba-Staudamms gehört?«
»Ja. Zwei Söhne von Freunden in Kenia sind schon dort. Ich habe vor, sie zu besuchen.«
»Wenn der Kariba-Staudamm fertig ist, werden riesige Landstriche überflutet werden und Hunderttausende von wilden Tieren in Gefahr geraten zu ertrinken. – Interessieren Sie sich für Tiere, Herr Belheim?«
»Ja – nur hier gibt es ja nicht mehr allzu viele, ich meine, wilde –«
»Wenn Sie es wollen, werde ich Herbert Gross schreiben. Vielleicht finden Sie dort das Ziel, das Sie suchen.«
»Wieso meinen Sie –«
»In Ihrem Alter muß man ein Suchender sein, sonst wäre man kein Mensch.«
Die ältliche Sekretärin gab Achim beim Hinausgehen ein Paket, es enthielt Bücher, drei in deutscher, drei in englischer Sprache über Flora und Fauna Afrikas.
»Die sind wirklich für mich?« fragte Achim verwirrt.
Sie lächelte. »Herr Martens wünscht gute Lektüre.«

Friedel stand auf dem Flugfeld Wahn. Der Wind war eisigkalt, die Wolken hingen niedrig.
Die Maschine aus Berlin landete pünktlich, die Passagiere stiegen aus, wurden immer größer, je näher sie kamen.
»Du hier«, sagte Martins Mutter. Sie gab Friedel ihren Handkoffer. »Ich hab' kein anderes Gepäck, ich bleib' ja nicht lange hier.« Johanna Hildesheim schaute sich unsicher um.
»Möchtest – Entschuldigung, möchten Sie etwas trinken, essen, bevor wir nach Bonn fahren?« Friedel wünschte, sie wäre jetzt nicht allein gewesen.
»Nein, nein«, sagte Johanna, »im Flugzeug gab's genug. Aber das Rührei war stockig.«
Sie trug einen schwarzen Mantel, schwarze Schuhe und einen schwarzen Hut. Ihr weißes Haar war gelblich wie vergilbtes Papier.
Im Flughafenbus saß sie stumm neben Friedel, schaute aus dem Fenster. Dünn fiel Schnee, wehte über die Felder, die Äcker, über neue Baustellen.
»Hier wird viel gebaut«, sagte Johanna.
»Ja.«

Johanna schwieg, und Friedel wußte nicht, was sie sagen sollte.
»Wenn mein Sohn eine richtige Frau geheiratet hätte, könnte er jetzt ein Haus haben und Kinder.«
»Wo möchten Sie zuerst hin?« fragte Friedel, als der Bus in Bonn vor dem Bahnhof hielt.
»Natürlich zur Wohnung meines Sohnes. Du hast doch den Schlüssel.«
Friedel spürte, wie sie unter Johannas hartem Blick feuerrot wurde.
»Ja«, sagte sie, »meine Großmutter hat ihn mir gegeben.«
»Deine Großmutter«, Johanna schüttelte den Kopf, »sie muß eine komische Frau sein.«
»Sie hat sich um Eva gekümmert, wenn die Tagesschwester ging oder Martin Spätdienst hatte. Und wenn er fort war.«
»Mein Sohn hat es mir geschrieben.«
»Dort drüben stehen Taxis«, sagte Friedel.
»Wir nehmen die Bahn«, entschied Johanna.
Und während sie zur Hausdorffstraße fuhren, sagte Johanna wieder: »Hier wird viel gebaut.«
Vor dem Haus schaute sie zum ersten Stock hinauf. »Die Gardinen sind sauber.«
Friedel gab ihr die Wohnungsschlüssel.
»Schließ du auf«, sagte Johanna, »du kennst dich hier aus.«
In der Wohnung ging sie von Zimmer zu Zimmer, betrachtete die Möbel, die Sessel, die alten Berlinstiche an den Wänden.
Friedel blieb in der Diele stehen, sah Martins Mutter wie einen Schatten durch die Räume gleiten; ihre Schuhe mußten Gummisohlen haben, man hörte sie nicht.
Johanna kehrte zurück in die Diele, trat an Friedel vorbei in die Küche. Sie öffnete den Eisschrank, schaute hinein. Er war leer.
»Das ist gut«, sagte sie. »Wenn man Lebensmittel darin verkommen läßt, kriegt man den üblen Geruch nie mehr raus.«
Im Wohnzimmer klingelte das Telefon.
Johanna sah Friedel an. »Geh du hin.«
»Nein, das tue ich nicht. Sie sind Martins Mutter.«
»Und du seine nächste Frau«, sagte Johanna.
Da wäre Friedel am liebsten weggelaufen. Aber sie blieb stehen.
»Bitte, gehen Sie ans Telefon.«
Johanna tat es. »Ja?« fragte sie überlaut, wie jemand, der nicht gewöhnt ist zu telefonieren. »Du bist es, Horst? – Ja, ich bin gut angekommen. – Ja, ich bin abgeholt worden. – Das macht doch nichts, ja, ich erwarte dich. Ich bin ja da.«
Sie legte den Hörer auf, wandte sich um. Ihre Augen waren nicht mehr so flach und auch nicht mehr so feindselig.

»Er kommt sofort. Ein guter Junge ist das, und ein guter Sohn. Er kümmert sich um seine Mutter.«
»Frau Hildesheim, Martin hat sich auch um Sie gekümmert. Nur im Moment kann er es nicht. Er sitzt im Gefängnis in Ungarn.«
»Deine Großmutter hat es mir geschrieben, aber wenn du mich fragst –«
Friedel fragte nichts.
Wieder wäre sie am liebsten fortgerannt.
»Martin wollte nie, daß ich hierher komme. Oh, gesagt hat er es oft genug, aber getan hat er nichts. Horst hat seiner Mutter einfach eine Flugkarte gekauft, und als sie erst hier bei ihm war, kamen die Möbel schon hinterher.«
»Horst hatte auch keine kranke Frau.«
»Ich bin immer gut mit Eva fertig geworden«, sagte Johanna beleidigt.
»Warum sind Sie dann nicht gekommen, als Martin Sie brauchte? Warum hat sich meine Großmutter denn um Eva kümmern müssen?«
»Es ist besser, du gehst jetzt«, sagte Johanna. »Ich bin dir ja nicht böse. Du mußt ihn ja verteidigen. Aber was Martin mir angetan hat –«
»Nichts hat er Ihnen getan, gar nichts«, sagte Friedel, »nur, daß er am Leben geblieben ist und Ihr anderer Sohn und Ihr Mann nicht.«
Jetzt ging sie.
Draußen stieg Horst gerade aus seinem Wagen. Sie sah es gar nicht.
»He, Friedel!« Er holte sie ein.
Er trug einen schwarzen Anzug und dazu einen schwarzen Binder.
»Laß mich los«, sagte sie.
Aber er hielt ihren Ellenbogen. »Komm, setz dich in meinen Wagen.«
»Nein.«
»Du kannst doch nicht heulend durch die Gegend laufen.«
»Das ist mir egal.«
»Warst du allein mit Johanna oben?«
Sie nickte stumm.
»Um Gottes willen«, sagte Horst, »na, jetzt komm.«
Sie saß neben ihm im Wagen. Er gab ihr eine Zigarette, Feuer. Er beugte sich vor, schaute an ihr vorbei.
»Johanna steht oben am Fenster. Aber das macht nichts. Im Gegenteil.«
Er grinste Friedel an, und sie bemerkte zum erstenmal, daß er unglaublich viele dunkle Sommersprossen hatte.
»Ich habe bei dir zu Hause angerufen«, sagte er, »aber da warst du schon weg, und ich hätte es ohnehin nicht mehr rechtzeitig nach Wahn geschafft. Wir hatten eine Besprechung. In der Redaktion. Wir wissen jetzt, wo Martin ist. Und es wird alles getan, darauf kannst du dich verlassen. Er kommt bald frei.«
»Wie bald?«

»Ich sage dir doch, er kommt bald frei. Es wird alles getan.«
»Aber wie bald, Horst?«
»Nicht so bald, daß er zurück wäre, wenn Eva begraben wird.« Er rauchte nun auch.
»Du solltest jetzt raufgehen.«
Er schüttelte den Kopf.
»Johanna hat Eva nicht davon abhalten können, krumme Dinger zu drehen, als Martin im Krieg und in Gefangenschaft war. Er hat es ihr natürlich nie vorgehalten, aber du kannst dir denken, daß das nicht gerade zu einem friedlichen Zusammenleben beigetragen hat. Dabei konnte auch Johanna nichts dafür. Eva war eben so. Sie hörte auf jeden, der ihr sagte, wie schön sie sei. Obwohl sie's gar nicht nötig hatte. Aber sie konnte nicht anders. Du hast Eva nie gesehen?«
»Nein.«
»Sie war eben so«, sagte er. »Sie war eben Eva.«
»Ich gehe jetzt«, sagte Friedel.
»Ja.« Horst nahm ihre Hand, drückte sie. »Wir bleiben in Verbindung. Ich rufe dich an, sobald ich etwas Neues über Martin erfahre.«
»Ja, danke.«
Friedel ging und ging, und Schnee fiel, und sie dachte, wie kalt es in dem leeren Haus und dem leeren Zimmer war, in dem nur ein Bett stand und ein leerer Schrank mit offenen Türen, in Budapest, und daß sie geschlafen hatte, als Martin fortging, um für sie beide etwas zu essen zu besorgen. Sie ging und ging und drehte sich im Kreis und stand schließlich doch vor dem Haus in der Schumannstraße.
Boris würde in der Schule sein, und Achim, nein, er nicht mehr, hatte sein Abitur ja hinter sich. Aber auch er würde unterwegs sein, war es jetzt jeden Tag, kümmerte sich um seine Ausreisepapiere nach Kenia. Anna würde im Geschäft sein.
Lilli saß im Wintergarten und häkelte.
»Ist Oma noch nicht heruntergekommen?«
»Nein. – Du riechst nach Schnee.« Lilli lächelte.
Friedel zog ihren nassen Mantel aus, darunter war auch ihr Kleid feucht.
»Warum nimmst du nicht ein heißes Bad?« fragte Lilli. »Das hat mir immer geholfen.«
»Würde ich gern, aber das Wasserrauschen könnte Oma wecken.«
»Ich bin schon wach«, klang es von der Küchentür her, und Christine balancierte ein Tablett mit Kaffee auf der rechten Hand zu ihnen in den Wintergarten; den linken Arm trug sie in der Schlinge.
»Mir nur schwarz«, sagte Lilli sofort.
»Unsinn, du kriegst Sahne und zwei Löffel Zucker«, sagte Christine. »Du bist immer noch spindeldürr.«

Sie reichte Lilli ihre Tasse, dann Friedel, ließ sich mit einem Seufzer ihnen gegenüber auf der Korbbank nieder.
Ihre Fingergelenke waren geschwollen und, wie Friedel mit einem schnellen Blick sah, auch die Fußgelenke.
»Die neue Salbe hilft prima«, sagte Christine, als hätte sie Friedels Gedanken erraten. »Ich bin fast ohne Schmerzen.«
Bei ihr bedeutete das, daß sie die Gichtschmerzen aushalten konnte; Christine konnte eine Menge aushalten, denn auch der Handbruch tat bestimmt noch weh.
»Nun erzähle, Friedel. Ist Martins Mutter gut in Wahn angekommen?«
»Ja. Sie ist jetzt in seiner Wohnung, und Horst Pfeil kümmert sich um sie.«
»Ein netter junger Mann«, sagte Christine, »er war ein paarmal in der Klinik. Und er hat dir sicher berichtet, daß er sich um all die Formalitäten kümmern will?«
»Nein, Oma, aber ich nehme an, er wird es tun.«
»Und wann kommt Martins Mutter zu uns?«
»Ich glaube, überhaupt nicht.«
»Heißt das, du hast sie nicht eingeladen? Aber ihr Zimmer ist schon bereit.«
»Nein. Ich habe sie nicht eingeladen.«
»Aber sie ist Martins Mutter!«
Friedel schwieg.
»Was soll das heißen?«
»Mama, laß Friedel doch«, sagte Lilli. »Es wird etwas passiert sein, über das sie auch mit dir nicht sprechen will. Geh doch, Friedel, nimm dein Bad.«
»Ja«, sagte Friedel, aber am liebsten wäre sie wieder gerannt und gerannt und gerannt.

»Was soll das heißen?« wiederholte Christine, als sie mit Lilli allein war.
»Ich weiß es auch nicht, Mama, aber ich würde mich nicht einmischen.«
»Es geht um Martins Mutter. Er kann sich jetzt nicht um sie kümmern. Sicher, dieser Horst ist sein Freund, aber wenn Martin zurückkehrt, wird er mich fragen, und was soll ich dann antworten? Soll ich dann antworten, ich hab' deine Mutter nicht einmal gesehen?«
»Man sollte meinen, du willst ihn auf deine alten Tage für dich haben. Muß ja schon ein ungewöhnlicher Kerl sein, dieser Martin.«
»Schweig still«, sagte Christine. »Ich gebe dir nur eine Antwort darauf: Was man einmal angefangen hat, muß man zu Ende führen.«
»Und du setzt deinen Hut auf und ziehst deinen Mantel an und gehst zu seiner Mutter, was?«

»Ja.« Christine stand auf. »Genau das tue ich.«
Und dann lächelte sie plötzlich auf diese Tochter hinunter, die es gar nicht sehen konnte, und sagte: »Du hast es doch auch immer getan, Kind, was du angefangen hast, zu Ende geführt.«
Lilli ließ zum erstenmal ihre Häkelarbeit sinken.
»Mama.« Sie hob ihr Gesicht.
»Ja, ich bin bald wieder da.« Christine küßte Lilli leicht auf beide Wangen.

Horst Pfeil sah zu, wie Johanna die alten Berlinstiche von den Wänden nahm. Er sah sprachlos zu, wie sie ein Bettuch auf dem Boden ausbreitete, die Bilder, vorsichtig immer einen Tuchzipfel darüberschlagend, verpackte.
»Für die Bücher brauchen wir Kisten und für das Porzellan auch«, sagte sie. »Wenn auch nicht viel an Porzellan da ist. Kein komplettes Service. Hast du eine Ahnung, wo das Silberbesteck sein könnte?«
»Es gibt keins.«
»Bist du sicher?«
»Ja, Johanna.« Früher – in Berlin – hatte er sie auch manchmal Mutti Jo genannt, aber jetzt brachte er das plötzlich nicht mehr fertig.
Er sprang auf, packte ihren Arm und zog sie von ihren Knien hoch.
»Was soll das alles?«
Sie starrte ihn verständnislos an. »Aber Junge –«
»Ja was, aber Junge? Nun rede schon?«
»Ich muß mich setzen«, sagte sie.
»Natürlich, komm.« Er führte sie zu einem Stuhl. Die Sessel, die sonst um den niedrigen Couchtisch standen, hatte Johanna in eine Ecke geräumt; den Stuhl hatte sie sich aus der Küche geholt.
Jetzt saß sie darauf, knetete die Hände im Schoß.
Da tat sie ihm plötzlich leid, und er nannte sie doch Mutti Jo.
»Was soll denn das? Du kannst doch nicht Martins Wohnung auflösen? Er kommt doch wieder.«
»Er soll nicht mehr hier leben.«
»Aber wo denn sonst? Er arbeitet hier. Du kannst doch bei ihm leben, wenn du willst?«
Sie schüttelte den Kopf.
»Natürlich kannst du.«
»Er soll wieder zu mir kommen. Nach Berlin. Er soll wieder mein Sohn sein.«
»Aber deswegen kannst du jetzt hier und heute nicht seine Wohnung auflösen, und du kannst auch hier nicht allein leben.«
Horst dachte daran, wie er mit seiner Mutter lebte. Sie hatten zwei Zim-

mer und Küche, benutzten das Bad mit einer anderen Familie auf der Etage. Es gab immer noch ein Wohnungsamt und immer noch Wohnungsmangel, und seine Mutter würde sich wehren, wenn er Johanna mitbrachte.
»Ich bringe dich in ein hübsches Hotel, Mutti Jo. Es wird dir an nichts fehlen. Und du sollst sehen, wenn Martin zurückkehrt, findet sich alles von allein.«
»Ich will nicht in ein Hotel.«
»Nun sei doch vernünftig.«
»Ich will meinen Sohn wiederhaben. Und ich will ihn in Berlin haben.« Sie weinte.
»Mutti Jo«, er packte sie um die Schultern, »nun versuch, dich zusammenzunehmen. Es wird ja schon alles in Ordnung kommen. Übrigens müssen wir in die Klinik.«
»Ich will sie nicht mehr sehen«, sagte Johanna. »Eva hat mir zu viel angetan.«
»Aber es gehört sich trotzdem so.« Horst ließ Johanna los, er wollte nicht die Geduld mit ihr verlieren. Er hing die alten Stiche zurück an die Wände, rückte die Sessel zurecht. Als es an der Wohnungstür klingelte, holte er tief Atem. Er hatte sich selten so erleichtert gefühlt; wer immer auch da sein mochte, war ihm mehr als willkommen.
Christine stand vor der Tür. »Guten Tag, störe ich?«
»O nein!« Horst umfaßte ihre Hand mit seinen beiden.
»Mutti Jo!« rief er. »Sieh, wer hier ist«, und zog Christine mit sich in das Wohnzimmer.
Sie sah das Bettuch auf dem Boden, sah auf dem Couchtisch Porzellan, das da nicht hingehörte, und sah die kleine schwarzgekleidete Frau, die reglos auf dem Küchenstuhl saß.
Sie begriff, begriff doch nicht, dachte nicht nach, was sie tat, trat einfach zu der kleinen schwarzgekleideten Frau und sagte: »Es tut mir so leid für Sie. Alles. Manchmal weiß man gar nicht, was man noch alles erdulden soll.«
Sie legte ihre Hand auf die unruhigen kalten Hände.
»Es ist nicht gut, allein zu sein, nicht wahr? Aber Sie sind es nicht. Ihr Zimmer wartet bei uns auf Sie. Und Sie sind uns nicht fremd, denn Martin hat oft von Ihnen erzählt.«
»Herr Pfeil«, sie sah über Johannas Kopf hinweg Horst an, »meinen Sie, Sie könnten uns nach Hause fahren?«
Er schluckte, er schloß seinen Kragenknopf, zog hastig die Krawatte zurecht.
»Natürlich, wann immer Sie wollen, Frau Schwarzenburg.«

Noch am selben Abend brachte Boris Johanna zum erstenmal zum Lachen.
Sie spielten ›Schnapp hat den Hut verloren‹; Ablenkung war nötig. Boris, Achim, Friedel, Johanna und Christine saßen um den Ingweiler Tisch. Nur Horst Pfeil half im Wintergarten Lilli Wolle wickeln.
›Schnapp hat den Hut verloren‹ also, und Christine behielt den letzten Hut.
Boris sagte: »Du mußt ihn aufsetzen, Oma, bloß dein Kopf ist viel zu dick. Aber warte, ich hab 'ne Idee!«
Er sauste davon, polterte die Treppe hinauf und hinunter, wahrscheinlich würde er das nie aufgeben. Und kam mit einer feinen weißen Tüte zurück.
Er feixte. Seine Nasenlöcher, in denen er immer noch bohrte, weiteten sich. »Eigentlich war's ja mein Weihnachtsgeschenk für dich, Oma, aber bis dahin fällt mir noch was Besseres ein.«
Und er zog aus der Tüte, langsam, damit das Papier auch gehörig knisterte, langsam, damit sie alle ihre Augen darauf richteten, einen Kapotthut der Heilsarmee.
Und dann thronte er auch schon auf Christines grauem Haar, und Boris sagte: »Festbinden mußte ihn selbst, Oma, 'ne Schleife hab' ich noch nie gekonnt.«
Christine lachte, bis ihr die Tränen kamen, und Johanna lachte, bis sie den Schluckauf bekam.
Nur Achim verschwand.
Das Spiel ging weiter, aber nach einer Weile war Friedel im Aus, und sie ging zu Achim.

Er lag im Dunkeln auf seinem Bett, den Arm angewinkelt über seine Augen gelegt.
Friedel setzte sich neben ihn, er rückte von ihr fort.
»Das war ja schlimmer als Karneval. Und daß du das mitmachst, Friedel. Du –«
»Boris hat es gut gemeint.«
»Natürlich, natürlich! Aber ich halte es nicht mehr aus. Das alles nicht mehr.«
»Achim, weißt du, was das bedeutet, Oma zu haben und Boris, und überhaupt – unter einem Dach? Eine richtige Familie?«
»Wo ist dein Vater?« fragte er. »Und meiner? Und ich – ich weiß doch noch nicht einmal, wer ich wirklich bin. Du hast gut reden, als du weg wolltest, bist du gegangen, und jetzt, wo du wieder hier sein willst, biste wieder da.«
»Du warst doch auch schon fort.«

»Ja, und wo? In Ungarn. Und du hast mich daran gehindert, zu beweisen –«
»Was wolltest du mit einer Pistole beweisen?«
»Es war die Pistole meines Vaters. Niemand hat gewußt, daß ich sie überhaupt noch besaß. Und dann hast du sie ins Wasser geschmissen.«
»Aber du hast wenigstens keinen Menschen damit umgebracht.«
»Doch. Einen Russen.«
Sie saß ganz still.
Achims Brust hob und senkte sich, er konnte kaum atmen.
»Nein. Ich wollte doch bloß angeben. Ich habe es gar nicht gekonnt. Und deswegen kann ich auch nicht Soldat werden. Deswegen!«
Er drehte sich auf die Seite, knipste das Licht an. Er setzte die Brille auf. Seine Pupillen wurden doppelt groß.
»Hältst du mich für einen Feigling?«
»Nein.«
»Schwörst du es?«
Friedel legte ihre rechte Hand aufs Herz, hob die drei Schwurfinger der linken, berührte ihre Stirn, ihren Mund, dann sagte sie den Eid ihrer Kindheit. »Ich schwöre bei Himmel und Erde, bei Feuer und Wasser, bei Gott, der mich strafen, und der Hölle, die mich verschlingen soll, du bist kein Feigling.«
»Ich nehme den Eid an«, sagte Achim wie in den Tagen, als sie noch im ›Urwald‹ gespielt hatten, und berührte mit der linken Faust seine Stirn und seine Lippen.
Was jetzt noch fehlte, war, daß sie das Trillern ausstießen, das andere Kinder, ihre ›Verbündeten‹ im Indianerspiel, herbeigelockt und ihre Feinde abgeschreckt hatte. Aber dafür war nicht mehr die Zeit und nicht mehr der Ort.
»Friedel, willst du mit mir spazierengehen?« fragte Achim.
»Sicher.«
»Beim Laufen redet es sich am besten, findest du nicht?«
»Ja.« Und sie dachte an Michael, ihren Vater, und an Martin und an die langen Spaziergänge mit ihnen und daß sie das Beste waren, was sie in ihrem ganzen Leben erfahren hatte.
Irgendwann, unterwegs am Rhein, sagte Achim: »Du stolperst ja dauernd«, und nahm fest ihren Arm. »Wir können auch umkehren, wenn du müde bist?«
»Nein, erzähl weiter«, bat sie, und er sprach von dem Land, das er zu sehen hoffte, von unendlichen Ebenen mit goldenem Gras und riesigen Herden von Antilopen und Gazellen und von der Art, wie Strauße ihre Jungen aufzogen in richtigen ›Schulen‹, und daß die Rundhütten der Kikuyustämme total verschieden von den Manyattas der Massai waren; er

sprach von den hundertfachen Dialekten und Sprachen, die die einzelnen Negerstämme voneinander trennten, ihren Riten der Beschneidung und daß die Stammesnarben erst erfunden worden waren, als der Sklavenhandel in Afrika blühte und man die schönsten Mädchen und die kräftigsten jungen Männer unansehnlich machen wollte, damit die Araber sie nicht verschleppten. Er sprach von silbernen Sperlingen und einem Tal, in dem es mehr als tausend verschiedene Arten von Schmetterlingen gäbe und von den Mondbergen und den Tafelbergen und dem Rift-Valley, dem Grabenbruch, der im Jordantal in Israel beginnt und bis hinunter nach Südafrika reicht.

Denn wie Achim zuvor all das zu erfassen versucht hatte, was aus einem Mann einen guten Soldaten machen sollte, so hatte er sich nun in all die Literatur gestürzt, die ihn auf die wilden Tiere Afrikas und ihre natürliche Umgebung vorbereiten konnte.

»Weißt du«, sagte er, »die Menschen kann man nicht vor sich selbst schützen, aber vielleicht kann man wenigstens noch die wilden Tiere vor den Menschen bewahren.«

Vier Tage später wurde Eva Hildesheim auf dem Poppelsdorfer Friedhof begraben.

Das Grab lag unter einer Gruppe von Birken, Horst Pfeil hatte es ausgesucht; er hielt jetzt Johannas Arm.

Christine und Friedel standen im Hintergrund.

Der Pfarrer hatte Eva nicht gekannt, er fand nur allgemeine Worte.

Ein paar Kollegen von Martin waren gekommen, sie hielten sich noch mehr im Hintergrund und gingen, als Johanna die erste Schaufel Erde auf den Sarg warf.

Unterhalb des Friedhofs lag Bonn; es hatte viele neue Gebäude und Straßen bekommen, die sich schon nach Godesberg ausstreckten.

Es war eine aufstrebende, eine sich verändernde Stadt, und als Martin hierherkam, hatte er auch gehofft, daß sich sein Leben ändern würde, zum Besseren, mit Eva.

»Laßt uns gehen«, sagte Horst Pfeil, und sie folgten dem Pfarrer den schmalen Pfad entlang; er schritt sehr rasch aus, als wollte er ihnen entkommen.

Horst brachte die drei Frauen in seinem Wagen in die Schumannstraße.

»Ich muß in die Radaktion«, sagte er, bevor ihn noch jemand hereinbitten konnte.

Johanna blieb im Vorgarten stehen. Sie schaute den kleinen Tannenbaum an, den Christine in der Ecke unter dem linken Fenster gepflanzt hatte. Weißüberkrustete Kugeln hingen daran.

»Wie finden Sie zu alldem Zeit? Ich käme nie auf die Idee.«

»Es ergibt sich eben«, sagte Christine. »In meiner Kindheit, im Elsaß, hatten wir immer einen kleinen Baum im Vorgarten, und wenn er zu groß wurde, pflanzte mein Vater ihn in den Garten um. Daraus wurde fast ein Wäldchen.«
Johanna ließ keinen Blick von dem kleinen Baum.
»Muß ich noch vor Weihnachten fort?«
»Natürlich nicht«, sagte Christine, »wir behalten Sie hier, bis Martin zurückkommt.«
Und da erst weinte Johanna.

Martin Hildesheim wurde am 19. Dezember 1956 von einem ordentlichen Gericht in Budapest zu sechs Monaten Haft wegen Plünderung verurteilt.
Die Beweise, zwei Heringe und ein paar Handvoll Maismehl, lagen nicht auf dem Richtertisch; aber nach Zeugenaussagen war das seine einzige Beute gewesen.
Er hatte Glück, das wußte er; anderen, die wie er gefangengenommen worden waren, von russischen Soldaten, würde es gewiß schlechter ergehen.
Er wurde formell gefragt, ob er das Urteil annehme.
Er sagte, er nehme es an.
Er wurde in seine Zelle gebracht und später an diesem Tag in ein anderes Gefängnis überführt.
Dort war er nicht mehr allein. Er teilte die Zelle mit sieben Mann.
Seine Mithäftlinge begegneten ihm abweisend, weder sprach er noch verstand er Ungarisch.
Er versuchte nicht, ihr Unbehagen und ihr Mißtrauen zu zerstreuen. Als sie ihn fragten, warum er hier sei, erklärte er ihnen mit Gesten, so gut es ging, daß er zwei Heringe und Maismehl hatte stehlen wollen.
Er begegnete ihnen mit einer Ruhe, die ihn selbst verwunderte.
Ach, weißt du, wenn ich unruhig bin, hatte Christine einmal zu ihm gesagt, dann sage ich in meinem Kopf Gedichte auf.
Und das hilft? hatte er damals ungläubig gefragt.
Er versuchte es nun auch, es half tatsächlich. Der Osterspaziergang von Goethe kam zurück, die Glocke von Schiller und die Kraniche des Ibikus. In seiner Schulzeit hatte er alle drei gehaßt und versucht, sich am Auswendiglernen vorbeizuschmuggeln.
Selbst Kinderreime halfen.
Und natürlich Bücher, die er gelesen hatte. Er analysierte den Aufbau der Handlung, Dialoge, Personenführung, Charakterentwicklungen. In seinem Kopf las er wieder den ›Großen Gatsby‹ von F. Scott Fitzgerald, seine Kurzgeschichten und ›Zärtlich ist die Nacht‹.

Doch vor ›Zärtlich ist die Nacht‹ verschloß er sich bald; zu sehr erinnerte es ihn an Eva, und er wollte und konnte und durfte nicht an Eva denken. In der Zelle nannten sie ihn den Schweigsamen, aber in seinem Kopf schwieg er nicht.
Er diskutierte mit Christine über ›Die schmutzigen Hände‹, die sie im ›Kontra-Kreis‹ gesehen hatten; und sie war wie ein junges Mädchen mit geröteten Wangen, ihr dichtes Haar war ein wenig aufgeplustert, so als wäre selbst das Haar erregt.
»So etwas hat es in meiner Jugend nicht gegeben, Martin«, sagte sie, »ein Theater, wo man dasitzt und die Schauspieler fast berühren kann.«
»Schau doch nur«, sagte sie, »schau. Das ist so unmittelbar. So nah.«
Und er wagte es und nahm sie auch mit ins ›Tabu‹.
Es war gleich nebenan, und sie fragte: »Das ist eure Musik?«
Christines Augen waren groß und weit, und sie applaudierte lange, als der Trompeter aus Hawaii sein Solo vom Autumnblues beendete.
Sie leerte die Flasche Ahrburgunder Zug um Zug mit Martin, und draußen, die Meckenheimer Straße war still und regennaß, sagte sie: »Gib mir deinen Arm, jetzt mußt du mich führen. Ich bin ganz durcheinander von all dem Neuen, das du mir gezeigt hast. Aber schön war's.«
Er lachte, sie blieb stehen und fragte: »Martin, lachst du mich etwa aus, weil ich einen Schwips hab'?«
»O nein«, sagte er, »o nein.«
Da hing sie sich wieder in seinen Arm und sagte: »Dann ist es ja gut.«
»Ich bin glücklich«, sagte er.
»Ich auch.«
Vor der Haustür in der Schumannstraße sagte sie erschreckt: »Du hast ja deinen Wagen da stehenlassen, in der Meckenheimer Straße.«
Und er sagte: »Das macht doch nichts.«
»Aber ich bin schuld. Wenn du nach Hause kommst, trink eine heiße Zitrone, versprichst du mir das? Sonst kriegst du eine Erkältung.«
»Sie sind auch ganz naß«, sagte er, denn in ihrem Haar hingen Regentropfen.
»Macht nichts.« Sie klopfte sich auf den Kopf. »Unkraut vergeht nicht.«
Im Haus gingen Lichter an, sie flüstert: »Jetzt wird's aber Zeit«, und sie stahl sich hinein, wie ein junges Mädchen.
Wie Friedel.
Er ging und holte seinen Wagen und pfiff unterwegs. Zu Hause entließ er Schwester Inge und trank eine heiße Zitrone mit Honig, obwohl er genau das haßte, seit Kindertagen.
Eva schlief, ganz rosig war ihr Gesicht, im Licht, das immer brannte. Sie hatte einen guten Tag gehabt und hatte eine gute Nacht. Und er schlief tief und traumlos und hatte auch eine gute Nacht.

Am Morgen kam Schwester Inge und sagte: »Die Sonne scheint, heute machen die kleine Frau und ich einen langen Spaziergang.«
Er fuhr in die Redaktion, und Bradley sagte: »Hör zu, Hiller kommt zurück. Ihn hat's erwischt. In Buda.«
»Erwischt?« fragte Martin.
»Durchfall hat er, die Scheißerei.« Bradley grinste. »Du löst ihn ab.«
Und so kam Martin nach Ungarn.
Traf Friedel wieder in Budapest für eine Nacht.
In Budapest war er immer noch.
Sie nannten ihn den Schweigsamen in der Zelle, beinahe gutmütig jetzt, schließlich hatten sie nun schon drei Monate gemeinsam verbracht.
Aber inzwischen hatte Martin seinen Vorrat an Gedichten aufgebraucht und seine Erinnerungen wieder und wieder durchlebt, und er flüchtete sich, wie schon früher, in die fremde Sprache.
›Spring is in the air‹, er summte es vor sich hin. Aber draußen im Hof, wo man sie im Kreis gehen ließ, lag noch immer Schnee.

19

Boris hatte zu Weihnachten einen Schlitten bekommen, er hatte ihn sich gewünscht. Der Schlitten war aus Holz, rot lackiert und mit blanken scharfen Kufen versehen.
Er zog mit ihm noch auf den Venusberg, als die Weihnachtsferien längst zu Ende waren, als der Schnee schon schmolz und nur hier und da unter den Bäumen noch lag, schmuddelig, grau, mit Löchern drin wie Schweizer Käse.
Die Schlittenpartien waren nur ein Vorwand; Boris wollte verfolgen, was sich an dem Haus veränderte, das der Mann baute, den seine Mutter heiraten würde.
Das Grundstück wurde nun von einem Zaun umgeben. Zwei Männer hämmerten daran herum, trieben dunkelbraune Holzpfähle in die Erde, tranken Bier zwischendurch und beachteten den Jungen überhaupt nicht. Aber er wäre nicht Boris gewesen, wenn er nicht mit ihnen geredet hätte.
»Das Holz stinkt wie Pech und Schwefel.«
Sie sahen ihn an.
»Was willst du hier?« fragte der kleinere der beiden Männer und wölbte seine Brust vor.
Komisch, dachte Boris, immer die Kleinen, die reden zuerst.
»Zugucken«, sagte er.
Der Größere lachte. »Was machste denn mit deinem Schlitten hier, wo kein Schnee mehr is'?«

»Der fährt auch auf Matsch.« Boris demonstrierte es.
Jetzt grinsten beide.
Boris wischte sich die Matschspritzer aus dem Gesicht.
Er band seinen Schlitten an den Zaun, stieg darüber.
»He«, sagte der Kleine, »das ist privat.«
»Weiß ich doch.« Boris winkte ab. »Ich kenn' den Besitzer gut.«
Er wollte wissen, wie das Haus innen aussah.
Außen war es aus roten Backsteinen.
Sie sahen trocken aus, obwohl Mama immer was von Austrocknen erzählt hatte; na ja, war ja auch egal.
Die beiden Männer hielten Boris nicht auf, er trat ein.
Unten war ein riesengroßes Zimmer und ein kleineres und dann ein ganz kleines.
Durch ein Loch in der Decke aus dem großen Zimmer führte eine Leiter hoch.
Boris kletterte in die erste Etage.
Dort waren schon alle Wände gezogen, und in den Wänden waren regelmäßige rechteckige Öffnungen ausgespart; für Türen, das war klar.
Eins, zwei, drei, vier Zimmer zählte er und dann noch zwei sehr kleine; die hatten nur winzige Fenster.
Mensch, ein Haus mit zwei Badezimmern, dachte Boris, das ist Klasse.
Er ging durch die Zimmer und wählte das aus, von dem man hinunter auf Bonn schauen konnte. Er zählte die Kirchtürme ab, fand die Elisabethkirche in der Schumannstraße, und von da aus war's bis zu Omas Haus gar nicht weit. Wenn er ein Fernglas hätte, würde er womöglich bis in den Garten gucken können oder auf den Balkon.
Er würde sein Bett so aufstellen, daß er auch abends rausschauen konnte. Und wenn er wollte, konnte er dann Oma Morsezeichen mit der Taschenlampe geben.
Boris setzte sich auf den Boden, machte die Augen zu und stellte sich vor, wie das Zimmer aussehen würde, wenn es eingerichtet war.
Weiße Wände wollte er haben, und da wollte er Opas Säbel aufhängen, den Oma vor gar nicht langer Zeit im Garten ausgegraben hatte; Boris hatte ihn mit einem Korken und Ata so lange geschrubbt, bis er wieder blitzblank und wie neu war.
Er wollte auch das Bild von dem Tiger in Indien haben, das aus Großonkel Sebastians Erbe stammte.
Der Tiger war riesig und gelb, mindestens doppelt so groß wie ein Löwe, und er sprang einem direkt aus all dem dunklen Gemüse entgegen, das Oma Dschungel nannte.
Und er wollte das Klavier haben.
Aber da spürte Boris ein Zupfen und Brubbeln in seinem Magen, wie im-

mer, wenn er wußte, daß irgend etwas nicht so klappen würde, wie er sich das vorstellte.
Das Klavier hatte schon in Omas Elternhaus gestanden, und manchmal erzählte sie stolz, daß Albert Schweitzer darauf gespielt habe.
Oma spielte nur noch ganz selten und griff oft daneben wegen ihrer geschwollenen Gichtfinger.
Boris konnte jede Melodie aus dem Radio nachspielen, aber meistens tat er es nur, wenn niemand im Haus war, was selten genug vorkam; vor allem, seit Tante Lilli bei ihnen wohnte. Einmal hatte er sie ganz vergessen und einfach drauflos gehämmert, wie er das nannte. Und da war sie plötzlich so leise – nie hörte man, wann sie ging, wann sie kam – neben ihm aufgetaucht und hatte gefragt: »Boris, möchtest du Klavierstunden nehmen?«
»Nein, ich will's allein lernen.«
Sie war still geblieben, er hatte weitergehämmert. Erst nach einer Weile hatte sie gesagt: »Auch gut. Wahrscheinlich mußt du so sein.«
Wir sind schon eine komische Familie, dachte er, wir tun alle, was wir wollen, und wenn's mal brenzlig wird, lachen wir uns halbtot.
Urkomisch!
»Was tust du hier?«
Boris sprang auf.
»Herr M – Martens?«
»Ich komme jeden Tag, um zu sehen, wie die Arbeit vorangeht. Die Zimmerleute haben mir gesagt, daß du hier bist. Gefällt dir das Haus?« Sein Gesicht war wie aus kantigen Steinen zusammengesetzt. Die Augen wie flache stumpfe Kiesel.
»Ja, das Haus gefällt mir«, sagte Boris.
»Und welches Zimmer würdest du dir aussuchen?«
»Das hier.«
»Es hat die weiteste Aussicht.«
»Man kann die Elisabethkirche sehen.«
Sie traten nebeneinander ans Fenster.
Es wurde dunkel. Laternenlicht glimmte in der Stadt zu langen Ketten auf.
»Hat deine Mutter dir vielleicht gesagt, wann du mich hier antriffst?«
»Nein«, sagte Boris verblüfft.
»Sie ist eine kluge Frau. Sie hat mich so lange hingehalten, bis ich nicht mehr umhin kam, mich auch für ihre Familie zu interessieren.«
Boris wußte nicht, was er darauf antworten sollte. Er drehte sich um. »Ich gehe jetzt.«
»Nein, warte«, sagte Martens. »Wir packen deinen Schlitten in meinen Wagen.«

»Ich kann allein nach Hause gehen.«
»Aber ich will dich nach Hause bringen.«
»Holen Sie lieber meine Mutter ab.«
»Das können wir auch gemeinsam tun.«

Unten vor dem Haus stand der große Wagen mit abgeblendeten Lichtern. Ein wenig abseits räumten die beiden Zimmerleute ihre Werkzeuge auf einen Anhänger.
»Bis morgen, Chef!« riefen sie, dann stiegen sie in ihr Auto.
Boris klappte den Kragen seiner Jacke hoch. Sie war aus festem dunkelblauem Tuch und mit einem dicken flauschigen Stoff gefüttert, aber jetzt hielt sie überhaupt nicht warm. Er ging, um seinen Schlitten vom Zaun loszubinden, Martens blieb neben ihm.
»Ich komme nicht mehr hierher«, sagte Boris, »ich verspreche es.«
»Du brauchst keine Angst vor mir zu haben«, sagte Martens, aber seine Stimme klang so eisig wie der Wind, der durch den Wald strich.
Martens band den Schlitten los, als er sah, daß Boris' Finger zu klamm waren.
»Ich habe keine Angst vor Ihnen«, sagte Boris. Aber er log, und er hörte es, und der – dieser große dunkle Mann, mußte es doch auch hören. In Omas Wohnzimmer hatte er nur halb so groß gewirkt und seine Augen nur halb so kalt.
Es war sehr still hier oben. Zwischen den Bäumen waren nur andere, noch nicht fertige Häuser zu sehen. Kein einziges Licht.
»Setz dich in den Wagen«, sagte Martens.
Boris' Angst stieg ihm empor in den Mund, schmeckte wie Lebertran. Wahrscheinlich hatte er für Mama alles verdorben. Wahrscheinlich würde sie jetzt wieder so nervös werden wie früher und immer heulen, wenn sie dachte, keiner wäre da, oder gar nicht zuhören und immer nur sagen: »Bobo, laß mich, Bobo, morgen, Bobo geh, Bobo, lauf und spiel.« Und alle würden wissen, daß es seine Schuld war.
»Los, steig schon ein«, sagte Martens und wendete den Wagen, aber nicht auf die Straße, die den Berg hinabführte, er fuhr geradeaus und dann nach rechts, direkt in den Wald hinein.
Ein Hase sprang aus dem Unterholz, Martens bremste, der Hase flitzte über den Weg, und Boris sah genau, wie sein Herz wild gegen das Fell klopfte.
Seines klopfte auch, aber durch die dicke Jacke hörte man es wenigstens nicht. Da lachte Boris laut. Sollte der Mann doch denken, was er wollte.
»Wo fahren wir hin?« fragte Boris. »Doch nicht nach Hause?«
»Zum Essen, ich habe es mir anders überlegt.«
»Aber ich hab' überhaupt keinen Hunger.«

»Ich rufe deine Mutter an und bitte sie, ein Taxi zu nehmen.«
»Warum?«
»Damit sie mit uns essen kann.«
»Aber Oma wartet mit dem Abendbrot. Und sie wird wütend, wenn keiner kommt. Sie kocht nämlich eigentlich nicht gern. Aber sie tut's, weil sonst keiner dafür da ist. Und heute abend –«
»Dann rufen wir auch deine Großmutter an.«
»Aber –«
»Da sind wir schon.«
Martens bremste, und der Wagen hielt vor einem Haus, aus dem freundlicher, friedlicher Lichtschein fiel. Hinter weißen Gardinen mit runden gekräuselten Spitzen saßen Leute und aßen.
Boris ließ Luft ab, atmete endlich aus, und nicht nur das.
»Ja, sag mal«, fragte Martens, »hast du gedacht, ich verscharr' dich im Wald?«
»Warum nicht, dann wäre ich doch aus dem Weg. Sie wollen doch meine Mutter ohne Hemd am Hintern, oder?«
»Mann, Junge –« Und dann, mit einer ganz anderen, sehr leisen Stimme: »Ich habe keine Erfahrung mit Kindern, ich meine, ich habe nie welche gehabt. Kein eigenes.«
»Und auch nie 'nen Hund?« fragte Boris, weil ihm jetzt Blacky einfiel und wie es war, wenn er sich nachts ins Zimmer stahl und aufs Bett sprang, ganz leise, mit rund eingezogenen Pfoten, und wartete und lauschte und dann seinen wolligen Kopf langsam näher schob, ganz langsam, die Ohren flach angelegt, bis die kühle Schnauze ganz, ganz vorsichtig seine Hand berührte, und wieder wartete, lautlos wartete, bis er ihn streichelte, die kühle Nase, die flachen weichen Ohren, und Boris dachte: »Ich werd' ihn nie mehr warten lassen.«
Er sprang aus dem Wagen. »Ist der Kofferraum abgeschlossen? Nicht, daß jemand meinen Schlitten klaut?«
Martens zeigte ihm, daß der Kofferraum abgeschlossen war.
»Was für einen Hund willst du denn?«
»Ich hab' ja schon einen.«
»Den wird deine Großmutter behalten wollen.«
»Aber ich kann ihn mir doch immer holen, oder?«
Und da ging Boris erst auf, was gemeint war; er sollte in dem neuen Haus wohnen, das noch austrocknen mußte. Und er sollte womöglich das Zimmer haben mit dem weiten Blick, das ihm so gut gefiel.
»Komm«, sagte Martens, »wir wollen deine Mutter anrufen.«
Boris stand neben ihm und hörte zu.
»Ja, Boris ist bei mir. – Ja. Natürlich ist ihm nichts passiert.« Martens zwinkerte ihm zu. Boris zwinkerte zurück.

»Nein, Anna, das brauchst du nicht. Nimm nur ein Taxi, ich rufe deine Mutter an.«
Das schien Martens schwerzufallen, er verwählte sich viermal.
»Lassen Sie mich«, sagte Boris, aber Martens behielt den Hörer in der Hand.
»Frau Schwarzenburg? Guten Abend, ich hoffe, es geht Ihnen gut? Hier Ernst Martens...«
Boris hörte nicht mehr zu. Er schaute die Köpfe der Tiere an, die an den Wänden hingen. Sie hatten Augen aus dunklem Glas.
Mama kam, Oma nicht. Boris trank sein erstes dunkles Bier.
Er durfte von der Speisekarte aussuchen, was er wollte, er entschied sich für Heringe mit grünen Bohnen und Speckkartoffeln.
Mama lachte. Sie sah fröhlich und jung aus, fast jünger als Friedel.
»Heiratet doch endlich«, sagte Boris.
Mama wurde rot, und der Mann auch.
»Aber Boris«, sagte Mama.
»Boris hat recht«, sagte der Mann. »Sein Zimmer in unserem Haus hat er schon ausgesucht.«
»Und einen Hund darf ich mir auch noch aussuchen.« Boris grinste. »Denn Blacky muß ja bei Oma bleiben.«
Mama war sprachlos, Martens lachte.
»Und ich dachte, ich wäre ein Hase!«
Aber da hörten sie ihm gar nicht mehr zu. Sie machten Glotzaugen wie Friedel und Martin, und Mama sagte ein über das andere Mal: »Ist das wahr, Ernst – ist das wirklich wahr?«

Die Hochzeit sollte am 30. März stattfinden, und Boris bekam seine ersten langen Hosen.
Oma nahm ihn mit zu einem Schneider in der Sternstraße, der einen Stoffballen nach dem anderen vor ihr aufrollen ließ, über seine Brille hinweglugte und mümmelte: »Aber das Gardemaß seines Großvaters erreicht er nie.«
Boris war immer noch klein für sein Alter und rundlich, obwohl er jeden Morgen, genau wie Achim, zehn Kniebeugen machte, zehn Liegestütze und an der Teppichstange im Hof, wenn's nicht regnete, zehn Klimmzüge.
»Das macht nichts«, sagte Christine. »Boris ist klein, aber oho, und eines Tages überflügelt er uns noch alle.«
Boris stellte sich mit Flügeln vor, während der Schneider vor einem hohen Spiegel seine Maße nahm.
Flügel bedeuteten natürlich ein Flugzeug. Und warum sollte er nicht mal ein Flugzeug fliegen?

»Ich werde Flugkapitän«, verkündete er, und Oma lachte.
Der Schneider hüstelte dumpf.
Die drei Anproben fielen Boris auf die Nerven. »Oma, muß das sein?«
»Das muß sein«, entschied sie.
Er durfte sich schwarze Halbschuhe aussuchen und nahm die, die wie Martins klackten.
»Der junge Herr hat Geschmack«, sagte die Verkäuferin.
»Das sind echte Budapester, obwohl sie heute in Offenbach hergestellt werden.«
Die weißen Hemden besorgte Anna, sie fuhr auf die Messe nach Düsseldorf, und Achim und Boris bekamen je drei.
Auch wenn niemand im Haus war, und wie selten kam das vor, war es Boris, als summte und brummte es nun vor lauter Geschäftigkeit.
Da wurden Kisten gepackt, Holzwolle knirschte ein paar Tage lang im Flur, bis Friedel die schwarzweißen Marmorkarrees mit Silberseife schrubbte.
Manche Bilder verschwanden von den Wänden, andere wurden aufgehängt, Tischtücher und Laken aus Schränken geholt, Porzellan verpackt. Und schließlich kam ein Möbelwagen.
»Aber das Haus auf dem Venusberg ist doch noch gar nicht ausgetrocknet«, sagte Boris, der die plötzliche Hast nicht verstand.
»Das war im Januar«, sagte Friedel, »Dummkopf.«
Sie schrieb einen Brief an Omas Schreibtisch im Wintergarten, das tat sie oft in letzter Zeit.
»Das Haus ist fertig?« fragte Boris verblüfft.
»Ja«, sagte Friedel. »Sicher. Und du ziehst doch mit ein.«
»Ich?«
Da war der Abschied plötzlich ganz nah:
Von Oma und ihren Hüten und ihrem Kleiderschrank, der so groß war, daß man sich in ihm verstecken konnte, und der immer nach Lavendel roch, nur einmal im Jahr nach Kampfer gegen die Motten; von Blacky, der es fertigbrachte, den im Steintopf eingelegten Sauerbraten zu stehlen, vom Holunderbaum im Garten und den Birnen, die so süß im Herbst dufteten, selbst wenn sie noch am Baum hingen, daß man es bis in den Wintergarten riechen konnte; von den Schwestern Winzig, denen er Fallobst über die Mauer in ihren Garten warf, weil das die Bienen anlockte, auf die sie dann mit Schmetterlingsnetzen vergeblich Jagd machten; von Achim und all seinen Regimentern von Blei-und Zinnsoldaten, die Achim ihm geschenkt hatte, seit er nicht mehr Soldat, sondern Tierschützer in Afrika werden wollte; von Tante Lilli, die aussah wie die Mondfee aus dem Märchen. Und von Friedel.
»Nee. Nee. Eine Million mal nee!«

»Natürlich«, sagte Friedel gleichgültig. »Du ziehst mit Mama in das neue Haus.«
»Und Opas Säbel und der Tiger und das Klavier?«
»Wovon redest du?«
»Das will ich wenigstens haben«, sagte Boris und ballte die Hände zu Fäusten.
»Sprich mit Oma.«
Boris sprach mit Christine.
»Gut«, sagte sie, »wenn dein Herz daran hängt, kriegst du das Klavier.«
»Und dein Herz, Oma?«
»Boris, lauf und hol mir den Bindfaden aus der Küche. Im unteren Schubfach. Du weißt schon.«
Als er zurückkam, sah er ihr zu, wie sie ein Paket verschnürte.
»Für wen ist das?« fragte er. »Oma«, sie hörte ihm nicht zu, »für wen ist das?«
»Das? Für Agnes.«
»Und wer ist Agnes?«
»Eine liebe junge Frau in Budapest.«
»Du denkst immer an andere, was, Oma?«
»Ach, ich denk' auch an mich.«
»Das Klavier bleibt hier«, sagte er. »Ich komm' und spiele hier.«
Er lief weg, damit sie nichts dagegen sagen konnte. Später würde sie das vergessen haben.
Boris verkroch sich im ›Urwald‹, bis der Möbelwagen weg war.
Das Klavier stand noch im Wohnzimmer. Er war glücklich. Er spielte zum erstenmal, daß alle, die da waren, ihm zuhören konnten.
Christine küßte ihn auf beide Backen. »Wie schlau du bist.«
Ihm war nicht ganz wohl dabei, was sie meinte, aber er war sicher, sie meinte es gut.
Alle versammelten sich im Wohnzimmer um den Ingweiler Tisch.
Mama, Tante Lilli, Friedel, Achim und Oma. Und Johanna, Martins Mutter, die mehr mit sich selbst als mit anderen sprach.
Es gab Schmierwurst und Leberwurst, graues und weißes Brot und Tee.
Sie gingen alle früh zu Bett.

Vier Tage später, um elf Uhr, war die Trauung im Stadthaus. Boris saß auf einer Bank, neben ihm Achim. Die Trauzeugen waren zwei Herren in dunkelgrauen Anzügen, Achim hob die Schultern, er kannte sie auch nicht.
Die Trauzeugen verschwanden.
Mama und Ernst Martens wurden auf der Treppe des Stadthauses geknipst; von Friedel.

Mama hielt einen Strauß roter Rosen im Arm, Ernst Martens hielt fest ihre linke Hand.
Im ›Stiefel‹ war die Hochzeitstafel gerichtet.
Oben saßen Mama und Ernst, rechts und links Oma und Johanna. Die grauen Herren waren nicht dabei.
Die Suppe wurde aufgetragen, winzige Sterne schwammen darin. Das sollte wohl Glück bringen.
Wein wurde eingeschenkt, die Gläser funkelten.
Das Hauptgericht, gefüllte Kalbsbrust mit Frühlingsgemüse, wurde auf silbernen Platten gereicht. Zum Nachtisch gab es Vanilleeis mit heißer Schokoladensoße.
Ernst hob sein Glas, jetzt war Sekt darin. Die Perlen stiegen hoch und erreichten doch nie den Rand des Glases.
»Ich habe nie eine Familie gehabt«, sagte er; alle guckten auf ihre leeren Teller. »Aber Anna hat mir eine geschenkt. Euch. Und dafür danke ich ihr.«
Der Kellner, der hinter Martens stand, fing an zu klatschen. Dann taten es alle.
Ernst küßte Annas Hand.
Friedel hob den Kopf und sagte: »Er meint es wirklich. Wir sind alle eine Familie.«
Es war, als wäre plötzlich jeder von ihnen zu einem Eiszapfen gefroren. Warum bloß?
Aber das dauerte nur gerade so lange, bis der Kellner fragte: »Darf ich nachschenken?« Da lachten sie alle durcheinander, laut und leise. Und es war genauso, wie Boris es in dem noch nicht fertigen Haus auf dem Venusberg gedacht hatte, nicht ganz bewußt, denn das Bewußtwerden von Erfahrungen, von Gefahren, ob sie eingebildet waren oder nicht, kam ja immer erst später: Man muß lachen, wenn es brenzlig wird.

20

Am 17. Mai 1957 wurde Martin Hildesheim aus dem Gefängnis in Budapest entlassen.
Er stand vor der Tür, durch die man ihn hinausgeschickt hatte. Er trug ein Bündel in der linken Hand. Ein khakifarbenes Tuch, in dem sich seine Habseligkeiten befanden, selbst im Gefängnis sammelte sich einiges an.
Er schaute zurück, las Buchstaben neben der Tür und wußte, wenn er sie so aussprach, wie sie dort geschrieben waren, würden sie für ein ungarisches Ohr keinen Sinn ergeben.
Aber war es denn wichtig, daß er behielt, wie sein Gefängnis hieß?

Er war frei.
Er konnte gehen, davongehen, wohin er wollte.
Er setzte einen Fuß vor den anderen. Nicht mehr im Kreis, auch wenn der Hof groß genug gewesen war, daß man es manchmal vergessen konnte, dieses Im-Kreis-Gehen.
Er ging geradeaus. Er hatte eine Fahrkarte in der Tasche, neben seinem neuen Paß und Presseausweis.
Eine Fahrkarte nach Bonn.
Er dachte nicht an seinen Wagen, der vielleicht noch irgendwo in Budapest stand.
Was war ein Auto? Ein Fortbewegungsmittel. Auch wenn er einmal stolz darauf gewesen war, einer der ersten zu sein, die nach dem Krieg einen Wagen besaßen.
Eine Frau kam ihm entgegen.
Ihre Beine waren schlank und lang. Und dennoch war sie klein.
Sie wurde nicht viel größer, als sie vor ihm stand.
»Ferenc hat gesagt, ich soll Sie abholen.«
Ihre Augen waren dunkel. Sie hatten keine Wimpern, da waren nur schwarze Striche.
»Sie kennen mich nicht, Sie haben auch Ferenc nicht gekannt. Aber er hat für Sie ausgesagt. Wo wären Sie sonst?«
Sie spuckte Martin ins Gesicht.
»Und alles für ein Stück Seife.«
»Wer ist Ferenc? Und wer sind Sie?«
»Ferenc war mein Mann.«
Martin packte ihren Arm, ehe sie davonlaufen konnte. »Ich muß zum Bahnhof. Kommen Sie mit.«
»Wozu?«
»Weil wir reden müssen.«
Sie sah ihn an. »Dann gehen Sie vor. Es ist besser, man sieht uns nicht zusammen.«
Er ließ sie los, ging vor. Er hörte ihren Schritt hinter sich, das dumpfe Aufsetzen von halbhohen Gummiabsätzen.
Im Bahnhof Keleti pu herrschte reger Betrieb. Die Reisenden wirkten allesamt wie Flüchtlinge, saßen, hockten blicklos da, trugen, schleppten Koffer und Bündel. In einem Verschlag, den ein Kind mit feindseligen Augen bewachte, gackerten Hühner, in einem anderen schnatterten Gänse.
Martin blieb vor einer Tafel stehen, auf der mit Kreide veränderte Abfahrtszeiten eingetragen waren. Sein Zug hatte eine Stunde Verspätung.
Nach wenigen Minuten sah er im Augenwinkel die Frau neben sich. »Was ist mit Ihren Augen passiert?«

»Ach, das«, sagte sie gleichgültig.
»Sie sind gefoltert worden?«
»Ferenc haben die Russen einzeln alle Fingernägel ausgerissen. Dann haben sie ihn nach Hause geschickt und ein paar Nächte später wieder abgeholt. Dann haben sie mir mitgeteilt, daß er an einem Herzschlag gestorben ist.«
»Ich habe ihn nie gesehen«, sagte Martin.
»Aber Ihr Mädchen hat bei uns gewohnt. Wir haben keine Kinder, und für Ferenc war sie wie eine Tochter. Und für mich – sie hat mir ein Stück Seife aus Paris geschenkt. Und ihre Kleider. Aber die kann ich natürlich jetzt nicht tragen, obwohl wir gleich groß sind. Als Sie verschwunden waren, hat Ferenc nach Ihnen gesucht. Und er hat vor der Polizei für Sie ausgesagt, Gutes, was er von Friedel wußte.«
»Wollen Sie weg von hier?« fragte Martin. »Ich nehme Sie mit, ich bringe Sie durch. Ich verspreche Ihnen, es klappt.«
»Hier ist Ferencs Grab. Wenn ich auch nicht weiß, wo.«
»Kommen Sie mit«, sagte Martin, »bleiben Sie dicht hinter mir.«
Man hatte ihm sein deutsches und ungarisches Geld zurückgegeben, als man ihn aus dem Gefängnis entließ.
Er kaufte eine Fahrkarte für Agnes. Auf dem Bahnsteig, in dichtem Gedränge, warteten sie auf ihren Zug nach Wien.
Stunden später, vor der Grenze, verließen sie beide das vollbesetzte Abteil. Erst Agnes, dann er.
Der Wagen hatte ein Waschabteil. Sie schlossen sich darin ein.
»Wir haben Ferenc getötet«, sagte Agnes. »Ich und Sie.«
»Seien Sie jetzt still«, sagte Martin.
Als der Zug anhielt, konnten sie bald deutlich den Stiefeltritt der Grenzpolizei hören.
Dann wurde an der Tür des Waschabteils gerüttelt.
»Komme sofort!« rief Martin auf deutsch und trat heraus.
Agnes blieb hinter der Tür verborgen.
Die Grenzpolizisten blätterten seinen Paß und Presseausweis durch, betrachteten lange sein Entlassungspapier aus dem Gefängnis. Dann sagte einer von ihnen, mit einem Gesicht wie ein verschrumpelter Apfel: »Gute Heimkehr.«
Bei der österreichischen und der deutschen Grenzkontrolle wandte Martin den gleichen Trick an.
Dann führte er Agnes in den Speisewagen.
»Alles sieht auf einmal ganz anders aus«, flüsterte sie.
»Das ist es auch«, sagte er.
»Und wenn man mich doch noch schnappt?«
Er schüttelte lächelnd den Kopf. Er bestellte eine Flasche Rotwein.

Sie trank und lehnte sich mit einem Seufzer zurück.
Ihr Gesicht wurde weich und jung, verlor sich in Erinnerungen.
Aber dann setzte sie sich mit einem Ruck auf.
»Wovon soll ich denn hier im Westen leben?«
»Das wird sich alles finden.«
Sie zupfte an ihrem Kragen. »Ich hab' nur dieses Kleid.«
»Das wird sich ändern.«
»Aber Sie haben keinen Grund, mir zu helfen. Ich habe –«
»Doch«, sagte er.
Ab München gab es noch ein freies Schlafabteil. Beide Betten waren darin hergerichtet.
»Lassen Sie mich nicht allein«, flüsterte Agnes.
Sie legte sich in das untere Bett, er stieg in das obere.
Bald hörte er, daß sie eingeschlafen war.

Martin hatte gewußt, daß Christine ihm die Tür öffnen würde, zu seiner Wohnung in der Hausdorffstraße, auch wenn er oft genug, viel zu oft, geträumt hatte, es wäre Friedel.
Christine trug ihren linken Arm in einer Schlinge, in ihre Augen schossen Tränen.
Als er sie hielt, spürte er, wie sehr sie zitterte.
»Ist ja gut«, sagte er, »ist ja gut«, und wußte, was geschehen war, wußte, daß Eva nicht mehr lebte.
»Das ist Agnes«, sagte er und schob sie Christine zu, »aus Budapest, und eigentlich aus Paris.«
»Enchanté de faire votre connaissance, Madame«, flüsterte Agnes, und dann begann auch sie zu weinen.
Martin ging in Evas Zimmer, überließ die Frauen sich selbst. Ein Puppenhaus stand in einer Ecke, rührend altmodische Tischlerarbeit. Winziges Porzellan, winzige Kessel und Töpfe standen auf gedrechselten Regalen. Ein kleines Sofa war mit rotem Samt gepolstert, die kleinen Betten mit rotweißkarierten Laken bezogen.
Nur die Bewohner fehlten.
Er trat ans Fenster, später würde er erfahren, daß Eva dort hinausgeflogen war, dem entgegen, wonach sie sich sehnte.
Christine würde sich anklagen, er sie zum Schweigen bringen.
Seine Mutter sagte, wenn Christine sich nicht den Arm gebrochen hätte, lebte Eva noch.
»Aber das ist jetzt vorbei, Junge, komm zurück mit mir nach Berlin. Bitte.«
»Ich kann nicht, Mutter.«
»Was hält dich hier? Du kannst doch wieder für den RIAS arbeiten. Und

unsere Wohnung ist groß genug. Ich werde dich nicht in deiner Arbeit stören und auch sonst nicht.«
»Ich kann nicht.«
»Aber was willst du denn tun?«
»Das weiß ich noch nicht.«
Sie weinte, er fand keine Worte, sie zu trösten.
»Johanna, du kannst doch hierbleiben«, sagte Christine. »Du brauchst doch nicht fort.«
Aber das wollte seine Mutter auch nicht.
»Schreib mir wenigstens regelmäßig«, sagte sie vor dem Abflug von Wahn.
Das hatte er immer getan und sie auch regelmäßig in Berlin besucht.
»Und, Junge, laß dich nicht mit der Französin ein. Sie hat so komische Augen. Ohne Wimpern.«
Er biß die Zähne zusammen.
»Warte lieber auf Friedel, bis sie aus Schweden zurückkommt. Das ist dann immer noch besser.«
Er kaufte seiner Mutter noch eine große Schachtel Weinbrandbohnen, die aß sie so gern.

In diesem Mai hatte Wagner Friedel nach Stockholm geschickt. Dort tagte ein Kongreß, der sich WOMEN 1960 nannte, obwohl dieses Jahr noch drei Jahre fern war.
Fünfhundert Delegierte hatten sich hier zusammengefunden, aus allen Ländern des westlichen Europa, nur die Spanierinnen fehlten.
In einer der ersten Resolutionen wurde das Regime Franco verdammt, unter dem die Frauen nur Sklavinnen ihrer faschistischen Männer wären.
Italien wurde wegen seinem bigotten mittelalterlichen Religionsverständnis zur Rechenschaft gezogen, das die Frauen dazu erniedrigte, nur Gebärmaschinen zu sein.
Nur die Schweiz sparte man in der Kritik aus, obwohl dort die Frauen noch immer nicht das Wahlrecht besaßen; denn die Schweiz mit ihren blauen Seen und schneebedeckten Bergen war ein gelobtes Ferienland.
Das Recht auf den eigenen Körper wurde in Stockholm verlangt, gleicher Lohn für gleiche Arbeit, die Befreiung vom Mann, von Kindern, wenn man sie nicht wollte.
Vieles blieb an der Oberfläche, erschöpfte sich in zu vehement vorgebrachten Schlagworten und Platitüden.
Vieles aber kam auch zutage, meist nur zögernd und leise vorgetragen, als die offiziellen Sprecherinnen den Zuhörerinnen endlich das Wort überließen.

»Als ich meinen Mann heiratete, wußte ich nicht, daß er trunksüchtig ist«, begann eine junge Frau aus Manchester. »Er hatte auch keine Arbeit mehr, und ich war schwanger. Aber was sollte ich tun? Heute, wenn ich arbeiten gehe, schlägt er die Kinder, läßt seinen Suff an ihnen aus. Und da ist es immer noch besser, ich bleibe zu Hause.«
»Wo sind Ihre Kinder jetzt?« fragte Friedel.
»Bei meinen Eltern.«
»Und Ihr Mann?«
»Im Gefängnis, sonst wäre ich doch nicht hier. Er muß noch sechs Wochen absitzen.«
»War Ihr Mann je in ärztlicher Behandlung? Man kann etwas gegen Trunksucht tun.«
»Die Krankenkasse zahlt das nicht«, sagte die junge Frau aus Manchester. »Und was ich verdiene mit der Gelegenheitsarbeit, reicht gerade für einmal Fleisch im Monat.«
Eine Römerin erzählte, wie sie vergewaltigt worden sei, von Freunden ihrer Brüder. Aus Angst vor ihrem Vater hielt sie den Mund. Das hatte zur Folge, daß ihre Brüder immer neue Freunde anbrachten und nun Geld dafür nahmen.
Aus Dortmund berichtete eine Frau, Anfang der Fünfzig, daß sie seit dreißig Jahren in einem Betrieb für Kupferspulen gearbeitet habe. Nun, da sie arbeitsunfähig sei, habe sie feststellen müssen, daß niemals Sozialversicherung für sie gezahlt worden sei. Ihr Chef sitze jetzt in Untersuchungshaft, da seien auch noch ein paar andere Dinge im Betrieb ans Licht gekommen, die nicht in Ordnung seien. Aber was nütze ihr das? Auf die Wohlfahrt sei sie nun angewiesen, aber das sei zu wenig zum Leben und zum Sterben zuviel. Nein, Familie hatte sie nicht, ihr Verlobter war gleich in den ersten Kriegstagen in Polen gefallen, ihre Eltern beim Bombenangriff verbrannt.
»Und wie haben Sie von diesem Kongreß erfahren?« fragte Friedel.
»In der Pfarrei. Die Gemeindeschwester hat mir das Geld für die Fahrkarte gegeben, und ich wohne hier bei Pfarrersleuten.
Die Gemeindeschwester hat gemeint, ich soll meine Geschichte vortragen, weil ich bestimmt nicht die einzige bin, der es so geht.«
Die Tochter eines Fischers aus Marseille erzählte, daß ihr Vater – die Mutter war bei ihrer Geburt gestorben – sie bis zu ihrem sechzehnten Lebensjahr wie eine Prinzessin erzog. Es gab ein Haus auf der Höhe von Ste-Jeanne, das er ihr immer zeigte. Es war rosarot, selbst im Regen, und im Garten wuchsen Palmen.
»Mein Vater versprach mir dieses Haus, wenn ich immer tun würde, was er für richtig für mich hielt. Ich vertraute ihm, natürlich. Und ich fand nichts dabei, als mein Vater mich zum erstenmal in das Hotel mitnahm,

in dem deutsche Offiziere einquartiert waren. Er sagte mir, ich sollte freundlich zu ihnen sein und tun, was sie wollten, denn dann würde es gar nicht mehr lange dauern, und die Villa Rose würde uns gehören. Nach dem Krieg schor man mir die Haare, und meinen Vater hing man auf. Ich konnte von Glück sagen, daß ich in der Rue Spa Unterschlupf fand. Es ist ein respektables Haus, die Madame ist freundlich zu uns. Jeden Montag gibt sie uns Mädchen frei, damit wir uns ausruhen können. Dann wandere ich manchmal zur Villa Rose hinauf. Eine alte Dame wohnt darin. Ihr Chauffeur hat mich einmal zum Kaffee eingeladen. Ich habe sehr vorsichtig gesprochen, und er hat mich für eine Touristin aus dem Norden gehalten. Er hat bestimmt geglaubt, ich wäre ein anständiges Mädchen. Man kann's ja auch nicht sehen, daß ich ein Hakenkreuz auf dem Kopf hab', mein Haar ist dicht genug.«
Und eine Schwedin sagte: »Ich bin frei, wie ihr wißt. Ich kann tun und lassen, was ich will, wie mein Mann. Aber ich möchte nur mit ihm schlafen. Das versteht er nicht. Er bringt mir andere Frauen in die Wohnung. Und wenn ich mich dagegen wehre, lacht er mich aus. Seitdem trinke ich. Damit ich nicht mehr höre, was er mit den Frauen tut. Jetzt bin ich zum erstenmal seit acht Tagen trocken. Das verdanke ich euch.«

Als Friedel mit ihrem Material nach Paris zurückkehrte, nahm der Verleger an der Redaktionskonferenz teil. Seine Nase – sie war groß genug, und er trug sie mit dem Stolz, de Gaulle zu gleichen – witterte den Erfolg.
»Wir bringen eine Sondernummer«, entschied er. »›Paris et France‹ entdeckt die Frauen Europas. – Ma chère«, er küßte Friedels Hand, »Sie sind eine Zauberin. Sie zeigen uns, wie unsere Frauen wirklich sind.«
»Ich könnte ihm eins in die Fresse geben«, murmelte Wagner. Seine Augen waren pernodblaß.
»Sie trinken zuviel«, sagte Friedel, als sie später in seinem Büro mit ihm allein war. »Bitte, hören Sie damit auf.«
»Was geht das dich an?«
»Ich habe Sie gern.«
»Das hat mir noch gefehlt«, sagte Wagner. »Fahr nach Hause. Dein Martin ist da.«

Martin stand auf dem Bahnsteig in Bonn. Sie liefen aufeinander zu. Sie vergaßen Friedels Koffer, sogar die Kameratasche, mußten noch einmal durch die Sperre zurück. Das gab beamtliches Hin und Her, Geldwechseln für Bahnsteigkarten.
Dann saßen sie endlich im Taxi.
»Nach Domscheid«, sagte Martin.
»Zu Domscheid?« Zu dem Bauern mit dem im Krieg illegalen und nach

dem Krieg legalen Kinderheim? Freund Christines und Michaels? Lebte er noch?

»Domscheid ist ein kleiner Ort im Aggertal, nach einem Bauern benannt, der während der Nazizeit viel Gutes getan hat«, sagte Martin.

»Ich habe ihn gekannt.«

Es roch nach Mai, Linden blühten, Kastanien, da war eine lange baumbestandene Straße, und dann Höhenrücken, auf denen hier und da kleine Lichter in den Abend blinkten, wie von Schäferkarren.

Martin redete und redete, so hatte Friedel ihn noch nie erlebt. Er hatte bei TWP gekündigt. Nicht aus freien Stücken zuerst, o nein, aber Bradley hatte ihm zu verstehen gegeben, daß ein Mann, der wegen seiner politischen Überzeugung im Gefängnis gesessen hatte, tragbar für die TWP war, aber einer, dem man Plünderung nachwies, vor einem ordentlichen ungarischen Gericht, das war ein ganz anderes Paar Schuhe.

»Aber das macht nichts, Bradley kann mich am Abend besuchen. Ich schreib' meinen Bericht über den Ungarnaufstand. Das wird eine Dokumentation, nur Tatsachen. Es wird ein Buch. Kannst du mit zweihundert Mark Haushaltsgeld im Monat auskommen, vorläufig? Unsere Miete hab' ich schon für ein Jahr im voraus bezahlt.«

Das Haus lag auf einer Kuppe. Es war um eine Eiche gebaut. Die Fenster so groß, so weit, daß man meinte, im Wald, auf einer Wiese zu sein. Es roch nach Erde, es roch nach Laub, es roch nach Tau.

Im offenen Kamin war Holz aufgeschichtet.

Das Feuer züngelte schnell hoch.

An den Wänden hingen Martins alte Stiche, Landkarten des Landes, das er liebte, Deutschlands und seiner Stadt, Berlin. Die Sessel aus Christines Zimmer gruppierten sich um den runden Tisch mit der Messingplatte, ziseliert in Marokko, von einem der Großonkel-Welsch-Missionare heim ins Elsaß gebracht.

Und in der Eßecke der großen Küche stand der Ingweiler Tisch, er war gedeckt. Für zwei.

»Für uns«, sagte Martin.

»Aber –«

»Nein, nicht heute fragen, morgen. Morgen, und wann immer du willst, reden wir. Jetzt nicht. Komm. Komm.«

Er streichelte ihr Gesicht, ihr Haar.

»Du bist so lange weg gewesen, viel zu lange.«

»Aber –«

»Kein Aber. Halt endlich den Mund.«

In seinem Arbeitszimmer stapelten sich Bücher und Aktenordner, um die Schreibmaschine lagen leere und beschriebene Blätter zuhauf.

»Kannst du ein Farbband wechseln?«

»Mhm.«
»Ich nicht.« Er lachte. »Siehst du, dafür brauche ich dich. Willst du mich noch? Wenn du mich noch willst, dann wird alles gut.«
Ihn wollen? Ihn? Sie hatte nie einen anderen als Martin gewollt.
»Das ist unser Haus«, sagte er, »hier beginnen wir unser Leben.«
Das Feuer flackerte im Kamin, draußen war der Rasen ganz weich.
Ein Hund bellte.
»Das ist Hasso, von unserem Nachbarn. Weißt du, was er sagt, der Samen-Meier: ›Minge Hund, ming Pferd und minge Frau, da laß ich nix druff komme.‹«
»Martin, Martin.«
Und später saßen sie am Ingweiler Tisch und aßen.
»In unserem Bett hat noch nie jemand geschlafen«, sagte Martin. »Es ist ganz neu. Ich hab' daneben geschlafen.«
»Du bist verrückt.«
»Nach dir.«
»Und ich nach dir.«
»Friedel, schaffen wir's?«
»Wir schaffen's, Martin.«

Zu ihrer Hochzeit, im Juni 1957, die sie niemandem zuvor mitteilten, nur Christine wußte das Datum, und das Aufgebot hing am Bonner Stadthaus aus, sandte Horst Pfeil vierundzwanzig hellrosa Rosen.
»Er weiß, wie alt du bist«, sagte Martin.
Friedel nahm die Rosen und brachte sie der Nachbarin, Frau Meier.
»Die schönen Blumen. Die wollen Sie nicht haben?«
»Ich mag den Geruch nicht, krieg' Schnupfen davon«, sagte Friedel.
»Armes Kind, so schöne Rosen. Aber man sieht es Ihnen an, Sie mögen sie nicht. Trinken Sie einen Selbstgebrannten, der hilft schlicht gegen alles.«
Friedel trank einen Wermutschnaps.
Frau Meier umflatterte sie wie ein Huhn.
»Sie haben einen fleißigen Mann, sagt selbst der meine. Morgens weckt er mich und sagt: ›Hör bloß, Mutter, es ist erst fünf, aber der klappert schon auf seiner Schreibmaschine.‹ Was kommt denn dabei raus?«
Schneitze, dachte Friedel. Und Martin weiß es auch.
»Ein Buch, ein Tatsachenbericht über den Ungarnaufstand.«
»Oooh, das ist aber interessant, ja, einen fleißigen Mann haben Sie.«
Und er macht sich fertig. Er macht sich kaputt damit.
»Als das Haus da oben gebaut wurde, haben wir gedacht, das wird was für 'nen Millionär. Der Kurt Edelhagen soll sich dafür interessiert haben, aber dann war es ihm zu klein. Den kennen Sie doch, oder?«

»Natürlich«, sagte Friedel und hatte keine Ahnung.
»Sie sollten sich einen Hund halten«, sagte Frau Meier. »Oder erwarten Sie schon was Kleines?«
»Noch nicht«, sagte Friedel.
»Na, das kommt ja auch immer noch früh genug. Genießen Sie Ihr Leben erst mal, Sie sind ja noch so jung.«

Das Leben genießen? Sie sahen kaum noch andere Menschen. Es verletzte Martin, daß die alten Kollegen ihn schnitten. Immer seltener fuhr er nach Bonn, zu den Pressehäusern, in den Presseklub.
»Wenn ich nur wüßte, wer sich verändert hat, sie oder ich, dann wäre es leichter«, sagte er.
Er suchte seine männliche Einsamkeit im Schreiben zu vergessen.
Abends las er Friedel vor, einmal schlief sie darüber ein.
Sie hatten ihren ersten schlimmen Streit.
»Du nimmst mich nicht ernst!«
»Es war das Kaminfeuer. Das macht müde.«
»Du lügst. Verdammt noch mal, lüg mich nicht an!«
Er stürmte durch das Haus, die Türen knallten. Sie blieb, wo sie war, vor dem Kaminfeuer, das in sich zusammensank.
In der Nacht kam er und trug sie ins Bett.
»Ich liebe dich doch.«
»Ich liebe, liebe, liebe dich«, sagte sie.

Und jeden Samstag kamen Horst Pfeils Rosen. Friedel trug sie zu Frau Meier. Sie bekam Eier dafür, gerade erst gelegt, Blutwürste, gerade erst gefüllt und gekocht, zwei Flaschen Wein, Beerenauslese. »Die trinkt mein Mann weniger!« Frau Meier lachte.
Fast ein zweites Jahr verging seit Evas Tod, und der Verlag in Hamburg mahnte Martins Manuskript nun dringend an.
»Ich bin noch nicht fertig«, antwortete er. »Ich brauche Zeit. Erfahrungen wie die in Ungarn lassen sich nicht wie ein Artikel heruntertippen. Ich bin doch kein Roboter.«
Sie fuhren nach Bonn, sonntags, wo Christine nun allein mit Lilli in dem Haus in der Schumannstraße lebte; Agnes war in ihr geliebtes Paris zurückgekehrt, Achim in Kenia, Anna und Boris im neuen Haus auf dem Venusberg.
Blacky begrüßte sie stets so, daß Friedel befürchtete, irgendwann würde er am Herzschlag sterben.
Christine las Martins Manuskript, ein Kapitel nach dem anderen, und er saß da mit den hungrigsten Augen.
»Es ist nicht schlecht«, sagte Christine.

»Aber gut auch nicht?«
»Ich verstehe zu wenig davon. Viel zu wenig. Aber du brauchst Rat, Martin. Du siehst vor lauter Bäumen den Wald nicht mehr. Ich meine, es ist alles darin, was du erlebt hast, aber auch zuviel. – Friedel, ja warum schaffst du denn deinen Freund Wagner nicht her? Das ist doch ein alter Hase im Schreiben, oder?«
»So schlecht ist es?« fragte Martin.
»Nein, nicht schlecht«, wiederholte Christine. »Es erschreckt mich, was du geschrieben hast, aber ich versperre mich davor.«
»Das ist gemein, Oma«, sagte Friedel.
Christine saß mit steinernem Gesicht. »Du verstehst mich, Martin. Ich habe nie etwas zurückgehalten.«
»Ich verstehe dich.«
»Warum habt ihr nicht geheiratet?« rief Friedel und war so rasend eifersüchtig, daß sie Christine das Manuskript wegnahm und es zerriß.
»Das war ganz umsonst«, sagte Christine. »Martin hat sicherlich einen Durchschlag. Oder hast du etwa keine Kopie gemacht, Friedel?«
»Doch, Oma.«
»Na also.«
Lilli saß häkelnd im Hintergrund. Ihre Lippen, die sie nicht mehr schminkte, kräuselten sich.

Wagner kam mit klaren Augen aus Paris; Agnes lebte nun bei ihm.
»Ich bin pensioniert«, sagte er und atmete tief die Luft des Landes, das er schon verlassen hatte, als alle noch an Hitler glaubten, auch das Ausland. Es war lange vor der Olympiade 1936 gewesen. »Hier läßt es sich leben. Wieder leben.«
Martin und er umkreisten einander wie Hunde, die ihr Terrain abstekken.
Das erste gemeinsame Essen war ein absolutes Fiasko; Friedels gefüllte Kalbsbrust schmeckte nach verbrannten Zwiebeln.
Sie spülte das Geschirr, zerbrach zwei Gläser, während die Männer auf dem Rasen auf und ab gingen.
Dann nahm Wagner Martins Manuskript mit hinunter ins Gästezimmer.
Martin verschwand an die Agger, unter dem Vorwand, er wolle angeln.
Friedel stopfte Strümpfe, zog Löcher zusammen und wußte, sie mußte es später, irgendwann, besser machen.
Wagner mußte sie doch da sitzen sehen, im Kaminzimmer, aber er verschwand aus dem Haus ohne ein einziges Wort.

Der Fluß trieb rasch vorbei, da waren Stromschnellen, blanke Kiesel und springende Forellen.

Meiers Hasso stakste mit rheumatischen Beinen hindurch, ließ dünnes, hilfloses Jelpen hören. Er fing keine Forelle mehr.
Zwei Windspiele, die ein Mädchen mit rotem Haar aus dem Dorf besaß, dem die Leute nachsagten, sie hielte es mit einem Belgier, jagten auf dem anderen Ufer Hasen.
»Es ist ein Roman«, sagte Wagner, »den Sie schreiben sollten.«
Martin schüttelte die Büchse mit den Mehlwürmern, die er noch nie hatte ausstehen können.
»Die Leute wollen teilhaben an dem, was sie lesen. Sie wollen sagen können, das und das hätte mir auch passieren können, ist mir passiert. Aber wenn Sie nur über sich selbst schreiben –«
»Ich soll einen Dokumentarbericht liefern.«
»Machen Sie Ihrem Verlag klar, daß es ein Roman sein muß.«
»Woher wollen Sie das so genau wissen?«
»Ich weiß überhaupt nichts genau«, sagte Wagner. »Ich weiß nur eines, was Sie den Leuten schwarz auf weiß geben, legen sie weg. Was Sie Ihnen zum Träumen geben, zum Nachdenken, das behalten sie.«
»Ich bin kein Traumtänzer.«
»Das sind wir doch alle.«
»Ach was.«
»Versuchen Sie's mit einem Roman, Martin. Packen Sie alles rein, von Anfang an. Denken Sie nicht an das Ende. Das kommt von allein. Tun Sie's. Sie können es.«
Martin fing eine Forelle, der Haken hatte nur ganz vorne das Maul durchbohrt. Martin befreite sie, warf sie zurück.

»Laß ihn gehen«, sagte Wagner am nächsten Morgen, »laß ihn gehen.«
Friedel stand in der Küche, wusch das Frühstücksgeschirr.
Martin packte seinen Seesack.
»Aber er vergißt –«
»Er vergißt nichts«, sagte Wagner, »laß ihn gehen.«
»Und Sie, wollen Sie dann hierbleiben?« Er konnte sehen, wie Friedel schluckte. Ihr Mund war so jung, ihre Augen so alt.
»Fürchte dich nicht«, sagte er, »Martin kommt zurück.«
»Und ich soll nicht einmal fragen, wohin er geht?«
»Er wird es dir sagen, wenn er es für richtig hält.«
Jetzt verstand sie Anna, jetzt verstand sie ihre Mutter, in jenen Jahren in Amerika, als sie nicht wollte, daß Michael sie verließ.
»Aber ich kann nicht ohne ihn leben.«
»Du kannst«, sagte Wagner, »du wirst auf ihn warten. Du tust es ja nicht zum erstenmal.«
Martin trat in die Küche.

Sein Gesicht war ohne Ausdruck.
»Die Miete ist für ein weiteres halbes Jahr bezahlt. Das Haushaltsgeld wird ja überwiesen.«
»Ja, Martin.«
Vor dem Haus hupte ein Wagen.
»Das ist für mich«, sagte er. »Das Taxi. – Wenn ich tun soll, was ihr für richtig haltet, muß ich allein sein.«
Er war schon weit weg.
»Ja, Martin.«
»Ich fahre in die Eifel.«
»Ich komme mit Ihnen«, sagte Wagner, »Sie können mich am Bonner Bahnhof absetzen.«
Und dann war Friedel allein.

21

Martin fand in der Eifel, in der Nähe von Blankenheim, eine Blockhütte, die ihm der Förster für zwanzig Mark im Monat vermietete.
Ein Bett stand darin, ein Tisch und ein Stuhl. Ein Primusofen und eine Petroleumlampe gaben Wärme und Licht. Wasser mußte er sich vom nahen Bach holen. Einmal in der Woche ging Martin die sieben Kilometer nach Blankenheim hin und zurück, um sich mit Proviant zu versorgen.
Er blieb vier Wochen lang in der Hütte, schrieb acht, zehn oder auch mehr Stunden am Tag, bis die Buchstaben und Tasten der Schreibmaschine langsam vor seinen Augen verschwammen.
Fünfhundert Seiten schrieb er, unter denen plötzlich das Wort Ende stand.
Er schlief eine Nacht und einen ganzen Tag.
Er erwachte mit rasendem Hunger und aß alles auf, was er noch an Vorräten fand. Er rasierte seinen Bart ab, wusch sein Hemd im Bach, ließ es in der Sonne trocknen.
Er packte die Schreibmaschine und das Manuskript und seine Wechselwäsche in den Seesack, den er als Junge von seinem Vater bekommen hatte, als er noch zur Marine wollte und ehe er zur Infanterie kam.

Von Blankenheim fuhr ein Bus nach Bonn. Von Bonn dann die Bahn nach Siegburg und wiederum ein Bus ins Aggertal.
Aber das dauerte Martin jetzt zu lange; für seine letzten zwölf Mark brachte ihn ein Taxi nach Domscheid.
Wütendes Gekläff antwortete ihm, als er klingelte, dann Friedels rascher Schritt.

Sie riß die Tür auf und fiel ihm um den Hals.
Ihre Augen strahlten, sie zitterte am ganzen Körper.
»Ich glaube, ich hab's geschafft«, sagte er.
»Ich weiß es«, sagte sie.
Ein winziger weißschwarzgefleckter Hund umkreiste ihn eifersüchtig bellend.
»Frau Meier hat ihn mir geschenkt«, sagte Friedel, »als Ersatz für dich.«
Martin nahm den Winzling auf. »Wie heißt er denn?«
»Bobo.«
Der Welpe gähnte ihn an, nestelte sich dann auf seiner Schulter zurecht.
»Jetzt bin ich abgemeldet«, Friedel lachte.
Sie schleppte Martins Seesack herein, zündete das Feuer im Kamin an, holte Gläser, Weißwein. In wenigen Minuten war es, als sei er nie fortgewesen.
»Ich geh' nie mehr weg«, sagte er; sie küßte ihn. »Aber nächste Woche muß ich nach Hamburg. Das Manuskript ist fertig. Es ist ein Roman geworden.«
»Ich bin so glücklich.«
»Ich auch.«
Drei Tage lang verließen sie das Haus nicht, gingen nicht ans Telefon, ließen nur einmal vom Kaufmann Roth Lebensmittel schicken und riefen Christine an: Martin ist wieder da!
Martin und Friedel durchstreiften ihren kleinen Wald, Bobo stöberte seine erste Feldmaus auf.
Sie lagen auf dem Rasen in der Sonne, sie aßen unter dem dichten Laubschirm der Eiche, sie saßen abends vor dem offenen Kamin, schmiedeten Zukunftspläne. Wenn das Buch veröffentlicht war, würden sie eine Reise machen; in die Toscana, zu Laura und Yochanan. Sie würden sich auch wieder einen kleinen Wagen leisten. Und vom zweiten Buch, Martin wußte schon genau, wovon es handeln sollte, den letzten Monaten vor dem Krieg in Berlin, würden sie nach Afrika reisen, um Achim zu besuchen. Und vom dritten und vierten –
»Jetzt hör aber auf!« Friedel lachte. »Mir wird schon ganz schwindelig!«
Er sprang auf und trommelte sich mit den Fäusten auf die Brust. »Ich bin King Kong, der Große!«
Sie hatte ihn nie so ausgelassen erlebt und nie so zärtlich, und in der dritten Nacht wußte sie, daß sie ein Kind bekommen würde.
Am nächsten Tag fragte Martin: »Sag mal, heute ist doch Samstag, wo bleiben denn Horsts Rosen?«
»Die kommen nicht mehr«, sagte sie fröhlich.
»Und wie das?«
»Er war hier, als du weg warst, und ich hab' ihn rausgeschmissen.«

»Ist er frech geworden?«
»Nun«, sagte sie, »er gehört zu den Männern, die meinen, fragen kostet ja nichts.«
»Ich bring' ihn um.«
»Das lohnt sich nicht.«
»Die Ratte.«
»Vergiß ihn. Bobo hat ihn in die Hand gebissen.«
»Braver Hund! Dafür kriegt er eine Belohnung.«
Bobo bekam eine Riesenwurst, die er drei Tage lang stolz bewachte, bis sie stank.
Von Horst Pfeil sprachen sie nie mehr.

Am Mittwoch darauf flog Martin nach Hamburg, das Manuskript, die Hermes Baby und Wechselwäsche in seinem Seesack.
»Du siehst aus wie ein Kapitän, der auf große Fahrt geht.«
Er grinste. »Tu ich ja auch. Das erste Buch ist wie ein erstes Schiff.«
Zwei Tage später kam er jubelnd zurück.
»Sie haben es angenommen! Sie finden den Roman großartig. Im Frühjahr erscheint er.«
Und Martin steckte Friedel einen Ring an den Finger mit einem tiefgrünen Smaragd. »So sehen deine Augen aus, wenn du glücklich bist.«
»Grün? Das hat mir noch niemand gesagt.«
»Hat ja auch noch niemand gesehen – hoffe ich wenigstens – außer mir, in der Nacht.«
»Nein«, sagte sie, »ich bin noch nie mit jemandem anderen als mit dir glücklich gewesen.«
Der Herbst verging und war wie ein langes Band goldener Tage.
Martin überarbeitete sein Manuskript, Friedel schrieb die korrigierten Seiten ab.
Bobo wuchs sich schnell zu einem kräftigen Cockerspaniel aus, der Bewegung brauchte, und sie machten lange Wanderungen durch das Aggertal.
Christine kam oft über das Wochenende zu ihnen nach Domscheid, dann suchten sie Pilze, und Bobo entwickelte eine Spürnase für Goldröhrlinge, die unter den Lärchen wuchsen.
Manchmal kamen auch Ernst Martens, Anna und Boris, sehr elegant, in einem großen Wagen. Zum Essen luden sie dann ins Schloß Auel ein. Es ging ihnen gut, man sah es, aber sie waren auch zufrieden.
Die Männer unterhielten sich meist über Politik, Ernst war ein aufmerksamer Zuhörer, ein scharfer Analytiker.
Die EVG war 1954 gescheitert, aber nun gab es die Europäische Wirtschaftsgemeinschaft.

Im Bundestag hatte die turbulente Atomdebatte stattgefunden; beide Männer fanden es richtig, daß die Bundeswehr nicht mit Atomwaffen ausgerüstet werden sollte.
Im September hatten sich de Gaulle und Adenauer zum erstenmal in Paris getroffen. De Gaulle schien die Algerien-Krise beendet zu haben, er war nun der starke Mann Frankreichs, und Adenauer fürchtete, daß de Gaulles Träume von der ›Gloire‹ der Nation den französischen Nationalismus wiederaufleben lassen könnten und damit den deutschen Nationalismus womöglich nach sich ziehen.
Aber beim Abschied aus Paris schenkte Madame de Gaulle dem achtzigjährigen Adenauer einen Strauß Rosen; ihre Worte, sie empfange nur einen Deutschen, weil sie dazu gezwungen sei, waren längst vergessen. Und was Adenauers Traum von einem geeinten Europa anging, so hieß es im gemeinsamen Kommuniqué, ›wir glauben, daß Franzosen und Deutsche dazu berufen sind, in gutem Einvernehmen Seite an Seite zu leben. Zugleich wird unsere friedliche Zusammenarbeit die anderen Nationen Westeuropas einschließen, mit denen unsere beiden Länder durch enge Bande verknüpft sind.‹
Die Männer diskutierten auch ausführlich über den ersten Weltraumsatelliten, Explorer I, den die USA am 31. Januar des nun beinahe schon wieder vergangenen Jahres gestartet hatten, denn schließlich hatte Georg Bonet Christine ausführlich darüber in seinen Briefen berichtet; ungeheuer stolz, weil er daran hatte mitarbeiten dürfen.
»Georg glaubt wirklich, er landet noch eines Tages auf dem Mond«, sagte Christine. »Aber das wird Gott nicht zulassen. Er hat uns die Erde geschenkt, damit sollten wir zufrieden sein.«
»Wenn schon, dann flieg' ich lieber auf den Mars«, sagte Boris, »wenn ihr mich fragt, war der Ray Bradbury schon da, sonst könnte er das alles gar nicht so genau beschreiben.«
Boris war nun genau in dem Alter, um an Zukunftsvisionen zu glauben und natürlich auch an Ufos. Sein sehnlichster Wunsch war ein Sternenfernrohr, wie er es nannte, und er war sicher, daß aus ihm mal der beste Astronaut der Welt würde.
Das Fernrohr bekam er von Ernst zu Weihnachten, Martin schenkte ihm ein Standardwerk über Planetenkunde.
Boris verbrachte keine Nacht mehr in seinem Bett, sondern draußen im Garten, bis er sich eine so schlimme Grippe holte, daß er sich ins Bett stekken ließ.
Zu Weihnachten kamen Yochanan und Laura aus der Toscana. Sie waren einander ähnlicher denn je, und sie hatten gemeinsam einen Entschluß gefaßt, der für ihr Alter – sie war jetzt 71, er 69 – zumindest ungewöhnlich war.

»Wir wollen noch einmal auswandern.« Yochanan hielt Lauras Hand. Seine Augen wurden sehr hell und sehr wach.
»Wir wollen nach Israel gehen«, sagte Laura.
»Laura hat einen Kursus als Pflegerin bestanden, und ich hoffe, daß ich mich auch noch als Arzt nützlich machen kann. Wir gingen ja am liebsten in ein Kibbuz, doch dafür sind wir zu alt. Aber wir haben erfahren, daß in Herzliya, das ist eine kleine Stadt, nicht weit von Tel Aviv, ein neues Krankenhaus entsteht. Dort haben wir uns beworben, und dort wollen wir uns vorstellen.«
Das war am zweiten Weihnachtstag, und sie waren alle, die ganze Familie, zu der ja auch Yochanan und Laura gehörten, bei Friedel und Martin in Domscheid.
»Was unser Haus in Marco angeht, so möchten wir es euch schenken, dir, Friedel, und dir, Martin. Ihr sollt darin so glücklich sein, wie wir es waren.«
Wie bedankt man sich für etwas, von dem man nur geträumt hat? Friedel umarmte die beiden stumm, und Martin tat es auch.
»Ha«, sagte Boris, »da komme ich euch in allen Ferien besuchen. Und schafft mir bloß 'nen Esel an, damit ich durch die Gegend juckeln kann.«
Er war nun vierzehn und plötzlich sehr groß für sein Alter. Es war gut, daß Bürstenhaarschnitt in Mode war, denn anders hätte er sein Haar gar nicht frisieren können.
Als Friedel frischen Kaffee aufbrühte, folgte er ihr in die Küche.
»Ich hab' mein erstes Mädchen«, sagte er und starrte sie erwartungsvoll an.
»Und wie heißt sie?«
»Mathilde«, sagte er klagend, »aber ich nenne sie Mathy. Sie ist niedlich, sieht aus wie, wie, wie eine Puppe. Du, Friedel, was ist ein Zungenkuß?«
»O mein Gott.« Sie legte die Hände auf die Hüften. »Wie soll ich dir das erklären?«
»Kannst du's mir nicht zeigen?«
»Nee, Boris, das kann ich nicht.«
»Warum denn nicht? Du bist doch meine Schwester.«
»Eben deshalb. Aber warte es ab, du findest es bald genug alleine raus.«
»Mathy sagt, ein Zungenkuß ist das Höchste, aber sie weiß eben auch nicht, wie so was geht.«
Und später spazierte Boris draußen auf dem Rasen mit Martin auf und ab, tief ins Gespräch versunken, die Hände auf dem Rücken verschränkt. Bis er plötzlich den Kopf hochwarf und so schallend lachte, daß fast die Scheiben klirrten.
»So einfach ist das!« rief Boris, als er wieder hereinkam. »Man muß eben bloß den richtigen Mann fragen.«

Das zweite Silvester ihres gemeinsamen Lebens verbrachten Friedel und Martin allein.
Es schneite, und die Welt war still, selbst die Eichelhäher, sonst so leicht aufzuschrecken, schwiegen.
Sie zündeten noch einmal den Tannenbaum auf dem Rasen an und sahen zu, wie der Schnee eine Kerze nach der anderen auslöschte.
Sie richteten gemeinsam einen kleinen Imbiß in der Küche her, deckten den Ingweiler Tisch.
Martin ließ Friedel ein Bad ein und sah ihr zu, wie sie sich auszog.
»Du wirst rundlich«, sagte er und strich über ihren Bauch.
»Das hat auch einen Grund.«
Er hörte auf zu lächeln. »Du meinst, willst du sagen –«
»Ja.« Sie nickte heftig.
»Liebes«, sagte er, »und es ist wirklich wahr?«
»Es ist wahr, und ich bin so gesund wie ein Pferd.«
Er hob sie auf und trug sie zum Bett. »Laß dich anschauen, laß dich anschauen.«
Und sie vergaßen alles andere um sich her.
Bis Bobo kam und leise vor ihrer Tür jaulte und vorsichtig daran kratzte.
Er folgte ihnen in das Badezimmer, er ließ seine Ohren hochzucken, legte den Kopf schief, betrachtete Friedel aufmerksam in der Badewanne, und Martin grinste. »Das ist jetzt verboten. Du bist ein erwachsener Rüde, marsch, hinaus mit dir!«
Martin half Friedel beim Ankleiden. Zum erstenmal trug sie ein langes weißes Abendkleid, er hatte es ihr geschenkt. Und seinen Smaragdring und seine Perlen. Und Martin bürstete ihr Haar.
Um zwölf Uhr explodierten goldene und silberne Raketen unten über dem Dorf, alle Hunde bellten, und die Glocken läuteten, das Vieh stampfte und schnaubte, und die Pferde wieherten in den Ställen. Die Meiers standen weiter unten am Hang vor ihrem Haus, und Hasso, der Schäferhund, machte Bocksprünge über Wiese, Zaun und Weg. Nur Bobo verkroch sich, er mochte keinen Krach.
»Ein glückliches, ein wunderbares neues Jahr wünsch' ich dir, Friedel.«
»Und ich dir.«
»Es ist das letzte in den Fünfzigern, wer weiß, was uns die Sechziger bringen?«
»Glück, Martin, Glück.«
»Noch mehr?« fragte er leise, es klang zögernd, es klang beinahe furchtsam. »Wir haben uns, wir bekommen ein Kind. Mein Buch erscheint. Friedel, ist das alles wahr?«
»Natürlich ist es wahr«, sagte sie, von der gleichen jähen Furcht erfüllt wie er. Sie zog schnell sein Gesicht zu sich herab.

»Halt mich ganz fest.«
»Ja, das wollen wir tun, uns immer ganz festhalten.«

Nie hatte Achim geglaubt, daß Sterne so nah, so greifbar, so den Himmel erhellend sein könnten wie in dieser Silvesternacht im afrikanischen Busch.
Sie hatten das Lager auf einer Lichtung oberhalb des steigenden Kariba-Stausees aufgeschlagen, und die Schirmakazien standen wie Wächter um sie her.
Das Feuer war heruntergebrannt, aber der Tee in ihren Bechern war noch glühend heiß und süß.
Sie waren zu dritt: Paul und Andrew Earth aus Kenia und Achim. Sie waren mit dem Landrover hierhergekommen, in dem sie später ihre Schlafsäcke ausrollen würden.
»Im Norfolk-Hotel in Nairobi lassen sie jetzt die Sektkorken knallen!« sagte Paul plötzlich.
»Ich wüßte ganz gern, was die Mädchen in diesem Jahr unter ihren Kleidern tragen. Letztes Jahr war schwarze Wäsche modern.« Andrew grinste.
»Ihr hättet ja nach Salisbury fahren können«, sagte Achim.
»Was ist das gegen Nairobi? Junge, du weißt ja gar nicht, wovon du redest. Früher, wenn wir von der Farm runter nach Nairobi kamen, dann waren wir wer.« Paul warf sich zurück, sein Kopf schlug hart auf die Erde. Er riß seinen Arm über die Augen.
Aber es war nicht Nairobi, nach dem sie sich sehnten, und nicht das Sektkorkengeknalle und nicht die Mädchen mit der schwarzen Unterwäsche.
Es war die Farm in den Ngonghügeln.
Es war Ella, ihre Mutter, die nicht mehr lebte, es war Patrick, ihr älterer Bruder, der nun die Farm leitete, und Sam und Sophia, und es waren die drei jüngeren Geschwister, Karen, Betsy und Mike, die ihnen fehlten. Sie hatten all das verlassen, weil sie nicht mehr dort leben konnten, wo sie getötet hatten, auch wenn die getöteten Rebellen Mörder waren.
Friedel hatte Achim in Budapest davor bewahrt zu töten, wenigstens *einen* Russen zu töten, als sie ihm die Pistole seines Vaters abnahm und in den Fluß warf.
Und nun war er hier, wie Paul und Andrew, um wilde Tiere zu retten und zu schützen. Denn in diesem Dezember war der Kariba-Damm geschlossen worden.
Drei Jahre zuvor, 1955, beschloß die Regierung der Föderation Rhodesiens und Njassalands, in der trichterförmigen Kariba-Schlucht den viertgrößten Fluß Afrikas, den Sambesi, zu stauen. Der Nutzen daraus lag klar auf der Hand, die Kupferminen Nordrhodesiens und die Schwerindustrie

in Südrhodesien würden dadurch mit aller elektrischen Energie versorgt werden können, die notwendig war.
Von Technikern und Zivilisationsfanatikern wurde der entstehende Staudamm als ein Weltwunder gepriesen, mit 127 Metern sollte er 21 Meter höher werden als die berühmten Victoriafälle und doppelt so hoch wie die Niagarafälle.
Für Menschen und Tiere im Bereich des geplanten Stausees bedeutete das eine Tragödie.
Der Stamm der Ba Tonka, der hier lebte wie zu Zeiten Livingstones, der genau hundert Jahre zuvor die Victoriafälle entdeckt und den Sambesi erforscht hatte, wollte nicht glauben, was ihnen die weißen Regierungsbeamten erklärten.
Die Frauen trugen noch ihren Ziegenhautschurz, sie beackerten den fruchtbaren Uferschlamm, und abends saßen sie um ihre Kochfeuer, saugten zufrieden an ihren aus flachen Kürbissen gefertigten Wasserpfeifen.
Die Männer gingen auf die Jagd und zum Fischfang, so war es seit Urzeiten gewesen, so würde es ewig bleiben, denn über ihnen allen wachte Nyaminyami, ihr Gott.
Aber nun wurden sie umgesiedelt, auf höher gelegenes Land, hundert und mehr Kilometer entfernt von ihrem ursprünglichen Stammesgebiet. Und die Lastwagen, die sie dorthin brachten, wirbelten rote Staubwolken auf, die sich mit den grauen und blauen Regenwolken des Himmels mischten.
Aber nicht immer vollzog sich diese Umsiedlung friedlich.
Auf nordrhodesischer Seite, im Gwembe-Gebiet, widersetzten sich junge Ba-Tonka-Krieger mit Speeren und Steinen. Der damalige Gouverneur von Nordrhodesien, in Lusaka, reiste sogar mit einer Militärkapelle an, um die Leute im Namen der englischen Königin zur Vernunft zu bringen.
Weder die zackigen Militärmärsche noch der Name der fernen Königin beeindruckten die Stammesältesten. Die Krieger überschrien den Gouverneur, und Urwaldtrommeln übertönten die Militärkapelle.
Zwei Tage später rückte Polizei in Geländewagen an.
Es kam zu einer halbstündigen Schlacht, in der acht Ba-Tonka-Speerträger getötet und 23 verwundet wurden. Die Polizei hatte einen Verletzten zu beklagen.
Die Umsiedlung der Ba Tonka hatten die drei jungen Männer, die nun oberhalb des steigenden Stausees lagerten, nicht miterlebt, nur aus den Zeitungen davon erfahren.
Sie hatten ein Jahr im Wankie-Nationalpark verbracht, wo man sie als Wildwarte ausbildete.

Ihre Arbeit würde nun beginnen, denn stromaufwärts vom Dammbau waren durch die Überflutung des ehemaligen Ba-Tonka-Landes die wilden Tiere in Gefahr zu ertrinken, und stromabwärts, unterhalb des Dammes, würde der Sambesi bald nicht mehr als ein paar träge dahinziehende dünne Rinnsale oder brackige Tümpel bilden, und die Tiere mußten in den Trockenzeiten verdursten.

Als es zwölf Uhr war in dieser Silvesternacht, toasteten Paul, Andrew und Achim sich mit heißem Tee zu, dann gingen sie zum Landrover und krochen in ihre Schlafsäcke.
Als sie wieder erwachten, in der falschen ersten Dämmerung, die wie flüssiges Kupfer über den Horizont fließt, ehe die Sonne aufgeht, erblickten sie unter sich die ersten Inseln aus Reisig, Maisstroh und Treibgut aus den überschwemmten Dörfern. Auf den Inseln wimmelte es nur so von Tieren. Da waren kleine Antilopen, Hasen, da waren Schlangen und Mäuse; und die jungen Männer entdeckten ein halbes Dutzend winziger Buschschweine, die weder auf dem schwankenden Floß noch auf ihren unsicheren Beinchen stehen konnten.
Die drei waren nicht mit Booten ausgerüstet, wie andere Gruppen von Wildwarten, die wie sie für die Rettung der Tiere eingesetzt wurden; dafür hatte Paul stählerne Stangen konstruiert, die sich wie Antennen auf eine Länge von zehn Metern ausziehen ließen und an ihrem Ende einen kräftigen Haken trugen.
Die drei rannten hinunter zum Ufer, und es gelang ihnen, vier der Inseln nacheinander heranzuziehen.
Die Antilopen flüchteten mit zitternden Flanken, ihre Hufe trommelten lautlos über den wieder festen Grund. Die kleinen Buschschweine rannten quiekend im Kreis, bis sich auch das Muttertier einfand, ihnen voraus in den Schatten eines Dornbuschs galoppierte und sich dann auf die Seite legte, um seine Jungen zu säugen.
Die Schlangen glitten glitzernd außer Sicht.
Die Hitze wurde bald unerträglich; es war, als brenne die Sonne Löcher in ihre Khakihüte, drille Löcher in ihren Schädel. Aber die drei jungen Männer hielten nur inne, um hin und wieder einen Schluck Wasser aus der Feldflasche zu trinken.
Und einmal, um in Hurrarufe auszubrechen, als sie sahen, wie eines der Stahlboote weiter flußaufwärts eine ganze Herde von acht Wasserböcken ans rettende Land trieb.
Als es Abend wurde, die Dunkelheit kam so jäh wie nur im afrikanischen Busch, konnten sie alle drei vor Erschöpfung kaum mehr auf den Beinen stehen.
Sie kehrten zu ihrem Lagerfeuer zurück.

Achim entfachte es neu, während Andrew ihnen die ungefähre Zahl der geretteten Tiere abfragte und Paul ein paar Konserven öffnete, deren Inhalt er in den großen schwarzen Eisenpott zusammenschüttete, wie ihn in den Dörfern die Eingeborenen benützen.
Sie hatten insgesamt 84 Tiere gerettet, unter denen sich auch Ratten und Heuschrecken befanden.
Archie Fraser, der Leiter der Naturschutzbehörde in Salisbury, der dieses ›Unternehmen Noah‹ leitete, und Herbert Gross würden – das hofften alle drei unausgesprochen – mit ihnen zufrieden sein.
Herbert Gross, Ernst Martens Freund, hatte sie für die wilden Tiere Afrikas begeistert und gewonnen. Fraser sandte sie nach Wankie, damit sie überhaupt erst lernten und begriffen, was Wildhege in Afrika bedeutet.
Die drei jungen Männer aßen jetzt ihr Zusammengekochtes: es schmeckte hauptsächlich nach Vanillepudding, den Paul mit einer Dose Schinken und Rührei verwechselt hatte, aber der starke heiße Tee machte auch das erträglich.
Diesmal zogen sie ihre Schlafsäcke rund ums Lagerfeuer, denn ihre sämtlichen Muskeln schmerzten von der stundenlangen Anstrengung des Tages, und der Landrover war für drei Mann verdammt eng.
Achim verschränkte die Hände hinter dem Kopf, und obwohl ihm bald die Augen zufielen, blieb er hellwach.
Er dachte an Karen Earth und daß sie nun schon siebzehn wurde und versprochen hatte, ihn zu Ostern in Salisbury zu besuchen.
Er wußte, daß er sie heiraten würde, wenn sie mit ihm im Busch leben wollte, denn eines konnte er sich nicht mehr vorstellen – das Leben in einer Stadt.
Achim träumte, daß Karen neben ihm ritt, auf einem langen, gewundenen Pfad durch den Busch. Sie rasteten unter einem Baobab, und aus wilden Feigenbäumen äugten kleine graue Affen mit schwarzen Samtgesichtern herüber. Er träumte, daß er Karen vor einem angreifenden Nashorn rettete und daß er sie über die Schwelle eines Blockhauses trug, das von rotglühenden Bougainvillea überwuchert war. Und in dem Haus warteten schon ein halbes Dutzend sommersprossiger Kinder, die alle so aussahen wie Karen und Betsy und Mike, als sie vor fünf Jahren mit Sam so überraschend nach Bonn gekommen waren.
»Das geht zu weit!« rief Achim laut.
»Mensch, halt die Klappe«, murmelte Paul und rüttelte ihn.
»Bin ja schon still«, flüsterte Achim und umarmte Karen im Traum.

Im Februar erhielt Christine den Besuch ihres Schwagers, den er auf einer Postkarte kurz und bündig angekündigt hatte: ›Erwartet mich am 15. 2. Gruß Franz.‹

»Der Franz«, sagte Christine, »das kann nur der Franz sein, der so klingelt.«
»Läßt du ihn ein?« fragte Lilli.
»Na sicher!«
Da stand er vor der Haustür, als seien nicht rund zehn Jahre vergangen seit seinem letzten Besuch; nicht in diesem Haus war es, sondern auf Pützchens-Markt, wo Anna für den vom Schlag getroffenen Bauern Domscheid heiße Würstchen und klaren Schnaps verkaufte und Franz seine Damen vorführte, die ihm angetraute Lucy im grünen Seidensamtkleid und mit ihrer stets verrutschenden Perücke, dazu Tatjana, die Geliebte, in weißer Rohseide, die blauschwarzes Haar und Elfenbeinhaut der Slawin so gut zur Geltung brachte.
Da stand er also, der Franz, ein Jahrzehnt später und begehrte Einlaß in das Haus, das er sich während der Nazizeit unrechtmäßig nach dem Tod seines Bruders Ernst angeeignet und dann Lilli vermacht hatte, als er in das modernere, komfortablere in Godesberg umzog.
Der Franz wie eh und je im grauen Frescoanzug, maßgeschneidert, die Perle in der Krawatte, den Borsalino, gewiß mit Monogramm im Innenband, in der Hand.
»Christine! Meine liebe Schwägerin!«
»Tag, Franz«, sagte sie.
Er spitzte die Lippen. »Du hast dich wirklich nicht verändert.«
»Du bist fett geworden«, sagte sie.
»Ist das eine Begrüßung?«
»Ich habe dich noch nie gemocht. Und auch jetzt nicht hergebeten.«
»Ich bin der Bruder deines Mannes.«
»Nur deswegen lasse ich dich herein. Also komm.« Sie ging ihm voraus.
»Das Haus ist gepflegt. Und das freut mich. Schließlich hat es ja einmal mir gehört.«
»Lilli« – sie saß wie üblich im Wintergarten –, »hier kommt Onkel Franz«, sagte Christine nur.
Er beugte sich über Lillis Hand. »Unverändert köstlich siehst du aus, meine liebe Nichte.«
»Das Kompliment kann ich nicht zurückgeben, denn ich bin blind«, sagte sie, »und nur für Mama bin ich keine Last.«
»Ihr lebt hier allein?«
»Tu doch nicht so, als wüßtest du das nicht, Franz«, sagte Christine.
»Du überschätzt mich.«
»O nein. Mach mir nicht weis, Franz, daß du nicht ohne eine bestimmte Absicht gekommen bist.«
»Gibt es in diesem gastlichen Haus einen Stuhl, auf den ich mich setzen darf?«

»Aber bitte«, sagte Christine. »Wenn es sein muß.«
»Du bist eine garstige alte Frau.«
»Aus deinem Mund ist das ein Kompliment.«
Lilli lachte.
»Ihr habt mich immer verkannt.« Franz Schwarzenburg hielt seinen Hut auf den Knien. »Immer. Ich war nie ein Egoist. Nur Lucy hat mich so dargestellt.«
»Die du ins Altersheim abgeschoben hast.«
»Solange es noch nicht zu spät war. Sie ist total verkalkt.«
»Und wie geht es deiner Geliebten – Tatjana?«
»Sie kurt. Sie hat mich um das Haus in Godesberg gebracht. Ich bin mittellos bis auf meine Pension.«
»Die dürfte reichen«, sagte Christine.
»Bietest du deinen Gästen nichts an, Schwägerin?«
»Was möchtest du?«
»Gib ihm ein Glas Wasser, das ist gut für die Nieren«, sagte Lilli. »Und für die Galle.«
»Mein liebes Kind –«
»Ach, Onkel Franz, sei doch still.«
Er schwieg.
Christine ging in die Küche, servierte ihm das Glas Wasser auf silbernem Tablett.
Er trank mit zusammengekniffenen Augen, mit angeekelt geschürztem Mund.
»Was ich erklären wollte –«
»Erübrigt sich«, sagte Christine.
»Du läßt mich im Stich? Du warst schließlich mit meinem Bruder verheiratet. Und der war ein Ehrenmann. Er würde dich bestimmt nicht verstehen, wenn du mir deine Unterstützung verweigerst.«
»Und wie soll die aussehen?«
»Ich brauche ein Heim.«
»Nicht bei uns«, sagte Lilli.
»Das Haus ist leer.«
»Nein«, sagte Christine, »die hierhergehören, kehren immer wieder zurück.«
»Dann nimm auch mich auf.«
»Nein, Franz, das bring' ich nicht fertig.«
»Aber es ist deine Pflicht, Christine. Ich habe dich immer verehrt. Ich würde – ich würde dich heute noch heiraten.«
Sie lachte hellauf. »Armer, alter Franz.«
»Du bist also doch eine schamlose Person.«
»Nicht wahr? Ich erlaube mir, dich auszulachen.«

»Das hat noch niemand gewagt.«
»Eben, deswegen tue ich es ja. Hast du je über dich selbst gelacht?«
»Ich wüßte nicht, wozu das hätte gut sein sollen! Du bist scheint's auch verkalkt.«
»Sei's drum«, sagte Christine. »Bin ich eben auch verkalkt. Aber das Lachen habe ich deswegen noch lange nicht verlernt.«
»Du willst mich also nicht?«
»Nein.«
»Ist das dein letztes Wort?«
»O ja.«
»Dann kann ich ja gehen.«
»Du weißt, wo die Tür ist, Franz.«
»Du weist mir die Tür?« fragte Franz Schwarzenburg ungläubig. »Nach allem, was ich für euch getan habe?«
»Nichts hast du getan, Franz. Selbst den armen Michael meiner Anna hast du ausgenutzt und deiner Lucy nicht nur in den schweren Jahren nach dem Krieg die Butter aufs Brot gekratzt.«
»Böse, böse«, murmelte er.
Christine lehnte sich zurück. Sie verschränkte die Arme, um nicht zu zeigen, wie ihre Hände zitterten.
»Du kommst aus der Vergangenheit wie ein böser Geist, Franz. Du bist die schlechte Vergangenheit, und die ist tot. Wo warst du, als Ernst so krank war, als er starb? Wo warst du, als Michael die Last der anderen armen, verfolgten Menschen nicht mehr ertrug, und als auch er starb? Wo warst du denn, wenn es uns schlecht ging? Ja, nach dem Krieg, in den Hungerjahren, da hast du dich hier breitgemacht und hast noch den Kindern das wenige weggegessen, was wir hatten. Seidensocken und Player's-Zigaretten hattest du gehortet, schon vor dem Krieg. Aber hast du je auch nur ein Stück davon abgegeben? Wildfremde Menschen haben uns geholfen. Bill Earth, der auch längst tot ist, und Sam. Wildfremde Menschen wie der Bauer Domscheid aus dem Aggertal. Auf seinem Grabstein steht: ›Er war ein Mensch.‹ Kannst du das von dir behaupten, Franz Schwarzenburg?«
Ihr Schwager, der Bruder ihres verstorbenen Mannes, saß da mit fahlem Gesicht. Seine Lippen bewegten sich, aber kein Laut kam aus seinem Mund.
»Wenn du vor deinen Schöpfer trittst, was willst du dann antworten, wenn er dich fragt – wo warst du, Franz Schwarzenburg, was hast du Gutes getan auf der Welt da unten?«
Franz schluckte. Seine Augen drehten sich zum Himmel, als sei er schon oben.
Christine, eben noch empört, wütend, zornig, mußte lachen.

Franz sah es nicht und hörte es nicht. Er rang nach Worten, aber sie fehlten ihm, kamen nicht über seine Lippen.
Christine seufzte. »Bitte, laß uns jetzt allein, Franz.«
Er schlurfte hinaus, ohne Gruß, wie ein Verurteilter, dem man mitgeteilt hat, daß sein Begnadigungsgesuch abgelehnt worden ist.

»So habe ich dich noch nie erlebt, Mutter«, sagte Lilli.
»Ich mich auch nicht. Und fast tut es mir schon leid. Franz ist ein armer alter Mann, der nichts mehr mit sich anzufangen weiß.«
»Er hat es nicht besser verdient«, sagte Lilli. »Uns Mädchen hat er immer unter die Röcke gefaßt, als er wußte, daß wir noch nicht wußten, was das bedeutet.«

Dennoch war Christine tagelang bedrückt. Zum erstenmal in ihrem Leben hatte sie einem Menschen Hilfe verweigert, ja ihn sogar vor die Tür gesetzt.
Und da ihr das keine Ruhe ließ, erkundigte sie sich nach einem soliden und seriösen Seniorenheim, wie man die Stätten nannte, die langsam für die besser betuchten ›lieben Alten‹ in Mode kamen.
Christine fand schließlich eines in Bad Godesberg.
Die Pension von Franz würde mehr als ausreichen für das Anderthalb-Zimmer-Appartement.
Sie schrieb ihrem Schwager, daß sie ein Heim für ihn gefunden habe.
Sie erhielt keine Antwort.
Acht Wochen später dankte ihr das ›Haus Viktoria‹ für den neuen Gast, Herrn Franz Schwarzenburg, Kapitän der kaiserlichen Marine a. D., der er nie gewesen war; bis zum Maat hatte er es nur gebracht.
Von dem alten Herrn Geoffry, dem Christine wieder einmal im Milchhäuschen auf dem Münsterplatz begegnete, erfuhr sie, daß ihr lieber Schwager Gold hortete.
»Das ist ihm zuzutrauen.«
»Fürchtet Herr Schwarzenburg vielleicht eine Krise, wo wir doch eben erst unser Wirtschaftswunder haben?« fragte Geoffry verschreckt.
»Bei Franz ist alles möglich.«
»Also wissen Sie, man hat mir berichtet, wenn der verehrte Herr Schwager sich zur Nachtruhe begibt, dann zieht er aus seinem Schlafhemde einen Brustbeutel hervor und zählt seine Goldstücke. Zwanzig sind es bestimmt. Er läßt sie durch seine Hände gleiten und legt sie sich auf die Brust wie ein Geschmeide. Aber man meint, diese zwanzig Goldtaler sind gewiß nur seine eiserne Reserve, die er stets auf dem Leibe trägt. – Soll man sich ein Beispiel an ihm nehmen?«
»Nur nicht!« Christine lachte, bis ihr die Tränen kamen.

Kurz darauf traf in der Schumannstraße eine Postkarte ein: ›Muß mit Anna wegen Erbschaft sprechen.‹
Franzens Handschrift.
Christine brachte die Karte Anna auf den Venusberg.
Martens las sie als erster.
»Soll ich hingehen und die Sache in die Hand nehmen?«
Christine stellte sich Martens und Franz vor, und sie griemelte, wie man ein verstecktes Lächeln im Rheinland nennt. In Annas neuem Mann würde er, der liebe arme Franz, seinen Bändiger finden.
»Ja, tun Sie das«, sagte sie, »gehen Sie zu Franz Schwarzenburg und lesen Sie ihm die Leviten. Anna braucht seine Erbschaft nicht, oder sollte ich mich da irren?«
Martens grinste. »Nein, die braucht Ihre Tochter nicht. – Anna hat mir von ihm erzählt. Das muß ja ein richtiges altes Krokodil sein?«
»Ein Schneitzkerl ist das«, warf Boris ein.
»Über Ältere zu sprechen steht dir wohl kaum schon an«, sagte Martens und maß ihn mit den Kieselsteinaugen.
Boris kroch in sich zusammen, aber dann reckte er sein Kinn vor. »Onkel Franz ist ein Scheißkerl. Er hat uns die Butter vom Brot geklaut, als es keine gab.«
»Gut. Wenn du so ein großes Maul führst, kannst du mit zu Onkel Franz fahren und ihm deine Meinung sagen.«
Boris wurde ganz blaß. »Der frißt mich mit Haut und Haaren.«
»Eben drum.« Martens packte Boris bei der Schulter und schob ihn nach draußen. »Das soll der mal versuchen.«

Dieser Tag ging in die Annalen der Familie als ›Onkel Franzens Stalingrad‹ ein. Martens hatte, wie Boris fröhlich berichtete, ›den Onkel Franz um ganze zwei Köpfe kleiner gemacht‹.
Nun kamen liebe Briefe, keinen Feiertag vergaß Franz, herzliche Einladungen zu Kaffee und Kuchen, und Christine gab schließlich klein bei, fuhr zum ›Haus Viktoria‹ und machte ihren Frieden mit Franz.
Wir sind alte Leute geworden, sagte sie in der Straßenbahn vor sich hin, dumme alte Leute. Wir sollten ohne Streit leben, und deshalb werde ich Franz vergeben und verzeihen.
In Wirklichkeit tat sie es, um ihr Gewissen zu beruhigen. Denn hatte sie Franz nicht doch ein bißchen schlimmer behandelt, als er es verdiente?

22

Der Frühling begann sehr früh in diesem Jahr. Schon Anfang März blühten die Forsythien am Rande des Rasens hinter dem Haus in Domscheid. In einem Beet vor Martins Arbeitszimmer hatte Friedel Narzissen und Tulpen gepflanzt.
Sie war jetzt im siebenten Monat, aber sie fühlte sich leicht und wohl, die Arbeit in Haus und Garten betrachtete sie als Gymnastik, die dem Kind bestimmt nichts schaden konnte; nur Bobo hatte man abgewöhnen müssen, daß er morgens, wenn Martin ihr die erste Tasse Tee ans Bett brachte, unter Freudengeheul und mit voller Wucht aufs Bett sprang und womöglich auf ihren Bauch.
Während Martin arbeitete – er hatte sich mit Feuereifer nach den Korrekturen am ersten auf das zweite Buch gestürzt –, machte Friedel lange Spaziergänge mit Bobo, und er, der sonst so gern Kaninchen nachsetzte oder Krähen von den Äckern aufjagte und sie noch verbellte, wenn sie wie eine drohende schwarze Wolke über ihm kreisten, blieb jetzt brav bei Fuß.
Das Sonderheft von ›Paris et France‹ mit ihren Bildern über WOMEN 1960 – ›Die Frauen Europas‹ – war inzwischen als Bildband erschienen und brachte, wenn auch bescheidene, so doch regelmäßige Tantiemen ein. Wagner verwaltete ihr Konto in Paris, und der Verleger, der so stolz auf seine de Gaullesche Nase war, schrieb Friedel, daß sie stets als freie Mitarbeiterin willkommen sei.
›Ihr müßt uns bald besuchen‹, schrieb Agnes aus Versailles, ›wenn erst das Baby da ist. Und bringt es mit. Wagner hat uns ein kleines Bauernhaus gekauft. Die Luft ist so herrlich hier draußen, und wir bekommen noch täglich frische Milch und frische Eier gebracht.‹
Alles war verlockend, die Jahreszeit, die Aussichten auf den Sommer, den Herbst, auf alles, was kommen würde.
Im Mai sollte Martins erster Roman erscheinen, unter dem Titel ›Stationen der Liebe‹. Und schon im Herbst darauf die Dokumentation, die er noch in Bonn geschrieben hatte, vor Ungarn, über jene wenigen Menschen, die während der Nazizeit Verfolgten halfen.
Alles war gut, alles war so, wie man es sich nur wünschen kann, und doch, an diesem Abend des 18. März, empfand Friedel eine seltsame, unbegreifliche Unruhe.
»Ist dir nicht gut?« fragte Martin.
»Doch.«
»Aber du hast Schatten unter den Augen. Bist du sicher, daß dir nichts fehlt?«
»Ich bin nur ein bißchen müde, ich gehe heute mal früher ins Bett.«
Sonst blieb Friedel auf, während Martin arbeitete, las oder schrieb Briefe,

an Yochanan und Laura in Israel, an Achim in Rhodesien und an Sam in Kenia oder an Georg in Huntsville und an Claude in Shanghai. Sie schrieb auch an little Hayworth und Manolito, aber aus Harlem kam niemals eine Antwort.

Martin half Friedel beim Ausziehen, er brachte ihr noch ein Glas Rotwein ans Bett. »Damit du gut schläfst.«

Und die Unruhe verebbte, Friedel lauschte dem leisen, fernen Klappern seiner Schreibmaschine und schlief darüber ein.

Ein Fauchen und Kreischen und ein wildes schrilles Schmerzgeheul schreckten sie auf. Vor der Tür des Schlafzimmers zum Rasen sah sie zwei Tiere ineinander verkrallt, schwarzweiß und gelbrot geflammt, eine Rute peitschte hoch, eine spitze Schnauze schnappte um Bobos Kehle zu.

Friedel riß die Tiere auseinander, packte den Fuchs an der Rute und schleuderte ihn so weit weg, wie sie nur konnte.

Zu ihren Füßen lag Bobo, die Augen weit auf und hell, ganz hell wie Bernstein leuchtend.

Sie blutete an Armen und Händen.

Martin führte sie zum Bett.

Er wusch ihr die Wunden aus, mit heißem Salzwasser. »Beiß die Zähne zusammen, es tut weh.«

Sie spürte überhaupt nichts.

Er rief den Arzt an, Dr. Lohmar kam sofort.

Er ließ sich nur kurz berichten, packte Friedel in seinen Wagen und fuhr sie nach Siegburg ins Krankenhaus.

Unterwegs begannen die Wehen.

Um sechs Uhr dreizehn wurde ihr Sohn geboren. Er war tot.

Friedel konnte tagelang nicht sprechen. Sie fühlte sich so schuldig.

»Du kannst doch nichts dafür«, sagte Martin. »Wenn einer schuld ist, dann bin ich es. Ich hätte schneller da sein sollen als du.«

Solange Friedel wach war, wich er keine Minute von ihrem Bett. Außer ihm durfte nur Christine zu ihr. Und auch sie sprach ihr Mut zu, streichelte ihre Hände, sagte all das, was sie sagen konnte. »Du bist noch so jung. Du wirst noch viele Kinder bekommen können. Und denk doch jetzt auch an Martin.«

Sie dachte ja die ganze Zeit an ihn. Sie hatte sich auf das Kind gefreut, aber er noch mehr als sie, und jetzt war es tot.

Beinahe ebenso schlimm wie das war die Furcht, der Fuchs wäre tollwütig gewesen, und Friedel wartete darauf, es auch zu werden.

Aber nach drei Wochen sagte Doktor Lohmar: »Seien Sie unbesorgt, die Gefahr ist gebannt. Der Fuchs ist gefunden worden, verendet. Er war nicht tollwütig.«

Und Martin brachte ihr einen Welpen, der genauso aussah wie Bobo.
»Wir kehren vorerst nicht nach Domscheid zurück«, sagte Martin, »wir fahren in die Toscana, in unser eigenes Haus.«
Er brachte ihr das erste Vorausexemplar von ›Stationen der Liebe‹ und schrieb hinein: ›Du sollst nie mehr weinen, Friedel, nie mehr.‹

Im April brachen sie in die Toscana auf.
Martin hatte einen Wagen gekauft, aus zweiter Hand. Christine nähte grün-blau karierte Schonbezüge für die abgewetzten Sitze. Auch sie packte einen Koffer, denn bis ins Elsaß würde sie mit ihnen reisen. Sie wollte noch einmal ihren Bruder Robert in Colmar sehen; vielleicht war es das letzte Mal.

Friedel und Christine saßen sich auf den Korbstühlen vor dem ›Bellevue‹ in Colmar gegenüber, um sie herum brauste der Verkehr des frühen Nachmittags, die Sonne schien strahlend, aber Schatten lagen auf Christines Gesicht.
»Ich wollte es ja nicht sagen, Friedel.« Sie rührte in ihrem Kaffee, dem berühmten elsässischen ›Halb und Halb‹, als sei der Zucker aus Stein und lasse sich gar nicht auflösen. »Aber ich glaube, ich muß es tun. Er sieht schlecht aus, dein Martin.« Jetzt hob sie den Blick, sah Friedel fest an. »Martin ist krank. Er ist ein erschöpfter Mann.«
»Er hat viel hinter sich, das wissen wir doch.« Der Kaffee schmeckte bitter, und es war, als verdeckten Wolken die Sonne. Christine sprach das aus, was Friedel spürte, instinktiv fürchtete, seit langem schon: drohende Gefahr.
»Ja, er hat viel hinter sich. Die Gefangenschaft in Ungarn war gewiß nicht leicht.«
»Er spricht nie darüber. Und was in seinem Dokumentarbericht steht, den er veröffentlichen wollte, was in seinem Roman steht, der nun erscheint – das alles hat nichts mit seinen eigenen Erlebnissen zu tun, das weiß ich jetzt. Manchmal redet er im Traum. Es sind Alpträume.«
Friedel schaute auf ihre Fingernägel, auf den matten Perlmutton, in dem sich die Sonne dennoch spiegelte, so daß sie glänzten wie Opale. »Er spricht auch nie darüber, aber ich habe ihm noch mehr aufgebürdet mit dem toten Kind –« Christine hob ihr Kinn. »So habe ich es nicht gemeint. Ich will nicht, daß du dauernd daran denkst und dich schuldig fühlst. Ich will nur, daß du auf ihn aufpaßt. Martin braucht Ruhe, Erholung. Muß er denn unbedingt dieses zweite Buch jetzt schreiben? So schnell nach dem ersten? Muß er sich so hetzen? Schau, während wir beide hier sitzen, uns ausruhen können, den Nachmittag genießen, hockt er im Hotel mit seinem französischen Verleger. Und wie oft ist er nach Hamburg geflogen

– oder mit dem Wagen gefahren, um Geld zu sparen, in den letzten Wochen? Morgens nach Hamburg, mittags die Besprechungen, und nachts war er schon wieder bei dir. Ich verstehe es ja, er will an den Entscheidungen über seine Arbeit, seine Bücher teilhaben, aber die Schwierigkeiten, die es bestimmt gibt, die schluckt er alle hinunter. Das ist falsch. Wenn er wenigstens mal aufbrausen würde, sich Luft machen. Ich habe Angst um ihn.«
»Ich auch, Oma, wenn ich es auch nicht zeige, dir nicht und ihm nicht. Er schreibt jetzt an dem Roman, der vor dem Krieg in Berlin spielt. Er kniet sich rein, als hätte er das alles selbst erlebt und erduldet. Vor ein paar Nächten stand er auf dem Rasen in Domscheid. Er schaute zum Himmel hoch, Mond schien, ich konnte ganz genau sein Gesicht erkennen. So viel Leid war darin, und er weinte. Als er später ins Haus kam, war er ganz fröhlich und gelöst. Aber das war nur Schauspielerei. Er identifiziert sich zu sehr mit den Menschen, die er beschreibt, und ich wünschte nur, sie wären einmal heiter. Dieser Roman ›Und morgen die Nacht‹ – ich wünschte, er hätte ihn gar nicht erst angefangen.«
»Das ist auch falsch. Er muß ja arbeiten, er muß sich selbst sein Können beweisen.« Christine schaute auf die Straße, den Park gegenüber, dort sprachen junge Männer Mädchen in raschelnden Röcken an, Haare wehten in der leichten Brise, Augen glänzten, waren heiter. »Er darf nur nicht so verbissen sein.«
»Er will den anderen beweisen, was er kann, nicht sich selbst, Oma. Er will seiner Mutter, Johanna –«
»Aber sie wird es doch nie begreifen«, sagte Christine, trank von ihrem Kaffee und wischte sich mit dem Handrücken ungeniert die Lippen. »Auch Johanna tut mir leid, warum bleibt sie allein in Berlin? Aber darum geht es jetzt nicht. Sorg dafür, daß Martin als erstes zum Arzt geht, wenn ihr in der Toscana seid. Sorg dafür, daß er eine gründliche Untersuchung machen läßt. Eine Blutsenkung und ein Blutbild. Eine Leberfunktionsprüfung und ein EKG.«
Friedel lachte leise auf. »Du kommandierst schon wieder, Oma.«
»Das muß man auch bei euch Kindern.«

Als Martin sie abholte, sah Friedel zum erstenmal wirklich, wie erschöpft er war. Sie hatte ihn mit den Augen der Liebe gesehen, jetzt sah sie ihn mit den Augen der Angst.
Er war hager geworden, seine Schläfen waren eingefallen, seine Lippen schmal und blaß. Nur in seinen Augen sprühte der Lebens- und Erfolgswille, der ihn so anziehend machte, für alle Menschen, die sie kannte.
»Merkt euch eins – liebt und lebt«, sagte Christine, »und fragt nie nach dem Ende.«

Es stand in krassem Gegensatz zu dem, was sie eben erst Friedel vorgehalten hatte, aber die Worte schienen Martin gutzutun. Er legte seinen Arm um Christines Schultern, und so gingen sie zum Wagen.
Sie fuhren zum Maison Maul.
»Nein«, sagte Christine vor dem Haus, das in einem weiten Park lag. »Nein, ihr beiden Lieben, wartet nicht auf mich.«
»Aber möchtest du denn nicht in Straßburg bei Lisette übernachten?«
»Ich weiß nicht, Friedel, vielleicht bleibe ich nur in Colmar. Denn weißt du, wenn manches anders in meinem Leben verlaufen wäre, so hätte ich vielleicht die letzten Jahrzehnte hier verbracht. Denn irgendwo, ganz in der Nähe, hat mein Georg, der Urwaldarzt, ein Haus besessen. Aber das sind alte Geschichten. Denkt nur an euch. – Fahr vorsichtig, Martin. Und nehmt euch Zeit.« Christine drückte ihren Hut fester auf den Kopf. Es wehte ein Wind, der grün nach all dem Grün dieses Frühlings roch.
»Fahrt, Kinder, fahrt, auf Wiedersehen!«
Sie schritt durch den Park auf das Haus zu, dessen Läden halb geschlossen waren.
»Oma vergißt nichts und niemanden«, sagte Friedel, »und dabei wird sie in diesem Jahr schon achtzig.«

Robert Welsch war dreiundachtzig. Er saß am Schreibtisch vor dem Fenster seines Zimmers und bedeckte Bogen um Bogen gelben Papiers mit weitausholenden, sich umkreisenden Buchstaben.
Als er das Öffnen der Tür hörte, wandte er langsam den Kopf.
Sein Haar war weiß, er trug Bart und Schnurrbart wie einst sein Vater, Jean Welsch.
Seine Augen waren klar und erkannten Christine sofort.
»Ja, Christele! Ja, wo kommst denn du her?« Er stand auf und breitete die Arme aus. »Ja, ist das eine Freude!«
»Gut siehst du aus«, murmelte Christine.
»Mir geht's auch gut.« Er schob sie auf Armeslänge von sich. »Laß dich anschauen!« Er hob sanft den Schleier ihres Hutes. »Du hast dich nie aufgegeben, was? Man sieht's dir an.«
»Ach, lieber Robert.«
»Jung bist du geblieben. Aber setzen mußt du dich trotzdem. Dir wackeln ja die Knie, Christine.«
Robert läutete, auf dem Schreibtisch und neben dem Bett gab es eine Klingel. Eine Schwester kam, in hellblauer Tracht.
»Sie haben Besuch, Monsieur Welsch, wie schön, ich wünsch' auch einen guten Tag.«
»Kaffee hätten wir gern, nicht wahr, Christine, halb und halb, wie früher?«

Sie nickte.
»Und Schmalzkringel. Heut ist doch Mittwoch. Du mußt wissen, Christine, mittwochs gibt's immer Schmalzkringel zum Kaffee.«
»Ja, M'sieur Welsch, gern, M'sieur Welsch, ich bring's sofort.«
»Merci vielmols«, sagte er und lehnte sich lächelnd in seinem Schreibtischstuhl zurück.
Sein Blick wanderte über all die Blätter, die seine Handschrift trugen, über die Wände, an denen nichts mehr hing, nur ein schlichtes schwarzes Kreuz, und wieder zu Christine.
»Du fragst dich, warum ich noch hier bin, nicht wahr?«
Sie nickte stumm.
»Du hast recht. Seit mindestens zehn Jahren bin ich wieder bei Sinnen. Aber siehst du, wenn ich wieder hinausginge, da weiß ich wirklich nicht, was aus mir würde. Mein Traum von einem autonomen Elsaß hat sich nie erfüllt. Von einer Revolution, die Arme und Reiche gleich macht, auch nicht. Und ich habe nicht mal das einzige Mädchen, das ich geliebt habe, vorm Sterben bewahren können, als sie fast noch ein Kind war. Die kleine Amelie aus dem Cassiusgraben.«
»Warum kommst du nicht zu mir nach Bonn, Robert?«
»Nach Bonn? Aber da ist sie doch gestorben, meine kleine Amelie.«
»Was schreibst du da, Robert?«
»Ach, das ist nichts Wichtiges«, sagte er, »Gedanken, Ideen, Träume, die sich doch nicht verwirklichen lassen.«
»Robert, unser altes Haus in Ingweiler stand zum Verkauf vor ein paar Jahren. Ja, da war ich im Elsaß, mit Friedel, meiner Enkelin, aber ich habe dich nicht besucht. Nein, ich habe es nicht getan, weil ich Angst davor hatte, wie ich dich finden würde. Aber wenn das Haus heute noch nicht verkauft ist, dann könnten wir doch, du und ich und meine Tochter Lilli, ja, können wir denn da nicht wieder leben?«
»Und Tag um Tag Geister auferstehen lassen?«
»Bist du denn glücklich hier, Robert?«
»Zufrieden, Christine. Ich bin's zufrieden.«
Die Schwester brachte ihnen den Kaffee. Sie tranken ihn aus den großen henkellosen Tassen, die man in beide Hände nehmen muß; die Schmalzkringel waren mit Vanillezucker gepudert.
»Laß mich in meiner Welt, Christine«, sagte Robert zum Abschied, »und kehr zurück in deine. Du hast Kinder und Enkel. Du wirst noch gebraucht.«

Christine übernachtete in Colmar in der Pension ›Spoerle‹ am Bahnhof. Am nächsten Morgen nahm sie den Zug nach Straßburg. Aber sie suchte dort niemanden mehr auf, sie fuhr nur zum Grab ihrer Eltern.

»Du kommst früh zurück«, sagte Lilli in Bonn am späten Abend. »Doch nicht meinetwegen?«
»Nein, Kind«, sagte Christine. »Oder doch, ja.«
»Du klingst deprimiert, Mama?«
»Das bin ich nicht«, sagte Christine fest. »Ich habe mir auf der Herfahrt überlegt, daß ich wieder Nachhilfeunterricht geben will. Kinder im Haus tun immer gut. Und überhaupt, ich kann doch nicht untätig herumsitzen.«
»Nein, das kannst du nicht«, sagte Lilli, »du nicht.«

Christine ging am nächsten Morgen zur Clara-Schumann-Schule; sie bot sich für Nachhilfestunden in Französisch, Erdkunde und Geschichte an.
»Ohne Honorar?« Schon die Direktorin war mißtrauisch.
Und die Eltern erst recht.
»Niemand will etwas geschenkt kriegen«, sagte Lilli.
»Aber ich will's doch nur tun, weil es mir Spaß macht.«
»Laß dir auch den Spaß bezahlen.«
»Aber ich will das Geld nicht.«
»Dann verwende es für einen guten Zweck.«
»Da hast du recht. Das geht.«
»Für Waisen«, schlug Lilli vor.
»Nein«, sagte Christine. »Für alte Leute, die keine Familien haben wie ich. Man muß doch was arrangieren können. Dampferfahrten auf dem Rhein, Ausflüge ins Siebengebirge, Varieteábende, Vorträge, Konzerte.«
Christine suchte Ernst Martens in seinem Büro auf.
Es befand sich in einem der neuen Häuser auf der Kaiserstraße, es umfaßte nun zwei Etagen. Sie bewunderte seinen Geschmack, da gab es keine Farben, die nicht zueinander paßten, da gab es auch nicht ein Bild an der Wand, das die Perfektion hätte stören können.
Sie trug Ernst ihr Anliegen vor. Er war ein guter Zuhörer.
»Das läßt sich machen«, sagte er und zog, ehe sie es sich versah – so schien es ihr wenigstens –, ein Unternehmen auf, das ausschließlich alten Leuten zu Abwechslung verhalf.
Dampferfahrten auf dem Rhein, Ausflüge ins Siebengebirge, Weinproben in Königswinter und Kaffeefahrten in die Eifel.
Nach einem Jahr sollte Christine verwundert fragen: »Aber das kann doch gar nicht wahr sein, wir können nicht auch noch daran verdienen?«
Und Ernst würde mit einem gelassenen Lächeln antworten: »Aber ja, Christine, der Transport ist frei, aber nicht der Verzehr unterwegs, und daran machen wir eben unseren Schnitt.«

Als sie Christine in Colmar verließen, teilte Martin ihre Reise in die Toscana in Etappen von zweihundert Kilometern ein.
Er suchte kleine verschwiegene Gasthöfe auf, abseits der Hauptstraßen, in denen die Nächte still waren und man die Fenster geöffnet lassen konnte, nur durften die Zimmer nie zu ebener Erde liegen, denn dann fürchtete Friedel sich.
Sie blieb schmal und blaß, und der neue kleine Hund folgte ihr auf den Fersen, wo immer sie hinging, und Martin ließ es zu, daß er auch in ihrem Bett schlief.
»Ich wehre mich ja«, sagte Friedel, »ich will ja wieder wie früher sein, aber du mußt Geduld mit mir haben, bitte.«
Ihre Augen wurden nie grün, sie blieben immer weit und grau, und er vergaß beinahe, daß sie ja Grübchen hatte, wenn sie lachte.

Sie erreichten ihr Haus in Marco in der Toscana am 2. Mai, und es empfing sie, als habe es nur auf sie gewartet.
Blumen standen in braunen Tonkrügen in allen Zimmern, das breite Bett im großen Schlafzimmer war frisch bezogen. In der Speisekammer hingen Schinken, Bergkäse lag unter einer gläsernen Glocke, ein runder frischer Laib Brot war in eine weiße Serviette geschlagen.
Und mit dem schmalen gelben Hund, der einst Laura und Yochanan gehörte, dicht an ihren Fersen erschien eine kleine alte Frau, deren Augen wie schwarze Kiesel blitzten.
Sie hieß Seraphina, und sie wünschte dem jungen Paar so viel Glück wie dem alten Signore und seiner Frau, die ins Heilige Land gezogen waren. Aus Jerusalem hatten sie ihr einen Rosenkranz aus geweihtem Olivenholz gesandt; sie hatten ihr Versprechen nicht vergessen.
Seraphina wohnte nicht weit, sie deutete auf das Dorf am Hang. Wenn es recht wäre, würde sie dreimal in der Woche kommen und der jungen Signora zur Hand gehen.
»Die junge Frau ist ja so blaß, aber unsere Sonne wird ihr guttun. Es gibt nichts, was unsere Sonne nicht heilt.«
Rex, der Welpe, und der Falbenfarbige beschnupperten einander und legten sich in vorsichtiger Entfernung voneinander nieder, jeder sein eigenes Terrain anzeigend. Rex unter der Bank vor dem Haus, der Falbenfarbige im Schatten des alten Brunnens, in dem Kresse wucherte.
Seraphina brachte Friedel und Martin auf den Tisch vors Haus Brot, Salz und Wein, dann wünschte sie ihnen einen geruhsamen Abend und eine süße Nacht. Ihr Lachen und ihr Gesang klangen kehlig, als sie den Hang hinunterschritt.
Martin und Friedel saßen auf der Bank vor ihrem Haus, eng aneinandergeschmiegt, nahmen hin und wieder einen Schluck Wein und sahen zu,

wie der Abend auf das Land sank, die Zypressen in seine Schatten zurückwichen, Wächtern gleich, die sich unsichtbar machen wollen.
»Und das alles gehört uns?« fragte Martin verwundert. »Die Rebstöcke auch?«
»Das Weinfeld auch, ja.«
»Das Haus – komm, laß es uns noch einmal richtig anschauen.«
Sie gingen von Raum zu Raum und berührten jedes Möbelstück und jede Wand und zündeten die Petroleumlampen an, als es zu dunkel wurde, daß sie einander ansehen konnten; nur in Yochanans Praxis gab es elektrisches Licht.
In der Nacht liebten sie sich wie in so vielen Nächten zuvor, und doch war es anders, war wieder ein Neubeginn.
Morgens um sechs saß Martin an der Schreibmaschine und von da an jeden Tag. Nun war er heiter, nun war er gelöst. Er nahm auch ein wenig zu und war bald braun gebrannt; um so heller wirkten seine Augen. »Ich bin so glücklich«, sagte er immer wieder, »hier fühle ich mich so wohl.«
Wie sollte Friedel da ihn daran erinnern, wie erschöpft er noch in Colmar gewesen war?
Sie umarmte ihn und war dankbar, daß auch seine Alpträume ausblieben.
Friedel richtete morgens das Haus, und dann zog sie auf Fotosuche aus, die beiden Hunde bei sich, und die Dörfler nannten sie bald die Hundedame.
Sie fotografierte keine Menschen mehr, sie fotografierte Pflanzen. Wildwuchernden Thymian und zarte gladiolenartige Blüten, die dicht auf dem felsigen Boden wuchsen, ganz kurzstielig, in Gelb und Violett, ein Teppich, aus dessen Lippenblüten Insekten Honig saugten.
Sie fotografierte die Zypressen und Schirmpinien, Bergkiefern, die so klein waren, daß selbst Rex es verschmähte, an ihnen sein Bein zu heben.
Friedel brachte Fenchel nach Hause und Salbei und wilden Spargel und wilden Lauch, und Martin nannte sie lachend sein Kräuterweiblein.
Das Glück kehrte wieder ein, tiefer und bewußter als je zuvor, und sie genossen jede Stunde, jeden Abend, jede Nacht.
Im Juli wurde die Sonne so grell, die Hitze so schwer, daß Friedel ihre Spaziergänge nur in den frühen Morgen- oder Abendstunden machen konnte.
Im August war es, als sinke erst das Dorf und dann auch ihr Haus in eine den Tag ausfüllende Siesta. Sie lebten hinter geschlossenen Fensterläden, liefen barfuß und trugen dünne, lange, khakifarbene Hemden aus Baumwolle, die Friedel zuschnitt und nähte.
Rex kam regelmäßig alle halbe Stunde angetrabt und ließ sich die Nase und die Pfoten mit kaltem Wasser kühlen.

Martin stand nun schon morgens um vier auf, und um sechs Uhr erwachte Friedel vom Klappern seiner Schreibmaschine. Dann lag sie und lauschte, hörte, wie er den Stuhl zurückschob, sich dehnte und reckte und hereinkam und ihr die erste Tasse Tee brachte.
Sie lächelten sich an und umschlangen einander, manchmal legte er sich noch eine Stunde zu ihr, und Rex rollte sich am Fußende des Bettes zusammen, zufrieden blinzelnd.

Auch am 18. August erwachte Friedel um sechs Uhr morgens, aber die Schreibmaschine klapperte nicht.
Sie wartete auf das Rücken des Stuhles, auf das leise Klirren des Teetabletts, auf Martins Schritt, vergeblich.
Rex richtete sich am Fußende des Bettes auf und fing an, dünn zu winseln.
Friedel lief in Martins Arbeitszimmer, durch all die offenen Türen.
Sie fand ihn vor seinem Schreibtisch, Arme und Kopf lagen auf den Blättern seines Manuskripts.
Seine Lippen waren grau, seine Nägel blau verfärbt.
»Martin!«
Er konnte ihr nicht antworten.
Sie rannte hinunter ins Dorf, rief: »Seraphina, Seraphina!«
Fensterläden wurden aufgestoßen, Gesichter erschienen und verschwanden.
Plötzlich stand Friedel in einer Woge von Menschen.
»Den Doktor«, wiederholte sie immer wieder, »den Doktor, bitte, bitte!«
Ein Junge rannte los und verschwand am Ende der verschachtelten Häuser.
Er kam mit einem jungen Mann im Schlafanzug zurück, der eine braune Tasche trug.
Die Dörfler blieben stumm zurück, manche bekreuzigten sich, nur Seraphina folgte Friedel und dem Arzt.
Zu dritt streckten sie Martin vorsichtig auf dem kühlen Kachelboden seines Arbeitszimmers aus. Der Arzt kniete neben ihm.
Er hörte Martins Herz ab, tastete vorsichtig über Zwerchfell und Bauch, maß den Blutdruck.
Er legte eine kleine durchsichtige rote Kapsel unter Martins Zunge.
Der Arzt kniete reglos neben ihm. Seraphina brachte eine Decke, ein Kissen. Der Arzt schüttelte den Kopf.
Friedel kniete auf der anderen Seite, sah nur die dünnen geschlossenen Augenlider, die grauen Lippen.
Und endlich, endlich öffneten sich die Augen, und der Blick kam von so weit her, aber die Lippen bewegten sich, und Martin flüsterte: »Friedel.«

Um Mittag zerriß ein Gewitter mit stürmischem Regen die Hitze.
In den kühlen blauen Nachmittagsstunden fuhren sie Martin nach Pisa, in einer von dort beorderten Ambulanz.
Das Krankenhaus befand sich in einem ehemaligen Kloster. Die Krankenzimmer öffneten sich auf einen Kreuzgang. Dort durfte Friedel in der Nacht bleiben.
Die Nachtschwestern glitten vorbei, neigten ihre blassen Gesichter vor ihr.
Sie saß und lauschte in das Zimmer und hörte Martins Atem.
Ein EKG war gemacht worden, es bestand eine akute Herzinsuffizienz.
»Ihr Mann hat sich übernommen«, hatte der Arzt gesagt, »viele junge Männer seines Alters tun das, besonders, wenn sie noch den Krieg mitgemacht haben.«
Der Arzt war alt, er war viel älter, als ihr Vater geworden war.
»Verlieren Sie nicht den Mut, Signora.«
Ich will nicht, daß Martin wie Michael stirbt. Ich will's nicht. Sie preßte ihre Hände vor den Mund.
Ich will's nicht. Hörst du?
Friedel sah zum Himmel auf, im Viereck des Kreuzgangs gefangen, so viele Sterne.
Warum? Warum tust du uns das an?
Ist es meine Schuld? Dann strafe mich.
Laß es meine Schuld sein. Strafe mich.
Aber laß ihn leben, hör doch, laß Martin leben.
Sie senkte den Kopf bis auf ihre Knie, als sie an die letzte Zeile des Buches dachte, das von Martin nun erschienen war:
›Frag nie nach dem Ende.‹
Um sechs Uhr früh kam das Gespräch durch, das sie zu Christine angemeldet hatte. Eine Schwester führte Friedel in eine Zelle, in der sich nur ein Tisch, das Telefon und ein Stuhl befanden.
»Aber Martin lebt doch noch?« fragte Christine.
»Ja, Oma. Ja.«
»Dann geh zu ihm und bleib bei ihm.«
»Ja, Oma.«
»Und hab keine Angst.«
»Nein, Oma.«
»Friedel, und zittere ihm nichts vor! Hörst du?«
»Nein, Oma.«
»Dann ist es gut«, sagte Christine, »du hast mich verstanden. Ich bete für euch. Also, auf Wiedersehen.«

23

»Ihr Mann wird nicht von heute auf morgen gesund«, sagte Professor Leinemann, »aber ich glaube, wir werden Erfolg haben.«
Er saß Friedel im Kaminzimmer ihres Hauses gegenüber; draußen fiel der Abend mit langen Schatten in die Hügel der Toscana, violetter Schritt der Dunkelheit entgegen, die hier immer so schnell hereinbrach, die Sterne plötzlich aufgleißen ließ, als habe ein antiker Himmelsstürmer sie angezündet.
Aus Köln war Leinemann gekommen, herbeigebeten von Dr. Lohmar in Domscheid, den Friedel um Rat und Hilfe angerufen hatte. Leinemann war Psychiater, leitete das Rehabilitationszentrum der Universitätsklinik in der Domstadt.
Die Ärzte in Pisa hatten klar diagnostiziert: Martins Herzinsuffizienz beruhte auf einer psychosomatischen Störung. Nichts Fatales, aber doch ernst zu nehmen. Dr. Rossini lächelte über seinen dichten braunen Schnurrbart hinweg. C'est un terrain inconnu pour nous, ici en Italie – sie sprachen französisch miteinander; wenn Sie einen deutschen Arzt hinzuziehen wollen, Madame Hildesheim, molto bene. Wir haben nichts dagegen.
Professor Leinemann holte als erstes Martin aus der beklemmenden Atmosphäre der Intensivstation des Krankenhauses in Pisa. Dort geht er uns ein, sagte er gemütvoll. Nun war Martin wieder zu Hause. Rex wich nicht von seiner Schlafzimmertür.

Martin lag schwer atmend auf dem Bett.
»Atmen Sie langsamer und ruhiger«, sagte Leinemann. »Sie bekommen schon genug Luft.«
Martin atmete langsamer, aber seine Stirn bedeckte sich mit Schweiß.
Leinemann prüfte seinen Puls. »So, und jetzt stehen Sie bitte auf.«
»Ich kann nicht. Wirklich nicht. Ich bin zu schwach.«
Friedel sah die Angst in seinen Augen.
»Sie müssen mir vertrauen«, sagte Leinemann, »sonst hilft alles nichts.«
»Tu's, Martin, bitte.« Friedel verbarg ihre zitternden Hände auf dem Rücken.
Er richtete sich vom Bett auf, stand. Er schaute die Stöcke an, deren er sich seit Pisa bedient hatte, sie lehnten neben dem Nachttisch an der Wand.
»Nein«, sagte Leinemann, »die brauchen Sie nicht.«
Martin ging auf Friedel zu.
Sein Mund war ganz blaß, der Schweiß rann über seine Schläfen.
»Siehst du«, sagte sie, »siehst du, du kannst es doch.«

Seine Hand umschloß ihren Arm.
»Für dich.«
»Natürlich tun Sie es für Ihre Frau. Aber auch für sich selbst. Hildesheim, schauen Sie mich an.«
Martin wandte den Kopf, sein Hals war so dünn geworden, die Schultern knochig.
»Kommen Sie mit mir.« Leinemann wandte sich um, verließ das Schlafzimmer, ging durch die Wohndiele, das Kaminzimmer, nach draußen.
Martin folgte ihm.
Friedel folgte Martin.
»Schauen Sie sich um«, sagte Leinemann, »was sehen Sie?«
»Wolken«, flüsterte Martin. »Morgen wird es regnen. Es ist kalt für diese Jahreszeit. Im Dorf haben sie die Öfen angezündet. Rauch steigt aus den Kaminen auf, sie verbrennen die alten Rebstöcke.«
»Was sehen Sie drüben an den Hügeln?«
»Marmorbrüche. Und Weinfelder, weiter links.«
»Machen Sie zwanzig Kniebeugen.«
Friedel stand hinter Martin, sah, wie sich die Muskeln des Rückens verkrampften.
Er schaute sie an, über die Schulter hinweg.
»Bitte, Liebster.«
»Warum?« fragte er.
»Ich werde es Ihnen zeigen.« Leinemann eilte ins Haus, kam mit einem tragbaren EKG-Gerät zurück. Er blickte sich suchend um, Friedel holte eine Verlängerungsschnur, die bis in die ehemalige Praxis von Yochanan reichte.
Martins ganzes Gesicht und der Hals waren schweißbedeckt.
»Bitte«, sagte Leinemann, »machen Sie die Kniebeugen, ich verspreche Ihnen, es wird Ihnen nichts passieren.«
Martin machte zwanzig Kniebeugen.
Dann legte er sich auf die Bank, die vor dem Haus stand, und Leinemann nahm sein EKG auf.
Seine Fingerspitzen waren schneeweiß, als er den Papierstreifen aus dem Gerät zog.
Aber dann lachte er, und es hallte laut über den Hügel.
»Sehen Sie selbst, soviel verstehen Sie inzwischen auch schon davon. Es ist o. B. – ohne Befund!« Leinemann schwenkte den Streifen, als wäre es eine Luftschlange.
Martin saß auf der Bank, seine Hände umkrampften die Knie.
»Was beweist das?«
»Sie werden wieder gesund. Sie müssen es nur wollen.«

»Ich will es«, sagte Martin in der Nacht, in ihrem Haus, in ihrem Bett. »Und er kann mir dabei helfen, nicht wahr?«
»Leinemann hilft dir.«
»Aber er kann nicht immer hierbleiben.«
»Wir kehren nach Domscheid zurück, dann ist es nur ein Katzensprung bis Köln«, sagte Friedel.
»Meinst du, das erträgst du?«
»Für dich alles.«
»Ja. Und ich will doch noch leben«, sagte Martin. »Ich will doch für uns leben.«

Sie kehrten mit Leinemann nach Deutschland zurück. Friedel fuhr den Wagen, Leinemann genoß die kurzen Etappen der Reise, die kleinen Gasthöfe, den Landwein und die einfachen Speisen. »Das verdanke ich Ihnen«, sagte er, »sonst gönne ich mir nie Ferien, halte mich immer für unabkömmlich.«

Zweimal in der Woche suchte Martin Leinemann in seiner Praxis in Köln auf.
Friedel fuhr ihn, denn – »Autofahren, das traue ich mir noch nicht zu«, sagte Martin.
Aber bald war er es, der mit dem Hund lange Spaziergänge machte. Friedel holte ihn dann abends ab, nach Märschen von zehn, zwanzig Kilometern; in einem Gasthaus oder in einer Forsthütte, manchmal in strömendem Regen und dann wieder nach betäubend heißem Sonnentag. Rex lahmte manchmal, Martin war nun entspannt und »richtig gesund müde«, wie er lächelnd sagte.
Sie lebten von den Tantiemen seines ersten Romans, von ihren Bildbänden, bescheiden, zufrieden.
»Aber ich muß auch wieder arbeiten«, sagte Martin. »Ich muß doch wieder etwas tun. Ich bin doch kein Rentner.«
Leinemann schmunzelte und riet zu journalistischer Tätigkeit. Und nur alle drei, vier Jahre ein Buch.
»Er hat recht, das ist es, was mir fehlt. Verstehst du, Friedel, ich muß wieder Interviews machen, mit Leuten reden, mit Menschen zusammentreffen.«
»Er hat recht«, sagte auch Christine, »schau, wie gut es Martin tut, nur daran zu denken.«
Zum nächsten Termin mit Leinemann fuhr Martin den Wagen selbst. Vom Rheinufer in Köln rief er an.
»Ich komme nicht weiter, Friedel. Ich baue einen Unfall, wenn ich weiterfahre.«

»Dann geh zu Fuß, bitte.«
»Ich kann nicht, Friedel.«
»Doch, Liebster, du kannst es. Denk an Marco, denk daran, was du seither geschafft hast.«
»Wenn du bei mir wärst –«
»Ich bin ja bei dir.«
Sie saß neben dem verstummten Telefon und krümmte sich vor Magenschmerzen, die sie längst vergessen geglaubt hatte.
Aus Leinemanns Praxis rief Martin wieder an, jubelnd. »Ich bin angekommen. Danke, Friedel.«
Sie weinte vor Erleichterung. Sie ging in den Garten und spielte zum erstenmal seit langer Zeit mit Rex.
Abends kam Martin spät zurück.
»Weil ich gerade in Köln war, hab' ich die Gelegenheit benutzt und dem WDR mein Thema vorgeschlagen. Du weißt, die wenigen Deutschen, die Verfolgten während der Nazizeit geholfen haben. Ich soll das Manuskript schicken, sie wollen es prüfen. Natürlich muß ich dann auch Interviews machen.« Er umarmte Friedel, glücklich, voller Hoffnung.
Der WDR nahm Martins Thema an. Im Tonstudio wurde seine Stimme geprüft, und alle fanden, daß er mit seiner einfachen, klaren Sprache die Menschen erreichen konnte.
Martin erstand ein zwar unförmiges, schweres, aber in der Wiedergabe naturgetreues Tonbandgerät. Damit machte er seine neuen Interviews.
Er zog durch das Land, das Bundesrepublik hieß, ein halber deutscher Staat.
»In die Zone kann ich nicht, da würden sie mich sofort einbuchten.« Das war das einzige, was Martin in diesen Monaten bedrückte.

Und dann kam der Abend, an dem seine Sendung gebracht werden sollte, gleichzeitig über Rundfunk und Fernsehen.
Es war der 17. September 1961.
Ernst Martens entschied: Ihr kommt alle zu mir.
Er besaß den Fernsehapparat mit dem größten Bildschirm, der im Handel war; er hielt das Fernsehen für das Medium der Zukunft, im guten wie im schlechten Sinne.
Anna hatte Appetithappen vorbereitet und an Christines Vorliebe für Heringssalat gedacht. Boris schenkte den Wein ein.
»Damit kenn' ich mich längst aus«, sagte er und grinste Friedel an. Zum nächsten Ostern würde auch er nun sein Abitur machen und dann wollte er Flugkapitän werden; das stand jetzt hundertprozentig fest.
Ernst Martens schob ein Kissen in Christines Rücken und einen kleinen Schemel unter ihre Füße.

»Ihr verwöhnt mich viel zu sehr, da werd' ich ja ganz faul«, sagte sie.
Boris seufzte. »Endlich!«
Und dann saßen sie alle vor dem Bildschirm, auch Lilli.
Der Titel wurde aufgeblendet, und der Weg durch das Tausendjährige Reich begann, den so viele Menschen in Not und Angst und Verzweiflung gegangen waren. Martin kommentierte, verhalten, manchmal sehr leise, aber das war kein theatralischer Gag; Menschen halfen Menschen, würden es immer tun, wenn man ihnen nur erlaubte, Menschen zu bleiben.
Länger als ein Jahr hatte es gedauert, bis er wieder er selbst war, und aus seiner leisen Stimme drang nun eine Kraft zu ihnen, die sie alle bewegte.
Die sechziger Jahre waren angebrochen, Hemingway hatte sein Heim auf Kuba verloren und sich in Idaho erschossen; in Berlin war die Mauer gebaut worden, die endgültig das eine Deutschland vom anderen trennen sollte.
Ein Berliner hatte in Martins Sendung das letzte Wort.
»Wat soll man denn tun, um Mensch zu bleiben? Anständig leben, sag ich. Det is et, wat sonst?«

Christine Welsch-Schwarzenburg verließ leise den großen Wohnraum, der warm war, weil alle darin versammelt waren, die sie ihre Familie nannte.
Bis auf Martin. Sie wußte, er würde so schnell wie möglich aus Köln kommen, wo er diese erste Sendung seiner neuen Berufung gemacht hatte.
Christine stieg hinauf in Boris' Zimmer, von dem aus man das Bonn dieser Tage überblicken konnte.
Das Bonn der Kirchen und der kleinen Kneipen, wie dem ›Treppchen‹ in der Weberstraße, und den Schranken, die immer dann zu waren, wenn man es besonders eilig hatte.
Das Bonn der Rentner und der Professoren und der Studenten, das Bonn einer neuen Republik, die, wie manche immer noch glaubten, auf tönernen Füßen stand.
Warum, dachte Christine, warum?
Es gibt doch Martin Hildesheim. Und er ist nicht der einzige. Es muß doch noch eine Menge mehr wie ihn geben in unserem Land. Auch Ernst Martens ist zum Beispiel auf seine Weise wie er.
Christine knipste die kleine Leselampe auf dem roten Pult an, das Boris zu seinem sechsten Geburtstag bekommen hatte und an dem er heute noch arbeitete.
Sie stand an Boris' Pult und schlug die erste Seite des Tagebuches auf, das Friedel geführt und ihr geschenkt hatte, zu ihrem achtzigsten Geburtstag.
Aber erst heute rührte Christine es an, heute war der Tag, an dem sie es

lesen wollte, denn alle, alle, die zur Familie gehörten, waren um sie, sei es durch ihre direkte Anwesenheit, sei es durch ihre Briefe, wie die Achims aus Rhodesien, wo er nun mit Karen Earth verheiratet war, schon den ersten Sohn hatte, ihren ersten Urgroßenkel.
Achim leitete, nicht weit von den Victoriafällen, ein Tierreservat, und in seinem letzten Brief hatte er geschrieben: ›Im nächsten Jahr holen wir dich ab, Oma. Du mußt einfach das Wunder sehen, in dem wir täglich leben dürfen, Gottes unberührte Natur.‹
Aber dann fiel ihr Blick auf die ersten Zeilen, die Friedel geschrieben hatte:
›Schnee trieb über die leeren Felder, Krähen stolzierten umher, krächzten den Abend ein... Ein kleines Dorf, Ingweiler genannt... Stumm standen die Frauen vor dem letzten Haus in der Rottengasse, stumm zogen sie die dicken Umschlagtücher um sich... Das Licht in der Schlafstube wurde schwächer, als sei denen dort drinnen das Öl ausgegangen. Verwundert hätte es die Frauen nicht, denn seit zweiundsechzig Stunden lag Anna Welsch nun schon im Kindbett.‹
»So begann es«, flüsterte Christine, »so begann es.«
Und viele Seiten später las sie:
›Ein Lattenzaun begrenzte den Bahndamm, und darüber wuchsen Sonnenblumen, mit großen gelben Köpfen und weichen braunen Gesichtern. Sie nickten im Wind, der selten war, in diesem August, und sanft wie sonst nicht. Denn die Großmutter sagte, die Welt steht in Flammen...‹
Das war 1944 gewesen, als sich niemand mehr ein Ende des Krieges vorstellen konnte und niemand mehr den Frieden.
Und Christine hatte sich damals nicht vorstellen können, jemals ihr Elsaß wiederzusehen.
Aber sie war wieder dort gewesen, zweimal mit Friedel und einmal mit Friedel und Martin.
Und zum letztenmal im vergangenen Jahr, mit Martin allein. Christine schloß die Augen, sah sich wieder, als er zu ihr kam, seinen Blick auf ihre Füße, die zum erstenmal Pantoffeln trugen.

»Wir zwei machen eine Reise«, sagte er.
»Martin, du bist verrückt!« protestierte sie.
»Keine Widerrede!«
Er packte ihren Koffer. Er suchte ihre Kleider und Hüte aus.
»Ich mag dich am liebsten mit dem Florentiner«, sagte er. »Den hattest du auf, als ich dich zum erstenmal sah. In Ingweiler, weißt du noch?«
»Stell dir bloß vor, ich habe fünftausend Mark auf der Bank«, wich sie aus. »Von unseren Ausflüglern nämlich – und dank Ernst Martens. Kannst du die nicht brauchen, Martin?«

»Christine, plappere nicht und lenk nicht ab, wir fahren ins Elsaß.«
»Aber Martin –«
»Kein aber«, sagte er.
Und zwei Stunden später waren sie unterwegs.
Sie und der Junge, Friedels Mann.
Und wieder fünf Stunden später waren sie in Bischweiler.
»Aber Martin«, sagte sie, »du weißt doch gar nicht, daß ich hier einmal unterrichtet habe?«
»Doch, natürlich. Gleich nach deinem Examen.«
Und da stand sie wieder vor dem Schulhaus, dem kleinen. Ja, klein schien es geworden, duckte sich unter eine hohe mächtige Kastanie.
Und im nahen Gasthof erwartete man sie schon.
»Du bist ein Zauberer«, flüsterte Christine. »Martin, du bist wie die afrikanischen Hexenmeister, von denen Achim schreibt.«
»Du mußtest einfach mal raus aus Bonn«, sagte er, »und ich dachte mir, daß es an der Zeit wäre, sich wieder einmal um eine ganz bestimmte alte Dame zu kümmern, die normalerweise lieber barfuß läuft als Pantoffeln trägt.«
An Martins Arm, in ihrem schönsten Seidenkleid und ihren besten Schuhen, betrat Christine den kleinen Gasthaussaal. Sie sah sich zwanzig, nein dreiundzwanzig Gesichtern gegenüber, die allesamt roten verschrumpelten Äpfeln glichen und in denen sie doch die kleinen blanken Gesichter ihrer ersten Schülerinnen erkannte.
Die Emma war gekommen und die Marie, die Josephine und die Edeltraut, die Inge und das kleine Käthchen.
»Die M'selle Welsch«, riefen sie, »die M'selle Welsch is do!«
Und jetzt packte sie Martins Arm, denn da wirbelten plötzlich zwischen den grauen und weißen Haarschöpfen die blonden und braunen der Jugend herum.
Da waren sie wieder auf dem langen Ausflug in die Vogesen, als das Käthchen in Ohnmacht fiel und alle um Wasser zum Bach rannten, bis das Kind wie eine Ertrunkene aussah, so vollgeplanscht.
»Du mußt was zur Begrüßung sagen, Christine«, murmelte Martin. Die Apfelgesichter schauten sie erwartungsvoll an.
»Ich hab' euch nie vergessen«, begann sie vorsichtig, und damit ihre Stimme festblieb, verfiel sie in Elsässerditsch, »alt sin m'r geworden, alle, aber erkennen tu' ich euch alle noch, und daß ich hier bei euch sein darf heute, daß verdanke ich ihm.« Sie sah zu Martin auf.
»Schaut ihn euch an. Er hat mich hergebracht, als ich faul sein wollte, Pantoffeln tragen.« Sie schob ihren Fuß vor. »Aber schaut her, ich trag' ein Paar ordentliche Schuh'. Und wenn ihr wollt, zieh ich wieder mit euch in die Vogesen los.«

»Zu den versteinerten Riesen, M'selle Welsch?«
»Nein. Zu Rosmarin und Thymian.«

›Ich werde nie vergessen, wie wir in die Verlobungsgesellschaft auf dem Ill-Dampfer gerieten und so fröhlich sangen‹, schrieb Friedel in ihrem Tagebuch. ›Und dir nie vergessen, Oma, wie du Martin und mich verstanden hast. Vom ersten Augenblick an.‹
Nein, das ist nicht ganz wahr, dachte Christine, denn er war kein freier Mann, da war etwas um ihn, daß mich traurig und ängstlich machte, und erst als ich wußte, was das war, ja, erst, als ich Eva kennenlernte, da verstand ich.

Viel später ließ Christine langsam die Hand sinken, welche die Blätter des Tagebuches hielt. Eines flatterte zu Boden, sie bemerkte es nicht. Sie knipste das Licht aus, trat ans Fenster.
So war es gewesen, genauso, wie Friedel es beschrieb.
In Ingweiler, vor nunmehr einundsiebzig Jahren, an jenem 4. Februar 1890, als sie, die Elfjährige, die Jüngste der drei Geschwister Welsch, den Pfarrer geholt hatte, weil ihre Mutter nach der Geburt des kleinen Gottlieb so schwach war. Schnee hatte auf den Feldern gelegen, und es war sehr kalt. Und ihre Mutter Anna war gestorben, nicht einmal vierzig Jahre alt, und sie, Christine, hatte nun schon ihr neuntes Lebensjahrzehnt begonnen.
Wie schnell die Zeit verging. Und manchmal doch so langsam. Wie lang das Leben sein konnte und dabei doch so kurz.
Sie sah sie alle wieder vor sich, ihre Mutter Anna und ihren Vater, den verbitterten Jean Welsch – bis Stella kam. Sie sah Ernst, ihren Mann, den Aufrechten, nie Verzagenden, sie sah Georg, ihre große erste Liebe.
Sie krampfte die Hände um die Blätter, die Friedel beschrieben hatte; ein Tagebuch ist es, mehr nicht, Oma, dein Tagebuch. Ich schenke es dir zum Andenken.
Aber es war mehr, es war viel mehr, denn darin stand all das zu lesen, was ihr geschehen war, die ganze Fülle eines Lebens.
Christine wischte sich mit dem Handrücken über die Augen. Sie schluckte, sah wieder klar. Sie sah ihre Heimat, Ingweiler, und Straßburg und Bischweiler, wo sie als junge Lehrerin war, und die versteinerten Riesen in den Vogesen. Sie sah Bonn, wie es früher war, behaglich, ein bißchen verschlafen am Rhein, und drüben das Siebengebirge. Sie sah ihre Töchter, und sie sah Michael Gugenheimer, sie sah ihre Enkel. Sie sah Boris und Friedel, sie sah Martin.
Und Eva.
»Auch du warst mein Kind«, sagte sie leise und spürte den jähen heißen

Schmerz im linken Handgelenk, wie an jenem Dezemberabend, als Eva aus dem Fenster stürzte.
Sie sah die langen Jahre, die goldenen Sommer, den Silberglanz des Herbstes, das klare Weiß des Winters und das durchsichtige Grün des Frühlings.
Das Umschlagtuch glitt von ihren Schultern, Christine merkte es nicht. Es war warm im Haus, warm und still. Martens hatte ein gutes Haus gebaut, er war Anna ein guter Mann geworden und Boris ein resoluter Vater.
Bonns Lichter glänzten herauf, so viele, daß man sie nie mehr würde zählen können.
In einer Winternacht begann mein Leben, in der Nacht, als meine Mutter starb. Es mußte erst der Tod kommen, um mir zu zeigen, was das Leben ist. Und seitdem bin ich mit dem Tod vertraut. Vielleicht hat er mich deshalb so lange in Ruhe gelassen?
Du wirst hundert Jahre alt, sagten die Kinder immer.
Du wirst mit mir deinen hundertsten Geburtstag feiern, sagte Martin stets.
Der Junge. Er war ihr wie ein Sohn. Nein, mehr, viel mehr.
Sie lachte, und plötzlich mußte sie husten. Es krampfte ihr die Kehle zu. Sie hielt sich am Bord des Fensters fest, es stieg wie eine schwarze Welle in ihr hoch, erreichte ihr Herz, ihren Hals, ihren Kopf. Es begann vor ihren Augen zu leuchten, sie spürte, wie sie fiel, ganz sanft, und sie dachte, so ist das also, und nun werde ich sie wiedersehen, sie alle, die vor mir gingen. Seid mir nicht böse, Kinder, Friedel, Martin, weine nicht, Anna, Gott helfe dir, Lilli, und er beschütze dich, mein Bruder Robert.
Sie versuchte zu sprechen, einmal nur noch. Zu rufen, Martin, mein Junge, wann kommst du?
Ihre Lippen bewegten sich stumm.
»Sag mir... sag mir...«, und es klang ganz laut durch Boris' dunkles Zimmer, »sag mir auf Wiedersehen.«

»Warum macht sie kein Licht?« fragte Friedel.
Sie standen auf dem Rasen unter dem Fenster, schauten hoch.
Martin lachte leise. »Sie liest dein Tagebuch im Dunkeln. Bei ihren Augen ist das schon möglich.«
Plötzlich umkrampfte seine Hand Friedels Arm. »Was war das?«
»Was?«
»Sie hat gesprochen. Christine hat laut gesprochen.«
Friedel strich ihm über die Wange. »Sie spricht doch immer mit sich selbst.«
»Es war mir, als –« Er schüttelte den Kopf. »Sie hat mich gerufen.«

Friedel hakte sich bei ihm ein. »Bist du nun glücklich, daß wir alle zusammen sind? Eine große Familie?« Sie fügte leise hinzu, »und bald eine noch größere Familie?«
Er berührte zärtlich ihren Leib unterhalb des lockeren Gürtels.
»Ja, ich bin glücklich«, sagte er, »weil ich nicht mehr nach dem Ende frage, sondern nur nach dem Leben.«
Sie gingen ins Haus zurück. Überall brannte Licht, nur nicht in Boris' Zimmer.
Und doch war es, als ob gerade von diesem dunklen Fenster ein Glanz ausginge, ein helles Leuchten, so schien es, einem Lichtstrahl gleich, der Zeichen geben will, damit man seinen Weg in der Finsternis findet.

Boris, der auf dem Pfad zum Haus hochkam, quer durch den Wald, von der Jagd auf wilde Kaninchen, sah das Leuchten, und später würde er immer erzählen, wie es war, als er Omas Seele in den Himmel steigen sah.